Christopher Zimmer

Die Lichter von Thalis

UEBERREUTER

Die Deutsche Bibliothek – CIP-Einheitsaufnahme

Zimmer, Christopher:
Die Lichter von Thalis / Christopher Zimmer. - Wien : Ueberreuter,
2001
(Die Meister der Fantasy)
ISBN 3-8000-2807-7

J 2600/1
Alle Urheberrechte, insbesondere das Recht der Vervielfältigung,
Verbreitung und öffentlichen Wiedergabe in jeder Form,
einschließlich einer Verwertung in elektronischen Medien,
der reprografischen Vervielfältigung, einer digitalen Verbreitung
und der Aufnahme in Datenbanken, ausdrücklich vorbehalten.
Umschlagbild © Agentur Holl-Nieto
Umschlaggestaltung von Zembsch' Werkstatt, München
Copyright © 2001 by Verlag Carl Ueberreuter, Wien
Druck: Ueberreuter Print
1 3 5 7 6 4 2

Ueberreuter im Internet: www.ueberreuter.de

I
Marei

Zitternd drängten sich die Schafe aneinander. Silas spürte die Unruhe der Herde. Die Tiere wagten nicht zu fressen. Leise blökend bildeten sie eine dichte, schwankende Masse. Ihr weißes Fell wirkte schmutzig grau im fahlen Licht des nahenden Unwetters.
Silas musterte besorgt den Himmel. Schwere, dunkle Wolken brauten sich zusammen. Am Horizont waren sie beinahe schwarz. Nur zäh zogen sie über das Land, bleiern und düster. Eine unerträgliche Spannung lag in der Luft, die sich seit der Mittagszeit immer mehr verstärkt hatte. Es schien, als wäre der Himmel unfähig, die angestaute Spannung zu entladen, als würde dies erst geschehen können, wenn die Wolken wie eine riesige Felsplatte unter dem eigenen Gewicht zerbrachen und alles unter sich begruben.
Unwillkürlich blickte Silas nach Westen. Doch die Straße, die er so oft in seinen Tagträumen gesehen hatte, zeigte sich nicht. Heute blieb ihm nur die Sehnsucht nach ihrem Anblick, der ihm so viele schwere Stunden leichter gemacht hatte. Auch wenn diese Straße nie mehr als ein Trugbild gewesen war, so hatte sie ihn doch immer getröstet und mit Hoffnung auf bessere Tage erfüllt. Er seufzte und fröstelnd zog er seinen groben Umhang fester um sich.
»Azzo! Hierher!« Mit einem Pfiff rief er den Hund zu sich. In der lastenden Stille dieses düsteren Tages gellte der Pfiff schmerzhaft in seinen Ohren und Silas erschrak. Für einen Augenblick fürchtete er, dass der Pfiff genügen

würde, um den Himmel zu zerreißen und alles Unheil auf ihn zu ziehen. Dann schalt er sich einen Narren. Mit Azzos Hilfe trieb er die Schafe von der Weide auf dem schnellsten Weg zurück ins sichere Dorf. Er hoffte die Tiere noch vor Anbruch der Nacht in den Stall zu bringen.
Doch sie kamen nur langsam voran. Immer wieder wurden einzelne Tiere scheu und brachen aus der Herde aus. Silas verlor viel Zeit damit, Azzo hinter ihnen her zu jagen um sie zurückzuholen, während er selbst kaum imstande war, die verängstigte Herde zusammenzuhalten, bis der Hund zurückkam.
Endlich sah er den Bannwald vor sich auftauchen. Jetzt lenkte er die Herde nach Süden, um den schmalen Durchgang zwischen Bannwald und Vorgebirge zu erreichen. Der Weg durch den Wald war zwar kürzer, aber zwischen den Bäumen würde er leicht die halbe Herde verlieren.
Am Kaltbach weigerten sich die Schafe hartnäckig, durch das seichte Wasser zu waten. Nur mit viel Geduld und Zureden gelang es Silas, das Leittier dazu zu bewegen, voranzugehen. Dann erst folgten die anderen, widerwillig und kläglich blökend.
Gerade stiegen die letzten Tiere am jenseitigen Ufer die Böschung hinauf, da hörte Silas Kinderstimmen, die nach ihm riefen. Er blickte sich verwundert um und sah Janna und Fine, die Kinder des Korbflechters Kolja, die am Bach entlang näher kamen. Beide trugen Holzbütten auf dem Rücken, voll mit frisch geschnittenen Weiden. Azzo vergaß die Herde, lief den beiden bellend entgegen und sprang freudig an ihnen hoch. Die Kinder lachten hell und zausten sein Fell.
Silas runzelte die Stirn und rief den Hund mit einem scharfen Pfiff zu seinen Pflichten zurück. Azzo huschte

mit eingezogenem Schwanz zur Herde und umkreiste sie wieder wachsam. Enttäuscht sahen ihm die Kinder nach.
»Macht lieber, dass ihr nach Hause kommt, anstatt die Zeit damit zu vertrödeln, anständige Schäfer von der Arbeit abzuhalten«, sagte Silas streng, sobald sie bei ihm waren. Doch als sie ihn schuldbewusst ansahen, lachte er gutmütig und fuhr mit freundlicher Stimme fort: »Na, schon gut, war nicht bös gemeint. Aber ihr solltet euch wirklich sputen. Seht ihr denn nicht, dass ein Unwetter aufzieht?«
»Doch, schon«, murmelte Janna, die Ältere der beiden. »Aber das hier ist so schwer und wir sind müde.«
Silas sah mitleidig auf die schweren Lasten, die die Kinder trugen. »Kommt doch mit mir«, meinte er. »Dann kann ich euch tragen helfen.«
Doch die Kinder schüttelten die Köpfe und Fine sagte: »Das ist so weit. Wir gehen lieber durch den Wald.«
»Ihr habt Recht«, sagte Silas. »So seid ihr wenigstens schneller daheim.« Weil er ihnen etwas Gutes tun wollte, fragte er noch: »Habt ihr Hunger?«, und klaubte zwei Äpfel und ein Stück Brot aus seinem Beutel.
Die Kinder nahmen das unerwartete Geschenk dankbar an. Silas wusste nur zu gut, wie dürftig der Tisch des Korbflechters gedeckt war. Er ermahnte die beiden noch mal sich zu beeilen, strich ihnen zum Abschied über die verfilzten Haare und trieb die Herde weiter. Als er sich nach einer Weile nach den Kindern umblickte, konnte er gerade noch sehen, wie sie zwischen den Bäumen verschwanden.
Es wurde immer dunkler. Er würde es nicht schaffen, die Tiere noch mit dem letzten Tageslicht in den Stall zu bringen. Als sie endlich den engen Durchgang zwischen dem Bannwald und den ersten Felsen erreichten, trat die Sonne ein letztes Mal hervor und setzte die starre Wol-

kendecke mit ihrem Feuer in Brand. Doch viel zu schnell sank sie an dem schmalen Spalt vorbei, der sich am Horizont noch öffnete. Beklommen sah Silas sich einen Augenblick nach dem schwindenden Licht um, dann trieb er die Herde mit steigender Verzweiflung an, obwohl er längst wusste, dass es zu spät war. Noch während sie den schmalen Streifen am Rande des Waldes überquerten, erloschen die letzten Strahlen und es wurde so finster, dass Silas nicht einmal mehr die Schafe erkennen konnte, die sich ängstlich um ihn scharten.
Er wagte nicht sich zu rühren. Sie konnten weder vor noch zurück. Er griff nach den Schafen, streichelte sie und versuchte sie mit seiner Stimme zu beruhigen. Er wusste, dass Azzo um die Herde kreiste. Der Hund konnte sich wenigstens auf seine Ohren und seine Nase verlassen, wenn er schon nichts sah. Aber das würde kaum genügen, um alle Tiere beieinander zu halten.
Plötzlich kam ein schneidender Wind auf. Von einem Augenblick auf den anderen bogen sich die Bäume und das Knarren der Stämme und Splittern von Ästen durchbrachen die Stille. Was Silas schon nicht mehr zu hoffen gewagt hatte, geschah. Über ihnen rissen die Wolken auf und ein heller, klarer Mond tauchte alles in silbernes Licht.
Silas zögerte nicht. Mit gellenden Pfiffen trieb er die Herde weiter. Jeden Augenblick konnten die Wolken den Mond wieder verdecken. Selbst die Schafe schienen zu verstehen, was es galt, und drängten so rasch voran, dass Silas Mühe hatte, mit ihnen Schritt zu halten und zugleich keines von ihnen aus den Augen zu verlieren.
Der Wald trat zurück und der Abhang, an dessen Fuß das Dorf lag, tat sich vor ihnen auf. Schon waren die Lichter des Dorfes zu sehen. Jetzt kannten die Schafe kein Halten mehr. In wilden Sprüngen stoben sie den Hügel hinab

und vor Erleichterung lachend lief Silas hinter ihnen her. Bald hatten sie den Hof erreicht und laut blökend drängten sich die Schafe in den warmen Lichterschein, der ihnen den Weg zum offenen Stalltor wies.
Eine gedrungene Gestalt trat aus dem Licht. Die Schafe, die in den Stall strömten, brachen sich an ihr wie an einem harten Felsen. »Was fällt dir ein, so spät zu kommen?«, knurrte die Gestalt. »Willst du, dass sich meine Schafe den Hals brechen?«
Silas zuckte zusammen. Er spürte, wie sich sein Körper spannte und zur Abwehr bereitmachte. Freude und Erleichterung verflogen auf einen Schlag. Das Licht des warmen Stalls, das ihm eben noch ein Zuhause vorgegaukelt hatte, erschien ihm nun wie eine ferne, fremde Insel, die ihn in die Dunkelheit zurückstieß. Dies war nicht sein Zuhause und würde es niemals sein. Auch nach all den Jahren nicht. Hier herrschte Gadek. Feindselig und mit harter Hand.
Er sah, dass der Bauer die Fäuste ballte. Da richtete er sich hoch auf. Er wusste, wie groß und stark er war. Noch fürchtete sich Gadek vor ihm. Und solange der Bauer ihm nichts vorzuwerfen hatte, konnte er ihm nichts anhaben. Doch wie lange noch? Gadek lauerte nur auf die erstbeste Gelegenheit, um ihm etwas anhängen zu können. Jeden Tag. Nie blieb Silas unbeobachtet. Es war schwer, in diesem Hass zu leben.
Silas hatte einen Augenblick lang das Gefühl, all die Schläge noch einmal zu spüren, die Jahr für Jahr auf ihn niedergeprasselt waren. Bis zu dem Tag, an dem er sich seiner Körperkräfte bewusst geworden war. Bis zu dem Tag, an dem er den Bauern an den Handgelenken gepackt hatte, zu seiner eigenen und zur Überraschung seines Peinigers. Sie hatten still miteinander gerungen, bis Gadeks Gesicht vor Zorn und Anstrengung bleich ge-

worden war. Keuchend hatte der Bauer aufgegeben. Seitdem fürchtete er sich vor Silas und wünschte nichts sehnlicher, als ihn loszuwerden. Nein, nicht nur das. Am Pranger wollte er ihn sehen und dafür sorgen, dass er im Schuldturm verrottete. Dabei wurmte es den Bauern nicht wenig. So leicht würde er nicht wieder zu einem so guten Knecht kommen und schon gar nicht so billig.
»Es ist schnell dunkel geworden«, gab Silas mürrisch zur Antwort. »Es kommt ein Unwetter auf.«
Gadek hob die Schultern und spuckte dicht neben Silas' Stiefeln auf den Lehmboden. Ohne ein weiteres Wort kehrte er ihm den Rücken zu, trat in den Stall und Silas hörte ihn fluchend zählen.
Silas wartete schweigend. Mit einem Mal spürte er seine Müdigkeit. Jetzt ließ die Anspannung nach der Anstrengung nach. Er fror und fühlte sich elend. Und er war diesen täglichen Kampf leid. Als der Bauer mit eiligen Schritten aus dem Stall trat und ihn anschrie, dauerte es eine Weile, bis sein Kopf so klar wurde, dass er die Worte verstand, und selbst dann hatte er nicht die Kraft, zu erschrecken.
»Drei fehlen!«, brüllte Gadek. »Hörst du? Drei Schafe! Meine Schafe! Mein Eigentum! Du Lump! Du Nichtsnutz! Was stehst du hier noch rum und hältst Maulaffen feil? Scher dich davon und komm nicht ohne die Schafe zurück! Hast du mich verstanden? Wenn auch nur ein Schaf zu Schaden kommt, dann ...«
»Ich habe Hunger«, brummte Silas und zog den Kopf abwehrend zwischen die Schultern.
Die Adern im breiten, grobschlächtigen Gesicht des Bauern schwollen an vor Zorn. Mit überkippender Stimme schrie er gellend eine Flut übelster Schimpfworte in Silas' Ohren, die doch längst taub für all diesen Schmutz geworden waren. Nur ganz tief in seinem Inneren bebte

es. Silas wusste nicht, was er mehr empfand: Angst, Hass oder Verzweiflung. Oder war es nur noch die Leere in ihm, die ein kaltes, hohles Echo warf?
Plötzlich sah er dem tobenden Bauern direkt in die Augen. Ganz ruhig und wortlos. Gadek verstummte, denn die Kraft in diesem Blick machte ihn unsicher. Ängstlich trat er einen Schritt zurück. »Geh!«, zischte er.
Silas pfiff und Azzo eilte zu ihm. »Der Hund bleibt hier«, befahl der Bauer. »Her zu mir! Azzo!«
Der Hund zog den Schwanz ein und beugte sich winselnd der harten Stimme seines Herrn. Mitleidig sah Silas zu, wie Azzo zu Gadek kroch und sich an die Stiefel schmiegte, bei denen ihn doch nichts anderes als Schläge und Fußtritte erwarteten.
Silas wandte sich ab. Mit einem unhörbaren Seufzer stellte er sich dem schneidenden Wind und ließ den Hof, das Licht und Gadeks Verwünschungen hinter sich. Fast erschien ihm die kalte Nacht freundlicher und vertrauter als das Elend, das hinter ihm in der Dunkelheit versank. Und doch würde er zurückkehren. Wohin sollte er denn sonst gehen? Er hatte kein anderes Zuhause. Für ihn hatte es nie ein anderes Zuhause gegeben. Und keine Familie.
Noch immer spendete der Mond sein kühles Licht, das eine schmale Schneise freihielt. Um dieses helle Tal verschluckten die zerrissenen Ränder der Wolken das Licht und ließen den endlosen Rest des Himmels wie in einen unergründlichen Abgrund stürzen.
Im Gehen betrachtete Silas seine großen Hände. Wer war er? Wer hatte diese Hände geboren? Warum hatte er keine Eltern, keine Familie? Was war schuld daran, dass er ein Leben von Gadeks Gnaden fristen musste? Doch darauf gab es keine Antworten. Was hinter ihm lag, würde immer unbekannt bleiben. Und was vor ihm lag?

Ach, nichts würde sich ändern. Vor ihm lag nur Gadeks Welt. Er würde ihr nie entkommen können.
Er dachte an die Straße, die er so schon oft gesehen hatte, dieses schöne, trügerische Bild. Hell war sie gewesen und hatte sich in eine endlose, verlockende Ferne erstreckt. Abends, wenn die Sonne den Horizont berührte, hatte sich die Straße mit dem Gold des Sonnenlichts vereint und zu gerne hätte Silas alles hinter sich zurückgelassen und wäre dem Ruf der Straße gefolgt. Aber nie konnte er sich vom Fleck rühren. Sein Los fesselte ihn an den Boden. Er hatte immer das Gefühl, seine Stiefel nicht aus der schweren Erde ziehen zu können, in der er jeden Tag ein Stück tiefer versank.
Silas schüttelte die vergeblichen Gedanken ab. Er musste die Schafe finden, sonst würde er nicht so bald wieder zu einer warmen Mahlzeit kommen. Sein leerer Magen knurrte vernehmlich. Er erreichte die schmale Enge zwischen Wald und Felsen und blickte sich suchend um. Natürlich fand er sie hier nicht. Sicher waren sie in den Wald gelaufen. Das wäre nicht das erste Mal. Silas trat zwischen die Bäume und drang mit lauten Rufen tief in den dunklen Wald vor: »Ho, ho!«
Zweige zerkratzten ihm Gesicht und Hände und er musste sich hüten, nicht in einen Baum zu laufen oder in eine Senke zu stürzen. Nachts war der Wald nicht ungefährlich. Tiefe Risse durchzogen ihn und hier an seinem südlichen Ende standen vereinzelt scharfe Felsen. »Ho! Ho! Hierher!«
Er stolperte bereits eine ganze Weile so durch die Dunkelheit und verlor allmählich die Hoffnung, als er plötzlich Stimmen hörte, die ihn kläglich riefen: »Hier sind wir! Hier!«
Das waren Kinderstimmen! Janna, Fine!, zuckte es ihm durch den Kopf. Was machten sie noch hier? Sie sollten

doch schon längst zu Hause sein. Er eilte auf die Stimmen zu und rief dabei: »Janna, Fine, ich bin es, Silas. Ich bin gleich bei euch!«
Endlich, auf einer kleinen Lichtung, in die das Mondlicht fiel, fand er sie. Aneinander geklammert saßen sie zwischen den Wurzeln eines großen Baumes. Ihre Gesichter waren verheult und sie zitterten vor Kälte. Die schweren Bütten lagen neben ihnen.
Silas kniete vor ihnen nieder und strich ihnen tröstend über die Haare. »Habt ihr euch verirrt?«, fragte er mitleidig.
Die Kinder nickten nur und vor Erleichterung, ihn zu sehen, waren sie stumm. Dafür brachen die Tränen umso heftiger aus ihnen hervor. Da setzte sich Silas zu ihnen und ließ es zu, dass sie sich fest in seine Arme schmiegten. Er schlug seinen Umhang um sie und wartete, bis seine Wärme sie einhüllte und ihre Körper sich beruhigten. So hatte er auch oft geweint, aber ihn hatte niemand gehalten und getröstet.
In diesem Augenblick wurde der Wind schlagartig heftiger und der Sturm, der so lange auf sich hatte warten lassen, brach los. Zweige prasselten auf die Erde nieder. Die Kinder schrien erschrocken auf und klammerten sich an ihn.
»Kommt, wir müssen weg«, drängte Silas. »Hier ist es zu gefährlich.«
Janna und Fine sprangen auf und wollten die schweren Bütten aufnehmen. »Nein, lasst sie liegen«, sagte Silas. »Die können wir holen, wenn es hell und der Sturm vorbei ist.«
Rasch zog er die Bütten dichter an den Stamm des großen Baumes und verkeilte sie zwischen den Wurzeln. Dann fasste er die Kinder an den Händen und zog sie mit sich.
»Gehen wir jetzt nach Hause?«, fragte die kleine Fine.

»Nein, das ist zu weit«, erwiderte Silas. »Wir gehen zur alten Marei. Dort sind wir sicher.«
Die Mädchen blieben entsetzt stehen. »Zur Marei? Zur Hexe?«, rief Janna erschrocken.
Silas musste lachen. »Nur weil sie alt und runzlig ist und alle Kräuter kennt, ist sie noch lange keine Hexe. Ich jedenfalls hab sie noch auf keinem Besen durch die Luft reiten sehen. Nun kommt schon oder wollt ihr hier bleiben?«
Da folgten ihm die Kinder weiter und bald hatten sie den Waldrand erreicht. Der Sturm wurde immer heftiger und Silas war froh, den Wald hinter sich zu lassen. Hinter ihnen ertönte bedrohlich das Geräusch von brechenden Ästen und von ganzen Bäumen, die der Sturm umstürzte.
Im freien Feld traf sie der Wind mit voller Wucht. Silas hielt die Mädchen dicht bei sich und kämpfte sich geduckt voran.
»Ist es noch weit bis zur Hexe ... zur Marei?«, rief Janna.
»Nein, nicht mehr weit«, antwortete Silas und der Wind riss ihm die Worte von den Lippen. »Sie wohnt am Kaltbach, am Waldrand.«
Sie liefen so dicht wie möglich am Bannwald entlang. Gerade so weit weg, dass kein fallendes Holz sie traf, aber nah genug, um in der Dunkelheit den Weg nicht zu verlieren. Der Mond war nur noch selten zu sehen. Die Wolken jagten über sie hinweg.
»Was ist das?«, fragte Janna plötzlich.
»Was?«, rief Silas.
»Das Prasseln. Es kommt hinter uns her.«
Jetzt hörte es auch Silas. Doch bevor er noch antworten konnte, fielen die ersten schweren Regentropfen auf sie und schon nach kurzer Zeit waren sie nass bis auf die Haut. Silas trieb sie zur Eile an.

Aber es kam noch schlimmer. Feiner Graupel mischte sich unter den Regen, dann Hagelkörner, erst kleine, dann immer größere. Die Kinder schrien vor Schmerzen auf, als die Hagelkörner sie trafen. Und immer noch größere folgten.
»Lauft!«, schrie Silas. »Um Himmels willen, lauft!« Dabei zog er die Kinder weiterhin an sich und versuchte ihre Köpfe mit seinem Umhang zu schützen. Er selbst war dem Hagel schutzlos ausgeliefert und bald spürte er, wie ihm Blut über die Stirn lief und ihm den Blick trübte.
In diesem Augenblick tauchte eine dunkle Masse vor ihnen auf. Felsen und davor ein Haus, aus dem schwaches Licht drang. Silas hetzte mit den Kindern darauf zu und warf sich gegen die verschlossene Tür. Sie trommelten mit den Fäusten gegen das harte Holz und schrien verzweifelt: »Marei! Mach auf! Marei!«
Endlich wurde die Tür aufgerissen. Hilfreiche Hände zogen sie herein und schlossen die Tür hinter ihnen. Doch ein heftiger Windstoß riss sie wieder auf. Erst als Silas und die alte Marei sich mit vereinten Kräften dagegen stemmten, gelang es ihnen, sie zuzumachen und fest zu verriegeln.

✳ ✳ ✳ ✳ ✳

»Sie schlafen«, murmelte die Alte. »Das ist gut so. Schlaft nur, ihr Kleinen, Feinen. Lasst die Welt ruhig draußen ihr Unwesen treiben. Hier, bei der Marei, kann sie euch nichts anhaben.«
Die alte Frau hatte kein überflüssiges Wort verloren. Kaum war die Tür verriegelt, da hatte sie das Feuer im Kamin geschürt, sodass es hell aufloderte, den Kindern die nassen Kleider ausgezogen und sie in warme Decken

gehüllt. Wie von Zauberhand erschienen große Schalen mit warmer Milch, die die Kinder mit strahlenden Augen austranken. Und schon war ein Lager für sie bereit, auf dem sie augenblicklich einschliefen. Hatten sie die Marei bisher als Hexe gefürchtet, so kam sie ihnen jetzt wohl wie eine gute Zauberin vor, in deren Reich es hell und warm war.
Zärtlich strich die Alte den Kindern die Haare aus der Stirn und zog die Decke sorgsam über sie. Dann drehte sie sich lächelnd zu Silas um und fragte: »Und du? Was ist mit dir? Willst du nicht auch schlafen?«
Silas schüttelte den Kopf. Er saß vor dem lodernden Feuer und ließ seine Kleider trocknen. Ganz in seiner Nähe hingen sein Umhang und die Kleider der Kinder, unter denen das tropfende Wasser eine Pfütze bildete. Er spürte, wie die Hitze des Feuers in ihn drang und sein erstarrtes Inneres wärmte. Aber es war nicht nur das Feuer, das ihm wohl tat. Alles hier tat ihm gut, die wortlose Hilfsbereitschaft der alten Frau, die ordentliche Stube, in der sie saßen, die Kräuter und Gerätschaften, die überall zu sehen waren, und vor allem Mareis Anblick, das sanfte, von unzähligen Falten durchzogene Gesicht, die hellen, wachsamen Augen und die Hände, die die Wunden an seinem Kopf gereinigt und verbunden hatten.
Marei setzte sich neben ihn und sah wie er in das flackernde Feuer. Dann stand sie auf und brachte Brot, Käse und Baumnüsse. Schweigend teilte sie ihre Mahlzeit mit ihm.
»Kolja wird sich Sorgen um die Kinder machen«, sagte Silas nach einer Weile zögernd.
»Was redest du da? Kolja wird sich keine Sorgen machen«, erwiderte Marei mit Bestimmtheit. »Er wird nicht einmal gemerkt haben, dass sie noch nicht zurück sind.«

Silas senkte den Kopf. Sie hatte Recht. Kolja würde kaum etwas merken. Er würde irgendwo sitzen und das Wenige, das er mit seinen Körben verdiente, vertrinken und dann am nächstbesten Platz seinen Rausch ausschlafen. Eine Mutter, die nach ihnen suchte, hatten die Kinder nicht mehr. Koljas Frau war beim letzten großen Überfall auf das Dorf getötet worden. Wie andere auch, die die schützenden Wehrmauern der Stadt nicht rechtzeitig erreicht hatten. Mitleidig sah er zu den schlafenden Kindern hinüber. Wer weiß, dachte er, vielleicht ist es meinen Eltern auch so ergangen wie Koljas Frau.
»Arme Biesterchen«, sagte er. »Sie tun mir Leid.«
»Das ehrt dich«, meinte Marei. »Dir geht es wohl nicht viel besser als ihnen. Oder hat sich Gadek etwa geändert?«
Silas blickte stumm ins Feuer. Sein Gesicht spannte sich bei dem Gedanken an den Bauern. Wieder packte ihn sein Elend und erfüllte ihn mit Mutlosigkeit. Seine Zkunft erschien ihm ausweglos. Er konnte sich nur allzu gut ausmalen, was geschah, wenn er ohne die Schafe zurückkehrte. Was für ein düsterer Ort diese Welt doch ist, dachte er, voller Hass, Elend und Gefahr. Plötzlich merkte er, dass Marei ihn aufmerksam betrachtete. Er sah sie unsicher an.
»Es war nicht immer so dunkel in dieser Welt«, sagte die alte Frau. »Und es muss nicht immer so bleiben.«
Silas lächelte wehmütig. Er ahnte schon, was jetzt kommen würde. Wieder so eine der Geschichten von einem goldenen Zeitalter, von dem die Alten so gerne am Feuer erzählten. Ach, weit kam man mit diesen Geschichten nicht. Die goldene Zeit, die sie versprachen, zerstob im harten Licht des Tages.
»Ich habe nicht vor, dir Ammenmärchen zu erzählen«, meinte Marei schmunzelnd und Silas fühlte sich in sei-

nen Gedanken ertappt. Eine Weile blieb es still und er fragte sich, was nun kommen mochte.
»Hast du denn gar keine Träume?«, wollte Marei schließlich wissen.
Silas gab lange keine Antwort. Er wusste nicht recht, was sie meinte. Sollte er ihr etwa von seinen Tagträumen erzählen? Von der Straße, die weit nach Westen führte, in Richtung Sonnenuntergang? Von der Straße, auf der er sein elendes Zuhause so gerne weit hinter sich gelassen hätte? Nein, das würde er ihr nicht sagen. Niemals. Er schämte sich bei dem Gedanken, davon auch nur etwas zu erzählen.
»Niemand sollte sich für seine Träume schämen«, sagte Marei sanft.
Silas sah sie erschrocken an. Konnte sie Gedanken lesen? Und dann begann er doch zu erzählen. Denn auf einmal war er sich ganz sicher, dass seine Träume bei dieser alten Frau gut aufgehoben waren, dass er nichts zu fürchten hatte, zum ersten Mal in seinem Leben.
Marei hörte ihm schweigend zu, und erst als er alles gesagt hatte, was er gesehen und gehofft hatte, fragte sie: »Siehst du sie oft, diese ... Straße?«
Silas nickte und meinte: »Oft, ja, aber immer noch viel zu selten.«
»Was willst du damit sagen?«, fragte Marei.
Silas dachte nach. Dann begann er zögernd: »Weil ... wenn sie nicht da ist, dann ... sehne ich mich nach ihr. Es ist, als ob ... ich meine, als wäre der Anfang dieser Straße in mir und die Straße nur die Fortsetzung von dem, was in mir beginnt. Aber wenn sie nicht da ist, wenn ich sie nicht sehe, dann bin ich nicht ... dann fehlt etwas, von mir, meine ich ... ach, ich weiß nicht, wie ich es richtig sagen soll.«
»Doch, doch, das weißt du«, entgegnete Marei. »Hab

Vertrauen in deine eigenen Worte und Gedanken. Du hättest es gar nicht besser sagen können.«
Silas blickte sie überrascht an. Doch Marei sah ins Feuer und so wusste er nicht, wie ernst es ihr war. Ihr Gesicht, das das Feuer mit seinem flackernden Schein überzog, blieb ruhig und verschlossen.
»Du möchtest wohl gerne fort von hier?«, brach Marei endlich das Schweigen.
»Lieber heute als morgen«, erwiderte Silas seufzend. »So schnell mich meine Füße tragen. Wenn ich nur könnte.«
»Wenn du könntest, wäre es nur eine Flucht«, sagte Marei und sah ihm offen und forschend in die Augen. »Ohne Ziel wirst du nie erfahren, was am Ende der Straße liegt.«
»Wie kann es sein, dass du von der Straße sprichst, als wäre sie nicht nur ein Traum?«, fragte Silas verwirrt.
»Nun, jeder Weg, der vor uns liegt, hört auf ein Traum zu sein, wenn wir ihn gehen«, antwortete Marei und lachte leise. »So könnte ich sagen. Aber das ist nicht alles.«
Wieder sah sie ihn forschend an, als würde sie etwas suchen, in seinen Augen oder noch tiefer in ihm. Ihr Blick schien sein Innerstes zu öffnen. Es war, als könnte nichts vor ihr verborgen bleiben. Endlich schien sie sich entschlossen zu haben.
»Wenn du nur in deinen engen Tagen lebst«, begann sie, »wenn du nichts anderes kennst als das Wenige, was du zu sehen gewohnt bist, dann weißt du nichts von den Kreisen, in denen die Welt sich bewegt.«
Was will sie damit sagen?, dachte Silas. Was für sonderbare Worte. Und doch auch vertraute Worte. Worte, die erst fremd erschienen, doch nur so lange, bis er das verstehen konnte, was sich hinter den Worten verbarg. Er schwieg, fest entschlossen alles Sonderbare anzunehmen, was es auch sein mochte.

»Aber löst du dich vom Gewohnten«, fuhr die Alte fort, »hebst du ab wie ein Adler, dann tragen dich deine Schwingen in eine Höhe, aus der du sehen und erkennen kannst. Hör mir zu, Silas, lass deine Gedanken deine Flügel sein, hör mir zu:
Dunkel ist deine Welt, voller Hass und Gewalt. In deinem Dorf herrschen Not und Elend und herumstreunende Banden fallen über die Häuser her. Die nahe Stadt, in die ihr in Zeiten der Gefahr flieht, verlangt einen hohen Tribut für den Schutz, den sie euch nur widerstrebend, stets auf ihren eigenen Vorteil bedacht, gewährt. Glaub nicht, dass es nur hier so ist. Wo du auch hingehst, wirst du Gleiches sehen.
Wenn du es wagst, dein Zuhause zu verlassen, so wirst du viele Menschen treffen, die allein oder in Scharen, in starken Verbänden und Heerzügen durch die aufgewühlten Lande ziehen. Ein Strom von Menschen, der nie zur Ruhe kommt. Rauben, Brandschatzen und Morden schlagen tiefe Wunden, wo immer dieser reißende Fluss sich sein Bett bahnt. Wohin ziehen diese Menschen? Was treibt sie an? Und wie steht es mit denen, die nicht mit ihnen ziehen? Was hoffen diese? Hast du darauf eine Antwort?«
Silas schüttelte stumm den Kopf. Was hätte er auf diese Frage antworten sollen?
»Versuch es«, forderte Marei ihn auf.
»Ich kenne nur die Sesshaften«, meinte Silas unsicher.
»Vielleicht träumen sie. Von besseren Zeiten. Von goldenen Zeiten wie die in den Geschichten der Alten. Und bei denen, die herumziehen, wird es auch nicht anders sein. Jeder wird wohl irgendetwas haben, auf das er hofft und wonach er auf der Suche ist.«
»Und du?«, fragte Marei. »Glaubst du an eine solche Zeit? Gibt es etwas, worauf du hoffst, etwas, an das du

so sehr glauben kannst, dass du auch danach suchen möchtest?«
Silas hob die Schultern. »Ach, ich weiß nicht. Nein, ich ... ich glaube nicht.«
»Wirklich?«, fragte Marei. »Und die Straße, die du so oft gesehen hast? Gibt es denn nichts für dich, was an ihrem Ende liegen könnte?«
»Ich bin schon froh, dass ich sie sehen kann«, erwiderte Silas heftig und seine Augen wurden dunkel vor Traurigkeit. »Mir genügt es, dass sie vor meinen Augen beginnt. Sie ist schön und hell und erfüllt mich mit Hoffnung.«
»Verzeih mir«, sagte Marei. »Ich wollte dich nicht quälen. Es ist meine Aufgabe, dir eine Antwort zu geben. So wie es schon seit langer Zeit die Aufgabe der Erzähler ist. Denn wir, die Erzähler, sind dem Versprechen verpflichtet, das Athos einst gegeben hat.«
»Athos?«, fragte Silas verdutzt. »Wer ist das?«
»Langsam, langsam«, erwiderte Marei. »Nur Geduld. Eines muss auf das andere folgen. Doch so viel will ich dir schon verraten. Alles, wonach die Menschen dieser Welt suchen und worauf sie hoffen, ist das, was wir Erzähler die Mitte nennen. Um diese Mitte kreisen die Suchenden und Hoffenden, ohne zu wissen, dass sie es tun. Es ist nur eine dumpfe Ahnung, die sie antreibt, eine Erinnerung, die so tief in ihnen verborgen ist, dass sie sie nicht fassen können. Doch immer wieder kommt der Tag, an dem wir, die Erzähler, den unter den Menschen finden, auf den wir warten. Dann ist es unsere Aufgabe, die Erinnerung in ihm wachzurufen durch die Geschichte, die von Erzähler zu Erzähler weitergereicht wird wie ein kostbares Pfand. Wir, die Erzähler, können dieses Pfand nicht selbst einlösen, wir können es nur hüten und dem geben, dem es gebührt.«
»Warum erzählst du mir das?«, fragte Silas.

»Weil ich glaube, dass es dir gebührt«, sagte Marei. »Du weißt es noch nicht, aber es ist so. Es ist kein Zufall, der dich zu mir geführt hat. Nun ist es nur noch an dir, die richtige Frage zu stellen, damit ich ganz sicher sein kann, dass du der bist, auf den ich gewartet habe.«
Silas sah sie verwirrt an. Auf ihn gewartet? Marei? Und was für eine Frage meinte sie? Plötzlich fürchtete er sich. Denn auf einmal spürte er, dass in ihm etwas war, das auf die Worte der alten Frau gewartet zu haben schien, das lange geschlafen hatte und nun zu erwachen begann. Das machte ihm Angst. Was würde geschehen? Doch zu seiner eigenen Überraschung hörte er sich selbst wie aus der Ferne fragen, so als ob nicht er es war, der die Frage stellte: »Diese Mitte? Hat sie einen Namen?«
»Ja«, antwortete Marei. »Sie hat einen Namen. Du hast die richtige Frage gestellt. Jetzt ist es an mir, meine Pflicht zu erfüllen.«
»Was meinst du damit, Marei?«, fragte Silas. »Und wer sind diese Erzähler, von denen du sprichst? Was heißt das, dass du eine Pflicht erfüllen musst? Und warum habe ich diese Frage gestellt? Das war nicht ich. Wer war es dann und was soll das alles?«
Marei lachte und meinte: »Halt, halt. Ich habe nur von einer Frage gesprochen. Du ertränkst mich aber in einem ganzen Strom davon. Aber keine Sorge. Auf alles wirst du eine Antwort erhalten. Und du wirst von Dingen hören, zu denen dir noch nicht einmal Fragen einfallen.«
»Warum?«, wollte Silas wissen.
»Das ist eher eine Frage nach meinem Geschmack«, erwiderte Marei schmunzelnd. »Kurz und bündig.« Doch dann wurde sie wieder ernst und fuhr fort: »Warum ich etwas für dich tun will, warum ich dir etwas erzählen werde, willst du also wissen?«
Silas nickte stumm.

»Ich habe es dir schon gesagt«, meinte Marei. »Weil ich eine Erzählerin bin. Weil ich ein Versprechen zu halten habe, das von Generation zu Generation weitergegeben worden ist. Und wenn ich dir meine Geschichte erzählt habe, dann wirst du auch mehr über die Erzähler und mich wissen, denn auch wir sind ein Teil dieser Geschichte. Ohne sie hätten wir vielleicht nichts, was uns aufrecht hält, was unserem Dasein einen Sinn verleiht und uns Hoffnung schenkt. Die Aufgabe der Erzähler ist nicht leicht, aber dafür erhalten wir einen großen Lohn. Denn wir sehen das Licht hinter der Dunkelheit. Und du, Silas, du sollst mit mir dorthin blicken, in dieses Licht, das am Ende der Straße liegt, die du so oft gesehen hast. Willst du das? Willst du diese Geschichte hören?«
»Werde ich dann auch mehr von mir wissen?«, fragte Silas.
»Ja, sehr viel mehr«, erwiderte Marei.
»Dann will ich deine Geschichte hören«, sagte er.
»Gut, das ist gut«, meinte Marei und er sah, wie eine freudige Erwartung ihr Gesicht verjüngte. »Ich habe lange auf diesen Tag gewartet. Nun hör mir zu, Silas, und folge mir auf dem weiten Weg nach der Mitte, die wir Thalis nennen.
Lang ist es her, da stand eine starke Feste im Osten von Dunland: Harms Burg. Ein Sturm braute sich über dieser Burg zusammen. Ein Sturm, der mehr bringen sollte als nur Regen und Hagel, weit Schlimmeres als der Sturm, der heute um meine Hütte heult ...«

2
Harms Burg

»Klut! Klut! Wo steckst du? Klut!«
Falk schritt rasch durch die große Küche und drängte sich zwischen den Mägden und Küchenjungen durch, die geschäftig an ihm vorbeieilten. Volle Körbe und schwere Kessel wurden hin und her getragen, wie in einem sonderbaren Tanz, scheinbar sinnlos und ohne Ordnung. Kräftige Hände rupften Hühner und Fasane, zogen Hasen das Fell ab, nahmen Fische aus und selbst ein ganzer Hirsch war zu sehen, der sorgfältig zerlegt wurde. Es wurde geschält, geschnitten und zerkleinert, gewaschen, geschrubbt und abgeschreckt, gekocht, gebraten und gesotten, unermüdlich und in einem nicht enden wollenden Reigen. Fett spritzte, Rauch zog bis zur weiten Gewölbedecke hinauf, es zischte, brodelte, dampfte, sprudelte, schäumte und inmitten all dieses wilden Treibens, das mit wahrem Höllenlärm um Falk tobte, saß auf einem erhöhten Sessel, dick, feist und rund, der Meister dieser Hexenküche, der Herrscher über Kommen und Gehen, über Geschmack und Gewürz, Töpfe und Pfannen, über Speisezettel und die Geheimnisse des Weinkellers, Bero, der Koch, Bero, der Gewaltige, der eine riesige Kelle wie ein Königsszepter über den Häuptern seiner Untergebenen schwang und mit seiner dröhnenden Stimme, die imstande war, selbst diesen Spektakel zu übertönen, rief: »Na, Falk, ist dir dein ungeratenes Bürschchen wieder mal auf und davon? Lass es mich wissen, wenn du Hilfe brauchst. Bei mir wird er das Köpfe einschlagen schon lernen.« Und unter

allgemeinem Gelächter führte er wilde Stöße und Hiebe mit seiner Kelle aus, als gelte es, einer ganzen Armee schwer bewaffneter Feinde den Garaus zu machen.

Falk spürte, wie der Ärger in ihm aufstieg, und grimmig fasste er nach seinem Schwert. Doch dann beherrschte er sich und antwortete nur: »Ich weiß Euer Angebot zu schätzen. Weiß ich doch, dass ein Wort von Bero, dem Löffelmeister, Gewicht hat. Sobald es sich fügt, werde ich Klut zu Euch schicken. Denn wo sonst in der Welt könnte er lernen ein Heer zu besiegen, ohne auch nur den Hintern von seinem Stuhl zu heben?«

Nun hatte er die Lacher auf seiner Seite und während Bero ihm mit wütend funkelnden Augen stumm nachblickte, verließ Falk die Küche und eilte mit großen Schritten weiter, über schmale Treppen und enge, lang gestreckte Gänge, die Harms Burg wie ein Labyrinth durchzogen, in dem sich ein Unkundiger nur zu leicht hätte verirren können. Doch er kannte jeden Winkel dieser großen Burg, als hätte er sie Stein für Stein selbst erbaut.

Überall herrschte Hochbetrieb. Er spürte die Anspannung, die die Burg erfüllte. Auch die Gesichter der Ritter, der Wachleute und Knechte, denen er begegnete, waren von ihr gezeichnet, mit dieser sonderbaren Mischung aus froher Erwartung und Ungewissheit über den Ausgang des bevorstehenden Kampfes. Als er die Waffenkammern erreichte, ließ er es sich nicht nehmen, prüfende Blicke auf die Arbeiten zu werfen, die dort im Gange waren, und mit knappen Worten Anweisungen zu erteilen. Doch viel blieb nicht mehr zu tun. Er konnte mit dem Fortgang der Arbeiten zufrieden sein. Alles war so, wie er es angeordnet hatte.

Falk trat durch einen hohen Torbogen auf den Burghof hinaus. Auch hier herrschte emsiges Treiben. Waffen schlugen klirrend aufeinander, große, schwer beladene Wagen holperten über den staubigen Boden, Pferde stiegen scheuend auf, Hunde kläfften und das Vieh, das sich in starken Pferchen drängte, gab klägliche Laute von sich. Die Menschen, die über den Hof eilten, die plötzlich aus Türen auftauchten oder ebenso unvermutet wieder hinter den Mauern der Burg verschwanden, erschienen auf den ersten Blick wie eine aufgeregte Schar von Ameisen. Doch hinter all diesem Hin und Her, all diesem scheinbar kopflosen und verlorenen Gewimmel stand ein Plan. Sein Plan.

Er warf einen Blick zu den Zinnen hinauf und sah mit Genugtuung die mit Pfeilen versehenen Köcher und die mächtigen, mit Pech gefüllten Kessel über Feuerstellen, in denen das Holz schon bereitlag. An alles war gedacht worden. Ein Wort würde genügen, um die Burg in eine wehrhafte Festung zu verwandeln.

Doch wird es genügen?, dachte Falk. Werden wir dem Angreifer standhalten? Ich wünschte, ich hätte Harms Zuversicht.

Aber wenn er diese auch nicht teilen konnte, so war er sich doch bewusst, wie wertvoll sie war. Harms Zuversicht war ihre Stärke. Sie machte Mut und gab allen die Hoffnung, die sie angesichts der Übermacht des Gegners auch bitter nötig hatten.

Lautes Gelächter, wildes Pfeifen und Johlen rissen ihn aus seinen Gedanken. »Klut!«, knurrte Falk. »Wer anders als er? Dieser Teufelsbraten! Was mag er jetzt wieder angestellt haben?«

Der Lärm kam von den Stallungen am Ostturm. Rasch überquerte Falk den Burghof und näherte sich dem Aufruhr. Die nach oben gereckten Gesichter der Menge, die sich am Fuß des Ostturms drängte, zogen seinen Blick an der starken, aus gewaltigen Steinquadern erbau-

ten Mauer des Turms empor, bis seine Augen an einer Gestalt verharrten, die kopfüber, in schwindelnder Höhe, weit über den schreienden Mündern an einem Seil herabhing. Erschrocken starrte Falk hinauf. Doch das Seil schien stark zu sein, gut gesichert und fest um die Knöchel des Jungen geschlungen. Falk atmete auf. An die Stelle der Sorge trat Wut. »Klut!«, schrie er. »Klut, du Satansbraten! Was soll der Unfug? Klut!«
Aber Klut, Harms Sohn und Erbe, hörte seinen Lehrmeister nicht. Er war taub für das Lachen und Johlen der Menge unter sich und auch Falks Stimme erreichte ihn nicht. Eben noch hatte er den Narren gespielt, hatte zur Gaudi der Knechte und Stallburschen ein Spottlied auf die Feinde gesungen, doch dann war er verstummt und sein Blick hatte sich in der Ferne verloren. Jetzt sah er nur noch die goldene Straße, die die sinkende Sonne bis weit nach Westen und noch darüber hinaus, bis jenseits des Horizonts erbaute. Diese Straße, die er so oft schon gesehen hatte und die ihn mit einer sonderbaren Sehnsucht erfüllte, ihn mit sich zog, weit weg, zu Orten und Ereignissen, die zugleich unbekannte Zukunft waren und die ihm doch auch wie eine Vergangenheit erschienen, an die er sich nur nicht erinnern konnte.
»Was soll das? Warum sagst du das?«, rief Silas. »Machst du dich über mich lustig?«
Marei legte ihm begütigend die Hand auf den Arm. »Nein, nein, warum sollte ich?«
»Aber die Straße?«, fragte Silas. »Wieso weiß er davon?«
»Glaubst du denn, dass du der Einzige bist, der sie gesehen hat?«, sagte Marei und lächelte. »Sie war und ist auch Kluts Straße, so wie es deine war und ist und vielleicht noch die Straße von vielen sein wird. Nun sei still und hör mir weiter zu.«
Doch Silas war noch nicht zufrieden: »Warum sagst du

es so seltsam? War und ist und ... sein wird. Entweder es ist vergangen oder heute oder irgendwo in der Zukunft. Es kann nicht zweierlei oder alles sein.«
»Doch, das kann es«, widersprach Marei. »Und das ist es auch. Die Zeit kann mehr sein und anders, als du es gewohnt bist. Hör mir zu und du wirst es verstehen.«
Und Marei fuhr fort zu erzählen.
»Klut!« Die Straße versank im Licht. Hügel und weite Felder erschienen vor seinen Augen. Es war ihm, als würde er aus einem tiefen Traum erwachen, in dem er zu gern für immer geblieben wäre. Doch die Stimme seines Lehrmeisters war unerbittlich. »Klut! Was treibst du da?« Schade, dachte Klut noch, sie fehlt mir, wenn ich sie nicht sehe. Was die Straße wohl bedeuten mag und wohin sie wohl führt? Dann packte ihn wieder der Übermut. »Brogländer suche ich, Meister Falk«, rief er hinab. »Doch weit und breit zeigt sich kein einziger hungriger Köter. Dabei habe ich den besten Braten doch weit sichtbar aufgehängt. Seht her, ihr Hungerleider«, rief er laut und einladend breitete er die Arme aus. »Gut abgehangenes Frischfleisch. Kommt und holt es, bevor die Raben es euch wegfressen!«
Das Lachen der Knechte und Stallburschen, die sich noch immer am Turm drängten, brauste wieder auf. Doch Falk war nicht zum Lachen zumute. Er fühlte sich plötzlich elend. Der Anblick Kluts machte ihm Angst und erfüllte ihn wie eine böse Vorahnung. Das war kein Spiel. Es war blutiger Ernst. Und der Junge, der dort oben am Seil hing, schien ihm wie ein Bild kommenden Unheils.
»Macht, dass ihr an die Arbeit kommt!«, fauchte er die Umstehenden an. Die Männer trollten sich eilig davon. Keiner von ihnen verspürte Lust, sich mit Falk anzulegen.

»He, was machst du denn, Falk?«, rief Klut. »Warum jagst du meine Zuhörer fort?«
»Und du«, schimpfte Falk statt einer Antwort, »komm auf dem schnellsten Weg runter. Dein Vater erwartet dich. Und ich verspreche dir, wenn ich ihm von dem Unfug erzähle, den du treibst, wird er ein besserer Zuhörer sein, als dir lieb ist.«
»Was immer Ihr wünscht, soll geschehen«, rief Klut lachend. Kraftvoll bog er sich dem Seil entgegen, zog sich daran hoch und löste geschickt den festen Knoten. Doch anstatt, wie Falk es gedacht hatte, in den sicheren Turm zurückzuklettern, ließ er sich zu Falks Schrecken plötzlich in die Tiefe fallen und landete dicht neben ihm auf einem hohen Heuhaufen. Dann sprang er rasch herab und baute sich vor seinem verdutzten Lehrmeister in Habtachtstellung auf. »Schon zur Stelle, Hauptmann«, sagte er mit markiger Stimme und grinste breit.
Falk funkelte ihn wütend an und setzte schon zu einer Strafpredigt an. Doch dann presste er die Lippen zusammen und forderte Klut nur mit einem Wink auf, ihm zu folgen.
Sie gingen über den Burghof und bahnten sich einen Weg durch die sich drängenden Menschen und Tiere. Überall bot sich ihnen dabei dasselbe Bild. Vor Falk wichen die Menschen respektvoll zurück, doch Klut sahen sie voller Zuneigung entgegen, und wäre Falk nicht an seiner Seite gewesen, so hätten sie ihn sicher sogleich eingeladen, bei ihnen zu bleiben und Scherz und Zeit mit ihnen zu teilen. So aber ließen sie die beiden bis auf wenige muntere Zurufe, die Klut galten, schweigend vorbei. Falk machte zu alldem ein grimmiges Gesicht, doch insgeheim freute er sich über Kluts Beliebtheit. Wenn sie ihn heute lieben, dachte er, werden sie ihm morgen umso besser folgen. Aber, dachte er mit einem

innerlichen Seufzen, dafür muss er noch eine Menge lernen. Um Menschen zu führen gehört mehr dazu, als von ihnen geliebt zu werden.
»Was bist du nur für ein Griesgram und Schweigeklotz«, sagte Klut in diesem Augenblick. »Ich dagegen könnte vor Freude Purzelbäume schlagen und mit den Vögeln um die Wette jauchzen.«
»Du kannst den Kampf wohl kaum erwarten, was?«, knurrte Falk.
»Nein, wahrhaftig nicht«, rief Klut und atmete glücklich die vielen Gerüche ein, die über den weiten Platz zogen. Der beißende Dunst von heißem Eisen, das geschmiedet wurde, von unruhigen Pferdeleibern, von warmem Pech, frisch gegerbtem Leder und brennenden Holzscheiten steigerten noch die Aufregung, die ihn erfüllte. »Gib doch zu, dass es dir nicht anders geht.«
»Du irrst dich, Klut«, gab Falk mürrisch zur Antwort. »Mir geht es anders. Von mir aus kann das Unwetter getrost an uns vorbeiziehen. Und außerdem«, fügte er hinzu, »bist du noch viel zu jung für einen solchen Sturm.«
»Nun hör sich einer diesen Heuchler an«, gab Klut lachend zurück. »Warst du vor deiner ersten Schlacht nicht noch jünger als ich? Oft genug geprahlt hast du ja damit.«
Falk verzog ärgerlich das Gesicht. Dass Klut ihn daran erinnern musste. Jetzt wünschte er, er hätte weniger erzählt. Aber leider war es nur allzu wahr.
»Trotzdem möche ich nicht, dass es dir genauso ergeht«, sagte er. »Es gibt Wichtigeres, als Hohlköpfe einzuschlagen. Man wird nur selber ein Hohlkopf davon.«
»Du hast ja eine hohe Meinung von dir«, meinte Klut. »Bei all den Köpfen, die du eingeschlagen hast, muss in deinem eigenen Schädel ja geradezu gähnende Leere

herrschen. Ein schöner Lehrmeister, den man mir da vor die Nase gesetzt hat.«
Als Falk nichts erwiderte, fasste Klut ihn beim Arm und zwang ihn stehen zu bleiben. Er sah ihn offen an und sagte: »Nun komm schon, Falk. Ich weiß ja, was du wirklich denkst. Aber mach dir keine Sorgen. Ich kann auf mich aufpassen. Du hast mich viel gelehrt. Und du warst ein guter Lehrer. Der beste, den ich mir wünschen konnte.«
Falk blickte ihn erstaunt an. Das waren andere Worte, als er von Klut erwartet hatte. Da begriff er, dass er sich in Klut getäuscht hatte, dass er blind gewesen war. Klut war kein Kind mehr. Er hatte es nur nicht bemerkt, weil er so lange gewohnt gewesen war, nur das Kind in ihm zu sehen. Aber Klut war ein Mann geworden, jung zwar und noch mit vielen Flausen im Kopf, aber doch ein Mann, der auch alt genug war, ihn, Falk, zu durchschauen.
Auf einmal sah er ihn mit anderen Augen. Die kräftige Gestalt, die ihn, der doch selbst groß gewachsen war, noch um einen halben Kopf überragte, das dunkle, streng geschnittene Haar, die wachen, hellgrauen Augen im gebräunten Gesicht, alles zeigte nur zu deutlich, dass Klut erwachsen geworden war. Der Vogel war bereit, das Nest zu verlassen, das Falk so lange gepflegt hatte. Er sieht seinem Vater viel ähnlicher, als ich je geglaubt habe, dachte Falk. Seine Mutter wäre stolz auf ihn gewesen. Und für einen Augenblick erkannte er auch Odas Züge in Kluts Gesicht wieder, doch dann war es vorbei und die Erinnerung an sie verblasste.
Inzwischen war es dunkel geworden. Noch mehr Feuer wurden entfacht und zahlreiche Fackeln entzündet. Sie gingen weiter und verließen den Hof. Als sie durch das hohe Tor des Hauptgebäudes traten und sich die schwe-

ren Holztüren hinter ihnen schlossen, tauchten sie für einen Augenblick in eine überraschende Stille ein, die sich wohltuend vom Lärm und Treiben auf dem Burghof unterschied. Einige wenige Wachen standen stumm in der Vorhalle. Der kühle Steinboden und die flackernden Fackeln erfüllten den Raum mit dem weihevollen Schweigen einer Kirche. Langsam gingen sie die breite Treppe hinauf, die zum großen Festsaal führte. Dann, als sie die hohe Tür des Saales aufstießen, hatten sie das Gefühl, die Ruhe vor dem Sturm hinter sich zu lassen. Denn kaum hatten sie die Tür geöffnet, als ihnen ein tosender Lärm aus Stimmengewirr und klapperndem Geschirr entgegenschlug, der selbst das brodelnde Treiben auf dem Burghof mühelos übertönt hätte. Einen Atemzug lang blieben sie wie erschlagen stehen und ließen die Blicke über den weiten Saal schweifen.
Zwei große Tafeln standen sich in der ganzen Länge des Saales gegenüber. Daran saßen die Getreuen und Ritter, die dem Ruf des Markgrafen gefolgt waren und an diesem Abend gemeinsam mit ihrem Herrn die bevorstehende Schlacht feierten. Etwas erhöht stand ein breiter Tisch quer zu den Tafeln. Dort saß Harm, sichtbar für alle und hoch aufragend wie ein starker Fels, auf den sie bauen konnten. Zu seiner Linken sah Klut den Hagthaler und den von der Farnsburg, zwei alte Kämpen, die schon manchen Streit an der Seite ihres Herrn ausgefochten hatten und nun die Ehre sichtlich genossen, so über alle anderen erhoben zu werden. Doch zwei Plätze waren noch frei an diesem Tisch. Sie waren für Klut bestimmt, Harms Sohn und Erben, und für Falk, den Hauptmann der Burgwacht, den manche auch »Harms Schwert« nannten.
Sie drängten sich an den Knechten und Mägden vorbei, die die hungrigen und durstigen Herren an den Tafeln

mit einem unerschöpflichen Strom aus Küche und Keller versorgten. Es duftete nach Gebratenem und Gesottenem, nach Wild und Fisch, nach scharfen Gewürzen, die dank Harms Reichtum die Speisen verfeinerten, nach schäumendem Bier und verschüttetem Wein.
Voll Vorfreude blickte Klut auf die Waffen und Wappen, die die Wände zierten, und auf die erbeuteten Fahnen, die von den Balken der reich bemalten Decke herabhingen. All dies erzählte von vergangenen Siegen und von der Größe und Stärke derer von Isenwald, die ihn mit Stolz erfüllten.
Derbe Rufe und Scherze empfingen sie, als sie den Saal betraten, und begleiteten ihren Weg. Schließlich hatten sie ihre Plätze erreicht und setzten sich zu Harm.
»Ihr kommt spät«, meinte der Markgraf und musterte Klut und Falk mit seinen ruhigen Augen, die dasselbe helle Grau wie die Augen seines Sohnes zeigten.
»Wir haben noch ein wenig nach dem Rechten gesehen, Klut und ich«, beeilte sich Falk zu sagen. »Es steht alles zum Besten.«
Harms Gesicht verzog sich zu einem breiten Lächeln. Er langte an Klut vorbei und ließ eine seiner großen Hände krachend auf Falks Schulter fallen. Dann wandte er sich an den Hagthaler und den Farnsburger und sagte: »Nun hört euch nur diesen Schwindler an. Hat eine raue Schale wie ein alter Eber und doch ein so weiches Herz. Stets nimmt er meinen Sohn in Schutz. Dabei ist mir doch eben erst zugetragen worden, dass da einer in luftiger Höhe ein Bad im Licht der Abendsonne genommen hat.«
Die beiden Herren brachen in lautes Gelächter aus, das sich rasch durch den Saal fortpflanzte, denn Harms dröhnende Stimme war bis zum hintersten Platz zu hören gewesen. Zwar ohne Bosheit, doch voll Schadenfreude weideten sich alle an Falks und Kluts Verlegenheit.

Die beiden beugten sich rasch über ihre gefüllten Teller und schon bald zog das festliche Gelage die Aufmerksamkeit der Anwesenden wieder von ihnen ab. Klut warf Falk einen dankbaren Blick zu.

Doch selbst dieser kurze Blick war Harms scharfen Augen nicht entgangen. Ohne das Gespräch mit seinen Tischgenossen zu unterbrechen, legte er scheinbar zufällig seine Hand auf Kluts Nacken. Klut spürte die Wärme und Festigkeit, die von dieser Hand ausgingen. Er wusste, sein Vater verzieh ihm seine Flausen. Als Harm die Hand wieder fortnahm und nach dem großen Trinkpokal griff, als wäre nichts gewesen, lehnte sich Klut in seinem Sessel zurück und betrachtete ihn.

Die wuchtige Gestalt des Grafen der Mark war in ein prächtiges und doch streng geschnittenes Gewand aus dunklem, festem Stoff gekleidet. Harm liebte die Strenge und hielt nicht viel von unnötigem Zierrat und Tand. Selbst in seinen kostbarsten Kleidern sah er stets so aus, als wäre er jederzeit zum Kampf bereit. Und wehe dem, der sich durch das graue Haar dieses Mannes verleiten ließe, ihn für alt und schwach zu halten. Der würde rasch eines Besseren belehrt, denn nur wenige verstanden es, die Waffe so zu führen wie der Herr von Harms Burg, der jeden Tag mit einer ausgedehnten Übungsstunde in seinen Waffenkammern begann.

Klut liebte seinen Vater und bewunderte die Ruhe und Kraft, die er ausstrahlte. Harms Kopf war wie das Haupt eines Löwen, mit breit angelegten Gesichtszügen und zwei scharfen Augen, deren Blick sich niemand entziehen konnte. Wie Raubvogelkrallen konnten diese Augen ihr Opfer festhalten. Mancher starke Mann hatte sich schon unter diesem Blick gewunden und war dann Harms Wort bedingungslos gefolgt, dankbar, diesem Blick heil entkommen zu sein.

Plötzlich wurde es still im Saal. Klut sah sich erstaunt um. Was war denn? Warum hörten alle auf zu essen und zu trinken und warum verstummten alle Gespräche? Er warf Falk einen fragenden Blick zu.

Falk beugte sich an sein Ohr und flüsterte: »Athos ist da. Der Skalde.«

»Der Sänger? Was will der hier?«, fragte Klut leise und runzelte die Stirn. »Jetzt ist doch nicht die Zeit für Ammenmärchen.«

Harm hatte seine Worte gehört und ebenso leise wies er seinen Sohn zurecht: »Du solltest das Wort des Skalden nicht so gering achten. Und außerdem habe ich ihn gerufen. Es war mein Wunsch, dass er heute Abend für uns singt.«

Klut zuckte mit den Schultern und blickte dem alten Mann, der sich langsam ihrem Tisch näherte, entgegen. Jetzt erst erkannte Klut, dass der alte Mann blind war. Tappend suchte er sich mit seinem Stock, der leise auf den Steinboden schlug, den Weg.

»Seid willkommen, Athos«, empfing der Markgraf ihn freundlich. »Es freut mich, dass Ihr kommen konntet. Ich hoffe doch, man hat es Euch in meinem Haus an nichts fehlen lassen.«

»Nein, Herr«, erwiderte der Skalde mit einer Stimme, deren Kraft und Frische Klut überraschte. »Isenwalds Haus ist unter den Gastlichen noch immer das rühmenswerteste.«

»Ich danke Euch für Eure ehrenden Worte«, sagte Harm. »Ihr habt einen beschwerlichen und ... gefährlichen Weg auf Euch genommen.«

»Gefährlich vielleicht für die Sehenden«, entgegnete der Skalde. »Doch kein Leid geschieht dem alten Mann, der nichts zu berichten weiß von dem, was die Welt in diesen Tagen bewegt.«

»Und doch kennt Ihr diese Welt und habt Ohren, die viel erfahren können«, meinte Harm und beugte sich gespannt vor.

»Und einen Mund, der zu schweigen weiß von Dingen, die nicht seine Sache sind«, sagte Athos.

»Doch würdet Ihr mit wenigen Worten vielleicht einer guten Sache einen großen Dienst erweisen können«, beharrte Harm.

»Wenn ich mir all die Sachen anderer, von denen es stets heißt, dass sie gute seien, zu Eigen machen würde, wäre ein Vogelfreier wie ich bald von seinem Leben befreit«, entgegnete Athos.

Harm runzelte die Stirn und lehnte sich enttäuscht zurück. In diesem Augenblick sprang Klut von seinem Platz auf. Ehe ihn noch jemand daran hindern konnte, riss er ein Schwert von der Wand, setzte über den Tisch hinweg, baute sich vor Athos auf und berührte dessen Hals mit der Spitze des Schwerts.

»Vielleicht ist dieses Eisen imstande, deine Zunge zu lösen«, sagte er grimmig. Dabei warf er einen raschen Blick in die Runde. Doch niemand machte Anstalten, ihn zurückzuhalten. Die unterdrückte Ungewissheit angesichts der bevorstehenden Schlacht machte alle anfällig für rasche, unbedachte Taten, in denen sich die Spannung Luft verschaffen konnte.

Athos rührte sich nicht. Doch schien er sich zu Kluts Erstaunen nicht zu fürchten. Er war nicht einmal zusammengezuckt, als Klut ihm das Schwert an den Hals gesetzt hatte. Mit ruhiger, klarer Stimme sagte er: »Seid gegrüßt, Harms Sohn. Ich erkenne die Stimme Eures Vaters in Eurer Stimme. Aber warum dies Schwert? Habt Ihr keine Worte, mit denen Ihr sprechen könnt?«

»Ein Schwert sagt mehr als alle Worte«, antwortete Klut.

»Doch ist es nicht stärker als das Wort«, erwiderte Athos.

»Nun, stark genug, um Euer Lied für immer zum Schweigen zu bringen, Sänger«, fuhr Klut ihn an.

»Klut, ehre das Gastrecht«, hörte er Falk hinter sich leise sagen. Doch Harm brachte Falk mit einem Wink zum Schweigen und schüttelte den Kopf. Gespannt verfolgte er das Gespräch zwischen seinem Sohn und dem Skalden. Athos hatte die Störung nicht beachtet und sagte: »Ihr irrt Euch. Mich könnt Ihr vielleicht treffen, das Lied wird weiter gesungen werden. Am Ende wird das Lied über Euer Schwert siegen. Und es wird ein Lied sein, das Euer Schwert vielleicht dem Vergessen entreißt, wenn es verrostet und zu Staub zerfallen ist.«

»Aber was wäre Euer Lied ohne das Schwert?«, gab Klut trotzig zur Antwort. »Ohne das Schwert gäbe es keine Taten, die Ihr besingen könntet.«

»Das ist wahr«, erwiderte Athos. »Aber dann schafft Taten, die es wert sind, besungen zu werden. Ihr entscheidet über den Wert Eures Schwertes. Es kann Leben nehmen oder sich schützend vor das Leben stellen.«

Klut stutzte. Die Worte des alten Mannes berührten ihn auf seltsame Weise. Es war ihm, als würde ihm schlagartig der Wert des Lebens, das er mit seiner Waffe bedrohte, bewusst. Beschämt ließ er das Schwert sinken. »Ihr habt Recht«, meinte er. »Verzeiht mir.«

»Eure Einsicht ehrt Euch«, sagte Athos und lächelte. »Euer Vater kann stolz sein, einen Sohn wie Euch zu haben. Ihr wisst nicht nur mit der Hand eine gute Klinge zu führen.«

Klut verneigte sich vor dem Skalden. Da hob Harm seinen Weinpokal und rief: »Gut gesprochen. Trinken wir auf das Wohl des Sängers und auch auf das Wohl des Kriegers. Mögen Stimme und Schwert sich zu einem großen Sieg vereinen.«

Alle Anwesenden hoben ihre Becher und schlossen sich

dem Trinkspruch an. Lachend und scherzend riefen sie Athos und Klut ihren Beifall zu. Eine ausgelassene Stimmung trat an die Stelle der Spannung, die während des Gesprächs den Saal erfüllt hatte.
Als Klut an den Tisch zurückkehrte, sah er erleichtert den Stolz und die Freude in den Augen seines Vaters. Und auch Falks Gesicht strahlte. Harm reichte Klut den Pokal und forderte ihn auf, sich dem Trinkspruch ebenfalls anzuschließen. Doch Klut trat mit dem Pokal noch einmal zu Athos und erst als dieser einen Schluck genommen hatte, trank auch er von dem Wein.
»Ich hoffe, Ihr nehmt mir meine Worte nicht übel«, sagte er leise zu Athos.
»Das müsst Ihr nicht fürchten«, entgegnete der alte Mann. »Seht unseren Streit als Band an, das zwischen uns geknüpft wurde.«
Da ergriff Klut dankbar die Hand des Skalden und führte ihn an den erhöhten Platz, der für das Lied des Sängers vorgesehen war. Er selbst setzte sich wieder an den Tisch seines Vaters.
Erneut kehrte Stille ein. Die Herren an der Tafel lehnten sich bequem in ihren Sesseln zurück und die Knechte und Mägde stellten sich an den Wänden des Saales auf.
Klut sah nachdenklich auf den alten Skalden, der aufrecht vor seinen Zuhörern stand und auf die wachsende Stille zu lauschen schien. Die Falten seines wallenden Gewandes bewegten sich nicht. In diesem Augenblick hätte er aus Stein gehauen sein können. Das schlohweiße Haar fiel lang über seine Schultern. Die blinden Augen schienen in eine weite Ferne zu blicken, die allen anderen verschlossen blieb.
Ob er sehen kann, was ich gesehen habe?, fragte sich Klut. Ob er etwas von der Straße weiß? Und was an ihrem Ende liegen mag? Ach, es war doch nur ein Traum.

Aber warum ist der Traum so oft und immer auf gleiche Weise zu mir gekommen? Was für eine Bedeutung hat er? Und warum zieht mich diese Straße so sehr an?
Seine Gedanken schweiften ab. Die Halle um ihn versank und er sah wieder die goldene Bahn der Straße vor sich. Sie ist in mir, dachte er. Sie beginnt in mir. Und ich brauche nicht einmal die untergehende Sonne, um sie zu sehen. Warum?
Plötzlich wurde er sich bewusst, dass Athos schon lange mit seinem Gesang begonnen haben musste. Doch es fiel Klut schwer, sich aus seinem Traum zu befreien und die Worte des Skalden deutlich zu hören. Ja, es schien ihm sogar, als würden diese Worte das Traumbild noch verstärken. Da begriff er erst, dass auch in diesem Lied von einer Straße die Rede war, von einer Straße, die ins Ungewisse führte. Und er sah in diesem Lied ganze Heerscharen, die versuchten der Straße zu folgen, unzählige Menschen, die auf der vergeblichen Suche nach dem waren, was wie eine Verheißung am Ende der Straße auf sie wartete. Doch einer um den anderen ging in die Irre, verlor den Weg und oft auch das Leben, ohne jemals das verlockende Ziel erreicht zu haben.
Klut spürte Widerstand in sich wachsen. Er wehrte sich gegen das, was er hörte. Dabei wusste er nicht, wogegen er sich eigentlich sträubte. War es der Wunsch, die Straße, seine Straße nicht mit anderen teilen zu müssen, sie als etwas Eigenes, nur für ihn Bestimmtes besitzen zu wollen? Oder war es nur sein Widerwille gegen das, was er Ammenmärchen genannt hatte, der in ihm erwachte? Er verstand seinen aufkeimenden Ärger nicht. Was war denn falsch am Lied des Skalden? Warum sollte er nicht von einem goldenen Zeitalter singen, einer Zeit des Heils und des Segens für alle Menschen? Und warum nicht von der Hoffnung der Menschen auf ein Land, in

dem ein versunkenes Reich nur darauf wartete, gefunden und erweckt zu werden, damit das goldene Zeitalter von neuem anbrechen würde?
Das sind doch nur ... Trugbilder, Irrlichter, denen keiner nachlaufen sollte, dachte er. Aber steht es denn besser mit mir? Was ist die Straße, die ich gesehen habe, denn anderes als ein Trugbild?
Dann war sie wieder da. Dann zog sie ihn wieder in den Bann und er fragte sich nicht mehr, ob sie wirklich war oder nur ein Fiebertraum. Und wie er schon den Beginn von Athos' Lied nicht gehört hatte, so bemerkte er auch lange nicht, dass es endete und an seine Stelle das laute, wogende Treiben der festlichen Gesellschaft trat.
»Klut«, drang die Stimme seines Vaters auf ihn ein. »Was hast du denn? Schläfst du?«
»Er hat wohl zu tief in den Becher geschaut«, meinte Falk lachend.
Klut schreckte auf und warf Falk einen wütenden Blick zu. Dann schüttelte er sich, erhob sich rasch und sprang mit einem Satz auf den Tisch. Dort stemmte er die Arme in die Seiten, sah auf Falk herab und fragte: »Sieht so ein Weinbeutel aus?«
»Nein«, gab Falk lachend zur Antwort. »Wohl eher ein Windbeutel.«
»Ach ja?«, rief Klut. »Na warte! Morgen werde ich dir zeigen, wie stürmisch so ein Windbeutel sein kann.«
Er sprang wieder vom Tisch herab und mischte sich unter die Gäste, die sich um Athos geschart hatten und ihn mit Fragen löcherten.
Da fühlte Falk Harms schwere Hand auf seiner Schulter.
»Komm«, sagte der Markgraf. »Lass uns einen Augenblick nach draußen gehen.«
Sie erhoben sich, und nachdem Harm sich durch einen Blick in die Runde überzeugt hatte, dass es den Gästen

an nichts fehlte, verließen sie den Saal durch eine niedrige Seitenpforte. Falk ging seinem Herrn mit einer Fackel durch die verwinkelten Gänge und über enge Treppen voran, bis sie den Wehrgang der Burgmauer erreichten. Von dort hatten sie einen weiten Blick über die mondbeschienene Landschaft. Auf einen Wink Harms zogen sich die Wachen zurück.

Harm trat an die Zinnen und blickte gedankenverloren in die Weite, in der sich die Hügel und Wälder Dunlands in der silberhellen Nacht auflösten. Falk betrachtete Harms Gesicht von der Seite. Es war das vertraute Gesicht und doch beunruhigte es Falk. Etwas war anders als in all den Jahren, die er seinem Herrn nun schon diente. Früher hatte Harms Gesicht vor jeder Schlacht ungebändigte Kraft ausgedrückt. Und so hatte er sie noch stets zum Sieg geführt. Doch heute wirkte er in sich gekehrt. Nicht dass auf seinem Gesicht Unsicherheit oder Furcht zu sehen gewesen wären, aber es fehlte die wilde Entschlossenheit, die Falk gewohnt war.

»Leibbrandt wird kommen«, sagte Falk.

Harm lächelte müde. »Hoffen wir es«, erwiderte er. »Sonst fürchte ich, dass Brogland leichtes Spiel mit uns haben wird. Die Zeiten, in denen wir keinen Gegner zu fürchten hatten, sind vorbei.«

»Die Brogländer haben viele Verbündete«, meinte Falk.

»Das ist wahr. Aber mit Leibbrandts Heer vereint können wir siegen.«

»Du vertraust darauf, dass er kommt?«, fragte Harm und blickte ihn forschend an.

»Er hat Euch sein Wort gegeben«, antwortete Falk.

»Ja, sein Wort«, sagte Harm und lachte gequält. »Mehr noch nicht. Und wir setzen unsere Hoffnung darauf, dass er dieses Wort nicht vergisst.«

»Was ist mit Euch?«, fragte Falk.

Der Markgraf wandte sich ab und sah wieder in die Nacht hinaus. Lange schwieg er, dann sagte er leise: »So viele Schlachten. Hat das denn nie ein Ende?«
»Ihr selbst habt nie ein Ende gesucht«, meinte Falk.
»Ich weiß«, sagte Harm. »Aber warum? Was hat mich all die Jahre dazu getrieben? Reichtum? Macht? Das zerfällt. Es findet sich immer einer, der das will, was du hast.« Wieder lachte er auf sonderbare Weise. »Es ist doch seltsam, Falk«, setzte er hinzu, doch dann verstummte er.
»Was, Herr?«, fragte Falk. »Was ist seltsam?«
»Dass ich mir diese Frage erst heute stelle«, antwortete Harm. »Oda hat sie mir schon vor langer Zeit gestellt.« Er fuhr sich mit der Hand über das Gesicht, als wollte er etwas davon wegwischen, Gedanken, die sich wie Spinnweben darauf festgesetzt hatten. »Ich denke viel an sie in diesen Tagen. Es ist, als wäre sie zu mir zurückgekehrt. Dabei gab es Zeiten, in denen ich sie schon fast vergessen hatte. Warum kommt sie jetzt? Was hat das zu bedeuten?«
Falk sah ihn betroffen an. Noch nie hatte er solche Worte von Harm gehört. Ist er alt geworden?, dachte er erschrocken. Zu alt und zu müde?
Harm hatte seinen Blick bemerkt. Er kannte Falk schon so lange und verstand es nur zu gut, seine Gedanken zu lesen. Wieder legte er seine Hand auf Falks Schulter. Doch diesmal schloss sich die Hand so fest, dass es schmerzte und Falk das Gesicht verzog.
Harm lächelte grimmig und sagte: »Das soll dich lehren, so von mir zu denken. Ich bin nicht zu alt und auch nicht zu müde für eine weitere Schlacht.«
»Verzeiht mir, Herr«, entgegnete Falk und rieb sich die schmerzende Schulter. Und wie um seine eigenen bösen Vorahnungen zu vertreiben, fuhr er fort: »Ihr solltet Euch nicht so sorgen, Herr. Wir werden siegen.«

»Ja, vielleicht«, meinte Harm. »Und was kommt dann? Eine nächste Schlacht? Wird es immer so weitergehen? Ich wünschte, eine andere Zeit würde kommen, solch eine goldene Zeit, wie Athos sie zu besingen versteht.«
»Es wäre vielleicht besser, Athos nicht zu oft zuzuhören«, sagte Falk. »Diese süßen Weisen benebeln die Sinne. Zu viel ... Hirngespinste!«
»Bist du dir da so sicher?«, fragte Harm.
»Natürlich, Herr«, erwiderte Falk erstaunt. »Ihr etwa nicht?«
Harm zuckte mit den Schultern und gab keine Antwort. Schweigend sahen sie wieder in die Nacht hinaus. Die Stille, die sie umfing, wurde nur selten von vereinzelten Lauten unterbrochen; die Schritte der Wachen, ein unruhiges Tier in den Ställen, ein Ruf, Geräusche, die der Silberschein des Mondes unwirklich und fremd erscheinen ließ.
Plötzlich sagte Harm: »Für Klut. Für Klut würde ich wünschen, dass es mehr ist als nur ein Hirngespinst.«
Das Mondlicht trieb scharfe Schatten aus den Zinnen, den Söllern und Türmen von Harms Feste. Doch keiner dieser Schatten war so tief und dunkel wie der Schatten, der aus der Dunkelheit nach ihnen griff. Irgendwo dort draußen näherte sich die Gefahr. Vielleicht lauerte sie schon hinter dem nächsten Hügel. Der Sturm konnte jederzeit losbrechen und den Frieden dieser Nacht als Trugbild entlarven.
»Es ist wie bei uns«, sagte Silas. »Genauso dunkel und bedrohlich.«
»Ja«, erwiderte Marei. »Ich habe es dir gesagt. Der Schatten, der auf unserer Welt liegt, ist ein altes Leiden.«
»Die Hoffnung aber auch«, meinte Silas leise.
Marei nickte.
»Erzähl weiter«, bat Silas.

3
Ein überraschender Sieg

Es war früher Morgen, als Athos Harms Burg verließ. Dichter Nebel kroch von den Hügeln Dunlands und hüllte auch den Burghof in sein fahles Kleid. Die Sonne war eine bleiche Scheibe im Nirgendwo. Zerrissene Nebelschwaden hingen wie geisterhafte Fahnen an den Spitzen der Türme. Fiebrige Erwartung lag auf der Burg. Klut sah fröstelnd zu, wie der kleine, schmächtige Führer des Skalden, den Athos »Auge« nannte, die wenigen Habseligkeiten des Sängers auf einem Packesel festzurrte. In einen weiten Mantel gehüllt wartete Athos ruhig auf das Zeichen zum Aufbruch. Er schien die bedrückende Spannung dieses Ortes nicht zu spüren. Geistesabwesend zeichnete er mit seinem langen Stab verschlungene Muster in den Staub, der den Boden bedeckte. Klut wunderte sich, wie klar die Linien waren, die kein Zittern der alten Hände verdarb.
Wie gelassen er ist, dachte Klut. Wenn der Frieden ein Zuhause hat, dann muss es das Herz dieses alten Mannes sein.
»Wohin werdet Ihr gehen?«, fragte er.
»Nicht dem Sturm entgegen«, erwiderte Athos. Er sagte es leichthin, aber Klut spürte doch deutlich, dass dem alten Mann nicht zum Scherzen zumute war.
»Ihr habt gesagt, dass Ihr nichts zu fürchten habt, weil Ihr ... blind seid«, meinte Klut. »Aber Euer Diener, wie steht es mit dem? Wenn Ihr ihn Auge nennt, hat er doch allen Grund, für sein Leben zu fürchten.«
Athos gab keine Antwort. Stattdessen drehte Auge Klut

sein pockennarbiges Gesicht zu und grinste breit. Er öffnete den Mund und zeigte lallend den Rest seiner Zunge. Dann verzog er das Gesicht und brach in ein gurgelndes Lachen aus, als hätte er wer weiß was Komisches zum Besten gegeben.
»Seine Zunge ...«, stieß Klut entsetzt hervor.
»Ja«, sagte Athos ruhig. »Man hat ihm die Zunge abgeschnitten. So passen wir aufs Beste zusammen und es lohnt nicht die Mühe, uns ein Leid anzutun. Was können der Blinde und der Stumme den Mächtigen dieser Welt schon schaden?«
»Aber wie kann er Euer Führer sein?«, fragte Klut.
»Stellt ihm eine Frage«, forderte Athos ihn auf.
Zweifelnd wandte sich Klut an Auge: »Von woher ... von woher nähert sich Gefahr?«
Auge grinste wieder. Er warf einen belustigten Blick auf seinen Herrn, der die Hände über dem Knauf seines langen Stabs gefaltet hatte und sein Kinn darauf stützte.
»Nur zu«, murmelte Athos, der genau zu wissen schien, was vor sich ging. Da trat Auge dicht an Klut heran und streckte ihm die Hände entgegen.
»Was soll das?«, fragte Klut.
»Lasst zu, dass er seine Hände in Eure legt«, erwiderte Athos.
Klut ließ es geschehen. Kaum hatte Auge seine Hände in Kluts Hände gelegt, als seine mageren, kräftigen Finger sich rasch zu bewegen begannen. Dabei bildeten sie die verschiedensten Formen. Manche wiederholten sich und es war deutlich, dass es sich um Zeichen handeln musste. Aber wenn dies eine Sprache war, so blieb sie Klut verschlossen. Klut ließ die Hände sinken und schüttelte den Kopf: »Ich verstehe nichts. Wenn das überhaupt etwas zu bedeuten hat.«
Athos lachte leise und rief Auge zu sich. Und als dieser

die Bewegungen seiner Finger in Athos' Händen wiederholte, begann Athos zu Kluts Verblüffung die sonderbaren Zeichen in Worte zu übersetzen.
»Gefahr kommt von Westen. Große Verbände. Auf Pferden, mit Wagen und Rammböcken. Viele Waffen. Viele Krieger. Mehr als Harms Burg Männer birgt. Viel mehr. Armes Dunland.«
»Warum sagt er das?«, begehrte Klut zornig auf. »Wir sind stark. Und wenn erst Leibbrandt kommt, werden wir die Brogländer das Fürchten lehren.«
»Ihr tätet besser daran, euch so zu verhalten, wie eure eigene Stärke es erlaubt, als auf andere zu vertrauen«, sagte Athos und seine Stimme wurde bei diesen Worten hart.
Klut erschrak, doch zugleich starrte er den alten Mann wütend an. Der Stolz des Herrensohns erwachte in ihm. Was erlaubte sich dieser hergelaufene Sänger, ihm, des Markgrafen Sohn, zu widersprechen?
»Was wisst Ihr schon von Leibbrandt?«, stieß er hervor.
»Er ist ein treuer Verbündeter Dunlands und wird dafür reich belohnt werden.«
»Ich habe viele Leibbrandts auf meinen Reisen kennen gelernt«, antwortete Athos, ohne sich von Kluts Verärgerung aus der Ruhe bringen zu lassen. »Und viele, die ein Bündnis nur nach der Höhe des Lohns bemessen haben. Winkt ihnen höherer Lohn, sind sie rasch bereit, die Seite zu wechseln. Es ist gefährlich, sich mit Söldnerseelen einzulassen. Wer kauft, wird allzu schnell vekauft.«
»Er hat sein Wort gegeben«, murmelte Klut, aber es fiel ihm zusehends schwerer, gegen die Worte des Skalden aufzubegehren. Zu sehr riefen diese seine eigenen Ängste wach.
»Und ich wünsche Euch von Herzen, dass er sein Wort

auch hält«, sagte Athos. »Missversteht meine Worte nicht. Ich hoffe das Beste für Euch, aber Erfahrung hat mich alten Mann misstrauisch gemacht.«
Auge trat zu seinem Herrn und gab ihm durch Zeichen zu verstehen, dass alles zum Aufbruch bereit sei. Er hatte die Worte des Skalden gehört und warf Klut einen Blick zu, aus dem wie das Aufleuchten eines Blitzes Jahre der Entbehrungen, der Demütigungen und Verletzungen hervorbrachen.
Was weiß ich denn schon?, dachte Klut. Ich habe kein Recht, Athos oder Auge zu verurteilen. »Sehen wir uns wieder?«, fragte er leise.
Athos zögerte, dann sagte er: »Kommt näher zu mir.«
Klut trat vor den Skalden und der alte Mann legte die Hände auf seinen Kopf. Er schwieg und sah mit seinen blinden Augen über Klut hinweg. Endlich sagte: »Ja, ja, wir sehen uns wieder. Wenn mein Gefühl mich nicht täuscht. Aber ...«
»Was aber?«, fragte Klut.
»Ach, ich weiß nicht«, antwortete Athos und ließ die Hände sinken. »Es kann viel geschehen. Ich bin kein Hellseher.«
Diese Worte klangen sonderbar abwehrend und Klut wurde das Gefühl nicht los, dass Athos etwas verheimlichte. Doch da nicht mehr aus ihm herauszubringen war, schüttelte Klut die vage Ahnung ab und meinte nur: »Ich begleite Euch zum Osttor. Mein Vater hat die Torwächter sicher schon angewiesen, Euch ungehindert passieren zu lassen.«
Er half dem alten Skalden auf seinen Reitesel hinauf. Auge trieb die beiden Tiere mit gurgelnden Lauten voran. Willig folgten die Esel und so zog die kleine Karawane über den weiten Burghof, bis sie vor dem hohen Osttor noch ein letztes Mal kurz zum Stillstand

kam. Die Wächter öffneten das Tor, zogen das Fallgitter empor und ließen die Zugbrücke herab. Das Kreischen der Eisenketten zerriss die Stille. Krachend schlug die Zugbrücke auf dem felsigen Untergrund jenseits des Grabens auf. Mit gesenkten Lanzen bildeten die Wächter einen dichten Sperrgürtel, um einen überraschenden Angriff aus dem Nebel notfalls abwehren zu können.

Klut folgte den Reisenden ein Stück weit auf die Zugbrücke hinaus. Dann hieß es Abschied nehmen. »Lebt wohl«, sagte er. »Hoffen wir, dass Euer Gefühl Euch nicht getäuscht hat und wir uns wieder sehen.«

»Lebt wohl, Isenwalds Sohn«, erwiderte Athos den Gruß und Auge nickte heftig.

Klut sah ihnen nach, als sie die Zugbrücke verließen und auf der gewundenen, schmalen Straße davonzogen. Der Nebel verschluckte das seltsame Paar. Klut zog frierend die Schultern hoch und kehrte in die Burg zurück. Hinter ihm wurde die Zugbrücke sogleich wieder emporgezogen. Das Fallgitter wurde gesenkt und das Tor mit einem gewaltigen Querbalken gesichert. Außer Athos und Auge würde niemand mehr die Burg verlassen. Alles richtete sich auf die bevorstehende Belagerung ein.

Langsam schlenderte Klut über den Burghof. Überall begann sich Leben zu regen. Die Tagwachen bezogen ihre Posten, die Bauern, die in der Burg Schutz gesucht hatten, drängten sich mit ihren Familien um die Feuerstellen, und in den Ställen und offenen Pferchen wurde das Vieh versorgt. Klut holte sich etwas zum Essen aus der Küche, die längst wieder vor emsigem Treiben überschäumte. Dann stieg er auf dem kürzesten Weg auf die Burgmauer und gesellte sich zu den Wachen über dem Westtor. Während er sein Frühstück kaute, starrte er wie die Wachen stumm in den dichten Nebel hinaus.

Er konnte nicht lange bleiben. Schon bald wurde er in

die Übungsräume bei den Waffenkammern gerufen. Dort traf er viele der Gäste an, die sich am Vorabend zum Festmahl in Harms Burg versammelt hatten. Nun saßen sie auf langen Bänken an den Wänden des Fechtsaals und schauten dem heftigen Kampf zu, den sich Harm und Falk lieferten. Beide trugen feste Lederpanzer und leichte Helme mit geschlossenen Visieren. Klut gesellte sich zu den Edlen und beobachtete die beiden Fechter. Es schien ihm, als würden sie sich an diesem Tag besonders wenig schonen. Selten zuvor waren die Waffen so hart und unerbittlich aufeinander getroffen. Schon lange nicht mehr hatten sich die beiden solch wuchtige Schläge zugefügt. Wenn sie einander nicht so ebenbürtig gewesen wären, hätte einer von ihnen übel Schaden nehmen können, obwohl sie nur stumpfe Übungsschwerter benutzten. Die Kampfeslust, die eher Wut zu nennen war, steckte die Zuschauer an. Mit geröteten Gesichtern und geballten Fäusten folgten sie angespannt und erregt dem wilden Kampf. Auch Klut konnte nicht verhindern, dass sein Blut in Wallung geriet, und er begann heftig und stoßweise zu atmen.

Endlich senkten die beiden Streiter die Waffen. Unter dem Beifall der Zuschauer streiften sie die Helme ab und verließen Seite an Seite den Kampfplatz.

»Nun, Klut, wie steht es mit dir?«, fragte Harm mit einem ungewohnt heiseren Lachen. »Willst du den Herren hier nicht einmal zeigen, was dich Falk gelehrt hat?«

Das Lachen und die belegte Stimme seines Vaters beunruhigten Klut. Der Markgraf schien trotz des harten Kampfes nicht außer Atem oder erschöpft zu sein. Im Gegenteil, er strotzte vor Kraft. Doch vor Klut konnte er nicht ganz verbergen, dass eine schwere Last auf ihm lag. Es war Klut nicht klar, ob es nur die Verantwortung war,

die Harm als Schutzherr trug, oder die Sorge vor kommendem Unheil. Doch auch er hatte gelernt, seine Gefühle und Befürchtungen vor Außenstehenden zu verbergen. Ein kurzer Blick zwischen ihm und seinem Vater genügte, um einander zu sagen, dass einer vom anderen wusste, was er empfand. Bereitwillig ging er auf den Wunsch seines Vaters ein und ließ sich nicht zweimal bitten. Er wusste, hier ging es um mehr als nur darum, sich vor den anderen zu bewähren oder sich als würdiger Erbe zu erweisen. An diesem Tag wollte sein Vater Stärke und Zuversicht zeigen. Mochte die drohende Gefahr auch groß sein, nichts sollte ihn davon abhalten, seinen gewohnten täglichen Übungen nachzugehen oder die Zeit für einen unterhaltsamen Schaukampf zu erübrigen.
Klut zog sich einen der leicht gepanzerten Lederwämser an und streifte einen Helm über. Doch dann tat Falk etwas Ungewöhnliches, das Klut erstaunte und im ersten Augenblick erschreckte. Statt der stumpfen Übungswaffen ergriff der Hauptmann zwei scharfe Schwerter, schritt in die Mitte des Fechtsaals und streckte Klut eine der Waffen auffordernd entgegen.
Die anwesenden Herren murrten unwillig. Klut hörte ihr aufgeregtes Flüstern. Doch da Harm keine Miene verzog und nicht einschritt, verstummte das Murmeln und gespannte Stille breitete sich aus.
Zögernd ging Klut auf Falk zu und blickte seinem Freund und Lehrmeister fragend ins Gesicht, während er unsicher nach der Waffe griff. Dieser sah ihm mit finsterem Blick entgegen. Falks Worte klangen hart und berührten Klut seltsam kalt, als er sagte: »Die Zeit der Spiele ist vorbei, Klut vom Isenwald. Aus Wunden wird Blut fließen und kein Fehler wird mehr verziehen. Wenn du verlierst, verlierst du nicht nur einen Kampf, sondern dein Leben. Bist du bereit?«

Falk streifte sich den Helm über, schloss das Visier und trat zurück. Klut nickte ohne zu antworten, dann schloss auch er sein Visier, atmete tief ein und sein Körper spannte sich. Langsam umkreisten sie einander. Jeder wartete auf den ersten Schritt des anderen.
Plötzlich schoss Falk vor und sein Schwert beschrieb einen rasenden Bogen, der Kluts Kopf vom Hals getrennt hätte, wenn sich dieser nicht ebenso schnell hätte fallen lassen. Blitzschnell drehte sich Klut auf dem Boden um seine eigene Achse und sprang auf die Füße, nur um mit der nächsten Bewegung einen Ausfallschritt zu tun und mit gestrecktem Schwertarm auf Falk einzudringen. Doch schon hatte auch dieser sich mit einem Seitwärtsschritt in Sicherheit gebracht und tat nun seinerseits einen neuen Stoß.
Und so ging es fort. Schlag folgte auf Schlag, Angriff auf Verteidigung, eine Finte um die andere jagten einander in einer Geschwindigkeit, der die Zuschauer kaum zu folgen vermochten. Doch so rasch dieser Kampf von außen auch erschien, sosehr er auch wie ein einstudierter Tanz aussah, Klut selbst hatte das Gefühl, sich in einer anderen, sonderbar langsam ablaufenden Zeit zu bewegen, in der er durch eine nicht abreißende Folge von Empfindungen und Gedanken getrieben wurde.
Anfangs schlug ihm das Herz wild bis zum Hals hinauf und er hatte Mühe, die Ruhe zu bewahren. Doch mit jedem Schlag wuchsen Kraft und Entschlossenheit in ihm und er spürte, wie all die Jahre des Lernens zu einem harten Kern wurden, der ihn stark und scheinbar unverwundbar machte. Natürlich war dies eine Selbsttäuschung. Er blieb verletzbar und jeder Hieb seines Gegners bedeutete höchste Gefahr. Aber Klut empfand keine Angst davor, verletzt zu werden. Das war es, was ihn stark machte. Angst hätte ihn vielleicht stolpern las-

sen, hätte ihn zu Fehlern verleitet und ihn gelähmt. So aber war er frei, konnte jeden Schlag mit ganzer Kraft und Zuversicht tun. Falks harte Schule machte sich nun bezahlt.

Der Kampf wurde lange und mit steigernder Wucht geführt. Klut war sich bewusst, dass er noch nie so gefochten hatte, noch nie so unbedingt und ohne Rücksicht gegen sich und seinen Gegner. Und in diesem Augenblick geschah etwas Unerwartetes. Etwas, das von weit her zu kommen schien, erwachte in Klut. Jetzt, ausgerechnet jetzt, mitten in diesem Kampf und inmitten dieses hohen Saales, kehrte das Bild der Straße wieder. Klut hatte das Gefühl, auf etwas am Ende dieser Straße zuzugehen, auf etwas, das sich seinerseits auf ihn zu bewegte, sich mit ihm verband und ihn erfüllte. Er spürte Kräfte in sich wachsen, die er niemals in sich vermutet hätte. Kräfte, die zugleich von außen wie auch von innen zu ihm zurückzukehren schienen. Kräfte, die wie selbstverständlich zu ihm gehörten. Auf einmal tat er Schritte und Schläge, die neu waren und doch auch vertraut. Er wusste, diese Schritte und Schläge hatte er nicht von Falk gelernt. Sie waren wie eine Erinnerung, die wieder Gegenwart wurde. Und er hatte das Gefühl, an einem anderen Ort zu sein und einen anderen Kampf zu führen, in einer Schlacht, die vor langer Zeit geschlagen worden war.

Dann strauchelte Falk. Der nächste Schlag, der sein Schwert traf und es aus seiner Hand riss, warf ihn aus dem Gleichgewicht und schwer zu Boden. Das Schwert schlitterte klirrend durch den Saal und prallte gegen die Wand. Hilflos sah Falk seinem Schüler entgegen, der ihn so unerwartet und auf so unbegreifliche Weise besiegt hatte. Wie im Traum trat Klut über ihn. Er schien ihn nicht zu erkennen. Langsam hob er das Schwert zum letzten, tödlichen Schlag.

»Genug!«, drang Harms Stimme wie von Ferne auf ihn ein. »Klut! Hör auf! Das reicht!«
Erschrocken wurde sich Klut des Schwerts bewusst, das so drohend über Falk schwebte. Benommen ließ er es sinken, während er mit der anderen Hand den Helm abstreifte. Er atmete schwer. Aber nicht wegen des heftigen Kampfes, sondern weil er das Gefühl hatte, sich von der Schwere des Bildes befreien zu müssen, das sich wie eine Last auf ihn gelegt hatte. Nur langsam nahm der Saal um ihn wieder feste Gestalt an und er begriff erst allmählich, wo er sich befand. Er verstand nicht, was geschehen war und warum Falk vor ihm auf dem Boden lag. Verwirrt streckte er seinem Lehrmeister die Hand entgegen und half ihm auf die Beine. Falk sah ihn mit Augen an, in denen sich Fassungslosigkeit und ungläubiger Stolz mischten.
Harm trat zu ihnen und herrschte Klut an: »Was ist nur in dich gefahren? Was sollte das?«
Doch Klut spürte, dass sein Vater ihn nicht tadeln wollte, sondern dass dieselbe Fassungslosigkeit, die auch Falk beherrschte, den Markgrafen zu so strengen Worten trieb.
»Ich ... ich weiß nicht«, stammelte Klut. »Es tut mir Leid.«
Da brach der Markgraf in ein befreiendes Lachen aus. »Leid tut es dir?«, rief er. »Unfug. Leid tun sollten dir die Brogländer. Wenn du auf dem Schlachtfeld dein Schwert nur halb so gut führst wie gegen Falk, dann können wir die Bänke vor die Tore stellen und unsere Schwerter putzen, während du die Arbeit verrichtest. Ist es nicht so, meine Herren?«
Die Anwesenden stimmten in sein Lachen ein und ließen Klut hochleben. Sie drängten sich dicht um ihn und bestürmten ihn mit Fragen. Schließlich rettete ihn Harm,

indem er die Herren zum Mahl lud. Etwas verloren blieben Klut und Falk in der leeren Halle zurück.
»Was war das nur?«, knurrte Falk. »Von mir hast du das nicht. Auf keinen Fall.«
»Ich weiß es wirklich nicht«, sagte Klut bekümmert und er versuchte sich an das, was vorgefallen war, zu erinnern. Doch jetzt lag alles wie unter einem Nebel. Er konnte die einzelnen Bilder nicht festhalten.
»Zeig mir diese Schläge noch mal«, brummte Falk. »Verdammt. Ich fürchte, jetzt werde ich wohl zu dir in die Lehre gehen müssen.«
»Aber das kann ich nicht«, entgegnete Klut. »Das war ich nicht ... oder jedenfalls nicht ich, wie ich sonst bin. Da ist etwas zurückgekehrt. Von weit her.«
Falk sah ihn an, als hätte Klut den Verstand verloren. Dann verzog er das Gesicht und schimpfte: »Gut. Lass es halt sein. Behalt dein Wissen für dich und mach es nur recht geheimnisvoll. Warum solltest du einem alten Haudegen wie mir auch deine besten Trümpfe preisgeben?«
»Aber nein«, widersprach Klut, »das ist es nicht. Ich kann mich nur beim besten Willen nicht erinnern. Es ist, als wäre ich erst nach unserem Kampf wieder erwacht und als könnte ich mich an den Traum, den ich hatte, nicht erinnern.«
»So, ein Traum war das also«, knurrte Falk. »Ist es so weit gekommen, dass du mich schon im Schlaf besiegen kannst? Na, von mir aus. Dann sei so gut und schlaf recht tief und fest, wenn es gilt, gegen die Brogländer ins Feld zu ziehen.«
Kopfschüttelnd verließ er den Saal und Klut blieb allein zurück.
Was ist bloß mit mir los?, dachte Klut. Und was hat das alles mit der Straße zu tun? Warum habe ich sie mitten

im Kampf gesehen? Kann ich das wirklich? Kann ich wirklich so kämpfen? Jederzeit?
Er hob das Schwert und versuchte die sonderbaren Schläge zu wiederholen, mit denen er Falk besiegt hatte. Aber es ging nicht. Er wusste nicht, wie er es anstellen sollte. Es war, als hätte er das Schwert niemals so geführt. Ich kann das nicht, dachte er. Aber wenn nicht ich, wer dann?
Verwirrt versorgte er die Waffen und streifte sich das Lederwams ab. Doch anstatt seinem Vater und allen anderen in den Hauptsaal zum Essen zu folgen, ging er in sein Gemach und verschloss die Tür hinter sich. Er wollte allein sein. Allein mit sich und seinen verwirrenden Gedanken.
Er setzte sich auf die Bank, die unter dem schmalen Fenster stand, das sich, kaum größer als eine Schießscharte, in Richtung Westen öffnete. Dabei war er froh um die vertraute Festigkeit der kühlen Mauer, an der sein Rücken lehnte. Der Stein war wirklich und unverrückbar. Kein schwankendes Bild, das kam und ging, wie es wollte, ohne dass er es beeinflussen konnte.
Er dachte an Athos und vor allem an das Lied, das der Skalde in der großen Halle gesungen hatte. Klut ahnte, dass dieses Lied und das, was an diesem Morgen im Fechtsaal geschehen war, zusammenhingen. Denn es war dieses Lied gewesen, das in ihm zum ersten Mal die Ahnung aufsteigen ließ, dass die Straße, die er so oft gesehen hatte, mehr war als nur ein Traum, mehr als ein Hirngespinst. Denn wie sonst hätte der Skalde von ihr zu berichten gewusst? Er konnte ja nicht in Kluts Träume schauen. Es gab sie also wirklich. So wirklich und fest wie es diese kühle Steinmauer gab. Aber wo war sie zu finden? Und wohin führte sie?«
»Das hört sich gut an«, murmelte Silas. »Wirklich und

fest wie eine Steinmauer. Und ich habe schon gefürchtet, dass du mir nur Geschichten über Träume erzählen willst. Das ist schön, dass es sie wirklich geben soll.«
Dann setzte er leise hinzu: »Und diese Straße, ist sie der Weg, der nach Thalis führt?«
»Wir werden sehen«, erwiderte Marei lächelnd. »Hab es nicht zu eilig. Geh den Weg mit Klut. Er ist vielleicht langsamer, aber dafür wirst du dabei mehr über dich erfahren, als wenn wir in großen Sprüngen voraneilen. Hör also zu:
Über all diesen Gedanken schlief Klut ein. Erst ein heftiges Klopfen weckte ihn aus seinem tiefen Schlaf. Erschrocken sprang er auf und öffnete eilig die Tür.
Falk stand vor ihm. »Komm mit!«, sagte er kurz angebunden und eilte vor Klut durch die Gänge der Burg, ohne eine Erklärung abzugeben. Bald hatten sie den großen Versammlungssaal erreicht und kamen gerade noch zurecht, um den Schluss des Berichts von zwei Boten, die staubbedeckt vor dem Markgrafen standen, zu hören.
»Sie sind da, Herr«, stieß einer der beiden hervor. »Sie kommen von Westen her, über den Dreihörnerpass. Sie werden die Burg über das Marchfeld angreifen.«
»Wieso von Westen?«, rief der Hagthaler, der wieder neben Harm saß, erstaunt. »Wieso wählt Brogland die Seite, an der die Burg am stärksten befestigt ist? Von Westen her ist Harms Burg uneinnehmbar.«
Klut konnte die Verblüffung des Hagthalers nur zu gut verstehen. Von Norden her war kein Angriff möglich, da dort der tiefe Isenbach seinen Weg von West nach Ost nahm. Aber im Süden und im Osten war das Gelände zerklüftet. Hier bot sich Deckung und die Burgmauer war unregelmäßig und wies vielerlei Angriffsflächen auf. Im Westen dagegen, gegen die Ebene des

Marchfeldes hin, war sie hoch, breit und uneinnehmbar. Warum also?
Harm schwieg zu dem Gehörten und äußerte keine Meinung. Gelassen ließ er sich von den Boten Auskunft über die Stärke und Bewaffnung des Heeres geben. Besonders über die großen Rammen, die die Brogländer mit sich führten, mit eisenbeschlagenen Spitzen und auf starken Wagen liegend, wollte er jede Einzelheit erfahren.
»Denkt Ihr, dass sie von Westen angreifen, um die Rammen besser in Stellung bringen zu können?«, fragte Falk.
Harm wiegte seinen mächtigen Kopf bedächtig hin und her. »Wir werden sehen«, brummte er. »Es könnte auch eine Täuschung sein. Ich habe nicht vor, mir ein Urteil über etwas zu bilden, das ich nicht mit eigenen Augen gesehen habe.«
Er entließ die Boten und begab sich in Begleitung von Falk und Klut auf die Westmauer.
Noch immer herrschte dichter Nebel und kein Angreifer war zu sehen. Doch dieser Anblick täuschte. Gedämpft war der Hufschlag von vielen Pferden, das Marschieren schwerer Stiefel und das Rumpeln großer Räder zu hören. Die Brogländer nutzten den Schutz des Nebels, um ihr Heer aufzustellen.
Auf einmal kam Wind auf. Kalt und schneidend war er und zerriss den Nebel in Fetzen, die sich rasch auflösten. Der Blick auf das Marchfeld und die Hügel um Harms Burg wurde frei. Und alles war schwarz von den Angreifern, die sich wie eine gewaltige Schar von Raben auf dem Land des Isenwälders niedergelassen hatten.
»Es sind viele«, stieß Falk hervor. »Verdammt viele. Ich hätte nie gedacht, dass der Brogländer so stark geworden ist. Und ich sehe Fahnen mit den Zeichen vieler Grafen der Mark.«

»Brogland hat lange und geduldig auf diesen Tag gewartet«, sagte Harm mit unbewegter Miene. »Seit es ihm gelungen ist, den Platz des alten Herzogs einzunehmen, hat er zahlreiche Grafen auf seine Seite ziehen können. Und je mächtiger er geworden ist, desto mehr haben sich ihm schließlich sogar gegen besseres Wissen angeschlossen.«
»Aber Leibbrandt nicht«, sagte Falk grimmig. »Und Leibbrandt wird kommen und mit ihm alle, die sich gegen diesen Bastard erhoben haben.«
»Hoffentlich bald«, meinte Harm. »Allzu lange werden wir nicht Widerstand leisten können.«
»Aber warum denn nicht?«, fragte Klut erstaunt. »Hagthal hat doch gesagt, dass die Burg von dieser Seite her uneinnehmbar ist.«
»Hagthal irrt sich. Keine Burg ist uneinnehmbar«, entgegnete Harm. »Sieh dir doch nur die Rammen an, die sie mit sich führen. Nie zuvor habe ich so große gesehen. Kein Tor kann ihnen auf Dauer standhalten.«
»Aber dafür müssten sie doch erst über den Graben kommen«, rief Klut. »Und selbst wenn, werden wir ihnen mit heißem Pech das Fell verbrennen.«
Doch statt einer Antwort wandte sich der Markgraf mit einer heftigen Bewegung ab und stieß im Weggehen nur brüsk hervor: »Sag du es ihm, Falk!«
Falk sah seinem Herrn nach, der über eine steile Treppe in den Burghof hinabstieg.
»Was sollst du mir sagen?«, drängte Klut.
Falk seufzte. »Kein Graben ist so tief, dass er nicht gefüllt werden kann. Und wir haben nicht genug Pech, um ein ganzes Heer zu versengen. Das wird ein hässliches Schauspiel geben, Klut. Dein Vater hatte Recht, als er die Grafen in den letzten Jahren immer wieder vor Brogland gewarnt hat. Doch sie haben nicht auf ihn

hören wollen und nun werden sie die Drecksarbeit für den Herzog erledigen müssen. Du wirst es ja erleben. Er wird sie voranschicken und sie werden sich nicht verweigern können, ohne den Treueeid, den sie leisten mussten, zu brechen. Sein eigenes Heer wird er schonen und getrost zusehen, wie wir uns gegenseitig den Garaus machen. Selbst wenn die Grafen mit heiler Haut davonkommen sollten, werden ihre Heere so ausgeblutet sein, dass Brogland keinen Widerstand mehr zu fürchten hat und sich die Grafen mit einem Wink seines kleinen Fingers gefügig machen kann. Recht geschieht ihnen«, beendete er diese Rede, die für ihn, den doch sonst so Wortkargen, erstaunlich lang gewesen war. Angeekelt spie er aus. Dann fügte er noch hinzu: »Ein schlauer Fuchs, dieser Brogland. Ein verdammt schlauer Fuchs.«
Klut sah betroffen auf die Reihen der Angreifer, die, unbekümmert um die Nähe der Verteidiger, ihr Lager aufschlugen und Befestigungen errichteten. Selbst Lieder erklangen und es war nur allzu deutlich zu hören, dass es Spottgesänge waren, die der Abendwind zu den Mauern trug.
Die Sonne versank und ihr Licht ließ das feindliche Heer wie einen Schattenriss erscheinen, dessen scharfe, bedrohliche Spitzen der Schönheit des Abends allen Zauber nahmen.
In dieser Nacht machten die Verteidiger kaum ein Auge zu. Immer wieder fanden sie sich auf der Burgmauer ein und blickten stumm auf die Lichter des feindlichen Lagers. Jetzt waren kaum Geräusche von dort zu hören. Nur hin und wieder durchbrach das Wiehern eines Pferdes oder der Ruf einer Wache die Stille. Trügerisch war diese Stille und beklemmend. Die Lautlosigkeit, mit der die Bedrohung sich zeigte, legte sich wie ein Schatten

auf Harms Burg und schien die Nacht noch zu verdunkeln. So sehnten die Verteidiger das Morgengrauen herbei, das ihnen doch nichts anderes als Verderben zu bringen versprach.

4
Die Schlacht am Isenbach

Als der Morgen graute, brachte er nicht den befürchteten und zugleich ersehnten Angriff. Zu ihrem Erstaunen mussten die Verteidiger feststellen, dass die Brogländer keinerlei Anstalten machten, die Burg zu stürmen. In geordneten Verbänden marschierten sie um das Lager oder führten Übungsmanöver durch. Es war, als wollten sie nichts anderes erreichen, als den Verteidigern durch ihre sichtbare Stärke Furcht einzuflößen.
»Was haben sie vor?«, wunderte sich Falk, der sich wie Harm, Klut und viele andere auf der Burgmauer eingefunden hatte. »Wollen sie uns aushungern?«
Statt einer Antwort fragte Harm: »Gibt es Neuigkeiten von Leibbrandt?«
Falk schüttelte den Kopf. »Nein, seit der Nachricht vom Eintreffen Broglands ist kein Kundschafter mehr zurückgekehrt. Glaubt Ihr, dass Brogland von Leibbrandt weiß?«
»Natürlich weiß er davon«, entgegnete Harm. »Es war uns immer klar, dass dies nicht zu vermeiden ist.«
»Vielleicht versucht Brogland Leibbrandt aufzuhalten«, mischte sich der Farnsburger ein, »und bis er nicht sicher

ist, dass wir von Leibbrandts Seite keine Hilfe erwarten können, hält er sich zurück.«
»Aber warum zeigt er sich schon jetzt?«, wandte Falk ein. »Er hätte sein Heer auch erst nach einem Sieg über Leibbrandt vor unsere Tore führen können.«
»Aber dann hätte er damit rechnen müssen, dass wir Leibbrandt zu Hilfe eilen und ihm in den Rücken fallen«, meinte der Farnsburger. »So aber stecken wir wie die Maus in unserem Loch und können nichts raus, weil die Katze davor sitzt.«
»Nur, wer sollte das sein?«, fragte Harm. »Wer sollte Leibbrandt entgegenziehen? Seht euch die Zeichen auf den Fahnen an. Es sind alle da, die sich mit Brogland gegen uns gestellt haben. Und es sieht auch nicht so aus, als ob Truppenteile noch nicht eingetroffen wären.«
Verblüfft blickten sie über das feindliche Lager und versuchten die Stärke des Heeres abzuschätzen. Nach einigem Streit über die Zahl der Angreifer mussten sie zugeben, dass Harm Recht hatte.
»Dann fürchte ich, dass es nur noch eine Lösung des Rätsels gibt«, meinte der Hagthaler mit belegter Stimme. »Brogland muss es gelungen sein, noch mehr der Markgrafen auf seine Seite zu ziehen. Und mit den wenigen, die noch für uns sind, wird Leibbrandt keine große Hilfe für uns sein. Wenn ...« Er stockte, dann fuhr er heiser fort: »... wenn er es überhaupt noch wagt, uns beizustehen. Vielleicht hat er in diesem Augenblick genug damit zu tun, seine eigene Haut zu retten.«
»Er hat sein Wort gegeben«, entgegnete Falk, aber es klang nicht überzeugt. Der Hagthaler zuckte nur mit den Schultern und gab keine Antwort auf den Einwand.
»Wenn es wirklich so ist«, sagte Harm, »dann erklärt dies nicht, warum Brogland mit dem Angriff wartet. Aber es gibt noch eine andere Antwort. Wenn der Herzog uns

jetzt angreift, dann ist sein Heer in der denkbar ungünstigsten Lage, um ein plötzliches Eingreifen Leibbrandts in die Schlacht ohne große Verluste abwehren zu können. Ja, es könnte sogar sein, dass Brogland dann den Kampf verliert. Also ist er gezwungen abzuwarten, bis Leibbrandt sich mit uns vereint hat, um dann sein Heer gegen uns zu führen.« Harms Gesicht erhellte sich. »Natürlich, das muss es sein. Und es wäre sogar von Vorteil für ihn. Denn wenn Leibbrandt kommt, müssen wir die Burg verlassen, um an seiner Seite zu kämpfen. Für die vereinten Heere ist die Burg zu klein und wir können es uns nicht erlauben, Leibbrandt und seine Truppen auf dem Marchfeld allein gegen Brogland antreten zu lassen.«
»Ihr könntet Recht haben«, meinte Falk und fuhr mit grimmiger Stimme fort: »Lasst uns einen Versuch machen. Es wird Zeit, dass wir der Katze ein wenig auf der Nase herumtanzen, um zu sehen, wie gut es ihr gelingt, die Krallen einzuziehen.«
»Was schlägst du vor?«, fragte Harm.
»Ich werde einen Ausfall machen«, antwortete Falk.
»Bist du verrückt?«, entfuhr es dem Hagthaler. »Warum sollten wir unnötig Männer opfern, die uns später bitter fehlen werden? Das könnt Ihr nicht zulassen, Graf.«
Harm blickte nachdenklich auf das feindliche Lager. Dann nickte er und sagte: »Gut, ich bin einverstanden. Aber nehmt starke Schilde mit.«
Ohne noch ein weiteres Wort abzuwarten, eilte Falk in den Burghof hinab. Im Handumdrehen waren zwei Dutzend Reiter zu Pferde, die sich, mit starken Schilden bewehrt, zum Ausfall bereitmachten. Auf ein Zeichen des Markgrafen ließen die Torwächter die Zugbrücke herab und öffneten Tor und Fallgitter. Gespannt verfolgten die Zurückgebliebenen das Geschehen, als Falk die Reiter auf das Marchfeld führte.

Einen Augenblick verharrte die kleine Schar am Ende der Zugbrücke. Dann stießen die Reiter wilde Schreie aus und jagten über die Ebene auf das feindliche Lager zu. Deutlich war zu erkennen, dass die Truppen Broglands sich rasch zusammenzogen und einen starken, undurchdringlichen Schutzwall um das Lager bildeten. Doch mehr unternahmen sie nicht. Tatenlos sahen sie den heranstürmenden Reitern Dunlands entgegen. Nur wenige Pferdelängen vom gegnerischen Lager entfernt rissen diese ihre Tiere zurück und blieben stehen. Dann ritten Falk und seine Männer langsam an den dichten Reihen der Brogländer entlang.
Doch noch immer geschah nichts. Niemand griff die kleine Schar der Dunländer an. Nicht einmal ein Pfeil wurde abgeschossen oder ein Speer geworfen. Es war ein unheimlicher Anblick. Das riesige Heer der Brogländer säumte unverrückbar wie eine gewaltige Mauer aus Menschenleibern den Rand des Marchfelds. Und Dunlands Reiter irrten sonderbar hilflos und verloren am Fuße dieser Mauer umher.
Kein Laut außer dem vereinzelten Schnauben und Hufscharren der Pferde war zu hören. Plötzlich hielt Falk sein Pferd an. Langsam griff er nach seinem Bogen, legte einen Pfeil auf, zielte kurz und schoss den Pfeil hoch in den leeren Himmel über dem gegnerischen Lager. Der Pfeil erreichte den höchsten Punkt seiner Flugbahn, drehte sich in der Luft und fiel steil zwischen die Zelte der Brogländer, wo er zitternd im Boden stecken blieb. Doch auch diese Beleidigung löste keine Gegenwehr der Brogländer aus.
Da zog sich Falk mit seinen Reitern zurück, wobei sie es vermieden, den Brogländern den Rücken zuzukehren. Erst als sie außer Reichweite der gegnerischen Pfeile waren, jagten sie in gestrecktem Galopp in den sicheren

Schutz der Burg. Das Tor schloss sich und das Kreischen der Zugbrücke durchschnitt die Stille wie ein gewaltiges Schwert.

Klut rannte die steile Treppe in den Burghof hinab, um die Reiter in Empfang zu nehmen. Diese saßen schweigend ab. Ihren Gesichtern war die erdrückende Spannung der vergangenen Augenblicke deutlich anzusehen. Selbst Falks Gesicht wirkte seltsam gezeichnet und seine Haut bleich und eingefallen. Als er Klut kommen sah, schüttelte er sich und brummte: »Scheußliches Gefühl. Hundert Brogländer, die bellen und beißen, wären mir lieber gewesen als dieses eisige Schweigen. Am liebsten würde ich mich mit Mann und Maus auf diesen Brogland werfen und ihm und seinen Spießgesellen die stummen Mäuler aufbrechen.«

»Das wäre ein willkommenes Geschenk für den Herzog«, sagte Harm, der Klut gefolgt war. »Vielleicht beabsichtigt er genau das, uns mürbe zu machen, damit wir den ersten falschen Schritt tun und ihm ins offene Messer laufen.«

»Na ja, wie auch immer«, erwiderte Falk und reckte sich. »Immerhin wissen wir jetzt mit Bestimmtheit, dass vorläufig von den Brogländern nichts zu erwarten ist.«

»Ich denke auch«, meinte Harm. »Aber wir sollten uns nicht darauf verlassen. Verdoppelt die Wachen und lasst auch die anderen Seiten der Burg nicht aus den Augen. Nicht einmal den Isenbach. Bei einem Gegner wie Brogland ist mit allem zu rechnen.«

Falk nickte und ging davon, um die nötigen Befehle zu erteilen. Klut folgte seinem Vater in dessen Gemächer.

»Fürchtet Ihr Brogland, Vater?«, fragte er, als sie allein waren.

Der Markgraf hatte sich auf einem schweren, geschnitzten Stuhl niedergelassen und blickte wie geistesabwesend

in das Feuer, das im offenen Kamin loderte. Klut lehnte sich neben einem der schmalen Fenster gegen einen Pfeiler. Lange sagte Harm nichts, dann kam die Antwort sehr leise und anders, als Klut sie erwartet hatte: »Es gibt nicht nur eine Furcht, Klut. Es gibt die Angst vor dem Tod und mit der bin ich allein. Diese Angst habe ich mit mir selbst auszumachen, so wie du und jeder andere auch. Darin aber fürchte ich Brogland nicht. Ganz anders steht es mit der Sorge um dich und um alle, die unter meinem Schutz stehen. Diese Sorge lässt mich den Brogländer fürchten, um euretwillen.«
»Ist er denn so stark?«, fragte Klut.
Harm nickte. »Ja, antwortete er, »stark und mächtig. Niemand darf ihn ungestraft unterschätzen. Kein Heer ist so groß, dass er es nicht so führen könnte, als wäre es ein einziges Schwert in seiner Hand. Du hast gesehen, wie schnell und gut geordnet das Heer seine Aufstellung verändert hat, als Falk seinen Scheinangriff ausführte. Dahinter steckt ein eiserner Wille.«
»Wäre es dann nicht besser, sich mit dem Herzog zu verbünden?«, fragte Klut.
»Dafür ist es zu spät«, erwiderte der Markgraf seufzend. »Ein Mann wie Brogland braucht Opfer, um seine Macht zu festigen. Und dieses Opfer sind wir. Es sei denn, wir siegen, gemeinsam mit Leibbrandt.«
»Aber wenn es nicht so wäre, wenn Brogland in ein Bündnis einwilligen würde, sollten wir dieses Bündnis eingehen?«, fragte Klut wieder.
Sein Vater erhob sich und stellte sich breitbeinig mit dem Rücken zum Feuer. Der flackernde Schein der Flammen ließ seine Gestalt wie einen dunklen Schatten erscheinen. Klut konnte das Gesicht seines Vaters nicht erkennen, als der Markgraf mit harter Stimme erwiderte: »Nein, niemals. Und wenn unser Untergang der Preis dafür ist,

dann ist dies kein zu hoher Preis. Der Herzog duldet keine Starken neben sich. Er will allein herrschen. Und er wird die, die sich mit ihm verbünden, vernichten und die, die ihm folgen, ins Verderben stürzen. Solange Brogland herrscht, herrscht Krieg. Seine Machtgier kann keinen Frieden begründen.«
»Es ist das erste Mal, dass Ihr so über den Frieden sprecht«, sagte Klut. »Auch Isenwald ist nur durch seine Siege stark geworden.«
»Aber dennoch ist der Friede immer mein Ziel gewesen«, entgegnete der Markgraf schroff. »Auch das Ziel meiner Fehler und Ungerechtigkeiten.«
»Vielleicht sind es die Fehler und Ungerechtigkeiten vieler, die Brogland erst groß gemacht haben«, meinte Klut und er wunderte sich selbst über seine Worte.
Darauf gab der Markgraf keine Antwort. Wortlos setzte er sich wieder und starrte in die Flammen. In diesem Augenblick sah er alt und müde aus. Zum ersten Mal sah Klut ihn so. Und er wusste, dass sich sein Vater vor niemand anderem als vor ihm jemals eine solche Blöße gegeben hätte. Das Herz tat ihm weh bei diesem Anblick und er begriff, wie viel ihm sein Vater bedeutete. »Verzeiht«, sagte er leise. »Ich wollte Euch nicht verletzen.«
Harm drehte ihm das Gesicht zu und sah ihn voll Zuneigung an. »Das tust du nicht. Du hast nur ausgesprochen, was ich selbst denke. Ich bin stolz auf dich, mein Sohn, und werde es immer sein. Aber nun lass mich allein.« Doch als Klut sich schon zum Gehen wandte, fügte er noch hinzu: »Die Fehler der Vergangenheit lassen sich nicht ungeschehen machen, Klut. Doch geben sie sich oft erst zu erkennen, wenn es zu spät ist.«
Bedrückt schloss Klut die Tür hinter sich und eilte durch die Gänge ins Freie. Er hatte das Gefühl, den engen

Mauern der Burg so schnell wie möglich entkommen zu müssen. Der steinerne Bau, der doch sein Zuhause war, legte sich wie eine erdrückende Last auf ihn. Er sehnte sich nach Freiheit. Er wünschte sich nichts weniger, als alles hinter sich lassen zu können, alles Bedrohliche, alle Verstrickungen und Gefahren. Auf einmal wurde er sich bewusst, dass er Angst hatte. Die Sicherheit seiner Kindheit und Jugend, die so selbstverständlich gewesen war, erwies sich nun als gefährdet und zerbrechlich.
Er stürzte hinaus auf die Burgmauer und suchte sich eine stille Ecke, in der ihn die Wachen nicht sahen. Dort hielt er sich an einer Zinne fest. Er hatte das Gefühl, dass der Boden unter ihm schwankte und mit diesem die ganze Welt. Nirgends gab es mehr einen Halt, denn alles war ein einziger endloser Sturz in einen dunklen, gähnenden Abgrund. Er fror und sein Atem ging stoßweise. Die Welt um ihn versank in flirrenden Schleiern, die alles vernebelten und betäubten.
Irgendwann spürte er feste Arme, die ihn hielten, und er hörte eine Stimme, die wie aus weiter Ferne sanft auf ihn einsprach: »Ganz ruhig, mein Junge. Tief einatmen. Es ist nichts passiert. Das geht gleich wieder vorbei.«
Er erkannte Falks Stimme. Mit Tränen in den Augen richtete er sich auf und stammelte: »Ich schäme mich so, Falk. Ich schäme mich so.«
»Dummer Junge«, sagte Falk und legte ihm die Hände auf die Schultern. »Das solltest du nicht. Dafür gibt es überhaupt keinen Grund. Jeder von uns hat das schon durchgemacht. Das muss sein. Du musst wissen, was es heißt, Angst zu haben. Denn nur dann kannst du sie besiegen. Sei froh, dass du das jetzt erlebst und nicht inmitten einer Schlacht. Dann wärst du verloren.«
»Meinst du wirklich, Falk?«, fragte Klut schon halb getröstet.

»Du kannst es mir glauben«, erwiderte Falk. »Es ist mir nicht besser ergangen. Und ich bin froh darum.«
Klut wischte sich die Tränen aus dem Gesicht und ließ seine heißen Wangen vom Wind kühlen, der in kräftigen Böen über die Mauern fegte. Langsam fühlte er sich besser. Übelkeit und Schwindelgefühl wichen und er spürte wieder festen Boden unter den Füßen.
»Falk«, fragte er, »glaubst du, wir können gewinnen?«
Falk blickte auf das feindliche Lager, das sich ihnen wie unfreiwilligen Zuschauern darbot. Die Gassen und Zelte erschienen wie Straßen und Häuserreihen einer eilig errichteten Stadt. Einer Stadt, die im hellen Licht dieses Tages, der sich so heiter und sonnig gab, einen friedlichen Anblick hätte bieten können, wären da nicht die riesigen Rammen auf ihren vielrädrigen Wagen gewesen, die sich wie mächtige gefräßige Heuschrecken über den Zelten duckten, jederzeit zum Sprung bereit.
»Ich habe gelernt, mir diese Frage vor einem Kampf nicht zu stellen«, erwiderte Falk. »Wenn der Kampf unvermeidlich und nicht mehr abzuwenden ist, bleibt keine Zeit mehr für Fragen. Dann denke ich nur noch daran, ob mein Schwert scharf geschliffen ist. Für mich heißt das loszulassen. Das ist wohl jedes Mal ein wenig wie Sterben. Zu dem, was du vor einer Schlacht gewesen bist, kannst du nie mehr zurückkehren.«
Klut sah ihn erschrocken an. Falks Worte erschienen ihm wie eine dunkle Prophezeiung. Wie werde ich nach dieser Schlacht sein?, dachte er. Wenn ich noch lebe. Und wenn, wo werde ich sein und wie wird es hier aussehen? Er blickte über die Mauern der Burg, über die Hügel und Wälder, den wild schäumenden Isenbach, den Himmel, der sich so unendlich hoch und weit über Dunland wölbte. Alles war ihm so vertraut. Dies war seine Heimat. Was würde aus diesem Zuhause werden?

Diese Ungewissheit begleitete ihn durch diesen nicht enden wollenden Tag, durch die Nacht, die diesem Tag folgte, und verließ ihn auch nicht, als der nächste Tag anbrach. Denn Brogland griff nicht an. Wie eine dunkle Bedrohung lagerte das feindliche Heer träge und scheinbar unbeweglich vor den Mauern von Harms Burg. Es war, als würde sich eine riesige Faust quälend langsam um die Burg schließen, um sie endlich wie eine Hand voll Strohhalme zu zermalmen.

Die Spannung, die auf den Verteidigern lastete, wurde schier unerträglich. Die Eingeschlossenen wurden von Stunde zu Stunde unruhiger und gereizter. Kleinigkeiten ließen plötzlich Streit aufflammen. Falk und die Besonnenen unter seinen Männern hatten alle Mühe, die Streithähne daran zu hindern, sich gegenseitig die Köpfe einzuschlagen.

Endlich, gegen Mittag des zweiten Tages der Belagerung, ertönte ein Ruf, der alle aufhorchen und erleichtert aufatmen ließ, obwohl dieser Ruf nichts anderes bedeutete, als dass die Schlacht unmittelbar bevorstand.

»Leibbrandt!«, erscholl es vom Westturm. »Leibbrandt kommt!«

Die Verteidiger drängten sich auf der westlichen Mauer und es bedurfte harter Worte, um diejenigen, die zur Wache auf den anderen Mauern eingeteilt waren, auf ihre Posten zurückzuscheuchen. Jeder wollte das Heer sehen, das sich von Südwest näherte und außer Reichweite von Broglands Pfeilen in Stellung ging.

»Hurra!«, riefen viele. »Leibbrandt hält Wort. Der Sieg ist unser!«

Auch Harm strahlte vor Erleichterung und Freude über das ganze Gesicht. Man sah ihm deutlich an, dass eine schwere Last von seinen Schultern genommen worden war. Leibbrandt war da! Und viele Grafen der Mark

waren mit ihm gekommen. Nun konnten sich die Dinge noch zum Guten wenden. Alles, was Harm über Broglands Absichten und sein unerkläriches Zögern gesagt hatte, bewahrheitete sich nun.
Im gegnerischen Lager kam Unruhe auf. Die Größe des Heeres, das Leibbrandt anführte, schien die Angreifer zu verunsichern. Auf einmal gelang nicht mehr alles mit der gewohnten Sicherheit. Es dauerte lange, bis das Heer sich in die richtige Schlachtordnung gefunden hatte. Die Dunländer sahen es mit Freude.
Ein Teil der Angreifer formierte sich zu einem Tross, der sich auf Leibbrandts Stellung ausrichtete. Der Hauptteil des Heeres stellte seine Reihen gegen das Marchfeld auf.
»Wir sollten schnell handeln, Herr«, drängte Falk. »Bevor sich die Brogländer wieder gefangen haben.«
»Ich weiß«, sagte Harm knapp, dann gab er rasch seine Anweisungen. »Wir werden die Hauptmacht Broglands direkt angreifen«, rief er den versammelten Rittern und ihren Hauptleuten zu. »Doch kurz bevor wir aufeinander treffen, trennen sich Hagthal und Farnsburg mit ihren Reitern von uns und fallen dem Trupp in den Rücken, der gegen Leibbrandt ins Feld zieht. Brogland wird nicht damit rechnen, dass wir es wagen, uns aufzuteilen und nicht als Ganzes gegen ihn antreten. Hagthal und Farnsburg muss es gelingen, die Truppen zwischen sich und Leibbrandt aufzureiben. Bis sie sich mit Leibbrandt vereint haben und uns zu Hilfe kommen können, ist es unsere Aufgabe, das Hauptheer aufzuhalten. Es ist gefährlich und es muss schnell gehen, aber es ist unsere Hoffnung auf den Sieg. Rasch also auf die Pferde! Dunland und Leibbrandt, für den Sieg!«
»Dunland und Leibbrandt, für den Sieg!«, fielen alle in seinen Schlachtruf ein.
In wenigen Augenblicken fand sich die ganze Streit-

macht der Dunländer auf dem weiten Burghof ein. Dicht an dicht drängten sich die Pferde und die Größe dieses Reiterheers erfüllte alle mit Zuversicht und Stolz.
Nur zwei Dutzend Wachen blieben zurück, die die Burg vor versprengten Angreifern schützen sollten. Diese wurden am Westtor zusammengezogen, da von keiner anderen Seite Gefahr drohte. Schon ließen sie die Zugbrücke herab und öffneten Fallgitter und Tor.
Wie ein reißender Fluss, der durch eine Felsenge braust, so jagten die Reiter Dunlands aufs freie Feld hinaus und auf den Feind zu. Dann, kurz bevor die Reihen der Gegner aufeinander trafen, schwenkten Hagthal und Farnsburg mit ihren Reitern ab und hielten auf den Tross zu, der sich Leibbrandts Heer entgegenstellte.
Ein Pfeilregen ergoss sich über Harms Reiter, der die ersten Lücken unter ihnen riss. Doch es waren nur wenige, die fielen, denn die Dunländer wussten sich mit ihren Schilden zu schützen und die festen ledernen Decken, die ihre Pferde trugen, ließen die meisten Pfeile wirkungslos abprallen. »Dunland und Leibbrandt, für den Sieg!«, riefen die Dunländer, dann prallten die feindlichen Truppen aufeinander.
Klut hielt sich dicht neben Falk und seinem Vater, so wie diese es ihn geheißen hatten. So ritt er lange unter dem Schutz der dichten Ringe, die die Dunländer um ihre Anführer geschlossen hielten, und wurde anfangs noch nicht in Kämpfe verwickelt. Mit Freude sah er, dass die Reihen der Angreifer unter dem heftigen Ansturm der Dunländer ins Wanken gerieten. Viele der Brogländer kämpften zu Fuß und waren den wendigen Dunländern auf ihren schnellen Pferden unterlegen. Nicht wenige wurden niedergeritten oder sahen ihr Heil in der Flucht. Doch Klut wusste, dass er sich von diesen ersten Erfolgen nicht täuschen lassen durfte. Dies war erst der

Vormarsch von Broglands Heer. Früher oder später würden sie es mit dessen erdrückender Übermacht zu tun bekommen.

»Es ist, wie ich gesagt habe«, rief Harm Falk zu. »In den vordersten Reihen kämpfen nur die verbündeten Grafen. Brogland hält sein eigenes Heer noch zurück. Es wird Zeit, dass Hagthal und Farnsburg mit Leibbrandt kommen. Wir werden nicht mehr lange so leichtes Spiel haben.«

In diesem Augenblick waren entsetzte Schreie aus der Nachhut der Dunländer zu hören. Ein Reiter, der aus zahlreichen Wunden blutete, bahnte sich einen Weg bis zu Harm durch.

»Leibbrandt, dieser Verräter«, keuchte er mit vor Schmerz verzerrtem Gesicht. »Leibbrandt hat sich mit Broglands Heer vereinigt. Hagthal und Farnsburg sind gefallen und alle unsere Reiter aufgerieben worden. Er ist hinter uns her. Wir sitzen in der Falle.«

Einen Herzschlag schien es, als würde Harm vor Schreck der Mut verlassen. Sie sahen, wie sein Gesicht alle Farbe verlor. Er hatte sich geirrt. Brogland hatte jeden seiner Schritte vorausgesehen und die Falle, die er gelegt hatte, schnappte nun zu. Alles war Täuschung gewesen, das scheinbare Warten der Angreifer, die Rammböcke, die Unsicherheit, als Leibbrandts Heer auftauchte ... alles war nur darauf angelegt gewesen, ihm, Harm, Sand in die Augen zu streuen und ihn blind ins Verderben laufen zu lassen.

Dann, als keiner von ihnen es mehr erwartete, richtete sich Harm auf einmal hoch in den Steigbügeln auf und hielt mit wilden Blicken ringsum Ausschau. »Zum Isenbach!«, herrschte er sie an. »Wir müssen uns durchschlagen. Einen anderen Weg gibt es nicht.«

Sein unerschütterlicher Wille machte ihnen Mut. Wie in

Wellen breitete sich dieser unter den Dunländern aus. Die Reiter schwenkten nach Norden und versuchten sich durch die immer dichter werdenden Reihen der Gegner zu kämpfen.

Doch es gab kein Entkommen. Der Weg zum Isenbach, der ihre letzte Rettung hätte sein können, blieb versperrt. Und unter den Dunländern begann ein großes Sterben. Einer nach dem anderen fiel unter den erbarmungslosen Streichen der Brogländer. Die Streitmacht der Feinde schien unerschöpflich. Kaum hatte ein Dunländer den Sieg über einen Gegner errungen, so standen drei an dessen Stelle, die das mörderische Werk ihres gefallenen Gefährten vollendeten. Keiner konnte sich mehr aus der Schlacht heraushalten. Längst war der schützende Kreis um den Markgrafen aufgebrochen worden und auch Klut musste um sein Leben kämpfen.

»Wir schaffen es nicht«, rief Falk keuchend. »Es sind zu viele.«

Vor ihnen tauchte im dichten Getümmel ein Hügel auf und das Gelände begann steil anzusteigen. Der Kampf tobte nur am Fuß des Hügels. Die Kuppe war von den Brogländern noch nicht besetzt worden.

»Der Weidmannshügel«, stieß Harm hervor. »Hinauf!«

In diesem Augenblick schwirrte ein Pfeil dicht an Klut vorbei und traf den Markgrafen in die Brust. Mit einer wilden, abwehrenden Geste brach Harm den Pfeil ab, dann sank er stöhnend vornüber auf den Hals seines Pferdes.

»Vater!«, schrie Klut entsetzt und drängte sein Pferd dicht neben das Reittier des Markgrafen. Er beugte sich hinüber und konnte Harm gerade noch davor bewahren, vom Pferd zu stürzen.

Mit letzter Anstrengung gelang es ihnen und den wenigen verbliebenen Getreuen, den Hügel zu erreichen. Sie

betteten Harm an den Fuß einer großen Eiche, die sich auf der Kuppe des Weidmannshügels erhob. Ein letztes Mal bildeten die Dunländer einen Kreis um ihren Herrn. Keine feindliche Hand sollte seinen Todeskampf stören.
Hörner erklangen. Zu ihrem Erstaunen sahen sie, dass die Brogländer sich vom Fuß des Hügels zurückzogen. Hatte der Herzog gesehen, wie es um Harm stand? Wollte er ihm eine letzte Ehre erweisen, indem er ihn als freien Mann sterben ließ?
Klut blickte wie versteinert vor Schmerz und Hoffnungslosigkeit auf die unübersehbare Masse des feindlichen Heeres. Wie hatten sie jemals denken können, dass sie diese Schlacht gewinnen würden? Gegen eine solche Übermacht und gegen einen solchen Gegner? Es war von Anfang an aussichtslos gewesen. Was hatte sein Vater gesagt? ›Die Fehler der Vergangenheit lassen sich nicht ungeschehen machen, Klut. Doch geben sie sich oft erst zu erkennen, wenn es zu spät ist.‹ Es war ein Fehler gewesen, gegen Brogland anzutreten. Ein Fehler, den viele Dunländer und nun auch Harm mit dem Leben bezahlt hatten.
»Die Burg!«, stieß Falk entsetzt hervor.
Klut folgte der Richtung seines Blicks. Flammen schlugen aus den Mauern von Harms Burg und dichter Rauch stieg auf. An der Südflanke waren lange Leitern zu erkennen. Auch das hatte der Herzog vorausgeplant. Schutzlos war ihm die Burg in die Hände gefallen.
Harm schlug die Augen auf. Sein Blick irrte über ihre Gesichter und suchte über den Reihen des feindlichen Heeres nach der Burg. Doch als er die Flammen sah, die die Mauern in Schutt und Asche legten, zeigte sich keine Regung auf seinem Gesicht. »Klut?«, flüsterte er.
»Ja, Vater«, antwortete Klut mit heiserer Stimme und beugte sich dicht über den Mund des Sterbenden.

»Sag Oda...«, dann brach die Stimme des Markgrafen. Sein Kopf sank zurück und seine Augen blickten blind in den Himmel hinauf. Falk legte ihm die Hand auf die Augen und schloss ihm die Lider.

Stumm sah Klut auf das leblose Gesicht seines Vaters. Er hatte das Gefühl, in seinem Inneren abzusterben, nichts mehr empfinden zu können. Keine Trauer, keinen Schmerz und keine Angst. »Was nun?«, fragte er mit tonloser Stimme.

»Ich weiß es nicht«, antwortete Falk.

Die letzten der Dunländer scharten sich um ihren toten Herrn und knieten nieder. Nicht mehr als zwanzig waren noch am Leben. Klut spürte, dass einige ihn mit scheuem Blick ansahen. Was erwarteten sie von ihm? Er war der Erbe des Markgrafen, gewiss. Aber was für ein Erbe hatte er angetreten? Nur sein Name war ihm geblieben und ein verlorener Haufen, der einem unheilvollen Schicksal entgegenging.

»Er wird dich nicht am Leben lassen«, meinte Falk mit düsterer Stimme. »Isenwalds Erbe könnte ihm eines Tages gefährlich werden. So weit wird er es nicht kommen lassen.«

»Ich weiß«, erwiderte Klut. Doch mehr sagte er nicht.

Falk erhob sich und sah sich um. Plötzlich sprach er zwischen zusammengebissenen Zähnen einen Namen zischend aus und es klang wie ein Fluch: »Leibbrandt!«

Klut zuckte zusammen und der Hass weckte die Lebensgeister in ihm. Er sprang auf und fragte: »Wo?«

Falk nickte mit dem Kopf in Richtung Süden. Dort näherte sich Leibbrandt mit seinem Gefolge. Deutlich war die schlanke, hohe Gestalt des Grafen zu erkennen.

»Da kommt Brogland«, hörten sie einen der Dunländer sagen.

Sie wandten sich um und sahen den Herzog, der sich

vom Isenbach her näherte. Offenbar wollten sich die beiden Heerführer am Fuß des Weidmannshügels treffen.
»Sie möchten sich wohl mit eigenen Augen überzeugen, dass Harms Schwert für immer zerbrochen ist«, knurrte Falk. »Aber sie irren sich. Ich, Falk, bin Harms Schwert und ich lebe noch.«
Hastig und mit gedämpfter Stimme sagte er zu den Dunländern: »Ihr wisst, was uns bevorsteht. Keiner von uns wird diesen Tag überleben. Ihr habt die Wahl zwischen dem Schwert des Henkers oder ...«
Die Dunländer sahen ihn gespannt an. Eine sonderbare Hoffnung erwachte in ihnen.
»Seht ihr Leibbrandt?«, flüsterte Falk mit erregter Stimme. »Er glaubt sich in Sicherheit. Die Reihen zwischen ihm und uns haben sich gelichtet. Wir können es schaffen. Unser Blut für das Blut des Verräters. Wer noch eins hat, zu Pferde. Die andern zu Fuß halten uns den Rücken frei. Seid ihr dabei?«
»Auf dein Zeichen, Falk«, sagte der Dunländer, der ihm am nächsten stand. »Auf dein Zeichen«, fielen die anderen leise wie in einen Schlachtruf ein, der noch einmal ihre Lebenskräfte weckte. Und auch Klut flüsterte erregt: »Auf dein Zeichen, Falk.«
Falk kniete wie in großer Trauer neben seinem toten Herrn nieder und senkte den Kopf. Noch einmal taten es ihm alle gleich. Doch aus dem Augenwinkel beobachtete Falk den sich nahenden Leibbrandt und wartete den günstigsten Augenblick ab.
Leibbrandt stieg soeben vom Pferd, um dem Herzog entgegenzutreten. Als die Brogländer zurückwichen, um dem Treffen der Heerführer den Platz freizugeben, zischte Falk: »Für Dunland! Jetzt!«
Sie sprangen auf. Wer konnte, warf sich auf eines der verbliebenen Pferde und sprengte auf Leibbrandt zu. Die

anderen folgten zu Fuß und stürzten sich auf die Brogländer, die herbeieilten, um den unerwarteten Angriff zu vereiteln.

Die Überraschung gelang. Obwohl nur noch Falk, Klut und drei letzte Dunländer Leibbrandt erreichten, war dies doch genug, um diesen einzukreisen und für entscheidende Augenblicke von seinem Gefolge zu trennen. Falk sprang vom Pferd und stand Leibbrandt mit blankem Schwert gegenüber. Dieser sah ihn mit schmalen, dunklen Augen hasserfüllt an, aus diesem heuchlerischen Gesicht, das es so teuflisch gut verstanden hatte, den Markgrafen zu hintergehen. Seine Haut spannte sich so sehr, dass die Lippen von den Zähnen gezogen wurden und er wie ein Reptil erschien. Wutentbrannt hob er sein Schwert um sich gegen den Gegner, den er schon so sicher vernichtet geglaubt hatte, zu wehren.

Der Kampf währte nur kurz. Niemand wäre in diesem Augenblick imstande gewesen, Falk im Zweikampf zu besiegen. Und inmitten der Übermacht dieses gewaltigen Heeres übte Falk, Harms Schwert, Vergeltung für den Verrat. Blind blickten Leibbrandts Augen in denselben Himmel, unter dem sich die toten Augen des Markgrafen für immer geschlossen hatten.

Doch es blieb keine Zeit, diesen Triumph auszukosten. Schon stürzte der letzte Dunländer tödlich getroffen vom Pferd und die Brogländer drangen auf Falk und Klut ein.

Klut streckte Falk die Hand entgegen. »Rasch«, drängte er. »Du reitest mit mir!«

Doch statt sie zu ergreifen, rief Falk laut: »Für Dunland!«, und hieb Kluts Pferd mit der flachen Klinge seines Schwerts mit voller Wucht auf das Hinterteil. Schrill wiehernd bäumte sich dieses auf und seine wirbelnden Hufe schlugen die Brogländer, die nach Klut greifen

wollten, aus dem Weg. Dann brach das Tier rasend vor Schmerz und Schreck durch die Reihen der Brogländer und riss Klut, der sich kaum noch im Sattel zu halten vermochte, mit sich fort. Klut gelang es, noch einen letzten Blick zurückzuwerfen, doch nur um zu sehen, wie Falk unter den Schwertern der Brogländer fiel.
Nichts ist geblieben, schoss es Klut durch den Kopf. Alles war umsonst! Du bist nichts mehr, Klut! Es gibt dich nicht mehr!
Menschen und Tiere um ihn lösten sich in bunte, grelle Lichtsplitter auf. Dann verwandelten sie sich in schwankende Schatten, die sich auf ihn stürzen wollten. Seltsame Gewänder trugen diese Gestalten, in Farben und Formen, die Klut nicht kannte. Doch etwas in ihm erkannte sie wieder. Dieses Etwas, das jetzt das Schwert an seiner Stelle führte, das jene Schläge austeilte, die er schon einmal ausgeteilt hatte, im Kampf gegen Falk in den Waffenkammern von Harms Burg. Aber nicht nur dort, viel früher schon, in einer anderen, längst vergangenen Zeit. Auch damals war er entkommen, daran erinnerte er sich jetzt wieder. Und er musste wieder entkommen, denn es war wichtig. Er musste den Weg gehen. Und er musste die finden, die den Schlüssel hatte.
Vor ihm tauchte der Isenbach auf. Sein Schwert warf die letzten Gegner, die sich ihm noch in den Weg stellten, zu Boden. Zwei, drei Pfeile trafen Kluts Rücken. Doch schon setzte das Pferd zu einem letzten, verzweifelten Sprung an und stürzte, besinnungslos vor Angst, in den reißenden Strom, der sie erfasste und wirbelnd mit sich riss, in eine kühle, feuchte, alles verschlingende Dunkelheit.«

5
Die Straße nach Westen

»Das war kein ... schöner Teil deiner Geschichte«, sagte Silas.
»Nein, wahrhaftig nicht«, meinte Marei. »Aber so ist es nun mal geschehen. Ich kann es nicht anders erzählen. So wie es viel Schreckliches in deiner Welt gibt, Silas, so war es auch in der Welt, in der Klut lebte.«
»Aber Klut ist nicht im Isenbach gestorben, nicht wahr?«, fragte Silas besorgt.
»Nein«, antwortete Marei. »Sein Schicksal geht dir wohl nahe?«
»Ja«, erwiderte Silas. Ein Zögern in seiner Stimme ließ Marei aufhorchen. Sie betrachtete sein Gesicht, auf dem sich Verwirrung zeigte.
»Was hast du?«, fragte sie. »Etwas scheint dich zu bedrücken.«
»Dieses ... dieser andere in Klut«, begann Silas zögernd. »Wer ist das und ... ich ...«
»Ja? Was willst du sagen?«, ermunterte ihn Marei.
»Es kommt mir so vor, als hätte ich etwas Ähnliches erlebt«, meinte Silas.
»Wann war das?«, fragte Marei.
»Als ich dich gefragt habe, ob diese ... Mitte einen Namen hat, da hatte ich das Gefühl, dass nicht ich diese Frage gestellt habe. Da war etwas in mir, ein ... ein anderer als ich. Aber das kann doch nicht sein.«
»Warum nicht?«, widersprach Marei. »Klut ist es nicht besser als dir ergangen. Ihm ist es auch nicht leicht gefallen, zu begreifen, was in ihm erwachte.«

»Das stimmt«, sagte Silas. »Wie ging es denn weiter? Du hast ja gesagt, dass er nicht tot war.«

»Der Isenbach riss ihn mit sich«, setzte Marei ihre Erzählung fort. »Und dies war seine Rettung. Denn die Brogländer konnten ihm nicht folgen und außerdem hielten sie ihn für verloren. Ihre Pfeile hatten ihn getroffen und sicherlich würde er im reißenden Strom ertrinken. Brogland würde von Isenwalds Erbe nichts mehr zu befürchten haben.

In diesem letzten Punkt irrte sich der Herzog nicht. Klut kehrte wirklich nie mehr zurück. Dunland, seine Heimat, war für ihn verloren, für immer. Auch in späteren Jahren hatte er nie den Wunsch, an diesen Ort des Schreckens zurückzukehren. Wo Harms stolze Burg einst stand, erheben sich heute nur noch wenige Ruinen, die der Wind Steinkorn um Steinkorn mit sich nimmt. Und keiner erinnert sich mehr an das Volk der Dunländer.«

»Außer den Erzählern«, widersprach Silas.

»Ja, außer uns«, gab Marei lächelnd zu. »Und auch du kennst sie jetzt.« Dann fuhr sie fort: »Der Isenbach also riss Klut mit sich. Schwer verwundet, dem Tode nah, war Klut den Wogen hilflos ausgeliefert. Nur der Umstand, dass sein Schwertgurt sich am Sattel seines Pferdes verfangen hatte, rettete ihm das Leben. Denn das Tier kämpfte wild ums Überleben und so hielt es sich und seinen Reiter, der neben ihm im Wasser hing, über den Wellen. Durch enge Felsspalten wurden sie geschwemmt und über manche Stromschnelle geschleudert. Immer wieder schlugen die Wogen über ihnen zusammen und raubten ihnen den Atem.

Nach einer Zeit, die Klut endlos erschien, beruhigte sich der Isenbach und weitete sich an einer großen Biegung zu einem flachen Becken. Hier bekam das Pferd Grund unter den Hufen und hatte bald das Ufer erreicht. Dort

blieb es tropfend, mit bebenden Flanken stehen und streckte Klut erschöpft den Kopf entgegen.
Die schnaubenden, nassen Nüstern des Tieres an seinem Gesicht schreckten Klut auf. Mühsam hob er die Arme, klammerte sich am Sattel fest und es gelang ihm, seinen Schwertgurt zu lösen. Dann verließen ihn die Kräfte und er sank vornüber auf den feuchten Uferrand, halb mit dem Körper im Wasser liegend. Aus seinem Rücken ragten immer noch die zerfetzten Reste der Pfeile. Einmal noch hob er den Kopf und sah, wie das Pferd nicht weit von ihm entfernt zu grasen begann, dann wurde es schwarz vor seinen Augen und er verlor die Besinnung.
Sanfte Hände weckten ihn aus seiner Ohnmacht. Als er die Augen aufschlug, sah er über sich ein einfaches, mit frischem Laub bedecktes Dach aus ineinander verflochtenen Zweigen. Ein Gesicht neigte sich über ihn. Auge! Wieso?, dachte Klut und versuchte sich aufzurichten. Ein glühender Schmerz in seinem Rücken ließ ihn stöhnend zurücksinken. Auge legte ihm beruhigend eine Hand auf die heiße Stirn und schüttelte den Kopf. Dann flößte er ihm eine bittere Flüssigkeit ein, die sich wohltuend in Klut ausbreitete und seinen fiebrigen, von kaltem Frost geschüttelten Körper erwärmte.
Schon dieses kurze Erwachen strengte Klut übermäßig an. Seine Lider schlossen sich schwer wie Blei und er versank in wirre Träume. Doch als er wieder erwachte, konnte er sich nicht an diese Träume erinnern. Er wusste nur, dass sie ihm wirklicher erschienen waren als die Bilder, die er sah, wenn er die Augen aufschlug.
Auge hielt treu an seiner Seite aus. Jedes Mal, wenn Klut zu sich kam, sah er das pockennarbige Gesicht, das sich stumm über ihn neigte, mit diesem seltsamen Lächeln, das wie eine Grimasse wirkte und doch so wissend und freundlich war.

Ohne Scheu und Widerwillen hielt Auge Kluts Körper und sein Lager rein und flößte ihm Flüssigkeit ein. Zuerst war es nur Wasser und Medizin, dann, als Kluts Zustand sich besserte, eine dünne, mild würzige Suppe. Schließlich kam die Zeit, da Klut die ersten kleinen Bissen fester Nahrung zu sich nehmen konnte, die er auf Auges Zeichen hin langsam und gewissenhaft kaute, damit ihm kein Bissen im Hals stecken blieb. Es wäre gefährlich gewesen, wenn er sich verschluckt hätte. Ein Hustenanfall hätte die Wunden an seinem Rücken wieder aufbrechen können.

Hin und wieder half Auge Klut sich auf die Seite zu drehen. Dann tupfte er die Wunden, die die Pfeile hinterlassen hatten, vorsichtig ab und legte Klut einen frischen Verband an. Klut ließ diese schmerzhafte Pflege mit zusammengebissenen Zähnen über sich ergehen. Er war froh, wenn es vorbei war und Auge ihn wieder in eine warme, weiche Decke hüllte.

Doch von Mal zu Mal schmerzte es weniger und endlich kam der Tag, an dem Klut sich das erste Mal vorsichtig aufsetzen konnte. Gegen den Stamm des Baumes gelehnt, unter dem er all die Tage und Nächte, die vergangen sein mussten, verbracht hatte, konnte Klut endlich wieder eine Mahlzeit aus eigener Kraft zu sich nehmen.

An diesem Tag betrat Athos zum ersten Mal die kleine Laubhütte, die Kluts Krankenlager schützte. Freudig begrüßte Klut den Skalden, froh darüber, wieder eine menschliche Stimme zu hören. Er überschüttete den alten Mann mit Fragen. Wie war er hierher gekommen? Warum waren Athos und Auge bei ihm? Und wie war es möglich, dass er noch lebte?

Athos wartete lächelnd, bis der Strom von Kluts Fragen versiegte, dann gab er freundlich Auskunft. Er und sein Diener hatten Harms Burg in Richtung Osten verlassen und waren der Straße dem Isenbach entlang gefolgt. Gerade hatten sie ihr Lager an der Flussbiegung aufgeschlagen, da war Auge, der Wasser holen wollte, auf den bewusstlosen Klut gestoßen. Als er feststellte, dass Klut noch lebte, hatte er schnell eine Bahre aus Ästen und Zweigen gebaut und mit Athos' Hilfe Klut vorsichtig darauf gehoben. Dann zogen sie ihn langsam, Schritt für Schritt, in den nahen Wald. Dort errichtete Auge eine kleine Laubhütte und machte sich daran, die Pfeile zu entfernen, die in Kluts Rücken steckten.

»Auge weiß viel über Wundheilung«, sagte Athos. »Ihm allein habt Ihr es zu verdanken, dass Ihr noch lebt. Eure Wunden hatten sich bereits entzündet und Ihr habt vor Fieber geglüht. Eure Heilung ist ein Wunder.«

Klut sah Auge an. »Ich weiß nicht, wie ich dir diesen Dienst jemals vergelten soll, aber ich danke dir von ganzem Herzen. Wenn meine Freundschaft einen Wert für dich hat, so möchte ich sie dir gerne anbieten.«

Auge blickte ihn erfreut und voller Stolz an. Wie lange mochte es her sein, dass irgendjemand außer Athos ihn anders als gering geachtet hatte, ihn nicht wie einen Aussätzigen, einen stummen Idioten behandelt hatte? Und nun bot ihm Klut, eines Markgrafen Sohn, seine Freundschaft an. Zögernd und zugleich überglücklich ergriff er die Hand, die Klut ihm entgegenstreckte und drückte sie voller Dankbarkeit.

»Eines Tages«, sagte Klut, »darauf gebe ich dir mein Wort, werde ich dir etwas geben, was von ebenso großem Wert ist wie das Leben, das du mir zurückgegeben hast. Ich bin in deiner Schuld und werde dies nie vergessen.«

Auge beugte sich zu Athos und bewegte seine Finger in den Händen des alten Mannes.

»Er meint, dass Eure Freundschaft das wertvollste Geschenk sei, das er jemals erhalten hat«, sagte Athos.

»Das freut mich«, erwiderte Klut. »Aber vielleicht überschätzt er den Wert dieser Freundschaft. Ich bin kein hoher Herr mehr, denn es gibt nichts mehr, worüber ich Herr sein könnte.«
Athos schwieg betroffen, dann sagte er leise: »Ich hatte es befürchtet, als Auge Euch am Ufer fand. Erinnert Ihr Euch an die Frage, die Ihr mir beim Abschied gestellt habt? Als ich damals meine Hände auf Euren Kopf legte, da fühlte ich, dass nichts mehr so sein würde, wie es damals war, wenn wir uns wieder sehen würden. Ich ahnte, dass Schreckliches geschehen würde, aber ich habe geschwiegen, um Euch nicht zu ängstigen. Und außerdem, hättet Ihr mir damals geglaubt?«
»Vielleicht«, antwortete Klut. »Aber es hätte wohl nichts mehr ändern können. Was geschehen ist, war nicht mehr aufzuhalten.«
»Erzählt, was sich zugetragen hat«, bat Athos.
Da berichtete Klut vom Untergang der Dunländer, vom Fall der Burg, vom Tod seines Vaters, von Falks Rache an Leibbrandt und von seiner eigenen Flucht durch die Reihen der Brogländer. »Der Letzte, der fiel, war Falk. Ich habe es gesehen und ich konnte ihm nicht helfen. Falk hat mich immer beschützt, noch bis zu seinem letzten Atemzug.«
»Er war ein tapferer Mann und ein guter Lehrer«, meinte Athos. »Wenn er Euch nicht so fechten gelehrt hätte, hättet Ihr den Isenbach niemals erreicht, auch nicht in der größten Verwirrung des Heers.«
»Aber das ist es ja gar nicht«, rief Klut. »Nicht Falk hat mich so fechten gelehrt, es ist zurückgekehrt, in diesem Augenblick, so wie schon einmal. Aber warum? Warum erst dann? Warum nicht schon früher? Warum nicht in der Schlacht? Vielleicht hätte ich meinen Vater und Falk und noch andere retten können.«

»Ich verstehe nicht, wovon Ihr sprecht?«, wunderte sich Athos. »Was meint Ihr damit ... es ist zurückgekehrt? Gibt es noch mehr, was Ihr uns erzählen könntet?«
Klut zögerte. Sollte er Athos und Auge all das preisgeben, was ihn so sonderbar berührt und verwirrt hatte? Doch wenn nicht ihnen, wem sonst?
»Vertraut Ihr uns nicht?«, fragte Athos sanft. »Niemand zwingt Euch zu sprechen.«
»Nein, nein«, widersprach Klut. »Natürlich vertraue ich euch.«
Und ohne irgendetwas zu verschweigen, erzählte er den beiden von der Straße, die er so oft gesehen hatte, von der Erinnerung an eine andere Zeit, die in ihm erwacht war, von den unbekannten und doch vertrauten Fähigkeiten im Schwertkampf, die ihm erst den Sieg über Falk ermöglicht und ihn dann aus der Gewalt der Brogländer befreit hatten. »Was ist das in mir?«, beendete er seinen Bericht. »Und warum ist es nicht erwacht, als ich es am bittersten nötig gehabt hätte?«
»Vielleicht hilft es Euch, das Unbegreifliche besser zu verstehen, wenn Ihr noch einmal wiederholt, was Ihr empfunden habt, als Ihr den Brogländern entkommen seid«, meinte Athos. »Habt Ihr nicht von einer anderen Schlacht gesprochen? Versucht Euch zu erinnern.«
»Ihr habt Recht«, sagte Klut. »Ich sah mich inmitten einer Schlacht, die vor langer Zeit stattgefunden haben muss. Seltsam gewandete Gestalten drangen auf mich ein. Schon damals war ich entkommen und ich hatte das Gefühl, dass es von ungeheurer Wichtigkeit ist, wieder zu entkommen. Etwas forderte mich auf, den Weg zu gehen und die zu finden, die den Schlüssel hat. Aber«, schloss er mit einem verzweifelten Seufzer, »was bedeutet das? Welchen Weg muss ich gehen und wer soll die sein, die den Schlüssel hat? Welchen Schlüssel und wofür?«

»Verzweifelt nicht«, ermahnte ihn Athos. »Ihr dürft nicht so schnell aufgeben. Vielleicht finden wir keine Antwort auf Eure Fragen, aber möglicherweise etwas, das Euch eine Richtung und ein Ziel geben kann. Das wäre schon viel.«
»Aber ich verstehe das alles nicht«, sagte Klut niedergeschlagen. »Es gelingt mir einfach nicht, einen klaren Gedanken zu fassen.«
Athos' Hand suchte nach der von Klut und drückte sie fest, als er sie gefunden hatte. »Ihr habt viel durchgemacht«, sagte er teilnahmsvoll. »Ihr habt Schreckliches erlebt und große schmerzliche Verluste erlitten. Verlangt also nicht zu viel von Euch. Es wird lange dauern, bis Eure Wunden geheilt sind – nicht nur die, die Euch die Pfeile zugefügt haben. Aber vielleicht kann ich Euch helfen.«
Hoffnungsvoll, aber auch zweifelnd sah Klut den alten Mann an.
»Ihr habt von einem Weg gesprochen«, begann Athos nachdenklich. »Aber Ihr habt uns auch von einer Straße erzählt, die Ihr so oft gesehen habt. Ihr wisst nicht, wohin diese Straße führt, aber sie erfüllt Euch mit großer Sehnsucht. Sie scheint ein Teil von Euch zu sein, etwas, das Euch bestimmt ist. Denkt Ihr nicht, dass diese Straße der Weg ist, den Ihr gehen müsst?«
»Die Straße nach Westen?«, entfuhr es Klut. Sollte es so einfach sein?, dachte er. Natürlich, was denn sonst? Er war einfach blind gewesen. »Aber die, die den Schlüssel hat? Wer soll das sein? Und warum ist es so wichtig, dass ich sie finde?«
»Ihr wisst nicht, was am Ende der Straße liegt«, spann Athos in aller Ruhe den Faden weiter. »Aber wenn es dort etwas gibt, so scheint es von einem Geheimnis umgeben zu sein. Geheimnisse haben es an sich, dass sie

enthüllt werden müssen, wenn man sie durchschauen will. Und dafür braucht man so etwas wie ...«
»Einen Schlüssel«, rief Klut und trotz des Kummers, der noch immer tief in ihm saß, musste er lachen über diese seltsame Rätselstunde. »Könnt Ihr noch mehr von dem, was ich erlebt habe, enträtseln, Athos?«
Der Skalde schüttelte den Kopf und meinte: »Nur, dass Ihr oder derjenige in Euch, der von Zeit zu Zeit erwacht, einst ein großer Krieger gewesen sein muss, dessen Kunst alles übertrifft, wozu Krieger heutzutage fähig sind.«
»Das klingt zwar verlockend, scheint mir aber nicht viel zu sein«, meinte Klut und die Enttäuschung war seiner Stimme deutlich anzuhören.
»Verliert nicht die Hoffnung«, sagte Athos. »Es gibt noch etwas anderes, das Euch weiterhelfen könnte.«
»Was?«, drängte Klut. »Sagt es mir!«
»Erinnert Ihr Euch an das Lied, das ich in der Burg Eures Vaters gesungen habe?«
»Nicht besonders«, gestand Klut beschämt ein. »Ich war mit den Gedanken woanders. Ich weiß nur noch, dass Ihr von einer Straße in ein fernes, untergegangenes Reich erzählt habt. Und da ich das Gefühl hatte, dass diese Straße und meine Straße dieselbe ist, habe ich nicht so gut aufgepasst.«
»Ihr hattet wirklich dieses Gefühl?«, fragte Athos erstaunt.
»Ja«, erwiderte Klut. »Ich war mir zum ersten Mal sicher, dass es meine Straße wirklich gibt, dass sie fest und begehbar ist. Denn wie sonst hättet Ihr von ihr erzählen können, ohne meine Träume zu kennen?«
»Dann gibt es keinen Zweifel mehr«, rief Athos beglückt. »Was ich bisher nur vermutet hatte, wird nun zur Gewissheit. Es gab ein goldenes Zeitalter, es gab das sagenumwobene Reich der Heiler. Und es scheint offen-

sichtlich auch einen Weg zu geben, der in dieses Reich führt, und sogar einen Schlüssel, der wieder erstehen lassen kann, was vor so langer Zeit untergegangen ist, vielleicht aber noch nicht verloren ist. Nicht für ewige Zeit. Oh, Klut, das heißt, dass es ein Licht gibt, eine Hoffnung. Und Ihr, Klut, Isenwalds Sohn, seid auserkoren, dieses Licht von neuem zu entzünden.«
Athos hatte sich in eine wilde Begeisterung hineingeredet, die Klut erschreckte und befremdete. Ihm war nicht wohl bei Athos' letzten Worten.
»Was hat das alles mit mir zu tun?«, fragte er abwehrend. »Ich kann nicht glauben, dass ich für irgendetwas auserkoren worden sein soll. Ich habe alles verloren, Athos, ich bin allein und kein Reich dieser Welt kann durch mich ... wieder erweckt werden.«
»Vielleicht musstet Ihr alles verlieren, um frei zu sein für diese große Aufgabe«, erwiderte Athos.
»Wie könnt Ihr so etwas sagen?«, fuhr ihn Klut an. »Mein Vater, Falk, all die vielen Dunländer, die gefallen sind, nur ein ... Bauernopfer in einem großen Plan, damit ... Euer Lied sich bewahrheitet?« Er spie diese letzten Worte beinahe aus, außer sich vor Entsetzen und Wut.
Athos erschrak. Er begriff, dass er zu weit gegangen war. »Verzeiht mir altem Mann«, bat er eilig. »Ich wollte Euch nicht verletzen. Aber diese plötzliche Hoffnung war stärker als ich. Bitte, verzeiht mir.«
Ein bedrücktes Schweigen breitete sich zwischen ihnen aus. Klut starrte vor sich hin. Es gelang ihm kaum, sich wieder zu beruhigen. Wie sollte er Athos verzeihen können?
Doch auf einmal wurde ihm bewusst, dass seine Wut mehr gewesen war als nur der Zorn über Athos' unbedachte Worte. Die Worte des Skalden hatten einen wunden Punkt in ihm berührt. Seine Wut war der Ausbruch

einer ungeheuren Verzweiflung gewesen, die er tief in sich verborgen hatte. Er begriff, dass er sich selbst verachtete, dafür dass er als Einziger die Vernichtung seines Volkes überlebt hatte. Und das nur, weil er sein Schwert auf eine Weise hatte führen können, die ihn entkommen ließ. Ja, er verachtete sich. Nicht weil er hatte fliehen können, sondern weil er fliehen wollte. Irgendetwas hatte ihm gesagt, dass es Wichtigeres für ihn gab als die Ehre, gemeinsam mit seinem Volk unterzugehen, dass dies nicht seine Bestimmung war. Doch das war nicht sein Gedanke gewesen, sondern der Wille eines anderen. Klut schlug die Hände vors Gesicht. »Ihr habt Recht, Athos«, rief er verzweifelt. »Ich lebe nur, weil diese Aufgabe vor mir liegt. Und etwas in mir zwingt mich dazu. Was ist das, Athos? Wer bin ich?«
»Vielleicht findet Ihr die Antwort am Ende der Straße, die Ihr gehen werdet«, antwortete Athos sanft.
Klut richtete sich heftig auf. Eine wilde Entschlossenheit überkam ihn. »Ja«, stieß er hervor. »Ich muss diesen Weg gehen. Sonst verliere ich noch den Verstand.«
Erschöpft sank er zurück. »Athos?«
»Ja?«
»Glaubt Ihr wirklich, dass ich erst im Augenblick der Flucht so gut kämpfen konnte, weil ich nur mich selbst retten wollte?«
»Nein«, entgegnete Athos. »Das glaube ich nicht. Es war keine Selbstsucht. Aber vielleicht musste dieser ... andere in Euch so handeln. Vielleicht wäre alles anders gekommen, wenn diese Schlacht nicht gewesen wäre. Vielleicht hätte es einen friedlicheren Weg gegeben, der Euch dazu geführt hätte, Euer Zuhause zu verlassen und Eurer Bestimmung zu folgen. So aber blieb nichts anderes, als Euch aus höchster Gefahr zu retten, um noch Schlimmeres zu verhindern.«

»Was meint Ihr damit?«, fragte Klut.
»Wenn Ihr der Träger einer großen Hoffnung seid, dann würde diese Hoffnung vielleicht mit Euch sterben«, antwortete Athos. »Und dies durfte nicht geschehen. Darum und nur darum ist das Verborgene in Euch erwacht.«
»Aber es ist schon einmal erwacht«, wandte Klut ein. »Im Kampf gegen Falk. Warum?«
»Ihr habt gesagt, dass es ein Kampf mit scharfen Waffen war«, erwiderte Athos. »Ein Kampf auf Leben und Tod. Darum ist es erwacht. Um Euch zu schützen.«
»Aber warum ich?«, fragte Klut mit müder Stimme.
»Ich weiß es nicht«, sagte Athos. »Schlaft jetzt. Ihr müsst wieder zu Kräften kommen. Denn Ihr habt eine weite und gefährliche Reise vor Euch.«
»Und wohin wird mich diese Reise führen?«, fragte Klut noch, während ihm die Augen schon zufielen.
»Nach Thalis«, gab Athos zur Antwort. »So, heißt es in den Liedern der Überlieferung, war der Name des untergegangenen Reiches unserer Hoffnung. Und es besteht kein Zweifel daran, dass Thalis das Ziel am Ende Eurer Fahrt sein wird.«
»Thalis, das ist ein schöner Name«, murmelte Silas. »Schön und vertraut. Als hätte ich ihn schon oft gehört. Nicht nur von dir, Marei.«
»Alles ist möglich«, sagte Marei und lächelte.
»Aber was meinte Athos mit den ... Heilern?«, wollte Silas wissen.
»Es wäre nicht gut für dich, mehr zu wissen, als Klut und Athos am Anfang dieser Geschichte gewusst haben«, wehrte Marei ab. »Du musst gemeinsam mit ihnen wachsen, Silas. Zu rasch erworbenes Wissen kann gefährlich sein. Und Erinnerungen, die zu schnell zurückkehren, können zur Bedrohung werden. Hab Geduld.«
»Ist Klut aufgebrochen?«, fragte Silas.

»Ja«, antwortete Marei.
»Ich beneide ihn – zum ersten Mal«, meinte Silas. »Trotz all dem Entsetzlichen, das er erlebt hat.«
»Wer weiß«, meinte Marei, »vielleicht kommt der Tag, an dem auch du aufbrechen wirst.«
»Ach geh«, rief Silas und lachte. »Ich bin ein Schafhirte, kein Krieger. Mein Lebtag habe ich kein Schwert in der Hand gehalten. Wie sollte ein Tölpel wie ich solche Abenteuer bestehen?«
»Wer weiß«, sagte Marei und wiegte den Kopf hin und her. »Wer weiß.«
Silas sah sie mit großen Augen an. Was hatte Marei nur? Dann glitt sein Blick von ihr ab und verlor sich in den Flammen des offenen Kaminfeuers. Und plötzlich erwachte in ihm eine nie gekannte Hoffnung. Vor seinen Augen zeigte sich ein Weg, der zwar noch nicht mehr war als eine vage Ahnung, aber doch der erste Blick in eine neue, ungeahnte Freiheit. Marei fuhr fort zu erzählen. Ihre Worte führten ihn ein Stück weiter auf diesem Weg und seine enge Welt begann sich zu öffnen.

6
Meisterdiebe

»Kluts Genesung schritt rasch voran. Schon wenige Tage später konnte er sich erheben und seinen Körper, der vom langen Liegen steif und unbeweglich geworden war, stärken. Als er spürte, dass seine Kräfte zurückkehrten, begann er mit Übungen zu Pferd, rannte durch den Wald, kletterte über Felsen und schwamm im kalten Isenbach. Vor allem aber übte er sich im Schwertkampf, soweit dies ohne Gegner möglich war. Denn leider stand ihm nur sein eigener Schatten zur Verfügung, da weder Athos noch Auge als Gegner taugten.

Bei diesen einsamen Übungen zeigte sich zu Kluts Erleichterung, dass ihm ein Teil der Fähigkeiten, die ihn vor den Brogländern gerettet hatten, geblieben war. Zum ersten Mal erinnerte er sich an einige der Schläge. Noch war es nicht viel, aber es schien doch so, dass die Fähigkeiten der Vergangenheit sich mit ihm zu verbinden begannen. Dabei war er immer noch weit davon entfernt, sich dieser Fähigkeiten sicher sein zu können. Wer wusste denn, ob er sie nicht wieder verlieren würde? Er befand sich nicht in Gefahr. Es gab keine Notwendigkeit, sein Leben zu schützen.

»Vielleicht werde ich die Gefahr suchen müssen«, meinte er nachdenklich zu Athos. »Vielleicht kann ich nur im Kampf das alte Wissen zurückgewinnen, das in mir verborgen ist.«

»Ich fürchte, Ihr habt Recht«, sagte Athos unglücklich. »Aber ich wünschte, ich wüsste einen anderen Weg. Der Gedanke behagt mir nicht, dass Ihr Euer Leben aufs Spiel setzen müsst, um für Eure Aufgabe gewappnet zu sein. Ihr könntet leicht scheitern, noch ehe Ihr bereit seid.«

Klut blickte auf sein Schwert, das er offen in der Hand hielt. »Das muss ich wohl auf mich nehmen«, sagte er. »Wenn das, was in mir erwachen will, mich zu einem besseren Krieger macht, dann ist der Weg, der vor mir liegt, ein Weg des Schwertes. Das scheint die Bestimmung zu sein, von der Ihr gesprochen habt.«

»Wie sonderbar«, meinte Athos. »So macht sich ein Krieger bereit, mit dem Schwert das Reich des Friedens wieder zu erwecken.«

»Was wisst Ihr eigentlich von diesem Reich?«, fragte Klut. »Wie war dieses ... Thalis?«
»Wenig wissen die alten Lieder darüber zu berichten«, erwiderte Athos. »Es heißt, dass dort ein Volk lebte, das große Kräfte der Heilung besaß. Unter seiner Herrschaft wurde die Welt bis an ihre entferntesten Grenzen befriedet. Es war ein goldenes Zeitalter.«
»Aber warum ging es zu Ende?«, wunderte sich Klut.
»Das ist nicht bekannt«, antwortete Athos. »Thalis verschwand. Von einem Tag auf den anderen. Es war, als hätte die Erde selbst es verschlungen. Seitdem haben Neid und Zwietracht alle Länder in Krieg und Elend gestürzt. Nur die Starken können sich behaupten und jeder giert danach, so viel Macht und Besitz wie möglich an sich zu reißen.«
»Hat denn niemand versucht Thalis zu finden?«, fragte Klut.
»Doch, viele haben es versucht«, sagte Athos. »Eine tiefe Sehnsucht, so dunkel wie eine beinahe verlorene Erinnerung, treibt viele an, sich auf den Weg zu machen. Doch sie gingen in die Irre und verzweifelten schließlich.«
»Könnt Ihr Euch vorstellen, dass es mir besser ergehen wird?«
»In Euch zeigt sich ein verborgenes Wissen von Thalis wie noch in keinem Menschen zuvor«, meinte Athos. »Zumindest habe ich Ähnliches noch nie gehört.«
»Und die, die den Schlüssel hat«, fragte Klut, »glaubt Ihr, dass ich sie finden werde?«
»Wenn es Euer Schicksal ist, sie zu finden, so wird es ihr Schicksal sein, von Euch gefunden zu werden«, erwiderte Athos. »Vertraut Eurer Bestimmung. Eines Tages wird sie euch zusammenführen.«
»Aber wann?«
»Ich weiß es nicht«, sagte Athos. »Ihr werdet Geduld

haben müssen. Doch lasst uns nun von anderem sprechen. Es wird Zeit, dass wir uns trennen. Ihr seid genesen und ich denke, Ihr solltet aufbrechen. Hört auf meinen Rat. Folgt dem Isenbach an seinem nördlichen Ufer. Broglands Einfluss reicht nicht bis über den Isenbach. Es ist besser, wenn Ihr ihm und seinen Verbündeten aus dem Weg geht. Mehr als diesen Rat kann ich Euch leider nicht geben.«
»Habt Dank, Athos«, erwiderte Klut. »Für alles.«
Und schon am nächsten Tag machte Klut sich zum Aufbruch bereit.
»Diesmal stelle ich Euch die Frage«, sagte Athos zum Abschied. »Werden wir uns wieder sehen?«
»Ich hoffe es«, meinte Klut. »Wenn meine Suche nicht zu lange dauert, wenn sie glücklich endet und wenn Ihr ...« Er brach verlegen ab.
»Wenn ich dann noch lebe«, beendete Athos den Satz und lächelte. »Nun, ich werde mein Bestes tun. Schon allein deswegen, weil ich mich danach sehne, mehr über Thalis zu erfahren.«
Klut schwang sich aufs Pferd. Er blickte auf Athos und Auge herab. Es gab so viel, was er den beiden verdankte.
»Ich komme wieder«, sagte er mit fester Stimme. »Das verspreche ich euch. Und sollte ich dann eine gute Geschichte zu erzählen haben, dann werdet ihr die Ersten sein, die sie hören.«
Er spornte sein Pferd an und ritt zwischen den Bäumen davon in Richtung des Isenbachs. Einige Male wandte er sich um und hielt nach dem Skalden und seinem Diener Ausschau, bis er sie schließlich aus den Augen verlor.
Als er das Ufer des Isenbachs erreichte, trieb er sein Pferd durch den Strom, der an der Biegung weniger tief und auch nicht so reißend war wie in dem engen Bett zwischen den Felsen, und durchquerte den Fluss ohne

Mühe. Am anderen Ufer schlug er aber nicht sogleich den Weg nach Westen ein, sondern folgte dem Lauf des Isenbachs einen Tag lang nach Norden. Es war nicht nur die Sorge, von zurückgebliebenen Brogländern entdeckt zu werden, wenn er zu nahe an Harms Burg vorbeiritt. Er wollte seine Heimat nicht wieder sehen. Er fürchtete sich davor, nichts anderes als die Spuren der Zerstörung vorzufinden.
Als es Abend wurde, schlug er sein Lager am Ufer des Isenbachs auf. Während er ein karges Mahl zu sich nahm, betrachtete er den Sonnenuntergang und überließ sich ganz dem Bild der goldenen Straße, der er von nun an folgen würde, wo immer sie ihn auch hinführen mochte und wie lange auch immer die Reise dauern sollte.
Doch von diesem ersten Tag an wurde seine Geduld auf eine Probe gestellt, wie er sie sich nicht einmal in seinen schlimmsten Befürchtungen vorgestellt hatte. Nicht Tage, Wochen oder gar Monate der Suche lagen vor ihm, nein, Jahre der Wanderung folgten, dunkle Jahre, in denen er oft nahe daran war, zu verzweifeln und die Suche, die so vergeblich schien, aufzugeben. Nur das Bild der Straße, der er unentwegt nach Westen folgte, hielt ihn dann aufrecht und bestärkte seinen schwankenden Mut.
Vielleicht musste dies so sein. Vielleicht war dies Teil seiner Bestimmung. Denn er ließ diese Jahre nicht ungenutzt verstreichen. Wo immer man seiner Dienste bedurfte, verdingte er sich als Söldner. In kleinen Scharmützeln und gewaltigen Schlachten suchte er stets den Ort der größten Gefahr. Denn nur dort, wo es galt, um das eigene Leben zu kämpfen, kam er dem Wissen in sich Schritt für Schritt näher.
Anfangs erntete er wegen seiner Jugend abschätzige und zweifelnde Blicke, doch hatte er sich erst einmal im Kampf bewährt, zog er Achtung und Staunen auf sich.

Und mit jeder Gefahr wuchs sein Können, erwachte mehr und mehr vom alten Wissen in ihm und er wurde zu einem Schwertkämpfer, wie ihn diese Welt lange nicht mehr gesehen hatte. Bald eilte ihm sein Ruf voraus und er war allen Heerführern hochwillkommen. Nach jedem Sieg wurden ihm hohe Stellungen, nicht selten sogar ganze Grafschaften als Lehen angeboten, doch Klut ließ sich von niemandem halten. War seine Arbeit getan, nahm er den geforderten Lohn, nicht einen Heller mehr, so viel man ihm auch bot, und zog seiner Wege. Er suchte keinen Anschluss. Er blieb stets wortkarg und mied jede Gesellschaft.
Als er zwanzig Jahre alt wurde, spürte er, dass diese sonderbaren Lehrjahre zu Ende waren. Er war ein Meister des Schwertes geworden und sich all seiner Fähigkeiten gewiss. Nun waren sie untrennbar mit ihm verbunden und er wusste, dass er sie nie mehr verlieren würde.
Doch mit dem Erringen dieses Könnens hatte er sich auch als Mensch verändert. Zwischen dem, was er geworden war, und dem jungen Mann, der einst von den Grenzen Dunlands aufgebrochen war, schienen Zeitalter zu liegen. Etwas hatte von ihm Besitz ergriffen. Wohin auch immer er seinen Blick wandte, es war, als sähe er seine Welt mit anderen Augen. So als hätte er die Welt der Gegenwart erst vor kurzer Zeit betreten und müsste nun erst lernen, sich in dieser zurechtzufinden.
Es fiel ihm nicht leicht, mit diesem neuen Wesen zu leben. Oft hatte er das Gefühl, sich in zwei Wesen aufzuspalten, und drohte darüber beinahe den Verstand zu verlieren. Vor allem in seinen Träumen, an die er sich nun gut erinnern konnte, war derjenige, der in ihm seinen Platz behauptete, nicht selten stärker und wichtiger als er. Dann sah er sich durch eine andere Welt ziehen, erblickte er Städte und Landschaften, die ihm fremd und

vertraut zugleich waren, und sah er Gestalten, deren Kleidung und Gewohnheiten ihm zugleich sonderbar und selbstverständlich erschienen. Er begriff, dass dies die Spuren einer Vergangenheit waren, in der seine Bestimmung ihren Ursprung hatte. Umso mehr sehnte er sich danach, Thalis zu finden und die Antworten, die den Spalt, der sich in ihm auftat, schließen konnten.
Doch Klut wusste nur zu gut, dass er allein Thalis nie finden würde, denn der Weg, den er so deutlich vor sich sah, war nicht genug. Er musste die finden, die den Schlüssel hatte. Das sagte er sich am Tage und hörte er in seinen nächtlichen Träumen, wie eine immer währende Beschwörung, die ihn rastlos weitertrieb.
Wieder einmal kam ein Tag, an dem er allein durch die Lande ritt. Noch immer saß er auf demselben Reittier, denn wie durch ein Wunder hatte auch sein Pferd die zahllosen Kämpfe überlebt. Zwar hatte es wie sein Herr viele Narben davongetragen, doch mit jeder dieser Narben wuchs ein Band zwischen Mensch und Tier, das sie unzertrennlich machte. Klut hing sehr an seinem vierbeinigen Gefährten. Es war ein Dunländer, so wie er. Sie beide waren die letzten.
Wenn er sich unbeobachtet glaubte, sprach Klut nicht selten zu dem Pferd und oft schien es ihm, als würde es viel von dem, was er sagte, verstehen. Vielleicht hatte auch dies mit dem Wissen der Vergangenheit zu tun. Vielleicht war dies eine Zeit gewesen, in der Mensch und Tier sich näher gestanden waren. So gab Klut seinem Pferd sogar einen Namen, obwohl dies in Dunland nicht der Brauch gewesen war. Er nannte es Bero, denn wenn es sich den Bauch zu sehr mit Hafer voll geschlagen hatte, erinnerte es ihn an den dicken Koch, den Herrscher über Töpfe und Pfannen in den Küchen von Harms Burg.
An diesem Tag ritt er durch ein lang gestrecktes Tal, das

sanft anstieg und in einen Wald mündete. Ohne Eile lenkte er sein Pferd zwischen den mächtigen Bäumen hindurch. Gedankenlos lauschte er auf die Laute des Waldes. Es war so friedlich und still hier. Seit langem hatte Klut nicht mehr eine solche Ruhe in sich empfunden. Hier, an diesem Ort, wurde er für einen Augenblick wieder jung und er hatte das Gefühl, durch die Wälder Dunlands zu reiten, sorglos und ohne die Last der vergangenen Jahre.
Plötzlich spitzte sein Pferd die Ohren und blieb stehen.
»Was ist, Bero?«, fragte Klut. Dann nahm er sich zusammen und schüttelte seine Verträumtheit ab. Gespannt lauschte er und bald hörte auch er den Klang von aufeinander schlagenden Waffen, der durch die Bäume drang.
»Eigentlich geht uns das nichts an, nicht wahr, Bero, mein Alter?«, murmelte Klut. »Aber wir wollen trotzdem mal nachsehen. Es ist immer besser, zu wissen, wer wem an den Kragen geht.«
Er ritt weiter und erreichte den Waldrand. Als er sich zwischen die letzten Bäume duckte, erblickte er einen steilen Abhang, der tief unter ihm in einem weiten Plateau endete. Dieses wölbte sich über einen breiten Strom, der mit großem Gefälle südwärts stürzte. Das Rauschen des Flusses mischte sich mit dem hellen Klang der Waffen, denn auf dem Plateau wurde ein Kampf ausgefochten. Ein Kampf zwischen ungleichen Gegnern, wie Klut sogleich feststellen konnte.
Gut drei Dutzend Männer, die schwärzliche Panzer trugen, zählte Klut auf der einen Seite. Diesen standen nur vier Kämpfer gegenüber, die einander den Rücken zukehrten, um sich Deckung zu geben. Pferde waren keine zu sehen, alle kämpften zu Fuß, und Klut fragte sich, wie es die Kämpfenden wohl ausgerechnet hierher, in diese scheinbar verlassene Gegend, verschlagen hatte.

Es war ein sonderliches Gespann, das dort gegen eine erdrückende Übermacht kämpfte. Einer von ihnen war ein wahrer Riese und überragte die Angreifer um mehr als zwei Köpfe. Der zweite war das schiere Gegenteil: ein Zwerg an Gestalt, absonderlich bunt gekleidet und mit glitzerndem Schmuck behangen. Der dritte war von normaler Größe, doch dafür war sein Schwert ungewöhnlich lang und er führte es mit beiden Händen. Klut konnte außerdem sehen, dass eines seiner Augen von einer schwarzen Klappe bedeckt wurde. In dem vierten Krieger erkannte Klut zu seinem Erstaunen eine Frau. Zwar war ihr Haar kurz geschnitten, ja geradezu geschoren, doch konnte dies nicht darüber hinwegtäuschen, dass es sich bei ihr um ein weibliches Wesen handelte.
Es war erstaunlich, zu sehen, wie es den vieren gelang, sich die Angreifer vom Leib zu halten. Dabei war es von Vorteil für sie, dass diese nicht alle gleichzeitig auf sie eindringen konnten, sondern sich gegenseitig behinderten. Zwar versuchten sie die vier voneinander zu trennen, doch das gelang ihnen nicht. Die vier ungleichen Gefährten waren gut aufeinander eingespielt. Wann immer einer von ihnen in Bedrängnis geriet, kam ihm einer der anderen zu Hilfe. Es war, als kämpften sie wie ein Mann.
Eine Weile schaute Klut dem Kampf gelassen zu. Er bewunderte den Mut und die Stärke der vier Kämpfer. Natürlich würden sie der Übermacht trotzdem erliegen. Es war nur noch eine Frage der Zeit. Sie konnten nicht ewig standhalten. Aber Klut hatte kein Bedauern mit ihnen. Ihr Schicksal ging ihn nichts an. Wer wusste, womit sie sich diese bedrohliche Lage verdient hatten.
Plötzlich ertönte ein Horn. Von Norden näherte sich eine große Reitergruppe, deren Reiter ebenfalls schwarz gepanzert waren. Bald würden sie die Kämpfenden erreicht haben.

Diese hatten das Horn ebenfalls gehört. Die Schwarzgepanzerten ließen von ihren vier Gegnern ab und sammelten sich zu einer dichten Mauer, die den Weg nach Süden versperrte. Zwischen ihnen und den nahenden Reitern würden die vier unweigerlich aufgerieben werden.
Ein Krampf fuhr durch Kluts Körper. Bilder, die er lange Zeit unterdrückt hatte, zogen in rasender Folge an ihm vorbei. Die Heere Broglands und Leibbrandts schlossen sich wie eine gewaltige Faust und zermalmten Dunlands Reiter. Pferde stürzten, die Gefährten starben unter den Streichen der Übermacht. Ein Pfeil schwirrte und Klut sah seinen Vater fallen. Falks Gesicht erschien vor ihm. So wie er es das letzte Mal gesehen hatte. Das darf nicht sein!, schoss es ihm durch den Kopf. Das darf sich nicht wiederholen!
Mit einer Verzweiflung, die ihm unbegreiflich war, blickte er sich um. Was konnte er tun? Selbst für seine Schwertkünste waren es zu viele.
Ein Baum, den ein Sturm gefällt haben musste, ragte aus dem Wald hervor. Seine Wurzel hing schwebend über dem Abhang und wies geradewegs auf die vier Kämpfer, die hilflos ihrem Untergang entgegensahen. Nur wenige Äste des Baumes, die sich in anderen Bäumen verfangen hatten, hielten den Stamm noch über dem Abgrund.
Klut handelte rasch. Er glitt vom Pferd und flüsterte dem Tier eindringlich ins Ohr. Und so sonderbar dies war, so sicher war er doch, dass Bero ihn verstand.
»Halte dich am Waldrand. Und dann folge dem Fluss nach Süden. Halte Ausschau nach mir.«
Er selbst eilte zu dem Baum, sprang auf den schwankenden Stamm und hieb rasch die Äste durch, die den Baum noch hielten. Dann balancierte er auf dem Stamm über den Abhang hinaus, und als der Baum sich unter seinem

Gewicht senkte und ins Rutschen geriet, setzte er sich dicht hinter die Wurzel und hielt sich am Wurzelwerk fest. Wie auf dem Rücken eines absonderlichen Streitrosses ritt er immer schneller werdend in die Tiefe und stürzte schließlich in rasender Fahrt den vier Kriegern entgegen.

Diese fuhren entsetzt herum und sahen dem heranstürmenden Ungetüm wie erstarrt entgegen. Der Stamm mit seinem wirren Wurzelhaupt genügte sicher schon um sie zu lähmen, doch dass ein Mann hinter dieser Wurzelfratze zu sehen war, ließ ihnen wohl erst recht die Haare zu Berge stehen.

»Haltet euch fest!«, schrie Klut ihnen entgegen, obwohl er in diesem Augenblick kaum Hoffnung hatte, dass sie imstande waren die Rettung zu erkennen, die sich ihnen bot.

Doch er hatte sich in ihnen getäuscht. Verblüffend schnell gelang es ihnen, den lähmenden Schreck abzuschütteln. Mit einem raschen Sprung brachten sie sich vor dem herandonnernden Baumkoloss in Sicherheit, ließen diesen ein Stück weit vorbei und packten die peitschenden Äste. Die Wucht der rasenden Fahrt riss sie von den Beinen. Es war ein Wunder, dass es ihnen gelang, sich festzuhalten ohne zerfetzt oder zermalmt zu werden. Und unter dem Wutgeschrei der Schwarzgepanzerten, die fassungslos mit ansehen mussten, wie ihnen die sicher geglaubten Opfer entgingen, schoss der Baum über den Rand des Plateaus hinaus, neigte sich, kippte über und stürzte steil in die Tiefe, hinab in den reißenden Fluss.

Nur kurz tauchte der Baum in die wirbelnden Wogen. Dann schnellte er wieder an die Oberfläche und jagte durch das enge Flussbett in Richtung Süden, vorbei an scharfkantigen Felsen und moosbewachsenen Steinriesen.

Klut drehte sich nach den vier Geretteten um. Erleichtert stellte er fest, dass sie sich immer noch an den Ästen festklammerten und ihre Köpfe halbwegs über Wasser halten konnten. Nicht einmal ihre Waffen waren verloren gegangen.

»Das wird eine ungemütliche Reise«, schrie er ihnen durch das Brausen des Flusses zu. »Und ich weiß nicht, wie lange ihr aushalten müsst.«

Er sah, dass der Zwerg versuchte ihm zu antworten, doch sogleich schwappte ihm Wasser in den Mund. Hustend schnappte er nach Luft und verschluckte seine Worte zusammen mit einer guten Portion Flusswasser.

Klut war weitaus besser dran als die vier, die erbarmungslos durch das Wasser gerissen wurden. Das Gewicht der vier verteilte sich gut und hielt den Stamm aufrecht. So drehte der Baum sich nicht im Wasser und Klut konnte seinen sonderbaren Ritt durch die Wellen sogar genießen, auch wenn er von der schäumenden Gischt bis auf die Haut durchnässt wurde.

Ein lautes Rauschen wurde hörbar, das sich zu einem ohrenbetäubenden Donnern steigerte. Vor ihnen tauchte ein gewaltiger Wasserfall auf.

»Haltet euch fest«, schrie Klut. »Es geht abwärts.«

Er selbst klammerte sich mit aller Kraft an die Wurzeln, als der Stamm über den Rand des Wasserfalls hinausschoss und sich wild überschlagend hinabstürzte. Diesmal zog sie eine ungeheure Kraft in die weiß schäumende Tiefe des Wassers hinab. Die Zeit dehnte sich endlos. Klut spürte einen gewaltigen Druck auf der Brust. Lange konnte er den Atem nicht mehr anhalten.

Endlich wurde das Wasser klar. Luftperlen stiegen taumelnd an die Oberfläche, der sie träge entgegentrieben. Klut riss den Mund auf, als sie den Spiegel des Wassers durchbrachen, und rang keuchend nach Luft. Immer

noch saß er fest hinter den Wurzeln, die sich tief in seine verkrampften Hände eingeschnitten hatten.
Klut wischte sich das Wasser aus den Augen und sah sich nach den anderen um. Doch es waren nur noch drei von ihnen zu sehen. Der Einäugige und die Frau auf der einen Seite des Stamms und der Riese auf der anderen. Der Zwerg fehlte und auch der Riese schien sich nur noch mit einer Hand festhalten zu können.
Doch Klut täuschte sich. Der Riese hob seinen anderen Arm aus dem Wasser und an seiner Hand zappelte der Zwerg wie ein Fisch am Haken. Kaum hatte er wieder genug Atem, da begann er spuckend und hustend zu fluchen. Und obwohl Klut weit herumgekommen war, hatte er solche wilden Flüche noch niemals zuvor gehört.
»Ach, halt den Mund, Niem!«, hörte Klut den Riesen brummen. »Sei froh, dass ich dich erwischt habe.«
Der Zwerg verstummte und griff nach den Ästen in seiner Nähe. Dort klammerte er sich fest und drückte sich eng an den sicheren Stamm.
Das Wasser, in dem sie trieben, war stiller geworden. Sie glitten durch einen blanken, spiegelnden See und entfernten sich immer weiter vom Donnern des Wasserfalls. Langsam trieb die Strömung sie in die Nähe des Ufers. Schon bald hatte der Riese Boden unter den Füßen und begann den Stamm ans Ufer zu schieben. Nach wenigen Augenblicken konnten ihn der Einäugige und die Frau dabei unterstützen. Nur der Zwerg mit seinen kurzen Beinen überließ den anderen die Arbeit.
Mit einem letzten Ruck blieb der Stamm mit der Wurzel im seichten Uferwasser stecken. Klut sprang herab und erreichte mit wenigen Schritten das Trockene. Dort wandte er sich rasch um und sah den vieren gespannt entgegen. Er kannte sie nicht und wusste nicht, was er von ihnen zu erwarten hatte. Es war durchaus nicht

sicher, dass sie ihm ihre Rettung mit Dankbarkeit vergelten würden.
Als die vier das Ufer betraten, musterten sie ihren Retter mit aufmerksamen Blicken. Keiner sprach ein Wort. Und doch hatte Klut das Gefühl, dass sie sich wortlos, mit kleinen, scheinbar unbedeutenden Gesten verständigten.
Plötzlich sprang der Einäugige auf Klut zu und ließ sein überlanges Schwert auf diesen niedersausen. Doch Klut glitt blitzschnell zur Seite und schneller, als sein Gegner mit den Augen folgen konnte, hatte auch Klut sein Schwert gezogen. Schon nach wenigen Schlägen sauste das gewaltige Zweihandschwert durch die Luft und fiel in den Schlamm. Die Spitze von Kluts Waffe berührte den Hals des Einäugigen.
Doch zu Kluts Überraschung begann dieser zu lächeln. Seelenruhig trat er einen Schritt zurück, ging zu seinem Schwert und hob es auf. Es war also nur eine Prüfung gewesen. Doch wenn ich den Kürzeren gezogen hätte, dachte Klut, wäre aus dieser Prüfung eine Hinrichtung geworden.
»Gestattet, dass wir uns vorstellen«, sagte der Einäugige und verbeugte sich elegant. »Mein Name ist Skalg, dies hier sind N'Nuri und Issur ...« Und dabei wies er nacheinander auf die Frau und den Riesen. »... und hier unser ganz besonderer Freund Niem.«
Doch der Zwerg fiel ihm ins Wort und wie ein Wasserfall platzte es aus ihm heraus: »Niem Dok ut Pradesh Ashur Gongorwad ut Lemor Benarish ut Klamenag Wared Hadam, wenn ich bitten darf.« Dies alles sagte er mit größtem Ernst und stolzgeschwellter Brust, obwohl er mit seinen triefenden bunten Fetzen und seinen vielen Ketten, Armbändern und Ringen eine denkbar lachhafte Figur machte.

Doch Klut verkniff sich das Lachen und erwiderte die Vorstellung mit einer knappen, aber höflichen Neigung seines Kopfes.
»Und Ihr?«, wollte der Zwerg wissen. »Habt Ihr auch einen Namen?«
»Klut.«
»So, Klut«, meinte der Zwerg und sah sein Gegenüber an, als würde er noch mehr erwarten. Doch als dieser schwieg, fragte der Zwerg: »Nun gut, Klut. Das fängt schön an. Und wie weiter?«
»Nichts weiter«, antwortete Klut. »Einfach nur Klut. Das muss Euch genügen.«
»Was für eine Welt«, rief der Zwerg und hob die Arme. »Was für eine bemitleidenswerte Welt, arm an klangvollen Namen!«
»Ach, hör schon auf, Niem«, brummte der Riese wieder. »Lange Namen machen schließlich noch keine langen Kerle.«
Der Zwerg fuhr herum und warf dem Riesen einen wütenden Blick zu. »Wenn nicht du das gesagt hättest, dann ...«, zischte er und fuchtelte mit einem Messer herum, das plötzlich in seiner Hand lag.
»Ich habe es aber nun mal gesagt«, meinte der Riese gemütlich und beachtete Niems Drohgebärden nicht.
Wieder wandte sich der Einäugige an Klut: »Wir sind Euch zu Dank verpflichtet. Ohne Euch wären wir nicht mehr am Leben. Ein sonderbares Pferd habt Ihr da geritten, aber ich muss sagen, es hat seine Wirkung getan. Doch sagt, wer oder was seid Ihr?«
»Ich bin euch keine Rechenschaft schuldig«, gab Klut schroff zur Antwort.
»Immerhin habt Ihr uns das Leben gerettet«, meinte Skalg und sah ihn aus seinem einen Auge forschend an. »Das ... verbindet uns ... in gewisser Weise.«

»Und ihr seid mir keinen Dank schuldig«, sagte Klut. »Am besten ist es, jeder von uns geht wieder seiner Wege.«
Skalg schüttelte den Kopf. »Nein, nein, so einfach kommt Ihr uns nicht davon. Lasst mich raten. Ihr versteht zu fechten wie kein Zweiter. Also steht immerhin fest, was Ihr seid. Ein Meister des Schwertes. Noch etwas Verbindendes zwischen uns.«
»Wie meint Ihr das?«, fragte Klut.
»Nun, Ihr seid ein Meister des Schwertes und wir ...« Skalg wies mit einer weit ausholenden Gebärde auf sich und seine Gefährten. »... und wir sind Meister des Diebstahls.«
Klut packte sein Schwert fester. »Diebe?«, stieß er hervor. »Ich soll Diebsgesindel das Leben gerettet haben?«
»Allerdings«, erwiderte Skalg und lächelte spöttisch. »Doch Ihr solltet unsere Kunst wirklich nicht so gering achten. Wir sind kein einfaches Gesindel, wir sind Meister in unserem Fach, so wie Ihr es seid.«
»Ihr habt einen seltsamen Humor«, meinte Klut. Irgendwie gefiel ihm dieser Skalg. Und auch seine Gefährten schienen gar nicht so übel zu sein.
»So ist es schon besser«, sagte Skalg. »Wer weiß, vielleicht lassen sich unsere Meisterschaften zu einer Gewinn bringenden Partnerschaft vereinen.«
»Ich wüsste nicht, warum ich das tun sollte«, erwiderte Klut und steckte sein Schwert weg.
»Vielleicht ist es unsere Bestimmung«, entgegnete Skalg leichthin.
Klut zuckte zusammen. Es war lange her, dass er dieses Wort aus dem Mund eines anderen gehört hatte. Wie kam dieser Skalg dazu, so etwas zu sagen? Klut warf ihm einen schnellen Blick zu, dann wandte er sich wortlos ab. Suchend sah er sich um.

»Wartet Ihr auf jemanden?«, fragte Niem, der Zwerg.
»Ja«, antwortete Klut. »Auf mein Pferd.«
»Auf Euer was?«, platzte Niem heraus. »Euer Pferd? Hier, in dieser von allen Geistern verlassenen Gegend? Habt Ihr im Wasser den Verstand verloren? Das einzige Pferd, auf dem ich Euch habe reiten sehen, liegt hinter uns im See.«
Doch Klut hörte nicht auf ihn. Er hatte Bero schon entdeckt. Er stieß einen lauten Pfiff aus und nach kurzer Zeit war das Pferd bei ihm.
Klut klopfte auf den Hals des Tieres und sagte: »Brav, Bero. Gut gemacht.«
»Ihr habt ja ein ganz besonderes Pferd«, meinte Skalg, der an seine Seite trat. »Es hat nicht zufällig etwas zu essen für hungrige Mägen mitgebracht?«
Klut lächelte und erwiderte: »Doch, das hat es. Von mir aus seid meine Gäste. Aber nur für eine Mahlzeit. Danach trennen sich unsere Wege wieder.«
»Das ist eine Einladung ganz nach meinem Geschmack«, rief Issur, der Riese, mit dröhnender Stimme. »Suchen wir uns ein trockenes Plätzchen.«
Zwischen einigen großen Felsen fanden sie einen grasbedeckten Platz. Trockenes Schwemmholz fand sich reichlich und schon bald prasselte ein helles Feuer in ihrer Mitte, an dem sie sich wärmten und ihre Kleider trockneten.
Klut teilte seine Vorräte mit seinen Gästen, die ihm immer noch nicht geheuer waren. Während sie schweigend aßen, ließ er seine Blicke verstohlen über die vier verwegenen Gestalten gleiten. Skalg, Issur und Niem hatte er nun schon besser kennen gelernt. Doch von der Frau, die Skalg N'Nuri genannt hatte, hatte er noch nichts in Erfahrung bringen können. Sie hatte bisher kein Wort gesagt.

Inzwischen war es dunkel geworden und jeder von ihnen bereitete sich so gut wie möglich ein Lager für die Nacht. Klut zog sich ein Stück weit von den anderen zurück und legte sich in die Nähe seines Pferdes. Unter seiner Decke hielt er das Schwert in den Händen, als er sich schlafen legte. Er traute diesen Spießgesellen nicht. Skalg erhob sich noch einmal und trat zu ihm. »Das braucht Ihr nicht«, sagte er und wies auf das Schwert, das seinem scharfen Auge nicht entgangen war. »Ihr habt mein Wort, dass Ihr von uns nichts zu befürchten habt.« Klut gab keine Antwort. Doch er steckte sein Schwert nicht weg. Skalg zuckte mit den Schultern und legte sich wieder hin. Eine Weile noch beobachtete Klut die Schläfer, dann schloss er die Augen. Er würde es schon merken, wenn sich ihm einer der vier nähern sollte. Und Bero würde ihn warnen, wenn Gefahr drohte. Jetzt spürte er die Anstrengung der vergangenen Stunden. Erschöpft überließ er sich seiner Müdigkeit und fiel in tiefen Schlaf.

7
Gefährten

Als er erwachte, saß ihm Skalg gegenüber und hielt Kluts Schwert offen vor sich auf den Knien. Klut erschrak, doch der Einäugige lächelte und meinte: »Ich habe es Euch ja gesagt. Auch wir sind Meister unseres Fachs. Nehmt dies als Beweis, dass ich mein Wort zu halten verstehe.« Er beugte sich vor und gab Klut die Waffe zurück.

Klut richtete sich auf und steckte das Schwert weg. Unsicher betrachtete er sein Gegenüber. Skalg war wohl mehr als doppelt so alt wie Klut. Doch sein schwarzes Haar war noch an keiner Stelle ergraut. Alles an ihm war dunkel. Sein Auge, dessen Iris beinahe so schwarz wie das Haar war, und die einfache Kleidung aus dunklem, festem Stoff. Er trug keinen Schwertgurt, denn seine überlange Waffe konnte er nur in den Händen halten oder bestenfalls wie eine Lanze am Sattel eines Pferdes befestigen, wenn er eines gehabt hätte. Das führte Klut wieder zu der Frage zurück, warum sie auf der Felsplatte zu Fuß gekämpft hatten. Doch zuvor beschäftigte Klut noch etwas viel Dringlicheres, das ihn nicht losließ.
»Ihr habt von Bestimmung gesprochen«, sagte er. »Wie kommt Ihr darauf?«
»Wenn Ihr so viel erlebt hättet wie ich«, erwiderte Skalg, der zwar überrascht zu sein schien, aber bereitwillig auf Klut einging, »würdet Ihr vielleicht auch beginnen Fragen zu stellen. Fragen nach dem Wesen und Zweck Eures Daseins. Warum seid Ihr so geworden, wie Ihr es heute seid? Warum sind diese drei meine Gefährten geworden? Wohin geht die Reise des Lebens? Bestimmung ist nur eine Antwort, aber eine verlockende.«
»Wenn Ihr gerade davon sprecht, wie seid Ihr vier zusammengekommen?«, fragte Klut.
»Nun, Diebe treffen sich zuweilen über der gleichen Beute«, antwortete Skalg. »Dann haben sie die Wahl, sich gegenseitig die Köpfe einzuschlagen oder sich zu verbünden. Wenn einer nichts taugte, habe ich mich für die erste der beiden Möglichkeiten entschieden, bei diesen dreien aber lohnte sich ein Bündnis.«
»Seid Ihr schon lange eine ...« Klut brach ab.
»Bande, wollt Ihr wohl sagen. Nun, lange genug, um wie vier Finger einer Hand zu sein«, entgegnete Skalg.

»Eine Hand hat aber fünf Finger«, sagte Klut mit dem matten Versuch, zu scherzen.
»Da habt Ihr Recht«, meinte Skalg. »Ein Finger ist noch zu vergeben. Doch bisher hat sich noch nicht der Richtige gefunden.« Dabei sah er Klut einladend an.
Doch Klut, dem dieses stumme Angebot unangenehm war, lenkte ab und fragte: »Wohin werdet ihr als Nächstes gehn?«
»Dorthin, wo sich Pferde für uns finden«, antwortete Skalg. »Leider hatten wir es bei unserem letzten… Besuch sehr eilig, uns zu verabschieden, und mussten unsere Pferde zurücklassen. Und wenn Ihr nicht erschienen wäret, hätten wir noch viel mehr verloren.«
»Ich nehme nicht an, dass ihr sie kaufen wollt«, meinte Klut. »Ihr spielt mit euren Köpfen. Auf Pferdediebstahl steht der Tod.«
»Nun, jeder Beruf hat seine Gefahren«, sagte Skalg lächelnd. »Von einem, der sein Schwert zu seinem Beruf gemacht hat, hätte ich einen solchen Einwand nicht erwartet.«
»Wie kommt Ihr darauf, dass mein Schwert mein Beruf ist?«, fragte Klut.
»Euer Ruf ist Euch weit vorausgeeilt«, erwiderte Skalg und kniff sein eines Auge verschmitzt zu, was allerdings mehr als sonderbar aussah. »Und Diebe haben offene Ohren für alle Arten von Gerüchten.«
Kluts Gesicht verfinsterte sich. Doch Skalg sagte beschwichtigend: »Seid unbesorgt, wir haben zwar offene Ohren, aber unsere Münder bleiben verschlossen.«
Eine Weile schwiegen sie und Klut spürte, dass Skalg ihn aufmerksam betrachtete. Dann brach der Einäugige das Schweigen und fragte: »Was habt Ihr vor? Wohin wollt Ihr gehen?«
»Nach Westen«, antwortete Klut.

Skalg warf den Kopf lachend ins Genick und meinte schließlich: »Ihr habt nicht nur einen kurzen Namen, sondern scheint auch sonst alles Kurzgefasste zu lieben. Westen ist ein weites Land. Je nach Eurem Standort könntet Ihr die ganze Welt damit meinen. Aber habt Ihr auch ein Ziel?«
»Wer sagt, dass ich ein Ziel haben muss?«, fragte Klut unwirsch.
»Wer solch eine Frage stellt, hat in der Regel ein Ziel, das sich zu verbergen lohnt«, sagte Skalg mit sanfter Stimme und dabei sah er Klut lauernd an. Doch dann ließ er es dabei bewenden und setzte Klut nicht weiter mit Fragen zu. Stattdessen meinte er: »Vielleicht kann ich Euch ein Angebot machen, das Euren Sinn ändert, sodass Ihr Euch uns doch anschließt. Ihr wollt also nach Westen. Wie es der ... Zufall nun will, ist dies auch unsere Absicht. – Habt Ihr schon einmal von Nabul Khan gehört?«, fragte er unvermittelt.
Klut schüttelte den Kopf.
»Nun, das ist, wie wir in unseren Kreisen zu sagen pflegen, ein ganz besonders fetter Kuchen«, erklärte Skalg und fuhr sich genießerisch mit der Zunge über die Lippen. »Aber weil Ihr nicht zu den Eingeweihten, zu den Edlen der schnellen Hand gehört, will ich Euch diesen Kuchen etwas eingehender beschreiben.«
Was für eine Art zu sprechen dieser Skalg hat, dachte Klut. Er kann mit Worten geschickt umgehen und hat einen sonderbaren Humor. ›Die Edlen der schnellen Hand‹: schöne Worte für ein diebisches Gewerbe. Doch schwieg er und hörte den Ausführungen des Einäugigen aufmerksam zu.
»Sicher seid Ihr auf Euren Fahrten bei manch großem Fürsten in Diensten gestanden«, begann Skalg. »Doch wenn diese auch mächtig und begütert waren, so ist das

nichts gegen das, was sich mit dem Namen von Nabul Khan verbindet. Ich sage Euch, nichts lässt sich mit der Pracht und dem Reichtum seines Hofstaats vergleichen. Wenn es ein Paradies für Diebe geben sollte, dann muss es Nabul Khan heißen. Sein Name ist die reinste Musik in unseren Ohren.
Doch genug der Schwärmerei. Sicher werdet Ihr Euch fragen, welchen Nutzen Nabul Khan für Euch haben kann. Nun, Ihr wollt nach Westen, und wie es der Zufall so will – Ihr seht, die Zufälle häufen sich –, wie es also der Zufall so will, auch Nabul Khan und sein Hof sind auf dem Weg nach Westen. Um genau zu sein, er hat nicht weniger vor, als sich nach Kerala zu wagen.«
Skalg ließ diese Worte bedeutungsvoll nachklingen. Doch als Klut nicht reagierte, stutzte er und fragte: »Sagt nicht, dass Ihr noch nie von Kerala gehört habt?«
Wieder schüttelte Klut den Kopf.
»Ihr habt wirklich Gefährten bitter nötig, die besser unterrichtet sind als Ihr«, meinte Skalg und wiegte bedenklich den Kopf. »In welcher Welt lebt Ihr eigentlich? In Eurer Ahnungslosigkeit wärt Ihr womöglich blind ins Verderben gelaufen.«
Klut sah ihn zweifelnd an. Skalgs Worte beunruhigten ihn. Wusste er wirklich zu wenig? Hatte er zu sehr in seinen Träumen von einer anderen, vergangenen Welt gelebt und deshalb seiner eigenen, gegenwärtigen Welt zu wenig Beachtung geschenkt? Hätte er sich in den einsamen Jahren, die hinter ihm lagen, weniger vor den Menschen verschließen sollen, um mehr in Erfahrung zu bringen?
»Ihr beginnt zu zweifeln, ich sehe es Euch an«, meinte Skalg. »Das ist ein guter Anfang. Also, zurück zu Kerala. Nun, Kerala ist ein Land, in das man sich nicht unbedacht wagen sollte, schon gar nicht allein.« Dabei warf er Klut einen bedeutsamen Blick aus seinem einen Auge zu.

»Denn in Kerala lebt oder, vielleicht sollte ich besser sagen, haust das Volk der Rajin. Nun, Volk ist ein großes Wort für diese Wesen, denn menschlich, nein, menschlich sind sie nicht gerade zu nennen. Stellt Euch Zähne wie Messer vor, Krallen wie gekrümmte Dolche, Augen, glühend wie Kohlen in der Nacht, und dazu das Fell einer räudigen Katze. Dann habt Ihr eine ungefähre Vorstellung von den Rajin. Aber nur eine Ahnung, nicht mehr. Denn dann wisst Ihr noch nichts von ihrer Wildheit, ihrer Kraft und Grausamkeit. Die wenigen, die es gewagt haben, Kerala zu betreten, sind für ihr Leben gezeichnet zurückgekehrt. *Wenn* sie zurückgekehrt sind. In der Regel zählen solch Wagemutige zu den Leibspeisen der Rajin.«
»Sind sie wirklich so gefährlich?«, fragte Klut ungläubig. Statt einer Antwort hob Skalg seine Augenklappe an und Klut blickte in eine leere, furchtbar zugerichtete Augenhöhle. Skalg bedeckte die Narbe wieder mit der Klappe und sagte unbewegt: »Es gab eine Zeit, da habe ich wie Ihr daran gezweifelt. Doch ich habe dafür bezahlen müssen.«
»Aber warum will dieser Nabul Khan denn eine solche Gefahr auf sich nehmen?«, wollte Klut wissen.
»Das ist eine sehr gute Frage«, meinte Skalg und tat so, als würde er diese Worte genießerisch auf der Zunge zergehen lassen. »Doch mir kommt es so vor, als sollte *ich* Euch diese Frage stellen, wenn ich es nicht bereits getan habe. Warum wollt Ihr diese Gefahr auf Euch nehmen?«
»Wer sagt Euch, dass ich das vorhabe?«, entgegnete Klut.
»Nun, Ihr wollt doch nach Westen oder etwa nicht?«
»Doch«, erwiderte Klut. »Aber es wird noch andere Wege geben.«
Skalg schüttelte den Kopf. »Nein«, sagte er. »Es gibt keinen anderen Weg. Der einzige Weg nach Westen führt

durch Kerala. Und um Kerala zu erreichen, müsst Ihr erst noch die Namurwüste durchqueren. Auch etwas, das Ihr nicht allein versuchen solltet. Anstelle von Gras wachsen die Knochen der Verdursteten aus dem Sand.«
»Ich könnte mich diesem Nabul Khan anschließen«, meinte Klut. »Allein!«
»Sicher, das könntet Ihr«, erwiderte Skalg, doch dabei spielte ein spöttisches Lächeln um seine Lippen. »*Wenn* Ihr es könnt. Doch ich werde Euch drei Hindernisse nennen, die dagegen sprechen. Erstens, Nabul Khan wählt sein Gefolge immer selbst aus. Zweitens, niemand wird zu Nabul Khan vorgelassen, der nicht zu den Räten des Inneren Hofes vordringen kann. Drittens, niemand wird zu den Räten des Inneren Hofes vorgelassen, der nicht wenigstens einen der Räte des Äußeren Hofes kennt.«
Klut sah Skalg sprachlos an. Was sollte das Ganze? Wollte der Einäugige sich über ihn lustig machen? Nein, das schien es nicht zu sein. Trotz seines Spotts war nicht zu überhören, dass Skalg in vollem Ernst sprach.
»Und Ihr, Ihr kennt wohl einen dieser ... Räte des ...«
»Des Äußeren Hofes?«, ergänzte Skalg. »Ja, das will ich wohl meinen. Ich konnte mir einen von ihnen gewissermaßen verpflichten. Es ist mir vor längerer Zeit gelungen, ein für diesen Herrn äußerst lästiges Papier verschwinden zu lassen. Die Botschaft auf diesem Papier hätte für ihn recht unangenehme Folgen haben können. So aber war nicht nur seine hohe Stellung, sondern auch sein Kopf gerettet und seitdem habe ich in ihm einen dankbaren Fürsprecher. Nun, was sagt Ihr? Schließt Ihr Euch uns an?«
Klut sah ihn unsicher an. Sollte er sich wirklich diesen Geächteten anschließen? Doch war er denn mehr? War nicht auch er ein Ausgestoßener?

Klut blickte zu Skalgs Gefährten hinüber, die geduldig das Ergebnis ihrer Unterredung abwarteten. Skalg schien ihr Anführer und Wortführer zu sein. Und irgendwie gefiel ihm dieser finstere Geselle. Vor allem seine Klugheit und Nachdenklichkeit. Skalg war mehr als ein rauer Haudegen. Der Einäugige erinnerte ihn an Athos. Hinter Skalgs sonderbarem Humor steckte eine gute Portion Weisheit. Zumindest hatte er die Erfahrung, die Klut fehlte.
»Noch habt Ihr meine Frage nicht beantwortet«, meinte Klut zögernd. »Warum will dieser Nabul Khan sich nach Kerala wagen? Was treibt ihn dazu?«
»Es gibt da einige Gerüchte«, erwiderte Skalg langsam. »Es heißt, dass Nabul Khan alt und krank geworden sei. Vielleicht sogar mehr als nur das. Nicht ganz richtig im Kopf, wenn Ihr versteht, was ich meine. Jagt Hirngespinsten hinterher.«
»Hirngespinsten?«
»Nun ja, er scheint Gefallen an ... Märchen gefunden zu haben«, meinte Skalg.
»Ihr müsst Euch schon verständlicher ausdrücken. Was für Märchen?«
»Alte Sagen von untergegangenen Reichen, Berichte von Heilung und Wundern«, fuhr Skalg fort. »Und da Nabul Khan es mit dem Sterben nicht so eilig zu haben scheint, hat er sich wohl in den Kopf gesetzt, diese ... Heiler zu finden.«
»Im Westen?«, fragte Klut vorsichtig und versuchte seiner Stimme einen harmlosen Klang zu geben.
Doch Skalg hatte feine Ohren und wieder trat ein lauernder Ausdruck in sein Auge. »Ja, im Westen. Dort, so heißt es, soll dieses Reich zu finden sein. Auch ... andere haben schon versucht es zu finden.« Wieder traf Klut ein forschender Blick. »Es soll auch einen Namen haben,

dieses versunkene Reich. Bedauerlicherweise will er mir im Augenblick nicht einfallen. Ihr wisst ihn nicht ... zufällig?«
Klut sah ihn schweigend und mit ausdruckslosem Gesicht an. Plötzlich beugte sich Skalg vor, wies mit der Hand auf das Schwert, das er Klut erst entwendet und dann wieder zurückgegeben hatte, und sagte leise: »Vertrauen gegen Vertrauen.«
Klut fühlte sich durchschaut. Er spürte, dass er sich entscheiden musste. Skalg und seine Gefährten konnten eine große Hilfe für ihn sein. Wer wusste denn, ob es ihm je gelingen würde, allein auf sich gestellt, sein Ziel zu erreichen? Aber wenn er sich irrte? Würde er einen Fehler machen, der sich später bitter rächen würde? So wie es seinem Vater geschehen war?
»Lasst uns kämpfen«, stieß Klut hervor.
»Was?«, rief Skalg. »Warum? Misstraut Ihr mir so sehr?«
»Nehmt es als Probe«, entgegnete Klut. »Gestern habt Ihr mich auf die Probe gestellt, heute bin ich an der Reihe.«
»Nun gut, wie Ihr wollt«, meinte Skalg. »Aber diesmal werde ich auf der Hut sein und mich nicht von Euren Fähigkeiten überraschen lassen.«
Skalg sprang auf und holte sein Schwert. Klut sah, dass seine Gefährten ihn mit Fragen bestürmten. Niem, der Zwerg, griff aufgeregt zu seinem Messer. Doch Skalg beschwichtigte sie und entfernte sich mit dem blanken Schwert in den Händen von den Felsen. Klut zog ebenfalls seine Waffe und stellte sich ihm gegenüber auf.
Klut war sich nicht sicher, ob das, was er tat, richtig war. Es war eine plötzliche Eingebung gewesen. Etwas in ihm sagte ihm, dass er nur im Kampf Gewissheit darüber gewinnen konnte, ob Skalg ihm nach dem Leben trachtete oder ob er ihm wirklich wohlgesinnt war.

Langsam umkreisten sich die beiden Kämpfer. Issur, Niem und N'Nuri sahen dem Geschehen gespannt zu. Es schien ihnen schwer zu fallen, ihrem Anführer nicht zur Seite zu stehen.
Klut tat den ersten Schritt und ein Kampf entbrannte, wie Klut ihn noch nie hatte führen müssen. Nie hätte er gedacht, dass Skalg ein solch starker Gegner sein würde. Auf jeden Schlag Kluts wusste er die richtige Antwort und dabei führte er seine überlange Waffe mit einer Kraft und Geschicklichkeit, die Klut erstaunte. Skalg trug jetzt einen Handschuh aus feinen Stahlgliedern an seiner linken Hand. Mit diesem fasste er, wenn es erforderlich war, die ungefüge und schwere Klinge seines Langschwertes, um es ebenso rasch bewegen zu können wie Klut seine kürzere und leichtere Waffe.
Wie ist es nur möglich, dass er so gut zu kämpfen versteht?, dachte Klut. Gibt es noch andere, die das alte Wissen haben?
Hin und her wogte der Kampf und keiner der beiden Gegner behielt die Oberhand. Doch eines fiel Klut nach einiger Zeit auf: Skalg suchte nicht mit letzter Unbedingtheit nach dem tödlichen Schlag. Für einen Außenstehenden mochte dies bei der Geschwindigkeit, mit der der Kampf geführt wurde, nicht erkennbar sein, doch Klut empfand deutlich eine Art von Ungleichgewicht. Und so fehlte das, was Klut in Augenblicken höchster Gefahr erlebt hatte, dann, wenn in den Schlachten der vergangenen Jahre sein Leben bedroht gewesen war. Denn in solchen Augenblicken war etwas in ihm erwacht, das ihn stark und unbesiegbar gemacht hatte. Etwas, das ihm zur Seite getreten war, um ihn zu schützen.
Endlich hielten die Kämpfer ein. Schwer atmend standen sie einander gegenüber.

»Ich hätte nie gedacht, dass Ihr mir so ebenbürtig seid«, keuchte Klut.
»Dasselbe könnte ich von Euch sagen«, entgegnete Skalg und auch sein Atem ging stoßweise. »Nun, seid Ihr zufrieden mit Eurer Probe?«
»Ihr habt nicht versucht mich zu töten. Warum?«, fragte Klut.
»Dasselbe müsste ich Euch fragen«, erwiderte Skalg und lächelte.
Niem trat zwischen sie, sah erst sprachlos von einem zum andern, bis er schließlich herausplatzte: »Was redet ihr da? Nicht versucht einander zu töten? Was war es dann? Ein freundliches Geplauder?«
Skalg lachte, trat neben Niem und legte ihm die Hand auf die Schulter. Dann sah er Klut an und fragte: »Wie habt Ihr Euch entschieden? Hat die Hand nun fünf Finger?«
Klut nickte und streckte Skalg seine Hand entgegen. Der Einäugige schlug ein.
»Sprecht nur weiter in Rätseln«, knurrte Niem. »Heißt das, dass er mit uns geht?«
»Ja«, antwortete Skalg.
»Und das entscheidest natürlich wieder du allein«, rief Niem. »Unsereins wird ja nicht gefragt!«
»Warum, hast du was dagegen?«, fragte Skalg.
»Nein, hab ich nicht«, erwiderte Niem. »Hab ich etwa so etwas gesagt? He, habe ich, Niem Dok ut Pradesh Ashur Gongorwad ut Lemor Benarish ut Klamenag Wared Hadam, irgendwas dagegen einzuwenden gehabt? Natürlich bin ich dafür.«
»Dann ist es ja gut«, meinte Skalg. »Dann brauche ich dich ja auch nicht zu fragen.«
Mit offenem Mund starrte Niem hinter Skalg her, der zu ihrem Lager ging. Issur grinste übers ganze Gesicht und N'Nuri verzog spöttisch die Lippen.

»Ja, macht euch nur lustig über mich«, fauchte Niem sie an. Dann machte er auf den Absätzen kehrt und stapfte wütend hinter Skalg her.
»Ist er immer so gereizt?«, fragte Klut.
»Ach«, meinte Issur in aller Ruhe. »Das ist so seine Art. Daran werdet Ihr Euch bald gewöhnt haben.«
Klut warf N'Nuri einen Blick zu. Doch diese sah ihn mit ausdruckslosen Augen an und ließ ihn wortlos stehen.
»Sie ist nicht sehr ... gesprächig«, meinte Klut.
»Nein«, sagte Issur knapp. Dann folgte er den anderen.
Auch Klut machte sich zum Aufbruch bereit. Er hatte das unbestimmte Gefühl, dass es wohl mehr als eine Weile dauern würde, bis er sich an seine neuen Gefährten gewöhnt hatte. Er wusste noch viel zu wenig über sie. Vor allem Skalg gab ihm Rätsel auf.
Als er Bero gesattelt hatte, nahm er das Pferd beim Zügel und trat zu den anderen.
»Ich habe noch nicht gefragt, warum ihr die Absicht habt, euch Nabul Khan anzuschließen«, meinte er.
Doch als Skalg antworten wollte, fiel ihm Niem ins Wort. »Wer behauptet, dass wir uns ihm anschließen wollen? Vielleicht wollen wir ihn nur von gewissen Kleinigkeiten befreien, damit er auf seiner Reise nicht gar so schwer zu tragen hat. Kleinigkeiten, die uns teuer sind, Ihr versteht?«
Skalg machte eine bedeutungsvolle Geste, die so viel heißen sollte wie: Da habt Ihr Eure Antwort!
Aber Klut war keineswegs damit zufrieden. Niem mochte in Nabul Khan vielleicht wirklich nicht mehr sehen als einen besonders fetten Kuchen. Und auch für Issur, ja sogar für N'Nuri mochte dies zutreffen, aber bei Skalg musste mehr dahinter stecken als nur die Aussicht auf reiche Beute. Doch was? Nun, vorerst gab es darauf keine Antwort, aber Klut nahm sich vor, diesem

Einäugigen bei Gelegenheit wieder auf den Zahn zu fühlen.
Sie brachen auf und folgten dem Ufer des Sees weiter nach Süden. Nach Westen hin versperrten hohe Felsen den Weg.
Als Issur sah, dass Klut sein Pferd immer noch hinter sich herführte, fragte er: »Ihr reitet nicht?«
»Nein«, antwortete Klut. »Ich kann damit warten, bis ihr wieder Pferde habt.«
»Oh, dann habt Ihr wohl nichts dagegen, wenn ich an Eurer Stelle ...«, rief Niem hoffnungsvoll.
»Doch, ich habe etwas dagegen«, wies Klut ihn schroff ab.
Seufzend fügte sich Niem in sein Los und bemühte sich mit den anderen Schritt zu halten, was ihm bei seinen so viel kürzeren Beinen reichlich Mühe bereitete.
»Woher kommt dieser Nabul Khan eigentlich?«, wandte sich Klut an Skalg.
»Von weit her, aus den Ländern jenseits des Südmeers«, antwortete Skalg. »Aber es ist schon lange her, dass er das Meer überquert hat. Seitdem zieht er von Land zu Land, ein nicht gerade willkommener Gast. Doch er ist zu mächtig, als dass irgendjemand es wagen könnte, ihm den Tribut zu verweigern, den er verlangt.«
»Das hört sich ja an, als wäre er dauernd unterwegs«, meinte Klut.
»Ach, das könnt Ihr ja nicht wissen«, erwiderte Skalg. »Sein Hof ist ein reisender Hof. Er hat keine feste Wohnstatt.«
»Ihr macht Scherze?«, rief Klut und lachte ungläubig.
»Durchaus nicht«, entgegnete Skalg.
»Aber Ihr habt von einem Äußeren und einem Inneren Hof gesprochen«, beharrte Klut. »Ich hatte die Vorstellung von etwas ... etwas Großem.«

»Dann bewahrt Euch diese Vorstellung, denn so ist es auch. Groß und prächtig ist sein Hofstaat. Nichts ist mit ihm zu vergleichen«, sagte Skalg. »Ihr werdet es ja sehen.«

Issur unterbrach sie. Er hatte einen Durchgang zwischen den Felsen entdeckt. Es war eher ein Spalt als eine schmale Schlucht, durch die sie gingen. Die Felswände standen dicht beieinander, doch ließen sie gerade so viel Platz, dass sie gut durchkamen.

Als sie wieder ins Freie traten, blickten sie auf ein weites Tal, das sich von Nord nach Süd erstreckte. Jenseits des Tals erhob sich ein gewaltiger Berg, dessen Ausläufer das Tal nach Westen begrenzten. Durch das von saftigen Wiesen und fruchtbaren Äckern und Feldern bedeckte Tal floss ein breiter Strom, in dem sich der Himmel und das Licht der Mittagssonne gleißend spiegelten.

»Das ist der Tamir«, erklärte Skalg. »Weiter im Süden vereinigt er sich mit dem Oriko, der uns so freundlich, wenn auch reichlich nass vor unseren Häschern bewahrt hat. Der Berg dort nennt sich der Chalud. Die Stadt, die Ihr weiter unten in der Flussbiegung sehen könnt, ist Derbakir, die Hauptstadt der Skarren. Und zu guter Letzt sei noch gesagt, dass das Land, das Ihr vor Euch seht, Medrina genannt wird.«

»Eine wandelnde Landkarte, unser verehrter Skalg, nicht wahr?«, bemerkte Niem spitz.

»Wogegen nichts einzuwenden ist«, entgegnete Klut. »Mir scheint, dass meine Entscheidung, mich euch anzuschließen, nicht die schlechteste war. Zumindest was die wandelnde Landkarte betrifft. Ob Ihr dagegen mehr zu bieten habt als einen Namen, der so lang ist wie ein Fluss, wird sich erst noch erweisen müssen.«

Niem schnappte empört nach Luft, während Issur in ein dröhnendes Gelächter ausbrach. N'Nuri schenkte dem

Vorfall keinerlei Beachtung. Sie schritt rasch den Abhang ins Tal hinab und überließ es ihnen, ob sie ihr folgen wollten oder nicht.

8
Die Schatzkammern von Derbakir

Die Wege, über die sie hinabstiegen, waren anfangs ziemlich schmal. Einfache Feldwege, die sie an Äckern und Bauernhöfen vorbeiführten. Zuweilen trafen sie auf Landleute, die ihre Felder bestellten und ihnen erstaunt nachsahen.
Bald erreichten sie eine breite, bevölkerte Straße. Zahlreiche, schwer beladene Ochsenkarren rollten der Stadt entgegen und wirbelten den Staub auf. Auch zogen viele Reiter an ihnen vorbei. Es schien überhaupt viel Volk unterwegs.
»Sieht so aus, als hätten wir einen günstigen Tag erwischt«, murmelte Issur. »Wird wohl Markttag sein.«
»Mehr als günstig sogar«, gab Skalg halblaut zur Antwort. »Pferdemarkt.« Und er wies mit der Hand in Richtung der Stadt.
Wirklich sahen sie mehrere Reiter, die eine Pferdeherde vor sich hertrieben. Und diese war nicht die einzige Herde. Als sie einen Hügel überquerten, entdeckten sie noch weitere kleinere und größere Herden, die sich der Hauptstadt der Skarren aus allen Himmelsrichtungen näherten.
»Glaubt ihr nicht, dass es gefährlich sein wird, ausge-

rechnet auf einem Pferdemarkt Pferde zu stehlen?«, fragte Klut. »Die Tiere werden sicher besonders gut bewacht.«
»Das stimmt«, sagte Skalg. »Aber es ist ganz und gar ungefährlich, Pferde zu ... kaufen.«
»Ungefährlich schon, aber erstaunlich für Meister eures Fachs«, meinte Klut und lachte leise. »Habt ihr denn Geld?«
Niem wendete das Innere der Taschen an seinen Beinkleidern nach außen und erwiderte: »Nicht mehr, als Ihr braucht, um einem Staubkorn die Sonne zu nehmen.«
»Aber dann ...?«, wunderte sich Klut.
»Dann«, entgegnete Skalg belustigt, »müssen wir uns Pferde eben mit dem Geld anderer Leute kaufen.«
»Wartet einen Augenblick«, sagte Klut und winkte sie neben die Straße. Dort führte er sie hinter einen großen Felsen, der sie von der Straße abschirmte, knöpfte sein Lederwams auf und zog einen Gürtel hervor. Vor den erstaunten Blicken seiner Gefährten ließ er etliche Goldstücke aus dem hohlen Gürtel auf seine offene Hand gleiten.
»Na, Ihr habt aber Mut, uns so offen Eure Schätze vorzuführen«, zischte Niem und seine Augen glitzerten begehrlich.
»Vertrauen gegen Vertrauen«, antwortete Klut knapp und sah Skalg an.
»So ist es auch«, sagte Skalg und warf Niem einen strafenden Blick zu. »Vertrauen gegen Vertrauen.«
»Sicher, das wollte ich auch gerade sagen«, versicherte der Zwerg eilig, aber man hörte seiner Stimme deutlich das Bedauern an. Seine Nase zuckte noch ein wenig wie die eines Hundes, dem eine besonders saftige Wurst vor die Schnauze gehalten wird, dann wandte er sich seufzend ab.

»Warum wollt Ihr uns Euer Geld geben?«, fragte Issur.
»Vielleicht weil mir viel daran liegt, so rasch wie möglich diesen Nabul Khan zu finden«, erwiderte Klut. »Ohne euch gleich wieder aus der nächsten Patsche heraushelfen zu müssen.«
Wie ein Mann bauten sich die vier ihm gegenüber empört auf.
»Das war Pech«, brummte Issur.
»Genau«, echote Niem. »Kann jedem mal passieren.«
»Ihr habt ja keine Ahnung«, stieß Skalg hervor und selbst N'Nuri, die wieder kein Wort hören ließ, funkelte ihn wütend an. Kluts Worte schienen die Gefährten empfindlich in ihrer Ehre getroffen zu haben.
»Behaltet Euer Gold«, zischte Niem. »Von mir aus könnt Ihr den Meeresgrund damit pflastern.«
Klut zuckte mit den Schultern und füllte die Goldstücke wieder in den Gürtel zurück. Mit einer solchen Antwort hatte er nicht gerechnet. »Was schlagt ihr also vor?«, fragte er.
»Wartet es ab«, entgegnete Skalg kurz angebunden.
Sie kehrten auf die Straße zurück und zogen weiter in Richtung der Mauern von Derbakir. Am Tor wurden sie nach kurzer Kontrolle unbehelligt eingelassen. An diesem Tag, an dem so viele Menschen in die Stadt drängten, fielen selbst sie nicht besonders auf. Zwar trafen sie allerlei neugierige Blicke, doch schlug ihnen kein Misstrauen entgegen.
Erst jetzt wurde es Klut bewusst, dass seine Gefährten es offensichtlich verstanden, trotz ihres verwegenen Äußeren nicht abgerissen und verdächtig zu erscheinen. Sie mochten zwar Aufsehen erregen, ja, Belustigung, besonders der mit klimperndem Schmuck behängte Niem, doch nichts an ihnen verriet, dass sie auf Beute aus waren. Sie wirkten eher wie Schausteller, die mit allerlei

Jahrmarktskünsten ihr Geld verdienen mochten. Ihre auffällige Erscheinung diente ihnen sogar als Tarnung.
So ließen sie sich durch die engen Gassen der Stadt treiben und hielten Augen und Ohren nach günstigen Gelegenheiten offen. Aber die besonders fetten Kuchen waren an diesem Tag, der sich schon zu Ende neigte, nicht zu sehen und die paar schmalen Geldbeutel, die sich anboten, waren wohl unter der Würde der Meisterdiebe. Sie beachteten sie nicht einmal.
Gegen Abend suchten sie sich eine einfache Herberge in der Nähe des Marktplatzes. Hier ließen es die Gefährten dann doch zu, dass Kluts Goldmünzen ihnen ein Dach über dem Kopf und eine gute Mahlzeit bescherten. Mit knurrenden Mägen konnten nun mal keine handfesten Pläne geschmiedet werden. Bald lehnten sie sich satt zurück und widmeten sich ihren gefüllten Weinkrügen. Nur N'Nuri trank keinen Wein. Die anderen schienen es so gewöhnt zu sein und so nahm auch Klut es als gegeben hin. Jeder seiner Gefährten hatte seine Eigenheiten, N'Nuris Schweigsamkeit und karge Lebensart waren sicher nicht die auffälligsten. Niem hatte da bei weitem mehr zu bieten.
Die Wirtsstube war dicht besetzt. An allen Tischen drängten sich die Gäste. Es war den Gefährten nicht leicht gefallen, einen Tisch für sich allein zu erobern. Doch nach allerlei Knüffen und Flüchen war es ihnen gelungen, unter sich zu bleiben.
Der Wirt und seine Gehilfen hatten alle Hände voll zu tun und kamen den Wünschen, die von rauen Stimmen wild durcheinander gebrüllt wurden, eilfertig nach. Schäumendes Bier und sprudelnder Wein füllten ohne Unterlass die leeren Krüge und verschwanden im Handumdrehen in den durstigen Kehlen. Tabakqualm zog in Schwaden unter der niedrigen Decke dahin. Die reich-

lich genossenen Getränke und die schwelende Wärme des Feuers taten bald das ihrige, um die Gemüter zu erhitzen und die Stimmen zu einem ohrenbetäubenden Brausen anschwellen zu lassen.
Besonders hoch herging es an einem der Nachbartische. Dort hatte sich ein gutes Dutzend Wachsoldaten niedergelassen, die erst zu später Stunde gekommen waren und hier wohl den harten Dienst mit reichlichem Weingenuss hinunterspülten.
»Du hast es gut, immerhin bist du zum Innendienst versetzt worden«, grölte plötzlich einer der Wachsoldaten vernehmlich.
»Tja, hübsche Dienerinnen, fettes Essen, ah, das ist wirklich was anderes als Mauern, Mauern, Mauern«, gab der Angesprochene genießerisch zurück und räkelte sich. »Wie ich diese Mauern hasse und dieses endlose Wacheschieben.«
»Ach, gib nicht so an«, fuhr ihm ein anderer übers Maul. »Was soll schon der Unterschied sein zwischen Mauersteinen und Golddukaten? Ist doch auch nur Wacheschieben.«
Klut spürte, dass seine Gefährten bei diesen Worten förmlich die Ohren spitzten.
»Na, die Schatzkammern haben halt wirklich was zu bieten«, prahlte der Angegriffene. »Nicht weit zum Palast, verstehste? Gute Sicht auf gewisse lauschige Örtlichkeiten. Da gibts mal was anderes zu sehen als dreckige Marktweiber. Ich könnte dir was erzählen …«
»Na, dann tus doch«, knurrte ihn der zweite an. »Mehr als zu erzählen hast du eh nix. Marktweiber kann man wenigstens anfassen, während du …«, und er machte eine anzügliche Geste.
Alle brachen in Gelächter aus und beruhigten den Verspotteten, der sich schon wütend auf sein Gegenüber

stürzen wollte. Bald darauf trennten sie sich und jeder ging seiner Wege.

Wie ein Schatten glitt Skalg zur Wirtstube hinaus und heftete sich dem Wächter, der zu den Schatzkammern zurückkehrte, an die Fersen. Seine Gefährten schenkten seinem Verschwinden keine Beachtung und auch Klut bemühte sich so zu tun, als wäre nichts geschehen, um keinen Argwohn zu erregen. Gespannt wartete er auf Skalgs Rückkehr.

Niem beugte sich vor, wie um sich noch etwas von den Resten der Mahlzeit zu angeln, und näherte sich dabei Kluts Ohr. »Nicht schlecht für den Anfang«, zischelte er, »aber Ihr solltet weniger Augen für die Tür haben.« Dann lehnte er sich wieder zurück und grinste scheinbar betrunken die Decke über sich an.

Klut ärgerte sich. So leicht war es ihm also anzusehen, dass auch ihn das Jagdfieber gepackt hatte.

Die Zeit verging und Skalgs Rückkehr ließ auf sich warten. Schon begann sich die Wirtsstube zu leeren. Je weniger Gäste noch da waren, desto auffälliger musste Skalgs Erscheinen werden. Auch konnten sie nicht die ganze Nacht in der Schenke sitzen bleiben, ohne das Misstrauen des Wirtes zu wecken. Und wirklich trat dieser an ihren Tisch und fragte: »Wo ist denn euer Kumpan geblieben, der mit der Augenklappe?«

»Der?«, fragte Niem gedehnt zurück und suchte nach einer guten Antwort, die Skalgs Ausbleiben erklären konnte. »Ach der, der ... sag doch, Issur, weißt du, wo Skalg geblieben ist?«

»Der wollte doch ... nach dem Pferd sehen«, meinte Issur matt, mehr fiel ihm nicht ein.

Der Wirt zog erstaunt die Augenbrauen hoch und sah sie mit plötzlich erwachendem Misstrauen an. In diesem Augenblick torkelte Skalg zur Tür herein, ließ sich

schwer auf einen Stuhl fallen, griff sich einen Weinkrug und stieß nach einem langen Schluck hervor: »Ah, dieses Frauenzimmer. Ein Teufelsweib, sag ich euch. Ein wahres Teufelsweib war das.«
Der Wirt lachte schallend und sie konnten sehen, dass sein Argwohn sich augenblicklich legte. »Alter Bock«, hörten sie ihn murmeln, als er sich zu seinen Weinfässern zurücktrollte.
Immer noch laut und für alle hörbar, stöhnte Skalg: »Ich werde wohl langsam zu alt für solche Abenteuer. Zeigt mir den Weg ins Bett, Freunde. Allein schaff ichs nicht mehr.«
Klut und Issur fassten Skalg unter und stützen ihn, während er sich torkelnd aus der Wirtsstube führen ließ. N'Nuri und Niem bildeten die Schlusslichter ihrer kleinen, feuchtfröhlichen Gesellschaft, die bei den zurückbleibenden Gästen wohl zu nichts anderem Anlass geben würde als zu derben Späßen.
In ihrer Kammer rumorten sie noch eine Weile ordentlich laut herum, bis der Wirt kam, um nach dem Rechten zu sehen. Doch als Skalg einen Stiefel nach ihm warf, zog er sich eiligst zurück und sie konnten sicher sein, von ihm in dieser Nacht nicht mehr gestört zu werden.
Dann lauschten sie geduldig auf die Geräusche des Wirtshauses, bis es keinen Zweifel mehr gab, dass auch der letzte Gast und der Wirt selbst sich zur Ruhe begeben hatten. Leise erhoben sie sich und schlichen zum Fenster.
Klut fiel auf, dass kein Schmuck an Niem klirrte. Offensichtlich hatte der Zwerg diese verräterischen Anhängsel gut verpackt. Doch der dicke Beutel an seinem Gürtel verriet deutlich, dass er sich nicht einmal auf diesem Ausflug von seinen Schätzen zu trennen gedachte.

Geräuschlos schwangen sie sich aus dem Fenster und ließen sich auf das Stalldach hinab, das sich an die Hauswand anschloss. Geschickt liefen sie über den Dachfirst und bald standen sie im Hof des Wirtshauses.

Sie stellten keinerlei Fragen, sondern folgten Skalg, der sie zielstrebig durch die dunklen Gassen führte. Einige Male mussten sie Schutz in dunklen Toreinfahrten und Hauseingängen suchen, um einem Spätheimkehrer oder den Wachen, die durch die Stadt zogen, aus dem Weg zu gehen.

Die einfachen Häuser, an denen sie vorbeieilten, wichen bald prächtigeren Bauten, von denen einige wahre Paläste waren. Sie hatten also die Viertel der einfachen Handwerker und Kaufleute verlassen und näherten sich dem Kern der Stadt.

Doch plötzlich schwenkte Skalg in eine Seitengasse ab und führte sie in einem weiten Bogen über kleine Plätze, auf denen Brunnen plätscherten, und zahlreiche Treppen bis zu einem steilen Abhang. Wie sie bald erkennen konnten, war dieser ein Ausläufer des Berges, den Skalg den Chalud genannt hatte. Dieser Felsvorsprung schob sich wie ein gewaltiger Finger bis weit in die Stadt hinein. Wie Bergziegen kletterten die vier Diebe den steilen Abhang hinauf und Klut hatte alle Mühe, seinen geübteren Gefährten zu folgen. Endlich erreichten sie die Kuppe des Felsvorsprungs und sahen unter sich die Lichter der schlafenden Stadt. Erst hier zeigte sich ihnen die ganze Größe von Derbakir.

Skalg bemerkte Kluts staunende Blicke und sagte: »Ein reiches Volk, diese Skarren. Mit prall gefüllten Schatzkammern, wie Ihr Euch wohl denken könnt.« Dabei wies er mit der Hand auf die Dächer und Mauern, die sich unterhalb der Felsen, auf denen sie standen, erhoben. Zwischen der steilen Felswand und der nächsten

Mauer klaffte eine Lücke von etwa zwei Mannslängen. Und auch das Dach über dieser Mauer lag noch weit unter ihnen.
»Wie wollt ihr denn dorthin gelangen?«, fragte Klut.
Statt einer Antwort wandte sich Skalg an N'Nuri und meinte: »Bist du bereit?«
N'Nuri nickte und trat an den Felsrand.
Was hat sie vor?, dachte Klut. Dann begriff er. Springen würde sie! »Um Himmels willen!«, stieß er erschrocken hervor.
»Pschscht!«, zischte Niem ihn ärgerlich an.
N'Nuri wandte Klut das Gesicht zu. Entsetzt prallte er vor dem Ausdruck in ihren Augen zurück. Noch nie hatte er eine solche Leere in menschlichen Augen gesehen. Es war, als würde es N'Nuri gar nicht geben. Als wäre sie eine Geistererscheinung. Eine bereits Gestorbene, die den Tod nicht mehr zu fürchten hatte.
Sie breitete die Arme aus, stieß sich leicht wie ein Vogel von den Felsen ab und stürzte dem Dach unter sich entgegen. Und im allerletzten Augenblick verstand Klut wirklich, was sie tat. Erst als sie die eiserne Stange packte, die eine Lücke zwischen zwei Mauern verband, und erst als sie die Wucht des Falls abfing und ausschwingend abfederte, kehrte das Blut in sein Gesicht zurück und sein Herz, das wie rasend geschlagen hatte, beruhigte sich wieder.
Plötzlich wurde ihm bewusst, dass Skalg, Issur und Niem ihn spöttisch lächelnd musterten. Doch er empfand keine Scham. Ruhig erwiderte er ihre Blicke und so schluckten sie ihren Spott wortlos hinunter.
Skalg entrollte ein langes Seil und warf N'Nuri ein Ende zu. Den eisernen Haken am anderen Ende verankerte er fest zwischen den Felsen. Auf sein Zeichen spannte N'Nuri das Seil und band es an der Eisenstange fest, die

ihren Sturz, der in Wirklichkeit ein kontrollierter Sprung gewesen war, aufgefangen hatte.

Skalg reichte Klut zwei feste, glatte Stoffstreifen und meinte: »Wenn Ihr Lust habt, folgt uns. Oder wartet im Wirtshaus auf uns. Ihr habt die Wahl.«

Er wickelte sich selbst zwei Stoffstreifen um die Hände und glitt über die Felskante. Seine Stiefel kreuzten sich über dem Seil, während seine Hände, von den Stoffstreifen geschützt, dasselbe umfassten. Erst langsam, dann immer schneller werdend, rutschte er das Seil hinab, bis seine Füße auf die Eisenstange trafen und er die Fahrt geschickt abfederte. Dort fasste er die Hand, die N'Nuri ihm reichte, und sprang neben sie auf das Dach. Es dauerte nur wenige Augenblicke, bis Issur und Niem es ihm gleichgetan hatten und sie sich zu den beiden gesellten.

Klut blickte auf die Gestalten seiner sonderbaren Gefährten hinab, die seltsam klein und weit entfernt schienen. Warum bin ich ausgerechnet an diese Diebe geraten?, dachte er. Wenn das ein Teil meiner Bestimmung ist, geht das Schicksal wirklich seltsame Wege. Seufzend tat er es den anderen nach und bald stand auch er neben ihnen.

Skalg nickte ihm aufmunternd zu und führte sie alle gebückt am Rand des Daches entlang, das nur ein leichtes Gefälle in Richtung der Felsen aufwies. An einer Stelle hielt er an, beugte sich über den Rand des Daches und wies auf die Mauer unter ihnen. Als sie hinabblickten, sahen sie ein schmales Fenster, kaum breiter als eine Schießscharte.

Wieder winkte ihnen Skalg und sie folgten ihm zum Dachfirst, der durch eine niedrige, von Durchbrüchen und kunstvollen Aufsätzen verzierte Mauerkrone abgeschlossen wurde. Skalg kauerte sich hinter diese will-

kommene Verschanzung und gemeinsam blickten sie über diese Deckung hinweg.
Sie befanden sich auf einem der höchsten Bauten eines groß angelegten Palastes. Zahlreiche Türme erhoben sich in den Nachthimmel und hohe Fronten umfassten mehrere Höfe. Gerade unter ihnen öffnete sich eines dieser tiefen Gevierte. Im flackernden Schein der Fackeln konnten sie die Wachen sehen, die auf den Balustraden und unter den Arkaden ihre Runden drehten.
»Wer macht was?«, flüsterte Niem und Klut wunderte sich, dass der Zwerg so selbstverständlich voraussetzte, dass Skalg schon einen klaren Plan hatte. Wieder einmal zeigte sich, dass der Einäugige der Kopf der Bande war.
Skalg winkte ihnen und sie folgten ihm noch einmal zu dem schmalen Spalt zwischen den Mauern, nicht weit von der Stelle entfernt, an der die Eisenstange N'Nuris Sprung abgefangen hatte. Unter sich erblickten sie einen Gang, der sich wie eine schmale Gasse zwischen den Brandmauern öffnete. Dort sahen sie im Halblicht des Mondes eine kaum mannshohe eiserne Tür.
»Wir versuchen die Tür von außen zu öffnen«, sagte Skalg leise. »Wenn sie nicht aufgeht, was ich vermute, gehst du durch das Fenster, Niem. Issur!«
Issur holte ein Seil hervor und Skalg ließ sich an diesem in die Gasse hinab. Geräuschlos machte er sich an der Tür zu schaffen. Doch schon nach wenigen Augenblicken zog er sich wieder am Seil hoch und schüttelte den Kopf. »Wie ich es dachte«, sagte er. »Nicht zu öffnen. Von außen kein Schloss zu sehen. Niem!«
Sie schlichen zu der Stelle über dem schmalen Fenster zurück. Dort angekommen nahm Niem den dicken Beutel ab, in dem er seinen Schmuck aufbewahrte, da dieser ihn sonst behindern musste. Er sah Klut prüfend an, verzog kurz das Gesicht und reichte ihm den Beutel.

»Vertrauen gegen Vertrauen«, sagte er. Dann machte er sich bereit.
Wieder hielt Issur ein Seil, an dem nun der Zwerg blitzschnell in die Tiefe kletterte. Er hantierte kurz in der Öffnung herum und gleich darauf sahen sie ihn verschwinden.
»Seid Ihr denn sicher, dass es eine Verbindung zwischen dem Fenster und der eisernen Tür gibt?«, fragte Klut.
»Nein«, antwortete Skalg. »Aber es ist sehr wahrscheinlich.«
»Und die Wachen?«
»Niem wird sich zu helfen wissen«, entgegnete Skalg. »Lasst das seine Sorge sein.«
Sie bezogen Posten über der eisernen Tür und warteten schweigend. Doch sie mussten sich nicht lange gedulden. Schon bald öffnete sich die Tür, der Zwerg huschte heraus und gab ihnen durch einen Wink zu verstehen, dass die Luft rein sei. Issur befestigte das Seil an der Mauerkrone und bald standen sie neben Niem.
»Ein Gang«, flüsterte dieser. »Keine Wachen. Mehrere Räume. Leer. Ein paar alte Kisten und Säcke. Nichts Wertvolles. Aber etwas anderes, das verlockend aussieht. Kommt!« Und an Klut gewandt fuhr er hastig fort: »Ihr könnt mir übrigens meinen Beutel wiedergeben. Ich will Euch nicht unnötig damit belasten.«
Klut verkniff sich das Lachen und gab Niem seine Schätze. Dann traten sie hinter ihm in den Gang, von dem er gesprochen hatte. N'Nuri zog leise die Tür ins Schloss, aber nur so weit, dass sie für zufällige Blicke geschlossen erschien.
Der Gang führte an mehreren offenen Türen vorbei. Niem trat durch eine der Türen und sie fanden sich in einem verstaubten Raum wieder, dessen Ecken und Mauernischen mit dichten Spinnweben überzogen waren.

Zwei Fenster ließen gerade noch so viel Mondlicht herein, dass sie sich umsehen konnten.
Staub lag auf dem kahlen Steinboden. Anscheinend war dieser Raum schon lange nicht mehr betreten worden. Ein paar leere, halb verrottete Säcke und eine modrige Kiste lagen in einer Ecke. Der Raum hätte nichts Besonderes an sich gehabt, wenn nicht in der Mitte des Bodens eine eiserne Platte mit einem dicken Ring zu sehen gewesen wäre.
»Na«, meinte Niem stolz über seine Entdeckung, »habe ich euch zu viel versprochen?«
»Ganz und gar nicht«, entgegnete Skalg und rieb sich zufrieden die Hände. Dann bemerkte er Kluts erstaunten und fragenden Blick. »Unter solchen Klappen verbirgt sich in der Regel etwas, für das es sich lohnt, darunter nachzusehen«, erklärte er. »Lasst Euch dies von ein paar alten Hasen gesagt sein.«
Neugierig trat Klut zu der Eisenplatte, fasste den schweren Ring und wollte die Klappe öffnen. Doch diese rührte sich nicht. Sie war wie mit dem Steinboden verwachsen. Klut packte den Ring mit beiden Händen und zog mit aller Kraft. Doch es war vergebens. Nicht einmal der Staub, der das Eisen bedeckte, wurde von seiner Anstrengung erschüttert. Schließlich gab er es auf und wandte sich seinen Gefährten zu, die ihn stumm beobachtet hatten. »Es geht nicht«, sagte er schwer atmend. »Wir müssen uns einen anderen Weg suchen.«
Skalg lächelte nur breit und Niem pfiff leise vor sich hin. Issur schob Klut kurzerhand zur Seite, bückte sich, packte den Ring und begann zu ziehen. Klut konnte deutlich sehen, wie sich die Muskeln des riesenhaften Mannes spannten. Nicht ruckartig, sondern langsam und mit Bedacht erhöhte Issur den Zug. Das Anwachsen seiner Kraft schien kein Ende zu nehmen. Um seine hünen-

hafte Gestalt breitete sich die Anspannung wie in Wellen aus, die den Raum erfüllten und fast zu sprengen drohten. Dann knirschte es leise, ein Riss zeigte sich um die Platte, sie hob sich und drehte sich in unsichtbaren Angeln. Issur wuchtete sie zur Seite und legte sie ohne das leiseste Geräusch auf dem Steinboden ab. Der Riese richtete sich auf und Klut sah, dass sein Atem kaum heftiger als zuvor ging. Issur forderte Klut mit einer einladenden Geste auf, voranzugehen.

Klut öffnete schon den Mund für ein paar bewundernde Worte, doch Issur legte rasch den Finger auf die Lippen und wies mit der Hand in die dunkle Öffnung. Dann reichte ihm Skalg ein Seil und Issur ließ es vorsichtig in die Öffnung gleiten.

Skalg hat nicht übertrieben, dachte Klut. Sie scheinen wirklich Meister ihres Fachs zu sein. Jeder von ihnen hat seine besonderen Fähigkeiten und leistet seinen Anteil. Kaum zu glauben, dass sie einmal erwischt worden sind. Doch so war es erst vor kurzer Zeit geschehen und sie waren nur dank Kluts Hilfe knapp entkommen. Es galt also, auf der Hut zu sein.

Schon mehr als zwei Drittel des Seiles waren durch Issurs Hände geglitten, als sein Ende endlich auf Widerstand traf. Issur rollte den Rest des Taus ab, sah sich kurz um und trat zu einem der beiden Fenster. Dort rüttelte er kräftig am eisernen Fensterkreuz und nickte schließlich zufrieden. Dann band er das Seil mit einem sicheren Knoten an die eiserne Querstange.

N'Nuri gab durch ein Zeichen zu verstehen, dass sie vorangehen würde. Sie fasste das Seil, glitt daran in die Tiefe und verschwand in der Dunkelheit. Nach kurzer Zeit verlor das Seil an Spannung und bald darauf flackerte eine Fackel auf. Ein leiser Pfiff ertönte. Es war also keine Gefahr in Sicht.

Niem folgte ihr als Erster, dann Skalg und Klut und als Letzter Issur. Als sie neben N'Nuri auf dem Boden angekommen waren und all die Herrlichkeiten sahen, die das Licht der Fackel aus der Dunkelheit riss, hielten sie den Atem vor Staunen an. Schimmernde Berge von Goldstücken, glitzernde Edelsteine und Schmuckstücke, reich verzierte Pokale, gleißendes Tafelsilber, Kostbarkeiten über Kostbarkeiten. Ihr Weg hatte sie mitten in die Schatzkammern von Derbakir geführt. Und es war so leicht gewesen. Ein Kinderspiel!
Issur und Niem entzündeten zwei weitere Fackeln. Langsam schritten die vier Diebe an den aufgehäuften Schätzen vorbei. Eine hohe, fensterlose Kammer schloss sich an die nächste. Immer neue Wunder boten sich ihren Augen dar. Keiner von ihnen dachte in diesem Augenblick daran, etwas von dem, was sie sahen, an sich zu nehmen. Es fiel ihnen schwer genug, ihren Augen zu trauen und nicht alles für einen Traum zu halten.
Auch Klut war ihnen zögernd gefolgt. Er wusste nicht recht, was er von all dem halten sollte. Natürlich begeisterte auch ihn dieser Anblick. Aber es war eine fremde Schönheit, die ihn nicht wirklich berührte. Das war es nicht, wonach er suchte. Wenn er Reichtum hätte haben wollen, hätte er während seiner Wanderjahre mehr als genug Gelegenheit gehabt, solchen zu erwerben. Jetzt bereute er es beinahe, den Dieben bis hierher gefolgt zu sein. Er hatte das Gefühl, seine Zeit zu vergeuden.
So entzündete er für sich selbst eine Fackel und hielt sich abseits, während sich seine Gefährten darauf besannen, wozu sie hierher gekommen waren. Mit fachmännischen Blicken füllten sie all das in ihre Beutel, was ihnen am kostbarsten erschien und was am leichtesten davonzutragen war.
Lustlos und ohne rechtes Ziel schlenderte Klut durch

die Kammern. Gelangweilt ließ er die Blicke über das schweifen, was in ungezählten Jahren hier angehäuft worden war. Kostbarkeiten, die von weither gekommen sein mochten. Wenn diese toten Gegenstände Stimmen gehabt hätten, so hätten sie sicher viel zu erzählen gehabt von fernen Ländern, von Schlachten und Raubzügen, von Generationen und Zeitaltern, die aufgeblüht und wieder ins Nichts zurückgesunken waren. All das war Vergangenheit. Sie allein waren geblieben als stumme Zeugen untergegangener Begierden.
Plötzlich fand sich Klut in einer Kammer wieder, in der neben anderen Schätzen auch allerlei Waffen aufbewahrt wurden, reich verzierte Waffen aus kostbaren Metallen. Klut steckte seine Fackel in eine Halterung, die aus der Wand ragte, und blickte sich um.
Er sah unbekannte Wappen auf sonderbar geformten Schilden und Schwertgehänge mit Ziselierungen, die Schriften zu sein schienen. Doch er konnte sie nicht lesen. Er hatte solche Schriftzeichen noch nie zuvor gesehen.
Sein Blick fiel auf ein Schwert, das an der Wand lehnte. Die Schwertscheide, in der es steckte, war abgenutzt und wirkte unscheinbar, wie ein Fremdkörper unter all den kostbaren Waffen. Als er nach dem Schwert fasste und es herauszog, erschien ihm dies wie eine vertraute, unzählige Male wiederholte Bewegung.
Die Klinge war ungewöhnlich schmal, doch als er das Schwertblatt untersuchte, erwies es sich als stark und zeigte keinerlei Spuren von Alter oder Abnutzung. Ein klarer, durchscheinender Stein schmückte das Ende des Griffs. Er war glatt und wie eine Halbkugel geformt.
Unwillkürlich hob Klut den schimmernden Stein gegen die Fackel und sah hindurch. Die Flamme zerbarst in dem Stein zu einem sprühenden Funkenregen. Gebannt

starrte Klut in das feurige Licht. Es war, als würde er darin versinken, von diesem Licht aufgesogen werden. Sein Bewusstsein von sich selbst, sein ganzes Wesen wurde leicht und trat zurück, machte Platz für etwas anderes, für jemand anderen, der in ihm auf diesen Augenblick gewartet hatte. Und dieser andere wurde er, sah mit seinen Augen, hielt mit seinen Händen das Schwert, so wie er es immer schon gehalten hatte, in einer Vergangenheit, die immer Gegenwart geblieben war und es jetzt wieder wurde. Einen schwebenden Augenblick lang brach der Bann der Zeit und das Verborgene trat ans Licht. Herrlich war das und schön. So frei und schön.
Doch plötzlich rief eine Stimme: »Fenelon!« Und mit dieser Stimme brach eine Verzweiflung aus der Helligkeit hervor, die schmerzte und zu einer unerträglichen Last wurde. Da war das Licht auf einmal nicht mehr schön, sondern nur noch hell, gleißend hell. Und diese Helligkeit riss Klut aus seiner Versunkenheit und stieß den anderen beiseite. Wie ein greller Blitz durchzuckte ihn die Gewissheit, dass sich in diesem Licht eine Wahrheit verbarg, die schrecklich war, schrecklich und tödlich. Ich kann das nicht!, schrie es in ihm. Warum ich? Ich will nicht! Ich will fort! Fort!«

»Hör auf!« Mit bleichem Gesicht starrte Silas sie an und packte ihren Arm so fest, dass er ihr wehtat.

»Nein, noch nicht, noch nicht gleich«, entgegnete Marei und er war froh um ihre feste, vertraute Stimme, obwohl er sich vor den Worten fürchtete.

»Wie von einer ungeheuren Faust wurde Klut in die Wirklichkeit der Kammer zurückgeschleudert«, fuhr sie rasch fort. »Mit weit aufgerissenen Augen suchte er verzweifelt nach einem Ausweg. Er hatte nur noch einen Gedanken: davonzulaufen. Weit fort! Aber die Tür war viel zu eng für eine solche Flucht und die Mauern legten

sich mit ihrem ganzen Gewicht auf ihn. Sein Mund öffnete sich. Er keuchte. Vor ihm tauchte ein Schatten auf, der zu ungeheuerlicher Größe anwuchs. Etwas Schweres traf ihn und warf ihn in eine Dunkelheit, die ihn endlich erlöste.«
Marei brach ab. Besorgt betrachtete sie Silas' Gesicht. Zusammengesunken blickte dieser ins Feuer und sie konnte deutlich erkennen, dass er mit sich kämpfte.
»Was ist das nur?«, fragte er leise. »Was geschieht mit mir?«
»Das, was nicht aufzuhalten ist«, antwortete sie mit sanfter Stimme.
Silas erhob sich und trat ans Fenster. Dort legte er seine Stirn an die kühle Scheibe und spürte den heftigen Regen, der gegen das Fenster klatschte. Der Wind heulte um die Hütte. Die Welt da draußen schien in denselben Aufruhr geraten zu sein, der auch ihn aufwühlte. Warum empfand er diese Geschichte so tief? Es war doch nur eine Geschichte. Und doch hatte er das Gefühl, all das, was dieser Klut erlebte, mitzuerleben. Auch in ihm regte sich Verborgenes. Auch er spürte dieselbe lähmende Angst vor der Wahrheit, die nicht nur Schönheit, sondern auch Schmerz und Verzweiflung in sich barg. Diese Wahrheit, die sich wie ein heißes Licht in ihn brannte und die einen Namen hatte: Fenelon!
Er wandte sich um und fragte: »Muss das sein?«
»Es ist deine Entscheidung«, sagte Marei. »Willst du, dass ich aufhöre?«
»Und wenn ich das wollte, was wäre dann?«, entgegnete Silas.
»Dann bleibt alles beim Alten«, antwortete Marei. »Aber ist das wirklich das, was du willst? Erwartest du nicht mehr von dir und deinem Leben?«
Tue ich das?, dachte Silas. Vor seinen Augen erschien das

Bild der Straße. Er ahnte, nein, er wusste auf einmal mit großer Gewissheit, dass ihn dieses Bild sein Leben lang verfolgen und quälen würde, wenn er nicht den Mut hatte, sich dem, was aus ihm herauswollte, zu stellen. Er würde es ein Leben lang bereuen und daran zugrunde gehen. Nein, das nicht, niemals! Das wäre kein Leben, sondern ein schleichender Tod.
Entschlossen setzte er sich wieder neben Marei. Und obwohl seine Stimme zitterte, versuchte er ihr einen festen Klang zu geben. »Erzähl weiter«, bat er.

9
Das Schwert

Schmerzhafte Stöße und ein unsanftes Schlingern weckten Klut aus seiner Betäubung. Er wollte sich zur Wehr setzen, aber er konnte seine Arme und Beine nicht bewegen. Es war wie in einem Albtraum, in dem tausend feine Fäden den Körper fesseln und kein Entkommen möglich ist.
Klut riss die Augen auf. Schleier trübten ihm die Sicht. Sein Blick fiel auf seine Hände, die mit einem Seil fest an den Sattelknauf gebunden waren. Er beugte sich zur Seite und sah, dass seine Füße mit demselben Seil, das unter dem Bauch des Pferdes hindurchging, aneinander gefesselt waren.
»Oh, Meister Schreihals geruht zu erwachen«, hörte er eine Stimme spöttisch und zugleich voll unterdrückter Wut sagen.

»Sei still, Niem«, wies ihn Skalg zurecht.
Das Bild seiner Umgebung wurde klarer. Klut sah Pferde, die durch eine weite Landschaft trabten, und er erkannte seine Gefährten. Skalg lenkte sein Tier an seine Seite und fragte mit einer Stimme, aus der sowohl Unsicherheit als auch Wärme zu hören waren: »Geht es Euch besser?«
»Wieso? Warum bin ich gefesselt? Was soll das? Was ist geschehen?«, stieß Klut heiser hervor.
»Hört euch das an!«, rief Niem höhnisch. »Was geschehen ist, will der hohe Herr wissen. Als ob nicht er es wäre, der uns die Antwort auf diese Frage verdammt schuldig ist.«
»Es reicht, Niem!«, sagte Skalg mit scharfer Stimme. »Ich dachte, wir seien uns einig geworden?!«
Der Zwerg bedachte ihn mit einem wütenden Blick, dann warf er die Hände in die Luft, seufzte und gab seinem Pferd die Sporen. Bald ritt er ein gutes Stück vor ihnen und sie hörten ihn unverständlich vor sich hin brummen und fluchen.
»Sei nicht zu streng mit ihm, Skalg«, meinte Issur. »Es ist nicht leicht für ihn, den saftigen Schinken zu vergessen, der ihm so knapp vor der Nase weggeschnappt worden ist.«
Doch Skalg beachtete den Einwand nicht. Er beugte sich zu Klut hinüber, legte seine Hand an das Seil und fragte: »Fühlt Ihr Euch stark genug, dass Ihr allein reiten könnt? Auch ohne angebunden zu sein?«
Klut nickte und mit wenigen Griffen löste der Einäugige die Fesseln, ohne dabei sein Pferd, das einen schnellen Trab einhielt, zu zügeln.
Klut rieb sich die Handgelenke und fragte: »Wenn diese Fesseln nicht bedeutet haben, dass ich euer Gefangener bin, was war es dann?«

»Ihr erinnert Euch an nichts mehr?«, gab Skalg erstaunt zurück. »Dann sagt mir, was das Letzte ist, worauf Ihr Euch besinnen könnt, bevor ich Eure Frage beantworte.«
Klut bemühte sich klar zu denken. Aber das fiel ihm nicht leicht. Es war, als wäre er nicht Herr über seine eigenen Gedanken. Sätze, Erinnerungen und Bilder entglitten ihm wie schlüpfrige Fische. Er kämpfte dagegen an und allmählich begann er zu sich selbst zurückzufinden. Doch auch dann noch hatte er das Gefühl, dass sich etwas in ihm verändert hatte. Zwar wagte er nicht diesen Gedanken zu Ende zu führen, doch er ahnte, dass dieses Andere, das immer wieder aus ihm hervorgebrochen war, sich nun fester behauptete und wie ein zweites Ich unabänderlich zu ihm gehörte. Bisher hatte er sich davor gefürchtet und sich dagegen gewehrt, doch jetzt wies er es nicht mehr zurück, sondern hatte endlich gelernt, damit zu leben und es als einen Teil seines Selbst anzuerkennen.
Skalg schien zu spüren, dass Klut einen Kampf in sich ausfocht, und wartete geduldig. Er reichte ihm eine Feldflasche und dieser trank durstig. Endlich brach Klut das lange Schweigen und sagte: »Ich erinnere mich an die Schatzkammern von ... von ...«
»Derbakir«, half ihm Skalg weiter.
»Ja, von Derbakir«, fuhr Klut fort. »Ich habe mich von euch getrennt. Diese ganzen Schätze waren mir fremd, nicht das, wonach ich suche, wenn Ihr versteht, was ich meine.« Skalg nickte.
»Ich bin von Kammer zu Kammer gegangen. Dann war da ein Raum mit Waffen. Mit Schilden und Lanzen und ... noch etwas anderem, an das ich mich nicht mehr erinnern kann. Dann war da ... ein Licht. Es war sehr hell. Und ein Schatten, der riesig groß wurde. Dann ist es dunkel geworden.«

Klut warf Skalg einen entschuldigenden Blick zu. »Ich fürchte, dass ich nicht mehr weiß«, sagte er.
Skalg sah ihn prüfend an, als würde es ihm schwer fallen, Klut zu glauben. Doch dann zuckte er mit den Schultern und meinte: »Vielleicht kann ich Eure Erinnerungen etwas vervollständigen. Wobei ich hoffen will, dass Euch daraus kein Schaden entsteht. Aber es wird sich wohl nicht vermeiden lassen.«
Skalg bückte sich und machte sich an seinem Pferd zu schaffen. Als er sich wieder aufrichtete, hielt er ein Schwert in der Hand. Das Schwert hatte eine ungewöhnlich schmale Klinge und ein klarer, durchscheinender Stein in Form einer Halbkugel zierte das Ende des Griffs.
»Das«, sagte Skalg, »das habt Ihr krampfhaft in den Händen gehalten und auch später lange nicht losgelassen, auch nicht nachdem Euch Issur ... nun, sagen wir, beruhigt hat.«
Klut sah ihn fragend an.
»Ihr wisst doch, der Schatten«, fuhr Skalg fort. »Das war Issur. Ihr wart so ... laut und darum musste Issur Euch ... besänftigen. Es ging nicht anders. Ihr habt uns mit Eurem Schrei in große Gefahr gebracht.«
»Mit meinem Schrei?«, fragte Klut. »Was meint Ihr damit?«
»Na ja, ein Schrei eben«, erwiderte Skalg. »Ihr habt etwas gerufen. Sehr laut gerufen. Irgendein Wort. Oder einen Namen. Was weiß ich. Wisst Ihr es denn nicht mehr?«
Klut schüttelte den Kopf. Dann meinte er: »Mit besänftigen wollt Ihr wohl sagen, dass Issur mich niedergeschlagen hat.«
»Aber es war nur ein ganz sanfter Schlag«, antwortete Issur an Skalgs Stelle. »Ich versichere Euch, dass ich ganz vorsichtig gewesen bin.«
»Ich denke, dass ich Euch dafür sogar noch dankbar sein

muss«, entgegnete Klut und lächelte schmerzlich. »Ich kann mir vorstellen, dass ein nicht so sanfter Schlag von Euch mein Licht für immer zum Erlöschen gebracht hätte.«
Issur nickte und sah dabei so bekümmert drein, dass Skalg leise lachte.
»Nehmt es ihm nicht übel«, sagte der Einäugige. »Wir hatten wirklich keine andere Wahl.«
»Ich bin euch nicht böse«, erwiderte Klut. »Ich weiß zwar nicht, was in mich gefahren ist, dass ich so … geschrien habe, aber wenn es wirklich so war, hattet Ihr allen Grund, mich … ruhig zu stellen. Doch danach, was geschah danach?«
»Danach«, sagte Skalg seufzend, »tja, danach haben wir Fersengeld gegeben. Euer Schrei ist leider nicht unbemerkt geblieben. Wir haben ein Schloss gehört, das geöffnet wurde, und Schritte, die sich näherten. Nur dem Umstand, dass die Schatzkammern so weitläufig sind, haben wir es zu verdanken, dass wir entkommen sind. Wir mussten alles stehen und liegen lassen und uns davonmachen. Es war knapp, ganz knapp, aber wir haben es geschafft.«
»Aber ich?«, wunderte sich Klut. »Wieso bin ich hier?«
»Wir konnten Euch ja schlecht zurücklassen«, meinte Skalg und fügte rasch hinzu: »Ihr hättet schließlich die Wächter auf unsere Spur bringen können. Es geschah also zu unserem eigenen Besten.«
»Stellt euer Licht nicht so unter den Scheffel«, sagte Klut und lächelte. »Ihr habt mich gerettet. Gebt es ruhig zu. Aber wie war das möglich?«
»Nun, Issur sei Dank«, erwiderte Skalg. »Er hat Euch kurzerhand gepackt, unter den Arm geklemmt und mitgenommen. Viel mehr konnten wir leider nicht mitnehmen. Wir hatten nur die Wahl zwischen Euch und … na

ja, Ihr wisst schon, was ich sagen will. Jetzt versteht Ihr sicher auch, warum Niem nicht gerade gut auf Euch zu sprechen ist.«

Darauf gab Klut keine Antwort. Er blickte stumm vor sich hin und so fuhr Skalg rasch fort: »Irgendwie haben wir es geschafft, Euch ungesehen in die Herberge zurückzubringen. Dafür musste jeder von uns mit anpacken. Wir hatten also gut daran getan, uns nicht zu sehr zu … beschweren. Dann haben wir uns beeilt so rasch wie möglich aus der Stadt zu kommen. Noch war die Nachricht vom Einbruch nicht aus den Schatzkammern bis zu den Toren gelangt. Na ja, schließlich sind wir ja auch mit leeren Händen abgezogen. Leider. Und vielleicht wollen die Herren dort nicht allzu laut ausposaunen, dass es jemandem gelungen ist, in ihre hochheiligen Schatzkammern einzudringen. Das gäbe einen schlechten Ruf. Nun, wie auch immer. Nachdem wir uns Pferde beschafft hatten …«

Skalg brach ab und fügte etwas verlegen hinzu: »Wir mussten uns doch von Eurem Gold nehmen. Es ging nicht anders.«

Klut winkte mit der Hand ab. Was zählte das schon! Ermutigt setzte Skalg seinen Bericht fort: »Wir hatten Glück. Im Halblicht der Morgendämmerung und dank Niems Schauspiel sind wir durch das Tor gekommen.«

»Niems Schauspiel?«, fragte Klut verwundert.

»O ja, da habt Ihr was verpasst!«, rief Skalg und er grinste übers ganze Gesicht. »Das war so: Wir hatten Euch auf Euer Pferd gebunden …«

»Auf Bero? Ihr?«, unterbrach ihn Klut. »Und das hat er zugelassen?«

»Na ja, so einfach zugelassen auch wieder nicht«, knurrte Issur und rieb sich wie in Erinnerung mit schmerzlichem Gesicht das Gesäß. »Ich habe einen ganz schönen

Tritt abbekommen. Wahrscheinlich eine Wiedergutmachung für den Schlag, den ich Euch versetzt habe. Ein Teufelsvieh, Euer Pferd. Und schlau, verdammt schlau für einen Klepper.«
»Aber?!«, fragte Klut weiter, da er sich beim besten Willen nicht vorstellen konnte, dass Bero die Diebe hatte gewähren lassen.
»Aber ich habe ihm gut zugeredet und dann ...«, erwiderte Skalg.
Doch wieder fiel Issur ein und meinte schmunzelnd: »Eine Rede hat er Eurem Pferd gehalten. Eine richtig schöne, lange Rede. Einem Pferd! Stellt Euch das mal vor!« Issur warf den Kopf in den Nacken und lachte dröhnend.
»Ach, hör schon auf«, fuhr Skalg ihn an und an Klut gewandt sagte er: »Ich hatte gesehen, dass Ihr zuweilen mit Eurem Pferd geredet habt, und da dachte ich mir, versuchen kann ichs ja mal. Und immerhin hat es geklappt, wie Ihr gesehen habt. Da hat Issur Recht, ein verdammt schlaues Pferd habt Ihr.«
Klut klopfte Beros Hals, doch sagte er nichts. Skalg verzog das Gesicht und erzählte weiter: »Wo war ich stehen geblieben? Ach ja. Wir hatten Euch also auf Eurem Pferd festgebunden und die Fesseln mit einem Umhang und einer Decke zugedeckt. Da der Umhang auch eine weite Kapuze hatte, konnten wir dem Wirt weismachen, dass Ihr bloß zu viel getrunken habt. Er hatte wohl auch mehr Augen für die Goldstücke als für Euch. Eure Goldstücke, nebenbei gesagt, und zwar nicht zu knapp. Doch noch stand uns das Tor bevor. Dort konnte uns Euer Gold nicht weiterhelfen. Aber da kam Niems großer Auftritt.« Ein unterdrücktes Lachen schüttelte Skalg. »Ihr hättet ihn sehen sollen. Wie er den Liebeskranken gespielt hat. Wie ein läufiger Straßen-

köter ist er auf seinem Pferd um N'Nuris Gaul herumscharwenzelt. Geweint hat er, gefleht, gebettelt, tausend Liebesschwüre ausgestoßen, den Himmel und die Wächter am Tor zu Zeugen seines Leids aufgerufen. Ihr könnt Euch wohl vorstellen, was die Wächter am Tor davon gehalten haben. Gebogen haben sie sich vor Lachen. Und Niem immer noch zu neuen Beteuerungen angestachelt. Es war wie ein Geschenk für sie, ein unerwartetes Fest. Ihr könnt sicher sein, dass sie noch ihren Enkeln von dem liebestollen Zwerg und seiner stummen Angebeteten erzählen werden. Oh, es war einfach unglaublich. Und nicht einer von ihnen hat auch nur einen einzigen Blick für Euch übrig gehabt.«
Doch das war zu viel. Mit Skalgs Beherrschung war es vorbei. Das unterdrückte Lachen brach aus ihm hervor und auch Issur stimmte dröhnend ein. Da fuhr der Zwerg wie von einer Nadel gestochen auf. Er riss sein Pferd herum und galoppierte auf sie zu. Dann zügelte er sein Tier scharf vor ihnen und brachte auch sie zum Stillstand. Er richtete sich in den Steigbügeln so hoch auf, wie er nur konnte, und fauchte sie an: »Ja, lacht nur über mich. Das habe ich mir selbst zuzuschreiben. Erniedrigt habe ich mich für diesen ... diesen ... dahergelaufenen Halbirren!«
Diese Beleidigung verschlug Skalg und Issur die Sprache und selbst N'Nuri hielt den Atem an. Ihre Blicke richteten sich auf Klut. Wie konnte er dies anders als mit dem Schwert beantworten?
Doch Klut sah Niem, dem der Schaum auf den Lippen stand, ganz ruhig an. Er verstand den Zwerg nur zu gut. Er hätte an seiner Stelle nicht anders gedacht. Natürlich musste er in den Augen Niems, ja, wahrscheinlich auch in den Augen der anderen als ... Halbirrer erscheinen. Er selbst hatte ja allzu oft von sich selbst gedacht, dass er dabei war, den Verstand zu verlieren.

»Es ist wahr, was Ihr sagt, Niem«, antwortete er. »Ein dahergelaufener Halbirrer. Was könntet Ihr auch anderes von mir denken. Und umso mehr muss ich euch allen dankbar sein.«
Er sah sie der Reihe nach an. Issur, hinter dessen breitem, gutmütigem Gesicht sich eine gefährliche Kraft verbarg, N'Nuri, in deren Augen sich ein Abgrund auftun konnte, Skalg, vor dessen einäugigem Blick man auf der Hut sein musste und der so voller Rätsel steckte, und Niem, der am ganzen Körper vor Enttäuschung und Wut zitterte.
»Ja, auch Euch bin ich dankbar«, fuhr Klut an den Zwerg gewandt fort. »Auch in Eurer Schuld stehe ich. Und ich hoffe, dies auch Euch eines Tages vergelten zu können.«
Mit dieser Antwort hatte keiner der Gefährten gerechnet. Klut spürte, wie die Spannung in Skalg, Issur und N'Nuri nachließ. Und auf Niems Gesicht zeigte sich ein sehenswertes Schauspiel. Wut, Ungläubigkeit, Stolz und Beschämung gerieten darauf in heftigen Widerstreit und ließen seine Gesichtszüge in wilden Aufruhr geraten. Alle brachen in ein befreiendes Lachen aus. Auch Niem lachte, bis ihm die Tränen in die Augen traten, und selbst auf N'Nuris Gesicht zeigte sich ein kurzes Lächeln. Mit einer trotzigen Gebärde wischte sich der Zwerg über die Augen und brummte: »Glaubt nicht, dass ich vergessen habe, was Ihr für uns getan habt. Wir sind also quitt.«
»Gut gesprochen«, bekräftigte Skalg diese Worte.
»Aber was war eigentlich mit Euch los?«, fragte Niem.
»Vergesst bitte, wie ich Euch genannt habe. Aber sagt uns, warum Ihr so ... seltsam gewesen seid.«
»Ich weiß es nicht«, antwortete Klut. »Ich kann mich nicht erinnern.«
»Ob dieses Schwert da weiterhelfen kann?«, meinte Skalg und hob die Waffe nachdenklich hoch.

Klut streckte zögernd die Hand danach aus und ebenso zögernd gab es ihm Skalg. Als er das Schwert in der Hand hielt, sagte Klut: »Ja, ich erkenne es wieder. Es war in dieser Kammer. Ich habe es in die Hand genommen und gegen das Licht meiner Fackel gehalten. Etwa so.«
Er hob das Schwert mit dem Griff nach oben an, sodass der helle Kristall zwischen ihn und die Sonne trat, die bereits hoch am Himmel stand. Doch bevor er noch durch den Stein blicken konnte, griff Skalg hastig nach Kluts Hand, drückte diese herab und rief: »Halt, wartet! Wenn es wieder geschieht! Wer weiß, ob Euch das gut tut.«
Klut sah nachdenklich auf das Schwert. »Wenn ich es nicht versuche, werde ich es nie erfahren«, sagte er und blickte Skalg fragend an.
Skalg gab seinen Blick zweifelnd zurück. Dann nickte er und meinte: »Dann tut es. Vielleicht ist das Eure ... Bestimmung.«
Gespannt folgten die vier Diebe Kluts Bewegungen, als er das Schwert wieder anhob und durch den hellen Stein in die Sonne sah.
Dann war es wieder da. Aber sanfter, nicht so verzehrend und vernichtend wie das erste Mal. Er sah, wie das Licht sich weitete und wie sich dahinter die Gewissheit einer entsetzlichen Wahrheit zeigte, die schmerzte und ihn zurückscheuen ließ. Fenelon!, rief es in ihm und er erkannte den Namen wieder. Doch diesmal schrie er ihn nicht in Verzweiflung hinaus, denn er ahnte, dass der Schrei den Namen aus ihm reißen würde. Nur wenn er schwieg, würde auch der Name bei ihm bleiben. Als ein Teil der Erinnerungen, die in ihm erwachten. Er wusste noch so wenig, aber das Wenige begann ihm vertrauter zu werden.
Klut ließ das Schwert sinken und hielt es schweigend in

den Händen. Er war sich auf einmal sicher, dass er ein solches Schwert einmal besessen hatte. Vor langer Zeit. Ein Schwert mit einer solch ungewöhnlich schmalen Klinge und diesem Stein am Ende des Griffs.
»Und?«, fragte Niem gespannt.
»Ich habe so ein Schwert schon einmal gehabt«, erwiderte Klut. »Früher einmal.«
»Das ist alles?!«, rief der Zwerg. »Ihr meint, der ganze Aufruhr galt nur einem Schwert, das Ihr früher mal gehabt habt? Seid Ihr sicher, dass Ihr uns alles gesagt habt? Wann war das, dieses früher einmal? Und wo?«
»Das weiß ich nicht«, antwortete Klut. »Aber ich werde es herausfinden.«
»Oh, danke bestens«, sagte Niem kopfschüttelnd. »Welch erschöpfende Auskunft. Ihr bleibt Euch wirklich treu. Ihr habt nicht nur einen bedauerlich kurzen Namen, sondern auch ein überaus kurzes Gedächtnis. Überaus tauglich kurz für Euch.«
Sie trieben ihre Pferde wieder an und setzten ihren Ritt fort. Klut spürte, dass sich zwischen ihm und seinen Gefährten ein Riss aufgetan hatte. Aber er konnte ihnen nicht mehr sagen. Seine Geheimnisse gingen über das Vertrauen, das er ihnen entgegenbrachte, hinaus. Nun ja, es wäre treffender gewesen, von seinen Rätseln zu sprechen.
»Wohin reiten wir?«, wagte er nach einiger Zeit zu fragen.
»Nach Westen. Wohin sonst?«, gab Skalg kurz angebunden zurück.
Da behielt Klut alle weiteren Fragen für sich und ritt schweigend neben den vier Dieben weiter.
Sie ließen den weiten Talkessel, den sie durchquert hatten, hinter sich zurück. Als Klut sich umwandte, sah er im Nordwesten den Berg der Skarren, den Chalud, der

sich gewaltig in den Himmel erhob. Sie hatten also Derbakir in Richtung Süden verlassen. Es gab wohl keinen Pass, der im Westen der Stadt über das Gebirge geführt hätte. Die vier Diebe schienen aber genau zu wissen, wohin sie sich zu wenden hatten. Ohne Zögern hielten sie eine ganz klare Richtung ein und Klut ahnte, dass er sich getrost ihrer Führung anvertrauen konnte. Das Schicksal schien es gut mit ihm gemeint zu haben. Wer wusste denn, ob seine Suche so rasch ein solch klares Ziel gefunden hätte. Sie würden diesen Nabul Khan aufsuchen und hoffentlich mit diesem die Namurwüste und das Land der Rajin durchqueren können. Skalg hatte Recht. Es konnte kein Zufall sein, der sie zusammengeführt hatte. Und es war wirklich alles andere als ein Zufall, dass ausgerechnet Nabul Khan dasselbe Ziel wie Klut hatte: Thalis, das versunkene Reich.
Gegen Abend schlugen sie ihr Lager am Rand eines Waldes auf, der sich bis weit hinauf zu den Ausläufern des Chalud erstreckte. Bald hing ein Hase, den N'Nuris Pfeil erlegt hatte, über dem Feuer und versprach eine gute Mahlzeit. Geduldig drehte Niem den Spieß und bestrich den Braten mit einer würzigen Soße, die er zubereitet hatte.
Klut hatte sich einige Schritte abseits vom Feuer am Fuße eines Baums eingerichtet und beobachtete die Gefährten. Seltsam, dachte er. Wenn es mein Schicksal war, diesen Meisterdieben zu begegnen, was mag dann ihr Schicksal sein, das sie mit mir zusammengeführt hat? Was weiß ich denn schon von ihnen? Woher kommen sie? Was hat sie zu dem gemacht, was sie sind? Schon Skalg hatte bei ihrer ersten Begegnung solche Fragen gestellt. Und auch er hatte von Schicksal und von ... Bestimmung gesprochen. Warum?
Kluts Blick blieb an N'Nuri hängen, an ihrer schlanken,

kräftigen Gestalt, ihrem kurz geschorenen Kopf und dem sonderbar harten Gesicht, das auf eine düstere und rätselhafte Weise schön war. Schweigsam wie eh und je blickte sie ins Feuer und verharrte beinahe reglos. Sie hätte aus Stein gehauen sein können, wenn ihre Brust nicht sanft von ihrer Atmung bewegt worden wäre.
Klut erinnerte sich an den Blick, den sie ihm über den Schatzkammern von Derbakir zugeworfen hatte, und er schauderte. Warum war dieser Blick so leer, so tot gewesen? Was musste sie erlebt haben, dass sie so frei von Angst in den Abgrund gesprungen war? Dass sie keine Furcht vor dem Tod hatte, schien sie zwar stark zu machen, aber es machte sie auch zu einem erschreckenden Wesen.
Plötzlich fuhr Klut auf. Natürlich, warum habe ich nie daran gedacht?, schoss es ihm durch den Kopf. Vielleicht ist sie es! Vielleicht ist sie die, die den Schlüssel hat! Aber warum habe ich das nicht gespürt? Und warum kommt sie mir dann nicht entgegen?
Er dachte an die Worte des alten Skalden: ›Wenn es Eure Bestimmung ist, sie zu finden, dann ist es ihre Bestimmung, von Euch gefunden zu werden‹, hatte Athos gesagt.
Wenn das so ist, dann muss sie empfinden wie ich, dachte er weiter. Dann muss auch sie wie ich eine Getriebene sein und denselben Zwiespalt zwischen sich und einem anderen Wesen in sich fühlen. Aber sie ist so anders als ich. Was ich fühle, verwirrt und ängstigt mich, aber es macht mich nicht tot und leer. Es belebt mich, es ist wie eine Flamme in mir, wie eine Fackel, die mir den Weg weist.
Einer plötzlichen Eingebung folgend hob er das Schwert, das er in den Kammern von Derbakir gefunden hatte. Wieder einer dieser Zufälle! Er hielt den Griff so,

dass er N'Nuri durch den Stein sah. Das Bild war ganz klar und ungetrübt, so durchscheinend und rein war dieser Kristall. Doch er empfand nichts und der Blick durch den Stein verriet ihm nichts über diese geheimnisvolle Frau.
Langsam fuhr er mit der Hand zur Seite, bis das Licht des Feuers durch den Stein fiel. Was dann geschah, war ihm vertraut. Er fürchtete sich nicht mehr davor. Er dachte den Namen Fenelon und er wusste, dass es seine Bestimmung war, die Wahrheit, die sich hinter diesem Namen verbarg, zu erfahren. Was immer sie für ihn bedeuten mochte.
Lange verharrte er so und ließ das Licht auf sich einwirken. Und jetzt, da er den Mut gefunden hatte, sich diesem Licht so lange zu stellen, wurde ihm klar, dass es nicht der Schein des Feuers war, was er sah. So wie es damals nicht die brennende Fackel und später nicht die Sonne gewesen war, was er gesehen hatte. Dieses Licht war das Licht einer anderen Welt. Einer vergangenen und versunkenen Welt. Ein Licht, das sich am Schein eines anderen Feuers entzünden konnte, das in diesem Stein verborgen war oder auch in ihm. Vielleicht war der Stein nur das Gefäß, in dem sich seine Erinnerung fing und erhellte. Dies war das Licht von Thalis, so wie er es einst gesehen hatte und vielleicht eines Tages wieder sehen würde.
Warum ist das alles zu mir gekommen?, fragte er sich in Gedanken. Wer bin ich gewesen?
Als Niem zum Essen rief, erhob er sich und gesellte sich zu den Gefährten. Schweigend nahmen sie ihre Mahlzeit ein und Klut tat so, als würde er die Blicke, die die anderen ihm zuwarfen, nicht bemerken. Ihm war nicht nach Erklärungen. Und er hatte kein Bedürfnis, sich zu rechtfertigen. Die anderen mussten ihn so nehmen, wie er war. Mit ihnen erging es ihm schließlich auch nicht viel besser.

Als sie ihre Mahlzeit beendet und sich schon zum Schlafen gelegt hatten, stand Klut noch einmal auf, um nach Bero zu sehen. Auf dem Rückweg trat er an N'Nuris Lager. Er kauerte sich neben sie und fragte leise: »Damals, als Ihr gesprungen seid, hätte es Euer Tod sein können, nicht wahr?«
N'Nuri sah ihn nicht an. Sie schien seinen Worten keine Beachtung zu schenken. Er hätte auch zu tauben Ohren sprechen können. Seltsam bedrückt erhob er sich und wandte sich zum Gehen. Da hörte er sie sagen: »Ja.«
Mehr nicht. Nur dieses eine Wort und er ahnte, dass es für lange Zeit das einzige war, was er von ihr hören würde. Sie war nicht stumm, aber es gab offensichtlich wenig, was sie dazu bringen konnte, ihr Schweigen zu brechen.
Und doch genügte dieses eine Wort, um Klut erleichtert aufatmen zu lassen. Sie ist es nicht, dachte er. Sie ist nicht die, die ich suche. Und so bedauerlich diese Erkenntnis war, so befreite sie ihn aber auch von seiner Ungewissheit.

10
Am Rand der Wüste

Zwei Tage lang folgten sie den Ausläufern des Chalud. Erst dann erreichten sie einen Pass, der ihnen den Weg nach Westen freigab.
In diesen Tagen trieb Skalg sie zur Eile an und gönnte ihnen selten eine Rast. Dabei zeigte es sich, dass er offen-

sichtlich viel von Pferden verstand. Mochte die Eile, in der sie Derbakir verlassen hatten, auch groß gewesen sein, so hatte er doch mit gutem Auge gewählt und einige besonders kräftige und ausdauernde Tiere zu einem guten Preis erstanden. Die beschwerliche Reise konnte ihnen nichts anhaben, ja, sie schienen ihre Kräfte dabei erst recht zu entfalten.

Als sie auf der Passhöhe standen, warfen sie einen Blick zurück und hatten eine atemberaubende Sicht auf die Ausläufer des Chalud, die sich in einem sanften Bogen in Richtung Südosten schwangen. Wie in einem schützenden Arm lag darin Medrina, das Land der Skarren, und in der Ferne glaubten sie sogar andeutungsweise die Türme Derbakirs zu erkennen. Wie ein Kieselstein mutete die große Stadt nun an, die im Schatten des gewaltigen Chalud versank. Das blaue Band des Tamir wand sich durch das weite, schöne Land und nur einen Tagesritt entfernt konnten sie im Südosten erkennen, wie er sich mit dem Oriko vereinte, dem Fluss, der sie auf so ungewöhnliche Weise in dieses Land getragen hatte.

Skalg wies mit der Hand auf die Hügel unter ihnen und meinte: »Wie ich es mir gedacht habe. Ein paar kluge Köpfe sind uns doch auf die Spur gekommen.«

Sie folgten der Richtung, die seine Hand wies, und erkannten eine Schar Reiter, die eben den Weg zum Pass einschlug. Es mochten gut zwanzig Männer sein, die ihnen gefolgt waren. Nun verstanden sie, warum Skalg es so eilig gehabt hatte. Und sie hatten gedacht, dass er bloß nicht schnell genug den fetten Kuchen Nabul Khans erreichen konnte. Sie waren leichtsinnig gewesen. Nur Skalgs Erfahrung und Klugheit hatten sie es zu verdanken, dass sie mit heiler Haut davongekommen waren. Doch noch hatten sie die Verfolger nicht abgeschüttelt und es galt, sich zu sputen.

»Schauen wir, dass wir hier wegkommen!«, drängte Klut.
»Fürchtet Ihr Euch etwa vor denen da?«, fragte Niem mit spitzer Zunge.
»Was hat das mit Furcht zu tun?«, entgegnete Klut ungehalten. »Es ist doch wohl eher eine Sache der Vernunft, unnötigen Scharmützeln aus dem Weg zu gehen. Auch wenn ich es Skalg und mir zutraue, mit unseren Verfolgern fertig zu werden, könnte es doch sein, dass Ihr dabei zu Schaden kommt. Es täte mir sogar Leid um Euch.«
Empört richtete sich der Zwerg auf und stieß hervor: »Das wagt Ihr mir, Niem Dok ut Pradesh Ashur Gongorwad ut Lemor Benarish ut Klamenag Wared Hadam, ins Gesicht zu sagen. Ich werde Euch zeigen, dass ich durchaus imstande bin, für mich selbst zu sorgen. Und Ihr, gebt Acht, dass Ihr meinem Schwert dabei nicht zu nahe kommt. Es macht keine so feinen Unterschiede zwischen Eurer Haut und der meiner Feinde.«
»Hört euch nur dieses Geschwafel an!«, stöhnte Issur. »Als ob wir nicht andere Sorgen hätten.« Und ohne sich weiter um den aufgebrachten Zwerg zu kümmern, der kaum wusste, wohin mit seinen giftigen Blicken, fragte er: »Was sollen wir tun, Skalg? Uns davonmachen?«
Skalg schüttelte langsam den Kopf. »Nein«, brummte er. »Mir ist nicht wohl dabei, so viele Bluthunde Tag und Nacht auf meinen Fersen zu wissen.«
»Meint Ihr, wir sollen uns dem Kampf stellen?«, fragte Klut.
»Nein, das auch nicht«, erwiderte Skalg. »Die Skarren sind gute Bogenschützen. Wir würden nicht ungeschoren davonkommen.«
»Hast du einen Plan?«, fragte Issur.
Skalg gab keine Antwort, sondern blickte sich suchend

um. Plötzlich erhellte sich sein Gesicht und er sagte: »Issur, schau mal, da oben!«
Issur folgte seinem Blick und auch die anderen taten es ihm nach. Nicht weit über ihnen öffneten sich die Felsen zu einem gewaltigen Spalt, der so aussah, als wäre eine ungeheure Axt an dieser Stelle in den Berg gefahren. Ein schmales Rinnsal wand sich unter einem Hügel aus großen Steinblöcken hervor, die nur von einem mächtigen, quer liegenden Baumstamm gehalten wurden. Irgendein Felsabbruch mochte sie in diesen Spalt geworfen haben, und wäre der Baum nicht gewesen, so wären sie unweigerlich ins Tal gestürzt.
»Schaffst du das?«, fragte Skalg.
Issur musterte den Baum und ließ den Blick den Pass hinuntergleiten. Unten hatten die Reiter inzwischen den Aufstieg begonnen. Sicher hatten sie die Gefährten bereits entdeckt.
»Ich brauche ein Seil«, brummte Issur. »Sonst fällt mir so ein Steinchen noch auf die Füße.«
Flugs kramte er selbst ein starkes Seil hervor, kletterte rasch zu dem Baumstamm empor und band das Tau fest um diesen, dicht neben der Wurzel, die sich wie eine riesige Hand in der Felswand verkrallt hatte.
Schon bald war Issur wieder bei ihnen und forderte sie auf, die Pferde ein Stück weit wegzuführen. Kaum waren sie in Sicherheit, da warf Issur noch einen letzten Blick auf die Verfolger, dann suchte er festen Halt für seine Füße und wand sich das Seil mehrmals um seine Arme. Sie sahen, dass er das Seil straff zog und sich zurücklehnte. Wie schon über den Schatzkammern spannten sich seine gewaltigen Muskeln und langsam, aber unaufhaltsam steigerte er die Kraft seines mächtigen Körpers. Wieder breitete sich die Kraft, die er entfaltete, wie in Wellen um ihn aus, die bis zu ihnen reichten.

Ein hässliches Geräusch ertönte. Das Wurzelholz zerriss und die gewaltigen Felsblöcke rieben knirschend aneinander. Dann, wie mit einem letzten berstenden Schrei, gab der Baum nach und wurde von der Steinlawine, die sich donnernd den so lange versperrten Weg eroberte, zu Splittern zermahlen. Issur ließ das Seil fahren und brachte sich mit einem weiten Satz außer Reichweite der unberechenbaren Felsen. Mit ohrenbetäubendem Krachen, das den Boden, auf dem sie standen, erschütterte, stürzten diese den Pass hinunter zu Tale. Entsetzte Schreie aus menschlichen Kehlen und das verzweifelte Wiehern von Pferden war zu hören. Doch die Urgewalt der Felsen übertönte und erstickte diese Laute und begrub sie unter sich auf ihrem alles zermalmenden Weg in die Tiefe.

Als die Felsen im Tal zur Ruhe kamen, war kein Laut mehr zu hören. Von ihren Verfolgern war nichts mehr zu sehen und sie waren froh, dass die Unebenheiten des Passes ihnen den Anblick auf das, was von ihnen übrig geblieben war, verwehrte. Mit bleichen Gesichtern wandten sie sich von diesem Ort des Grauens ab, während sich hinter ihnen der Staub wie ein Leichentuch über die Felsen legte.

Erst viel später, als sie den Fuß des Passes erreicht hatten und durch die Ebene jenseits der Berge ritten, fragte Klut leise: »Habt Ihr das gewollt?«

Skalg warf ihm einen Blick zu, in dem sich noch immer der Schock des Erlebten spiegelte. »Habt Ihr das gewollt?«, gab er mit heiserer Stimme zurück. »Wenn nicht, hättet Ihr uns aufhalten können. Aber das habt Ihr nicht getan. Warum fragt Ihr also? Oder sollte ich sagen, woher nehmt Ihr das Recht, mir diese Frage zu stellen?«

Klut sah den Einäugigen betroffen an. Dann senkte er beschämt den Blick. Skalg hatte Recht. Er hatte das Schreckliche nicht verhindert. Er war keinen Deut besser als seine Gefährten. Wahrhaftig nicht! Er war längst zum fünften Finger an der Hand geworden, die ihre Gemeinschaft bildete. Er, der Sohn eines Markgrafen, war zu einem Dieb unter Dieben geworden. Er war nicht nur mit ihnen in die Schatzkammern von Derbakir eingedrungen, sondern trug nun auch gemeinsam mit ihnen die Schuld am Tod ihrer Verfolger. Wenn er bisher gedacht hatte, um einer gerechten Sache willen seinen Weg unbeirrt gehen zu müssen, so musste er nun erkennen, dass ihn die gerechte Sache nicht daran gehindert hatte, sich auf diesem Weg die Hände schmutzig zu machen.

Klut ließ die Jahre an sich vorbeiziehen, die seit dem Fall von Harms Burg, seit dem Tag, an dem er seine Heimat verloren und verlassen hatte, vergangen waren. Schon in diesen Jahren war eine Söldnerseele aus ihm geworden, die stets für Geld zu haben gewesen war. Was er bei sich beschönigend seine Lehrjahre genannt hatte, waren blutige Jahre gewesen. Und nun war ein Dieb aus ihm geworden. Jetzt gehörte er zu denen, die er vor kurzem noch verächtlich Gesindel genannt hatte. So tief war er also gesunken.

Aber etwas in ihm wehrte sich gegen diesen Gedanken. Denn indem er von sich selbst so schlecht dachte, beleidigte er auch unausgesprochen seine Gefährten. Doch diese waren kein Gesindel. Sie versuchten nur in einer unbarmherzigen Welt den Kopf aus der Schlinge zu ziehen und sich so gut wie möglich durchzuschlagen. Er konnte sie nicht verurteilen. Zu deutlich spürte er den Wert, der sich unter ihrer rauen Schale verbarg. Und auch für ihn selbst war nicht alle Hoffnung verloren. Sicher, er hätte sich in ein Schneckenhaus verkriechen und allen Versuchungen und Verstrickungen aus dem Weg gehen können. Doch er hatte sich anders entschie-

den. Für seine Bestimmung, für die Aufgabe, die ihm zugedacht war. Welchen Tribut er auch immer dafür entrichten musste. Aber dennoch tat es ihm um jedes Leben Leid, das für die Hoffnung auf eine bessere, hellere Welt geopfert wurde. Es schien ihm, als ginge mit jedem dieser Leben ein kleiner Teil dieser Hoffnung verloren. Die Dunkelheit dieser Welt zehrte an dem Licht, das er gesehen hatte, und drohte es zu verschlingen. Doch dieses Licht galt es zu erhalten und mit ihm die Hoffnung. Und diese Hoffnung hatte einen Namen: Thalis!
Es war dieser letzte Gedanke, der ihm seine Kraft und Zuversicht zurückgab und ihm das Ziel wieder vor Augen führte. Er richtete sich im Sattel auf und trieb Bero scharf an. Erstaunt blickten ihm seine Gefährten nach, als er so plötzlich davonstob. Doch etwas von seiner Zuversicht übertrug sich auch auf sie und sie jagten hinter ihm her.
Die Tage vergingen und bald wurde ihnen klar, dass sie noch einen weiten Weg vor sich hatten, bis es ihnen gelingen würde, Nabul Khan einzuholen. Wo immer sie hinkamen, in jedem Land, in jeder Stadt, jedem Dorf und jedem noch so kleinen Weiler, erfuhren sie, dass der reisende Hof schon vor einiger Zeit hier gewesen sei und längst weitergezogen war. Alle hatten sie unter der Last geächzt, wenn Nabul Khan sie heimgesucht und von ihnen gefordert hatte, was er für die Versorgung seines zahlreichen Gefolges brauchte. Jetzt atmeten sie auf, weil er weit weg war und sie ihre leeren Speicher und Vorratskammern wieder aufgefüllt hatten. Alle fürchteten sie sein Erscheinen wie eine Plage, wie eine Seuche, die das Land befiel. Der Name Nabul Khan kam über ihre Lippen wie ein Fluch. Die Reisenden, die es wagten, nach ihm zu fragen, waren unwillkommene Gäste und taten gut daran, schleunigst weiterzuziehen, ehe man

sich für den Ärger, den Nabul Khan gebracht hatte, an ihnen rächte.
Doch die Diebe hielten sich für das Misstrauen, mit dem man sie bedachte, schadlos und lohnten die mangelnde Gastfreundschaft damit, dass sie sich nahmen, was sie zum Leben benötigten, und dafür nicht mehr zurückließen als die gähnende Leere in den aufgeschlitzten Säcken und aufgebrochenen Kisten. So fehlte es ihnen an nichts, während ihre unfreundlichen Wirte feststellen mussten, dass ihnen allerlei fehlte, wenn ihre ungebetenen Gäste schon längst das Weite gesucht hatten.
Dann begannen die menschlichen Niederlassungen seltener zu werden. Die Landschaft, durch die sie zogen, wurde karg und unwegsam. Skalg setzte ein sorgenvolles Gesicht auf, denn er fürchtete, dass sie Nabul Khan nicht mehr vor der Namurwüste erreichen würden. Das wäre das Ende ihrer Fahrt gewesen, denn allein konnten sie es nicht wagen, die Wüste zu durchqueren. So schonten sie sich und ihre Pferde immer weniger. Bald waren sie staubbedeckt und boten von Tag zu Tag einen jämmerlicheren Anblick. Nun hätte man sie wohl nur noch Strauchdiebe nennen können und wohl kaum noch, um mit Skalgs Worten zu sprechen, ›die Edlen von der schnellen Hand‹. Immer weiter und weiter zogen sie in der Hoffnung, bald auf Nabul Khan zu treffen.
Doch es sollte wohl nicht sein. Eines Tages trat Sand an die Stelle des dürren Steppengrases, über das sie noch ritten, und endlos erstreckte sich die Wüste vor ihnen. Gleißend stand über ihnen die Sonne am Himmel und schien ihre Kehlen schon auszudörren, bevor sie es noch gewagt hatten, auch nur einen Fuß in den Sand zu setzen.
Niedergeschlagen saßen sie auf ihren erschöpften Pferden und ließen die Blicke hoffnungslos über den Sand gleiten. Verzweifelt schüttelte Klut den Kopf. Er

wollte nicht glauben, dass dies das Ende war. Es konnte nicht sein! Sie konnten nicht den weiten Weg gegangen sein, nur um hier umkehren zu müssen!
In einer plötzlich aufwallenden Wut riss er das Schwert hoch, das er in den Kammern von Derbakir gefunden hatte. Er packte die Klinge mit beiden Händen und achtete nicht auf den Schmerz, als ihm die scharfe Schneide in die Handflächen schnitt und sein Blut in den Sand tropfte.
Er schüttelte das Schwert, als wäre es eine Säule dieses unendlichen Wüstenbaues, der ihm den Weg wie ein unüberwindliches Hindernis versperrte. Und etwas in ihm bäumte sich auf, verdoppelte seine Wut und Verzweiflung. Er wusste, was sich da in ihm erhob, und er hieß es willkommen. Jede Kraft war ihm recht, wenn sie nur half, das Unabänderliche zum Guten zu wenden.
Er hob die Waffe und blickte durch den Stein am Griff des Schwertes in das Licht der Sonne, deren Hitze sich ihm so grausam entgegenstellte. Und das Licht vervielfachte sich, loderte auf wie eine alles versengende Flamme und durchflutete ihn. Sein Körper, sein ganzes Wesen versank in diesem Licht und er gab sich ganz hin. Er war nicht wichtig. Er zählte nicht. Nur das Ziel, das unerreichbar vor ihm lag.
Wieder schrie es in ihm, so wie es schon einmal in ihm geschrien hatte, damals in den Schatzkammern von Derbakir. »Fenelon!«, rief er, nein, riefen sie beide, mit vereinter Stimme. Denn sie gehörten zusammen, waren ein und derselbe. Ein und dieselbe Verzweiflung. »Fenelon!«
Da war es, als würde sich ein hohes Tor in dem Licht öffnen, und er sah eine unendliche Reihe von Gestalten, die durch den Sand zogen. Sie waren noch weit weg, aber doch in erreichbarer Nähe. Er musste es nur wagen,

sich diesem Bild anzuvertrauen. Es würde ihm den Weg weisen. Daran gab es keinen Zweifel.
Klut packte das Schwert am Griff und richtete es wie einen Wegweiser in die Wüste hinaus. »Dort sind sie!«, rief er mit sich überschlagender Stimme. »Ich habe sie gesehen!«
»Wer?«, fragte Skalg. »Wen habt Ihr gesehen?«
»Nabul Khan! Und den ganzen reisenden Hof!«, rief Klut drängend, denn er konnte nicht verstehen, warum sie ihn so zweifelnd ansahen.
Niem warf den anderen einen viel sagenden Blick zu und tippte sich an die Stirn. »Ihr müsst wirklich gute Augen haben, dass Ihr so weit sehen könnt«, meinte er grinsend. »Oder Ihr habt ein bisschen zu viel Sonne abgekriegt.«
»Wie kannst du es wagen!«, schrie Klut ihn außer sich vor Zorn an. Und ehe der Zwerg sich noch wehren konnte, saß ihm die Spitze von Kluts Schwert am Hals. Viel hätte nicht gefehlt und er hätte seine Worte mit dem Leben bezahlt. Doch da griff Skalg ein. Rasch lenkte er sein Pferd neben Klut und fasste besänftigend nach seinem Schwertarm. Langsam drückte er diesen herab und sagte beschwichtigend: »Natürlich glauben wir Euch. Lasst es gut sein. Wir sind es, habt Ihr es denn vergessen? Wie die fünf Finger einer Hand!«
Niem leckte sich über die trockenen Lippen und rieb seinen Hals, in den sich die Schwertspitze schmerzhaft gebohrt hatte. Er wagte es nicht, noch ein Wort zu sagen. So knapp war er wohl selten zuvor davongekommen.
Nur langsam beruhigte sich Klut wieder und es war wie eine Rückkehr in die Wirklichkeit, in die Gegenwart, die ihn umgab.
»So ist es gut«, sagte Skalg sanft. »Schaut Euch doch um. Da ist die Wüste und sie ist leer. Leider. Wir würden Euch ja gerne glauben. Wirklich!«

Klut starrte in die Wüste hinaus. Jetzt war nichts mehr zu erkennen. Aber es war da gewesen. Klar und deutlich. Er musste diesem Bild nur vertrauen. Es gab keinen anderen Weg.
»Macht, was ihr wollt«, stieß er hervor. »Ich reite!«
Er trieb Bero an und willig schritt das Tier in die Wüste hinaus.
»Seid Ihr verrückt!«, rief Niem ihm nach. »Er hat den Verstand verloren. Ich habe es ja immer geahnt!«, fuhr er an seine Gefährten gewandt fort.
Skalg gab keine Antwort. Mit zusammengepressten Lippen blickte er Klut nach. Dann seufzte er und meinte: »Oder er sieht Dinge, die wir nicht sehen können. Also dann ...« Er schnalzte mit der Zunge, trieb sein Pferd an und folgte Klut. Issur und N'Nuri taten es ihm ohne zu zögern nach.
»Ja, habt ihr denn alle den Verstand verloren?!«, rief Niem. »Ich glaubs nicht! Ich glaubs einfach nicht!«, wiederholte er wie ein Stoßgebet. »Ich glaub einfach nicht, was ich da sehe, und vor allem glaube ich nicht, was ich da tue.« Mit diesen Worten schloss er sein vergebliches Gebet, jagte den Gefährten hinterher und hatte sie nach wenigen Augenblicken eingeholt.
»Na, hast du es dir anders überlegt?«, brummte Issur.
»Wahnsinn ist ansteckend«, gab Niem mit grimmiger Stimme zurück. Dann sparte er sich jede weitere Bemerkung. Es hatte ja doch keinen Zweck. Er hätte seine Gefährten nicht aufhalten können. So fügte er sich in sein Schicksal, denn eines war ihm klar: Er würde seine Gefährten nicht allein ins Verderben laufen lassen. Niemals!
Die Stunden vergingen, ohne dass sie etwas vor sich entdecken konnten, das auch nur die geringste Ähnlichkeit mit einem menschlichen Wesen gehabt hätte. Mit brennenden Augen und ausgedörrten Kehlen starrten sie in

die endlose Weite, in der nicht einmal eine Sandmaus oder ein Käfer zu sehen waren. Nicht die geringste Spur von Leben zeigte sich in dieser grausamen Leere.
Sie versuchten ihre Wasservorräte einzuteilen, doch als es Abend wurde, blieb ihnen nur noch eine halbe Flasche. Sie ließen diese reihum gehen und teilten sich die letzten Schlucke. Für ihre Pferde blieb nichts übrig.
Es war eine ungemütliche Nacht, die sie unter dem harten Sternenhimmel verbrachten. So heiß die Wüste am Tag war, so kalt wurde sie in der Nacht und der Wind fuhr ihnen schneidend in die Glieder. Beinahe waren sie froh, als die Sonne wieder aufging, obwohl ihr Feuer ihnen nichts Gutes verhieß. Und wieder schleppten sie sich durch den tiefen Sand, der in seinen immer gleichen Wellen dieses starre, scheinbar unbewegliche Meer formte.
»Es war ein Fehler«, murmelte Niem heiser vor sich hin. »Ein verdammter Fehler, diesem Narren zu folgen.«
Doch die anderen widersprachen ihm nicht, denn es fehlte ihnen die Kraft dazu.
Die Sonne stieg erschreckend schnell in die Höhe und bald traf sie wieder ihre sengende Glut, die ihnen das Blut in den Adern verdickte, sodass es nur noch stockend zu fließen schien. Niem spürte, dass seine Augenlider schwer wie Blei wurden. Er gab sich alle Mühe, sie offen zu halten, aber es gelang ihm nicht. Schließlich sackte er vornüber und seine Stirn traf auf den harten Knauf seines Sattels.
Der Schmerz ließ ihn aufschrecken. Er rieb sich die Stirn und sein Blick streifte den flimmernden Horizont, an dem Himmel und Sand ununterscheidbar wurden. Schwankende Schatten glitten über diesen Horizont wie zerrissene Nebelschwaden. Schatten?, dachte er schläfrig. Schatten in der Wüste? Na, so was!

Dann fuhr er auf. Ein seltsames Lebenselixier jagte durch seine Adern und machte ihn vollends wach. Schatten! Pah!
»Er hat Recht gehabt!«, rief er mit brüchiger Stimme. »Dieser verdammte Narr hat Recht gehabt! Da sind sie! Seht doch!«
Seine Gefährten blickten auf, und was sie sahen, erfüllte auch sie mit einer unerwarteten Kraft. Selbst die Pferde wurden wieder lebendig und hoben die Hufe schneller durch den tiefen Sand. Näher und näher kamen sie den vermeintlichen Schatten und bald war deutlich zu erkennen, dass es Menschen waren.
Plötzlich verschwanden die Schatten, als hätte es sie nie gegeben. So als wären sie nicht mehr als ein Trugbild in der gleißenden Hitze gewesen. Erst waren sie vor Schreck wie erstarrt, dann trieben sie ihre Pferde an und diese gaben freiwillig das Letzte, was sie noch an Kraft hatten.
Doch bald atmeten sie erleichtert auf. Vor ihnen tat sich ein weiter Abhang auf und darauf war deutlich eine breite Spur zu sehen, die vor ihnen, von ihrer Rechten her kommend, den Sand hinabführte. Und in der Ebene, die sich diesem Abhang anschloss, erblickten sie den reisenden Hof des Nabul Khan, der wie eine riesige, beinahe unübersehbare Karawane durch die Wüste zog.
Es war ein atemberaubendes Bild. Nie hätte Klut gedacht, jemals so viele Lebewesen auf einem Fleck dieser Erde versammelt zu sehen. Menschen! Endlich!, dachte Klut. Menschen und Pferde und ...? Doch weiter wusste er nicht, denn ihm war noch nie etwas begegnet, das mit dem, was er da sah, zu vergleichen gewesen wäre. Manche dieser Lebewesen mochten gerade noch als Pferde gelten, wenn sie nicht so sonderbare Höcker auf dem Rücken gehabt hätten. Andere dagegen, graue Ungetüme

mit langen, beweglichen Nasen und zwei blendend weißen ... Säbeln, oder was auch immer es war, am Kopf und mit Zelten auf dem Rücken ... Wie sollte er die nennen? Waren das Lebewesen aus einer anderen Welt? Oder war alles nur ein Traum?
»Was sind das für Wesen?«, stieß er hervor.
»Kamele und Elefanten«, erwiderte Skalg und versuchte ein Lächeln. »Die mit den Stoßzähnen sind übrigens die Elefanten. Nur für den Fall, dass Ihr sie nicht auseinander halten könnt.«
Doch Klut hatte keinen Sinn für Skalgs Scherze. Er konnte sich nicht satt sehen an der unüberschaubaren Menge, die sich wie eine riesige Schlange durch den Sand schob. Nein, nicht wie eine Schlange, wie eine Stadt auf Beinen! Wer sollte dieser wandelnden Festung etwas anhaben können? Sie hatte wahrhaft nichts zu fürchten. Nicht die Wüste, nicht die Rajin, nichts, gar nichts, wer oder was auch immer es sein mochte! Sie war unangreifbar. Und sie war seine Rettung. Er würde, er musste sich diesem Nabul Khan anschließen. Koste es, was es wolle. Denn an seiner Seite musste es ihm gelingen, sein Ziel zu erreichen. Nie zuvor war ihm das Ziel seiner Hoffnungen so erreichbar, so greifbar nahe erschienen.
Plötzlich hörten sie ein Pferd schnauben. Sie fuhren herum und sahen sich einer Schar Reiter gegenüber, die sie in einem weiten Halbkreis umringten. Sie hatten nicht einmal gemerkt, wie diese sich genähert hatten. Zu sehr hatten sie nur Augen für den Hof des Nabul Khan gehabt. Doch dieser Hof war wehrhaft und seine Stacheln reichten weit. Und diese Stacheln, in Gestalt eines Rings spitzer Lanzen, richteten sich nun auf sie, bereit, jede verdächtige Bewegung mit dem Tod zu bestrafen.
Ein Mann, der einen Turban und einen weiten Umhang

trug, wie Klut sie schon bei fahrenden Schaustellern gesehen hatte, trieb sein Pferd ein Stück vor und fuhr sie barsch an: »Wer seid ihr und was sucht ihr hier?«
Skalg verbeugte sich, so tief er dies im Sattel vermochte, und versuchte seiner Stimme einen festen Klang zu geben, als er sagte: »Wir wollen zu Al-Bahir, dem Rat des Äußeren Hofes.«
»So, ihr kennt Al-Bahir«, entgegnete der Mann mit gedehnter Stimme. »Und wenn es so wäre, was ich allerdings bezweifle, was wollt ihr dann von ihm?«
»Wir sind gekommen, um Nabul Khan unsere Dienste anzubieten«, antwortete Skalg.
»Ihr?« Der Mann brach in schallendes Gelächter aus. Dann endete sein Lachen ebenso abrupt, wie es begonnen hatte, wieder und er fuhr sie scharf an: »Was glaubt ihr denn, wer Nabul Khan ist, dass er es nötig hätte, die Dienste solch schäbiger Hunde, wie ihr es seid, annehmen zu müssen?«
Klut spürte, dass seine Gefährten zusammenzuckten, und nur die Speerspitzen, die sich auf sie richteten, hielten sie davon ab, sich auf den Sprecher zu stürzen.
Doch Skalg blieb ganz ruhig und erwiderte gelassen: »Nur weil ein Schwert mit Staub bedeckt ist, muss es doch nicht rostig sein. Und ein Mann, dessen Kleider zerschunden sind, mag seinen Wert unter Lumpen verbergen.«
Der Anführer der Reiter sah ihn erst verblüfft, dann mit zunehmender Neugier an. Noch zögerte er, doch endlich schien er sich entschlossen zu haben. »Ihr wisst Eure Worte gut zu setzen«, sagte er mit einem Lächeln und deutete nun seinerseits eine Verbeugung an. »Al-Bahir wird seine Freude an Euch haben. Wenn Ihr und Eure Gefährten uns folgen wollt? Natürlich ist auch die Blume der Wüste, die Ihr bei Euch habt, mit einge-

schlossen.« Und dabei warf er einen begehrlichen Blick auf N'Nuris schlanke Gestalt.
Doch hätte er dies besser lassen sollen, denn N'Nuri sah ihn mit demselben Blick an, der schon Klut mit Schaudern erfüllt hatte. Auch der Anführer der Reiter zuckte entsetzt zurück, als er in den Abgrund blickte, der sich in N'Nuris Augen auftat. Er riss sein Pferd herum und lenkte es eilig zwischen seine Reiter. Dann gab er das Zeichen zum Aufbruch.
Mochte die Einladung des Anführers auch freundlich geklungen haben, so ließen seine Reiter sie doch nicht aus den Augen und bildeten einen dichten Ring um ihre Gäste, die wohl eher ihre Gefangenen waren. Aber das störte die Gefährten nicht. Sie hatten erreicht, was sie wollten, und die erste Hürde auf dem beschwerlichen Weg zu Nabul Khan genommen. Allzu gerne ließen sie sich von ihren Wächtern führen und kamen auf diese Weise ihrem Ziel, dem Hof des Nabul Khan, Schritt für Schritt näher.

11

Der Rat des Äußeren Hofes

Je näher sie der Karawane kamen, desto überwältigender wurde ihr Anblick. Wie ein übergroßer Bienenschwarm, der summend und krabbelnd in ständiger Bewegung bleibt, so erschien den Reisenden die gewaltige Ansammlung von Menschen und Tieren, die sich mit allem Hab und Gut, mit allem, was eine solch ungeheuerliche

Menge an Verpflegung und Unterkunft brauchte, auf Wanderschaft begeben hatte.
Und je mehr Einzelheiten sie erkennen konnten, desto mehr bekam die massige Gestalt eine Ordnung, löste sie sich in einzelne Teile auf, die alle ihren Zweck und ihre Aufgabe hatten. Ohne diese Ordnung wäre der riesige Tross wohl im Chaos versunken. Nur das streng geregelte Miteinander sicherte die Überlebensfähigkeit und die Schlagkraft des Ganzen.
Die Reiter, die die Gefährten in ihrer Mitte führten, waren nur die äußerste Schicht des gewaltigen Baues. Es waren noch viele weitere Trupps und Abteilungen berittener Kämpfer zu sehen, die den Hof umkreisten, ihm voranritten oder nachzogen, um so jeden, der es wagte, sich unbefugt zu nähern, abzufangen und, wenn es Not tat, zu bekämpfen und zu töten. Die Reiter bildeten eine lebende, wehrhafte Mauer um diese wandelnde Burg, einen ersten schützenden Ring.
Hinter diesem Ring folgte ein zweites, breites Band, dessen Aufgabe unübersehbar die Versorgung war. Hunderte Kamele zogen in langen, dichten Reihen durch den Sand der Wüste. Auf ihren Rücken trugen sie gewaltige Vorräte an Wasser und Nahrung in hoch aufgeschichteten Lasten von Schläuchen, Säcken und Kisten. Die Luft bebte von den hässlichen Schreien der Tiere und ihrer Treiber, die sich zu einem kaum noch unterscheidbaren Chor mischten, in dem die Stimmen von Mensch und Tier sich dem grausamen Schweigen der Wüste wie ein Schlachtgesang entgegenstellten. Dieser Höllenlärm war ein wahrhaft unüberhörbares Zeichen des Lebens, das sich in dieser feindlichen Wüstenwelt behauptete.
Von dem, was hinter dem Versorgungstross folgte, war nur wenig zu sehen. Nur hin und wieder der Rücken eines der grauen Riesen, der Elefanten, von denen man-

che noch gewaltigere Lasten als die Kamele zu schleppen hatten, während andere Zelte trugen, zwischen deren Stoffen manchmal neugierig ein Gesicht hervorschaute.
Die Reiter hatten den Gefährten Wasser gereicht, sodass diese endlich ihren Durst stillen konnten und ihre Zungen sich nicht mehr wie Leder anfühlten. Während sie sich erfrischten, ritten sie an der lang gestreckten Karawane vorbei und hatten reichlich Gelegenheit, über das großartige Schauspiel, das sich ihnen bot, zu staunen.
Der Anführer der Reiter, der sie nicht aus den Augen ließ, fragte Skalg: »Ihr sagtet, dass Ihr Al-Bahir kennt. Aber Euren Blicken muss ich entnehmen, dass Ihr den Hof des Nabul Khan noch nie gesehen habt.«
»Das mag für meine Gefährten gelten«, erwiderte Skalg. »Aber nicht für mich. Ich habe den reisenden Hof schon vor einigen Jahren gesehen. Doch glaubt nicht, dass ich deswegen weniger zu staunen hätte. Mein Staunen wird wohl jedes Mal das des Wanderers am Fuße eines Bergriesen sein. Nichts übertrifft den Anblick des reisenden Hofes des großen Nabul Khan.«
Das dunkelhäutige Gesicht des Reiters leuchtete vor Stolz auf. Mochten sich die Gefährten bisher über die seltsame Sprache gewundert haben, die Skalg gegenüber den Reitern angenommen hatte, so begriffen sie, dass er es nur zu gut verstand, den richtigen Ton zu treffen.
Der Anführer der Reiter verneigte sich und sagte zu Skalg: »Die Achtung, die Ihr Nabul Khan erweist, gereicht Euch zur Ehre. Es würde mich freuen, eure Namen zu erfahren.«
Skalg nannte seinen und die Namen von Klut, Issur und N'Nuri. Doch als er zu Niem kam, fiel ihm dieser, wie sie es nicht anders erwartet hatten, ins Wort und ließ seinen Namen wie einen Wasserfall über den verdutzten Anführer der Reiter niedergehen.

Nachdem sich dieser von seiner Überraschung erholt hatte, glitt ein feines Lächeln über sein dunkles Gesicht. Doch er beherrschte sich, wahrte die Höflichkeit und erwiderte mit einer erneuten leichten Verbeugung: »Euer Name lässt auf viele und edle Vorfahren schließen. Es muss wohl ein Brauch Eures Volkes sein, mit der Nennung eurer Namen eure Ahnen zu ehren. So ist es nicht bei unserem Volk. Die Namen der Madani sind kurz wie der Hieb eines Schwertes. Ich selbst heiße Hamarr und hoffe Euch mit diesen wenigen Silben nicht zu beleidigen.«

Niems Gesicht wurde rot vor Verlegenheit. Der leise Spott in Hamarrs Worten war nicht zu überhören gewesen, doch versteckte er ihn hinter seiner Höflichkeit, sodass Niem nichts anderes blieb, als den Spott klaglos zu schlucken.

Er erwiderte die Verbeugung und sagte: »Nein, Ihr beleidigt mich nicht. Hamarr heißt Ihr also. Gut, warum nicht. Kurz, aber gut zu merken. Und Ihr bringt uns also zu diesem Al... Al... diesem Rat des Äußeren Hofes. Wo ist denn das, dieser Äußere Hof?«

Hamarr wies mit einer weiten Geste über die endlose Reihe der Kamele und antwortete: »Was ihr hier seht, ist der Äußere Hof. Al-Bahir, den ihr sucht, ist Rat des südlichen Flügels des Äußeren Hofes. Jeder der vier Räte des Äußeren Hofes ist Herr über eine der Richtungen des Himmels.«

»Herr über tausend Kamele«, grummelte Niem, den Hamarrs Spott noch immer ärgerte. »Wie ... beneidenswert.«

Hamarr sah ihn scharf an und meinte: »Wenn Ihr am Verdursten seid, werdet Ihr froh sein, wenn Ihr Euch nur Herr über ein einziges Kamel nennen könnt.«

Skalg warf Niem einen warnenden Blick zu. Der Zwerg

gefährdete mit seinen unbedachten Worten ihre Sicherheit und konnte ihren ganzen Plan zunichte machen. Schnell sagte er: »Nehmt meinem Gefährten seine Worte nicht übel. Er weiß Eure Gastfreundschaft zu schätzen und nur das Ungewohnte dessen, was sich seinen Augen bietet, macht seine Zunge so ungeschickt.«
Niem schnappte nach Luft. Doch dann biss er sich auf die Lippen, senkte rasch den Kopf und schwieg. Hamarr mochte Niems Verhalten wohl für Beschämung halten und gab sich mit Skalgs Entschuldigung zufrieden.
»Wann werden wir Al-Bahir sehen?«, fragte Skalg, um Hamarr von Niem abzulenken.
»Am Abend, wenn die Lager aufgebaut worden sind«, gab Hamarr bereitwillig zur Antwort. »Es ist nicht üblich, vor die Räte zu treten, bevor dies geschehen ist. Aber ihr könnt ihn von hier aus bereits sehen.« Und er wies mit der Rechten hinter die Reihen der Kamele.
Die Gefährten sahen einen der Elefanten, der ein Zelt auf dem Rücken trug. Man hätte es auch einen Baldachin nennen können, dessen Seiten von wehenden Tüchern abgeschirmt wurden. Darin also reiste Al-Bahir.
»Ich werde ihm eure Ankunft melden. Ich hole euch, wenn die Zeit gekommen ist«, sagte nun Hamarr und lenkte sein Pferd zwischen den Kamelen durch. Seine Reiter zogen sich ein Stück zurück und ließen die Gefährten allein. Offensichtlich befürchteten sie nichts von ihnen. Und an Flucht war mitten in der Wüste auch nicht zu denken.
»Muss ganz schön eng sein in dem Zelt«, meinte Issur nach einer Weile, ohne seine Stimme zu senken. Bei dem Lärm, der ständig herrschte, konnten ihre Wächter sie sicherlich nicht hören. »Und außerdem, also ich würde auf so was seekrank werden. Schaut doch nur, wie das hin und her schaukelt.«

»Ihr habt Recht«, meinte Klut. »Mir ist der Rücken meines Pferdes auch lieber.«
»Könntet Ihr, nein, könnten wir endlich einmal alle aufhören immer so förmlich zu sein?«, stieß da Niem hervor und äffte sie nach: »Ihr habt Recht, Euer Hochwohlgeboren Issur von der harten Faust. Ach, N'Nuri, stille Blume, habt Ihr diesen grauen Dickwanst da drüben gesehen? Oh, Skalg, bei Eurem einen Auge, wahrlich, ich sage Euch, dieser Hof hat nicht seinesgleichen. Wie mir das auf die Nerven geht, dieses Getue! Wo sind wir denn hier? In einem Palast unter lauter edlen Geburten? Ich sehe nur Staub und dreckige Kleider und eine Menge, was wir schon gemeinsam hinter uns haben. Also ...?«
Die Gefährten sahen den Zwerg verblüfft an. Von ihm hätten sie das zuletzt erwartet. Vielleicht hatten Hamarrs Worte etwas in ihm zum Ausbruch gebracht, das schon eine Weile in ihm gegärt hatte.
»Ihr ... du hast Recht«, meinte Klut und lächelte. »Keiner ist mehr wert als der andere. Dann ist auch nichts mehr zwischen uns? Ich weiß, dass ich nicht immer ganz offen zu euch war. Aber ich hatte keine andere Wahl.«
»Vergeben und vergessen«, sagte der Zwerg. »Jeder hat so seine Geheimnisse. Wär ja sonst langweilig.«
»Genau«, bekräftigte Skalg. »Was vergangen ist, wird uns immer trennen. Nur was von der Vergangenheit Gegenwart wird, kann uns verbinden.«
»Hört euch bloß den Dichter an«, stöhnte Niem und verzog das Gesicht. »Die Sonne muss sein Gehirn endgültig gekocht haben.«
Klut warf Skalg einen fragenden Blick zu. Aber dieser gab nicht mehr von sich preis. Wieder eines seiner Rätsel. Skalg war für Klut nicht zu fassen. Immer wieder schien es, als würde sich hinter seinen Worten mehr verbergen, als sie an der Oberfläche sagten, aber dann blieb

es doch unausgesprochen. Doch Klut schien der Einzige zu sein, dem dies auffiel. Niem, Issur und N'Nuri schienen nichts zu bemerken. Sie nahmen es wohl als einen Teil von Skalgs sonderbarem Wesen hin.
Die Zeit verging. Langsam sank die Sonne dem Horizont entgegen und das Abendlicht verlieh der Wüste eine unerwartete Schönheit. Jetzt kam der gewaltige Tross zum Stillstand. Überall wurden Zelte aufgeschlagen und Feuer entzündet, die mit getrocknetem Kameldung genährt wurden. Einmal mehr erwies sich der Wert der Kamele, von dem der Anführer der Madanireiter gesprochen hatte. Es wäre wohl kaum möglich gewesen, neben all den Wasservorräten und der Nahrung für Mensch und Tier auch noch Brennholz mitzuführen. Doch die Kamele lieferten mehr als genug Brennbares, um den reisenden Hof vor der Kälte der Wüstennacht zu schützen.
Klut blickte in das Licht der untergehenden Sonne. Jetzt sah er die goldene Straße wieder, so deutlich wie schon lange nicht mehr. Sicher hing dies mit der Zuversicht zusammen, die er empfand. Denn wann hatte sein Weg je so klar vor ihm gelegen? Und wann hatte er je so viel unerwarteten Beistand erhalten? Wie eine große Welle würde ihn der reisende Hof des Nabul Khan an sein Ziel tragen. Er brauchte sich nur treiben zu lassen.
Das Auftauchen von Hamarr schreckte ihn aus seinen Gedanken auf. Der Hauptmann war gekommen, um sie zu Al-Bahir zu bringen. Gespannt folgten sie ihm, nachdem sie ihre Pferde gut untergebracht hatten. Hoffentlich war ihnen dieser Rat wirklich so wohlgesinnt, wie Skalg behauptet hatte.
Hamarr führte sie an den zahlreichen Zelten vorbei und an den Kamelen, die in kleine Herden aufgeteilt worden waren und von ihren Treibern gehütet wurden. Jeder hatte in diesem scheinbaren Wirrwarr seinen festen Platz

und seine klar bestimmte Aufgabe. Was den Fremden verwirrend erscheinen mochte, erwies sich bei genauerem Hinsehen immer wieder als feste Ordnung, die Nabul Khan, das Zentrum dieses riesigen Gebildes, wie an unsichtbaren Fäden in Händen hielt.

Zum ersten Mal beschlich Klut ein sonderbares und beklemmendes Gefühl. War es nicht ein Wahnsinn, in Nabul Khan nur einen fetten Kuchen zu sehen, von dem sich die Diebe ein schönes Stück abschneiden wollten? Und war es nicht ein Fehler von ihm, sich in Gesellschaft der Diebe in Nabul Khans Lager zu wagen?

Doch hatte er eine andere Wahl? Ohne seine Gefährten hätte er nie von Nabul Khan erfahren. Das Schicksal hatte sie zusammengeführt und bisher hatte es sich als sein Glück erwiesen. Darauf musste er auch weiterhin seine Hoffnung setzen. Der Weg, den er ging, war ungewöhnlich, aber es war zumindest ein Weg, der ihn schon weiter geführt hatte, als er es sich jemals hätte träumen lassen.

Sie erreichten ein Zelt, das sich durch seine Größe und Pracht von den anderen Zelten abhob. Hamarr wechselte einige Worte mit den Wachen, die vor dem Eingang standen, dann winkte er den Gefährten und sie folgten ihm. Schwere Stoffe schwangen zur Seite, gaben den Weg frei und schlossen sich wieder hinter ihnen. Im Inneren des Zeltes herrschte eine überraschende Stille. Die schweren Stoffe hielten den Lärm des Lagers fern.

Ein sanftes Dämmerlicht erfüllte das Zelt, ein Licht, das von flachen Becken ausging, in denen wohlduftendes Öl brannte. Ihre Füße versanken in dicken Teppichen. Dienerinnen, die Speisen und Getränke trugen, huschten an ihnen vorbei, bedachten sie mit neugierigen Blicken und tuschelten und lachten hinter vorgehaltenen Händen. Besonders Niem tat es ihnen an. Er warf sich auch

gar zu sehr in die Brust, stolzierte wie ein Pfau über die Teppiche und sandte den Frauen glühende Blicke. Klut konnte sich nur zu gut vorstellen, welche Wirkung er auf die Wachen am Tor von Derbakir gehabt haben musste, als er wie ein liebestoller Kater um N'Nuri schlich. Skalg musste Niem mit einem kräftigen Rippenstoß in die Wirklichkeit zurückrufen. Er schien wirklich ganz vergessen zu haben, wo sie sich befanden und dass ihre Köpfe auf dem Spiel standen.
Ein Vorhang wurde zur Seite gezogen. Hamarr, der selbst zurückblieb, ließ sie hindurchgehen und sie betraten den hinteren, abgetrennten Teil des Zeltes. Erstaunt über den Anblick, der sich ihnen bot, blieben sie stehen. Auf einem Berg von Teppichen und Kissen thronte, nein, lag ein Mann, der so unglaublich dick war, dass seine weiten Kleider fließend in die Kissen übergingen, in denen der gewaltige Leib versank. Eine Dienerin wedelte ihm mit einem breiten Fächer aus Federn Luft zu. Andere reichten ihm Speisen, von denen er sich wählerisch bediente. Was er mit den kurzen, fetten Fingern erfasste, verschwand alsbald zwischen wulstigen Lippen, die in einem feisten Gesicht saßen, in dem Nase und Augen kaum zu erkennen waren, so sehr verschwanden sie zwischen den Fettpolstern. Doch der erste Eindruck täuschte, denn zwei blitzende Äuglein blickten den Eindringlingen hellwach und schlau entgegen. Nicht die geringste Kleinigkeit schien ihnen zu entgehen und sie spürten, dass der Verstand dieses Mannes überaus beweglich war, sosehr sein Leib auch von seinem eigenen Gewicht gefesselt wurde.
Aber es gab noch etwas, das Klut und nicht weniger Issur, Niem und N'Nuri erstaunen musste. Die Haut des Mannes, soweit sie sichtbar war, sein Gesicht, seine Hände und die Füße, die in bestickten Seidenpantoffeln

steckten, waren hell, von einem fast krankhaften Weiß, nicht dunkel und braun wie die Hamarrs oder der Dienerinnen, die ihn verwöhnten.
In diesem Augenblick stieß Skalg die Luft so heftig aus, als hätte er den Atem zu lange angehalten. Fast klang es wie ein Lachen. »Borgard«, rief er. »Borgard. Bist dus wirklich?«
Der Mann regte sich und richtete sich ächzend halb auf. Zwei herbeieilende Dienerinnen stützten ihn und stopften Kissen hinter seinen Rücken, da sie allein nicht imstande waren, sein Gewicht zu halten. »Für dich noch immer Al-Bahir, Einauge«, keuchte der Angesprochene mit einer hohen Stimme, die so gar nicht zu dem gewaltigen Leib passen wollte.
Doch Skalg beachtete den Einwand nicht. »Du bist es«, sagte er kopfschüttelnd. »Wirklich und wahrhaftig. Das Leben an Nabul Khans Hof scheint dir wohl mehr als gut bekommen zu sein.«
Borgard oder Al-Bahir oder wie auch immer der Name des Mannes sein mochte, war es endlich gelungen, eine halbwegs aufrechte Stellung einzunehmen. Er sah Skalg wütend an und erwiderte: »Besser als es dir bekommen wird, wenn du so weitermachst. Ich habe hier was zu sagen. Du dagegen bist hier ein Nichts. Also hüte deine Zunge.«
Skalg hob die Hände flach gegen ihn und verneigte sich so tief, dass er mit dem Kopf beinahe den Teppich berührte, auf dem er stand. »O großmächtiger Al-Bahir, verzeiht mir unwürdiger Laus und lasst Gnade walten.«
Sein Gegenüber verzog das Gesicht und die anfängliche Wut wich einem prustenden Lachen. Er jammerte beinahe, als er kurzatmig sagte: »Ach, hör schon auf, Skalg, altes Luder. Ja, es ist mir gut bekommen, wie du siehst. Und jetzt setz dich. Und deine Kumpanen auch. Esst

und trinkt nach Herzenslust. Und du, lass hören, was ich für dich tun kann.«
Die Dienerinnen brachten ihnen dicke Kissen, auf denen sie es sich bequem machten, und auch vor ihnen türmten sich bald die herrlichsten Leckerbissen. Issur stopfte so viel davon in sich hinein, dass es aussah, als wollte er sich noch an diesem Abend mit ihrem Gastgeber messen und sich eine ebensolche Leibesfülle zulegen.
»Also?«, fragte Al-Bahir, nachdem sie den ersten Hunger gestillt hatten.
Skalg wischte sich das Fett von den Lippen, nahm einen tiefen Schluck von dem Wein, der ihnen gereicht wurde, und meinte: »Nun, Borgard ... entschuldige, Al-Bahir, wir haben gedacht, jetzt, da Nabul Khan sich ... nach Westen aufgemacht hat, dass er ein paar Kämpfer mehr gut gebrauchen kann.«
Al-Bahir sah ihn scharf an. »So, du hast davon gehört. Hast immer noch gute Ohren. Wirklich gute Ohren. Und ihr wollt euch uns anschließen. Hmmh. Wie kommt es, dass das in meinen Ohren nur so ... unwahrscheinlich klingt? Irgendwie passt diese Vorstellung nicht zu dem Skalg, den ich kenne.«
»Vielleicht habe ich mich geändert«, sagte Skalg leichthin. »Du hast dich ja auch ... verändert.«
»Wenn du mein Äußeres meinst«, gab Al-Bahir zurück, »so hast du Recht. Aber in mir steckt noch immer der alte Borgard, so wie in dir, wenn ich mich nicht täusche, noch immer der alte Skalg steckt. Ein ... einer wie du ändert sich nicht.«
»Ein ...? Ein ... was?«, fragte Skalg und dehnte die Worte betont lang aus.
Doch Al-Bahir ging nicht darauf ein. Ihm lag offensichtlich nichts daran, das Wort Dieb auszusprechen. Es gab zu viele Ohren, die hören konnten, welchem Gewerbe

die Fremden nachgingen, die sich Al-Bahirs Freunde nannten.
»Lassen wir das«, sagte er unwirsch. »Sag lieber, was du von mir willst.«
»Nun, wir möchten zu Nabul Khan«, antwortete Skalg. »Doch da sind ein paar Türen, die geöffnet werden müssen, damit wir ihm unser ... Angebot machen können. Du könntest uns sicher dabei helfen. Ein paar Worte bei einem der Räte des Inneren Hofes und schon ...«
»Wie kommst du darauf, dass ich das tun werde?«, fiel ihm Al-Bahir wütend ins Wort.
»Sagen wir, aus alter Verbundenheit«, erwiderte Skalg, ohne sich aus der Ruhe bringen zu lassen. »Oder wenn es dir lieber ist, könnten wir auch sagen, dass eine Hand die andere wäscht. Ich kann mich erinnern, auch dir einmal einen ... Gefallen getan zu haben. Einen recht großen ... Gefallen.«
Sie sahen, dass sich auf Al-Bahirs Stirn dicke Schweißtropfen bildeten. Sein Gesicht schien noch bleicher zu werden, als es schon war, und er leckte sich über die Lippen.
»Ach, das«, meinte er matt. »Dass du dich daran noch erinnerst.«
»Ja, sehr gut sogar«, erwiderte Skalg. »Wie du sagtest, ich bin ganz der Alte geblieben. Und ich habe ein außerordentlich gutes Gedächtnis für ... Gefälligkeiten.«
»Ja, schon gut, schon gut«, zischte Al-Bahir und warf den Dienerinnen besorgte Blicke zu. Doch plötzlich stutzte er und sah die Gefährten mit lauernden Blicken an. »Immerhin sind das alte Geschichten«, meinte er mit einer Stimme, die auf einmal einen unangenehmen Klang hatte. »Niemand erinnert sich mehr daran. Außer mir und ... dir. Wer glaubt schon an solch alte Geschichten?«
»Das ist wahr«, sagte Skalg. Obwohl eine gefährliche

Spannung entstanden war und die Gefährten sich nicht wohl in ihrer Haut fühlten, schien er die Situation zu genießen. Als wäre es ein Spiel, ließ er jedes Wort wie einen köstlichen Bissen auf der Zunge zergehen. »Niemand glaubt an solch alte Geschichten. Obwohl ein einziges Wort zuweilen schon zu viel sein kann.«
»Sicher«, gab Al-Bahir zurück und es war, als würden die beiden ein paar sehr scharfe Klingen kreuzen. »Aber es kommt natürlich darauf an, wer dieses Wort ausspricht. Ein ... Fremder oder ein angesehener, verdienter Diener des großen Nabul Khan, so wie ich es bin, wenn ich mir das in aller Bescheidenheit zu sagen erlauben darf.«
»Sag es nur, sag es nur«, pflichtete Skalg ihm bei. »Ein wohlverdienter Diener, wirklich gut gesagt. Und angesehen, o ja, das auch. Aber ein guter Diener?«
»Was erlaubst du dir?«, fauchte Al-Bahir ihn an. »Wie kannst du es wagen, daran zu zweifeln? Ein Wort von mir und die Wachen ...«
»Ach, hör nicht auf meine Worte«, rief Skalg. »Ich werde alt. Du wirst es nicht glauben, aber so ist es.«
Al-Bahir runzelte die Stirn, soweit man dies bei seiner gut gepolsterten Stirn behaupten konnte. Was sollte das? Worauf wollte dieser Skalg hinaus?
Skalg ließ eine Weile des Schweigens vergehen, dann fuhr er kopfschüttelnd fort: »Ja, alt. So ist das halt. Manchmal, trotz meines guten Gedächtnisses für ... Gefälligkeiten, brauche ich wahrhaftig schon ... Gedächtnisstützen. Zum Beispiel ein Papier. Irgendetwas, von dem ich dachte, das es schon längst verloren ist. Plötzlich taucht es wieder auf und ... bums ... kann ich mich wieder erinnern. Geht es dir nicht auch so?«
Al-Bahir sah ihn wie versteinert an. Dann räusperte er sich und seine Stimme war heiser und seltsam brüchig,

als er fragte: »Ein Papier? Wie meinst du das? Was für ein Papier?«
»Was für ein Papier?«, gab Skalg zurück. »Ich dachte, du könntest mir da vielleicht helfen. Du weißt doch, mein Gedächtnis ...«
»Was für ein Papier?«, rief Al-Bahir und diesmal brüllte er geradezu. Die Dienerinnen, die ihrem Gespräch nicht gefolgt waren, sahen neugierig auf. Al-Bahir nahm sich zusammen und beherrschte seine Stimme nur mühsam, als er nochmals scheinbar harmlos fragte: »Was für ein Papier?«
Skalg zuckte mit den Schultern und gab keine Antwort. Al-Bahir trank durstig einen großen Schluck Wein, und erst als die Dienerinnen wieder gelangweilt ihren Arbeiten nachgingen, fragte er sanft, wobei seine Augen wieder gefährlich glitzerten: »Und dieses Papier, diese ... Gedächtnisstütze, hast du sie bei dir?«
»Ich?«, fragte Skalg zurück. »Bewahre, nein. Was du nur denkst. Solche Papiere verdienen es, gut aufbewahrt zu werden. An einem verschwiegenen Plätzchen, wenn du verstehst, was ich meine. Als Sicherheit. Es kommt nämlich manchmal vor, dass man froh ist um solche Sicherheiten.«
Al-Bahir sah ihn finster an und sie konnten deutlich sehen, dass er mit sich kämpfte. Doch noch gab er sich nicht geschlagen. »Sicher aufbewahrt also, gut, sehr gut. Und natürlich weißt du, wo aufbewahrt. Aber sonst weiß es keiner. Es soll ja eine Sicherheit sein. Für dich und nicht für andere. Da wäre es doch schade, wenn dir etwas ... zustößt. Dann könntest du ja gar keinen Gebrauch mehr von deiner ... Sicherheit machen.«
Die Gefährten sahen Skalg an. War er zu weit gegangen? War das Spiel aus? Doch Skalg zeigte keinerlei Furcht. Gelassen betrachtete er den monströsen Mann, der sich

ihm gegenüber wie eine Schlange wand und nur auf den günstigsten Augenblick zu warten schien, um zuzustoßen und sie mit seinem Gift zu verderben.
»Ja, Borgard«, sagte Skalg schließlich. »So weit ist es also mit uns beiden gekommen. Früher war das mal anders. Da hatten wir es nicht nötig, solche Spiele zu spielen.«
Borgard, der sich hier Al-Bahir nannte, hob seine fetten Schultern, so als wollte er zeigen, wie gleichgültig ihm Skalgs Bemerkung war, und sie konnten sehen, dass er sich schon als Sieger sah. Doch Skalg ließ ihm keine Zeit, seinen Triumph auszukosten.
»Borgard«, sagte er und er sprach dabei so leise, dass sich alle anstrengen mussten um ihn zu verstehen, »ich habe da ein Problem. Vielleicht kannst du mir helfen, es zu lösen. Es betrifft dieses ... Papier. Weißt du, ich habe mir Folgendes gedacht: Wenn ich dieses Papier zum Beispiel hier ganz in der Nähe, irgendwo am Hof des Nabul Khan, in sicheren Händen selbstverständlich, lassen würde, bei jemandem, der mir einen Dienst schuldig ist, und wenn ich vereinbaren würde, dass, wenn mir etwas zustößt, dann dieses Papier von diesen sicheren Händen, nur zum Beispiel, Nabul Khan zugespielt würde, glaubst du dann nicht auch, dass dieses Papier für mich und meine Gefährten eine gewisse ... Sicherheit garantiert?«
Wenn Al-Bahirs Gesicht bisher von krankhafter Blässe gewesen war, so wurde es jetzt von einem schmutzigen Grau überzogen. Das Blut wich aus seinen Lippen. Er beugte sich mit einer Heftigkeit vor, die sie seinem massigen Leib niemals zugetraut hätten, und zischte: »Hier? Am Hof? Bist du verrückt? Nein, du musst lügen. Du machst mir doch was vor?!«
Skalg schwieg und ließ ihn eine Weile zappeln. Dann meinte er ruhig: »Das musst du entscheiden, Borgard. Vielleicht ist es so, vielleicht nicht. Du hast die Wahl.«

Borgard sank in die Kissen zurück. Doch er ließ Skalg nicht aus den Augen. »Das kann nicht sein«, flüsterte er kaum vernehmlich. »Oder doch? Ich traue dir das zu, du Hund. Verdammt noch mal, ich traue dir das zu.«
»Also?«, fragte Skalg. »Wirst du uns die Gefälligkeit erweisen, um die wir dich bitten ... Al-Bahir?«
Al-Bahir schloss die fetten Augenlider. Es sah aus, als würde er schlafen. Doch sie waren sich sicher, dass die Gedanken durch seinen Kopf jagten. Fast hätten sie Mitleid mit ihm gehabt, wenn er sich nicht selbst als so mitleidlos erwiesen hätte. Er musste Höllenqualen ausstehen. Wenn Skalg ihn belogen hatte, dann würde er sich mit der Gefälligkeit, um die Skalg ihn bat, in Gefahr bringen. Denn er konnte sich nur zu gut ausmalen, was die Diebe im Schilde führten. Wenn Skalg hingegen nicht gelogen hatte, wenn sich dieses für ihn so fatale Papier wirklich am Hof Nabul Khans befand, dann ... dann war er verloren, wenn Skalg auch nur ein Haar gekrümmt wurde. Wie würde er sich entscheiden?
Lange lag er reglos in den Kissen. Doch plötzlich öffnete er ruckartig die Augen, und während er weiterhin nur die Zeltdecke anstarrte, rief er: »Hamarr!«
Die Freunde hielten den Atem an. Hamarr trat durch den Vorhang, näherte sich ehrerbietig dem Lager Al-Bahirs, verneigte sich tief und fragte ohne sich aufzurichten: »Was wünscht Ihr, mein Gebieter?«
»Weist meinen Gästen ein bequemes Zelt zu und lasst es ihnen an nichts fehlen. Hörst du, Hamarr? Ihr Wohlergehen liegt mir sehr am Herzen. Du haftest mit deinem Kopf dafür, dass ihnen kein Leid geschieht.«
Hamarr richtete sich auf und warf den Gefährten einen erstaunten Blick zu. Doch antwortete er nur: »Wie Ihr wünscht, mein Gebieter.«
»Gut, ja, so ist es gut, so wünsche ich es«, hörten sie Al-

Bahir sagen. Immer noch starrte er die Zeltdecke an und einen Augenblick wussten sie nicht so recht, was sie tun sollten. Auch Hamarr stand verwirrt da und blickte auf den Rat des Äußeren Hofes, an dessen Verstand man zweifeln musste.

Plötzlich hob Al-Bahir einen Arm, wedelte mit der Hand, so als wolle er eine lästige Fliege verscheuchen, und sagte seufzend: »Ich bin müde. Lasst mich jetzt allein. Du hast gehört, was ich gesagt habe. Mit deinem Kopf. Also geht jetzt. Ich brauche Ruhe. Ruhe und Schlaf. Traumlosen Schlaf, wenn mir die Götter hold sind.«

Hamarrs Gesicht sprach Bände. Doch er beherrschte sich, forderte die Freunde mit einem Wink auf ihm zu folgen und führte sie vor das Zelt. Als sie unter dem sternenklaren Himmel standen, atmete er in vollen Zügen die kühle Nachtluft ein und schüttelte immer wieder den Kopf. Doch er machte keine Bemerkung zu dem Vorgefallenen, sondern brachte die Gäste wortlos in ein nahe gelegenes Zelt, in dem sie alles vorfanden, was ihnen eine Nacht versprach, die weitaus angenehmer sein würde als ihre erste in der Wüste. Dicke Teppiche, weiche Kissen, brennende Ölbecken, die einen wohlriechenden Duft verströmten, und zwei Dienerinnen, die ihnen jeden Wunsch von den Augen ablasen.

Hamarr wünschte ihnen eine gute Nacht und zog sich zurück. Sie waren sich aber sicher, dass er in ihrer Nähe bleiben und gut auf sie achten würde. Immerhin ging es um nicht weniger als seinen Kopf. So war aus ihrem Wächter in kurzer Zeit ihr Beschützer geworden.

Als die Dienerinnen sahen, dass es den Gästen an nichts mangelte, zogen sie sich so lautlos zurück, dass sie es kaum bemerkten. Wie zwei Schatten schienen sie sich in Luft aufzulösen.

Kaum waren sie fort, da breitete Niem die Arme weit aus, ließ sich rücklings in die Kissen fallen und so etwas wie ein leises Winseln hören.
»Gehts dir nicht gut?«, brummte Issur. »Oder hast du den Verstand verloren?«
»Und ob ich den Verstand verloren habe«, stöhnte Niem. »Sag bloß nicht, dass es dir besser ergangen ist. Bei allen Geistern meiner Ahnen, nie werde ich dieses Gespräch vergessen. Keine Folter dieser Welt kann schrecklicher sein. Ich habe abwechselnd tausend Messer und tausend streichelnde Hände an meinem Hals gespürt. Skalg, Skalg, was tust du uns an? Dein wohlgesinnter Rat des Äußeren Hofes, Al-Bahir, dieser wandelnde Mehlsack, ich sage dir, Skalg, das ist die Bestie, die von nun an meine Albträume bewohnen wird.«
Sie konnten nicht anders. Obwohl auch ihnen dieses Wechselbad der Gefühle, dem sie so glücklich entronnen waren, noch in den Knochen steckte, brachen sie in ein befreiendes Lachen aus. Sie wiederholten Stellen des Gespräches zwischen Skalg und Al-Bahir, und selbst Niem überschüttete den Einäugigen mit Lob und Bewunderung.
»Wer ist denn dieser Al-Bahir?«, wollte Klut schließlich wissen. »Warum hast du ihn Borgard genannt?«
»Du hast ja seine Hautfarbe gesehen«, erwiderte Skalg. »Er gehört nicht zu den Madani. Er ist vor vielen Jahren in die Dienste Nabul Khans getreten und hat sich hochgedient. Als ich ihn kennen lernte, war er ein einfacher Söldner. Aber wie ihr seht, hat er es bis zum Rat des Äußeren Hofes gebracht. Nicht schlecht für diesen Halsabschneider!«
»Kaum zu glauben, dass solch ein Fettsack jemals ein Schwert geführt hat«, staunte Niem. »Der kann doch nicht mal eine Wurst schneiden, ohne sich den Finger

abzuhacken. Unvorstellbar, wie man nur so dick werden kann!«
»Och, mit ein bisschen besserer Ernährung würdest du auch so zulegen können«, meinte Issur.
Niem schlug mit der Hand nach Issur, der nur gutmütig lachte. Dann machte er es sich in den Kissen bequem, zog eine Decke über sich und schon bald hörten sie ein Schnarchen von ihm, das selbst Issur Ehre gemacht hätte. Die anderen taten es ihm gleich und es war wirklich eine Wohltat, einmal nicht auf dem harten Boden schlafen zu müssen. Auch wenn sie um nichts in der Welt ihr Leben mit den weichen Kissen Al-Bahirs getauscht hätten, waren sie in dieser Nacht doch dankbar dafür. Die Wüste und die Begegnung mit der Falschheit dieser höfischen Welt hatten sie erschöpft. Heute Nacht gewährte ihnen diese Welt einen unerwarteten Schutz, den sie nutzten, um wieder zu Kräften zu kommen. Sie ahnten, dass sie diese Kraft noch nötig haben würden, um Nabul Khan entgegentreten zu können.

12
Nabul Khan

Als sie am nächsten Morgen ausgeruht erwachten, tauchten die zwei Dienerinnen wieder auf und trugen große Bottiche herein, in denen sich die Gäste den Staub der letzten Tage abwaschen konnten. Niem begrüßte sie mit glühenden Blicken, streichelte ihnen das Kinn und bedachte sie mit allerlei Kosenamen. Dann streifte er sein

Wams ab und ließ vor ihren Augen seine Muskeln spielen. Die Dienerinnen kicherten hinter vorgehaltenen Händen und versuchten kreischend den Wasserspritzern zu entgehen, mit denen er sie bedachte.
Skalg, Klut und Issur taten es ihm gleich und genossen das saubere, kühle Wasser. Auch N'Nuri zögerte nicht, den Oberkörper zu entblößen und sich vor ihren Augen zu waschen. Klut schaute verlegen zur Seite, doch Skalg, Issur und selbst Niem schienen N'Nuris Nacktheit keine Aufmerksamkeit zu schenken. Es war, als würden sie N'Nuri nicht als Frau sehen, oder wenn sie es doch taten, sich von ihr nicht angezogen fühlen. Klut dachte an den Blick, den sie ihm über den Schatzkammern von Derbakir zugeworfen hatte, und konnte seine Freunde verstehen.
Nachdem sie sich gewaschen und ihre Kleider mit Hilfe der beiden Dienerinnen halbwegs geflickt hatten, nahmen sie eine schnelle Mahlzeit zu sich und traten dann neugierig vor ihr Zelt. Draußen waren viele Hände dabei, alles für den Aufbruch vorzubereiten. Es war noch früher Morgen, doch überall wurden die Tiere getränkt und versorgt, Zelte abgebaut und Lasten aufgeladen. Der reisende Hof schien sich auf einem unentwegten Feldzug zu befinden, in dem eine strenge Disziplin die täglichen Verrichtungen regelte.
Hamarr trat ihnen entgegen und erkundigte sich nach ihren Wünschen.
»Wir wollten uns nur ein wenig umsehen«, sagte Skalg. »Und natürlich haben wir uns gefragt, ob Al-Bahir schon etwas in unserer Sache unternehmen konnte.«
»Wie ich hörte, hat er bereits Fender-Bai aufgesucht«, erwiderte Hamarr knapp. Man sah ihm an, dass er sich über das schnelle Handeln seines sonst sicher recht schwerfälligen Gebieters zu wundern schien. Mit desto

neugierigeren Blicken bedachte er die Fremden, die eine solche Wirkung auf Al-Bahir ausübten, dass er sich nicht nur sonderbar benahm, sondern auch seine Gewohnheiten über den Haufen warf.
»Fender-Bai?«, fragte Niem. »Wer ist das?«
»Der dritte Rat des Inneren Hofes«, antwortete Hamarr.
»Oh, der dritte«, meinte Niem. »Fehlt da nicht eine Himmelsrichtung? Ihr teilt die Räte doch nach Himmelsrichtungen ein, oder?«
Hamarrs Gesicht verfinsterte sich. Er mochte diesen Zwerg und seine scharfe Zunge nicht. Doch er war einer der Gäste Al-Bahirs. Auch ihm durfte kein Haar gekrümmt werden.
»Nur die Räte des Äußeren Hofes«, sagte er. »Die Räte des Inneren Hofes werden nach den drei Stufen zu Nabul Khans Thron benannt.«
»Hoppla, dann hat Al-Bahir ja zwei Stufen übersprungen«, rief Niem. »Na, das hätte ich dem alten ... ich meine, Eurem Gebieter aber nicht ... äh, zugetraut.«
Hamarr runzelte die Stirn über Niems Respektlosigkeit. Doch schluckte er seinen Ärger hinunter und meinte nur: »Ja, er hatte es sehr eilig und ist gleich bei Fender-Bai vorstellig geworden.«
»Sehr gut«, sagte Niem und rieb sich die Hände. »Das hört man gern. Die Dinge kommen ganz schön ins Rollen.«
»Ihr scheint es ja nicht erwarten zu können, Nabul Khan Eure Dienste anzubieten«, sagte Hamarr und sah den Zwerg misstrauisch an.
Doch Niem grinste nur und erwiderte: »Was erwartet Ihr? Wir haben es nun einmal nicht gern, so viele verschlossene Türen vorzufinden. Da mag es schon den Anschein haben, dass wir es eilig haben.«
Skalg hielt die Luft an. Mit solchen Zweideutigkeiten

brachte Niem es noch fertig, ihnen allen ein Grab zu schaufeln. Er warf ihm einen warnenden Blick zu.
Klut war nicht weniger über Niems Worte erschrocken und so sagte er rasch: »Die Madani, von denen Ihr gesprochen habt, scheinen ein mächtiges Volk zu sein, dass sie so viele Männer entbehren können, die mit Nabul Khan ziehen.«
»Meint Ihr?«, fragte Hamarr. »So viele Reiter sind wir auch wieder nicht.«
»Wieso Reiter?«, wunderte sich Klut. »Ich sprach vom ganzen reisenden Hof. Das müssen doch Tausende sein.«
»Ach, das meint Ihr«, erwiderte Hamarr. »Aber Ihr irrt Euch, wenn Ihr denkt, dass alle hier meinem Volk angehören. Nur die Reiter sind Madani. Die Treiber und Diener des Äußeren Hofes stammen aus dem Volk der Oguren. Und dann gibt es noch die Leibgarde Nabul Khans, die wie er und die Räte, bis auf Al-Bahir natürlich, Tarkaner sind. Uns Madani und den Oguren ist der Zutritt in den Inneren Hof verboten. Nur die Tarkaner dürfen sich Nabul Khan nähern und ihm dienen.«
»Dann meint Ihr, dass wir gar nicht in Nabul Khans Nähe sein werden, selbst wenn er unsere Dienste annimmt?«, fragte Niem und die Enttäuschung über diese Aussichten stand ihm ins Gesicht geschrieben.
Hamarr zuckte mit den Schultern. »Wer weiß?«, entgegnete er. »Kommt vielleicht darauf an, was Ihr zu bieten habt. Kann sein, dass Nabul Khan einen Spaßmacher brauchen kann, wie Ihr es zu sein scheint.«
Niem wurde weiß vor Wut. Er begriff nur zu gut, was Hamarr damit sagen wollte. Er, der Zwerg, sollte den Hofnarren spielen. Seine Hand zuckte zum Messer und nur Skalg, der rasch zwischen die beiden trat, konnte das Schlimmste verhindern. Scheinbar absichtslos nahm er Hamarr am Arm, führte ihn einige Schritte zur Seite und

fragte: »Habt Ihr selbst denn Nabul Khan noch nie zu Gesicht bekommen?«
»Doch«, erwiderte Hamarr, der Skalgs Hand unwillig abschüttelte. »Ein- oder zweimal. Aber nur von weitem. Wenn er die Tarkaner in den großen Schlachten anführt, dann ist es schon möglich, einen Blick auf ihn zu erhaschen.«
»Er kämpft selbst?«, rief Skalg erstaunt. »Nabul Khan? Und die Tarkaner? Und Ihr und Eure Reiter? Was ist mit Euch?«
»Wir sind die Wächter des Hofes«, erwiderte Hamarr, der Skalgs Frage nicht zu verstehen schien.
»Und in der Schlacht?«
»Was sollte da sein?«, fragte Hamarr zurück. »Schlachten sind nicht unsere Sache. Das würde auch keiner meines Volkes wagen. Tarkaner kämpfen nur mit ihresgleichen zusammen.«
»Dann war unsere Reise ja umsonst«, entfuhr es Skalg. »Und ich dachte, wir könnten uns Nabul Khan anschließen.«
Die Gefährten sahen sich enttäuscht an. Sie kamen sich auf einmal unendlich lächerlich vor. All der Aufwand, der lange Weg, die Wüste, die Begegnung mit Al-Bahir, all das war vergeblich gewesen.
»Na ja, ganz so ist es auch wieder nicht«, sagte in diesem Augenblick Hamarr. »Früher, ja früher hätte ich es für gänzlich ausgeschlossen gehalten. Aber die Zeiten haben sich geändert. Seitdem wir nach Westen reiten, scheint Nabul Khan nach guten Kriegern Ausschau zu halten. Es steht wohl eine besondere Schlacht bevor. Mancher von diesen Söldnern wurde in die Gemeinschaft der Tarkaner aufgenommen, wenn ... wenn er die Prüfung bestanden hat.«
Die Freunde, deren Hoffnung eben wieder erwacht war,

sahen ihn fragend an. »Welche Prüfung?«, wollte Skalg wissen.
»Genaueres weiß ich auch nicht«, erwiderte Hamarr. »Ich habe nur davon reden hören.«
»Und was geschieht mit denen, die die Prüfung nicht bestehen?«, fragte Niem.
»Die müssen gegen Korak antreten«, antwortete Hamarr. »Danach wissen sie, wie viele Knochen ihnen gebrochen werden können und wie lange das Sterben dauern kann. Ah«, fuhr er seufzend fort, »wie gerne würde ich so einen Kampf miterleben.«
»Na, Ihr habt vielleicht Wünsche«, meinte Niem und schüttelte sich.
Einer der Reiter der Madani trat zu Hamarr und flüsterte ihm etwas zu. Hamarr nickte und sah die Gefährten erstaunt an. »Fender-Bai, der dritte Rat des Inneren Hofes, wünscht euch zu sehen. Heute Morgen, noch vor dem Aufbruch. Das ist ... ungewöhnlich. Niemand ist bisher so schnell vorgelassen worden. Vielleicht habe ich euch doch unterschätzt.«
»Und ob Ihr das habt!«, rief Niem und grinste über das ganze Gesicht. »Es wurde auch Zeit, dass Ihr das einseht.«
Doch Hamarr ließ sich von diesen Worten Niems nicht mehr aufstacheln. Er drehte sich um und führte sie durch die Reihen der Kamele immer tiefer in die inneren Bereiche des riesigen Feldlagers. Bald hatten sie die Kamele hinter sich gelassen und erreichten die ersten Elefanten. Keiner von ihnen, nicht einmal Skalg, war diesen Dickhäutern jemals so nahe gekommen. Scheu betrachteten sie die gewaltigen Leiber dieser Ungetüme, deren Kraft sie in Erstaunen versetzte.
Hier verabschiedete sich Hamarr von ihnen und übergab die Führung der Gefährten drei Männern, die schon auf

sie gewartet hatten. Das mussten die Tarkaner sein, von denen Hamarr gesprochen hatte. Die Männer waren streng gekleidet und gepanzert und jeder von ihnen trug zwei Schwerter. Ihre Gesichter wiesen eine Farbe auf, die am ehesten noch mit den Stoßzähnen der Elefanten zu vergleichen war. Die schräg geschnittenen Augen waren schwarz und sahen den Fremden mit einer Härte entgegen, die Ungutes verhieß. Von nun an würde der kleinste Fehler ihr Verhängnis sein. Diese Männer kannten keine Milde oder Gnade.
Mit knappen Worten forderte einer der drei Tarkaner sie auf ihm zu folgen. Wieder gingen sie an Zelten vorbei, die gerade abgebaut wurden. Wie Hamarr gesagt hatte, wurden alle Arbeiten nur von Tarkanern ausgeführt. Nur sie verstauten die Zelte und Vorräte auf den Elefanten oder versorgten ihre Pferde. Andere Bedienstete waren nicht zu sehen.
Sie machten vor einem Zelt Halt, bei dem der Abbau noch nicht begonnen hatte. Es war groß, aber schlicht und aus einem einfachen, groben Stoff. Als sie das Zelt betraten, fanden sie keine Teppiche und keine weichen Kissen vor. Nichts von dem Luxus, den sie in Al-Bahirs Unterkunft gesehen hatten. Es war groß und lang gestreckt und nur wenige Gerätschaften waren zu sehen. Am anderen Ende des Zeltes entdeckten sie Al-Bahir, der unglücklich und unbequem auf einer viel zu schmalen Sitzbank hockte. Neben ihm stand ein hoch gewachsener Mann, der den Fremden ruhig entgegenblickte.
Als sie näher traten, erkannten sie, dass es sich bei diesem Mann um einen der Tarkaner handelte. Auf den ersten Blick schien ihn nichts von den Männern zu unterscheiden, die sie hierher gebracht hatten. Er war wie sie gekleidet und gepanzert und trug ebenfalls an jeder Seite ein Schwert. Und doch spürten sie, dass er

mehr sein musste als ein gewöhnlicher Krieger. Man konnte ihm ansehen, dass er gewohnt war, jeden seiner Befehle augenblicklich ausgeführt zu sehen. Dies musste Fender-Bai sein, der dritte Rat des Inneren Hofes.
Auf einen Wink Fender-Bais entfernten sich die Tarkaner und verließen das Zelt.
Fender-Bai betrachtete sie lange schweigend und sie spürten, dass er sie wortlos prüfte. Dabei ließ er den Blick zwischen ihnen und Al-Bahir hin und her schweifen. Der massige Leib Al-Bahirs zitterte von der ungewohnten Anstrengung, mit der er sich auf seinem unbequemen Sitz hielt. Und wieder rannen große Schweißtropfen über sein Gesicht, über das er von Zeit zu Zeit mit einem seidenen Tuch fuhr.
»Ihr seid also gekommen, um Nabul Khan eure Dienste anzubieten«, sagte Fender-Bai unvermittelt. Seine kräftige Stimme klang freundlich. Doch sie spürten, dass diese Freundlichkeit nur die Oberfläche war, unter der sich unerbittliche Strenge verbarg.
Skalg verneigte sich und erwiderte: »Ja.«
»Und ihr glaubt, dass ihr so zu kämpfen versteht, dass ihr es wert seid, Tarkaner zu werden?«, fragte Fender-Bai.
Wieder antwortete Skalg nur mit einem knappen Ja. Die Freunde wunderten sich über ihn. Hatte es ihm die Sprache verschlagen? Er war doch sonst nicht um Worte verlegen.
Doch Fender-Bai schien die Wortkargheit Skalgs zu gefallen. Wieder einmal hatte sich Skalgs Gespür für die Erwartungen seines Gegenübers als untrüglich erwiesen. Er hatte eine beinahe unheimliche Fähigkeit, das zu sagen, was sein Gegenüber gerne hören wollte.
Fender-Bai wandte sich an Al-Bahir und sagte: »Ich werde deine Freunde zu Nabul Khan vorlassen. Schon morgen, wenn die Tarkaner vor ihn treten.«

Al-Bahir atmete erleichtert auf. Doch er beeilte sich zu sagen: »Ach, Freunde, wisst Ihr, das eigentlich nicht. Ich kenne nur einen von ihnen ... flüchtig, wie ich sagte. Von früher her.«
»Nun, Ihr habt Euch für sie verwendet«, sagte Fender-Bai scharf.
Al-Bahir wand sich. »Ja, das habe ich. Aber Menschen ändern sich. Ich sagte es ja, es ist lange her, dass ich einen von ihnen gekannt habe.«
»Ihr erstaunt mich, Al-Bahir«, meinte Fender-Bai und musterte ihn nachdenklich. »Wollt Ihr damit sagen, dass die Fremden es nicht wert sind, vor Nabul Khan zu treten?«
»Nein, nein«, rief Al-Bahir mit seiner hohen Stimme. »Ich meinte nur, ich kann nicht wissen, was später daraus wird.«
»Das soll wohl heißen, dass Ihr dafür keine Verantwortung tragen wollt«, erwiderte Fender-Bai. »Nun, lasst das nicht Eure Sorge sein. Die Prüfung wird über Eure ... Bekannten richten. Ihr könnt gehen.«
Al-Bahir erhob sich ächzend. Es war ihm deutlich anzusehen, dass er so schnell wie möglich hier wegwollte, doch zugleich mit Schrecken an den weiten Weg dachte, der ihm bevorstand. Und weit und breit war niemand zu sehen, der ihm zu Hilfe eilte. Er warf Skalg noch einen letzten, giftigen Blick zu, dann wankte seine bemitleidenswerte Gestalt langsam durch das Zelt und verschwand durch den Ausgang.
»Ihr habt gehört, was ich gesagt habe«, wandte sich Fender-Bai an die Gefährten. »Morgen werdet ihr Nabul Khan sehen. Und ich hoffe für euch, dass eure Absichten ehrenhaft sind.«
»Wir danken Euch, Herr«, erwiderte Skalg und verneigte sich erneut.

»Gut«, entschied Fender-Bai. »Ihr könnt gehen. Man wird sich um euch kümmern.«
Sie verließen das Zelt und wurden vor diesem wieder von Tarkanern in Empfang genommen. Diese führten sie zu ihren Pferden, die inzwischen in den Inneren Hof gebracht worden waren. Freudig begrüßte Bero seinen Herrn. Klut streichelte ihn und schwang sich in den Sattel, froh darüber, diesen vertrauten Platz wieder einnehmen zu können.
Die letzten Zelte wurden abgebaut und alles war zum Aufbruch bereit. Langsam setzte sich der schwere Tross in Bewegung und wagte sich weiter und weiter in die Wüste hinein. Doch die Gefährten, die sich im Inneren des reisenden Hofes befanden, spürten kaum etwas von der feindlichen Umgebung. Zwar hatten ihre Pferde Sand unter den Hufen statt fester Erde, doch rings um sie herrschte eine Betriebsamkeit und Lebendigkeit, die die tödliche Umarmung der Wüste von ihnen fern hielt.
Klut beobachtete die Tarkaner. Sie verrichteten ihren Dienst mit einer Schweigsamkeit und Strenge gegenüber sich selbst, die ihn mit Bewunderung erfüllte. Er hatte das Gefühl, dass sie sogar die geringste Arbeit ausführten, als würden sie mit dem Schwert kämpfen.
»Sie sind anders als alle Krieger, die ich je kennen gelernt habe«, meinte Klut zu Skalg, der neben ihm ritt. »Kein Lachen, keine groben Scherze, keine Streitigkeiten und Pöbeleien.«
»Ich weiß, was du meinst«, entgegnete Skalg. »Ich habe so etwas Ähnliches schon einmal erlebt. Es ist allerdings lange her. Auf einer meiner Fahrten bin ich in den Bergen auf eine Gemeinschaft von Männern gestoßen, die alle Tage mit Arbeit und Gebeten verbrachten. Die Tarkaner erinnern mich sehr an diese Männer, die sich selbst als Ordensgemeinschaft bezeichneten. Nur wenn

die Tarkaner ein Orden sind, dann einer des Schwertes und nicht des Gebetes.«
»Es gibt keine Frauen hier«, sagte Niem, der ihnen zugehört hatte. »Nicht ein einziges hübsches Lärvchen.«
Niem hatte Recht. Weit und breit war kein weibliches Wesen zu sehen. Und Skalgs Vermutung, dass die Tarkaner in einer Art Ordensgemeinschaft lebten, bestätigte sich umso mehr.
Der Tag verging schnell. So viel Ungewohntes und Neues gab es für sie zu sehen, dass sie kaum merkten, wie die Zeit verflog. Den ganzen Tag verbrachten sie auf dem Rücken ihrer Pferde, ohne dass der reisende Hof eine Rast einlegte. Sie aßen und tranken auf ihren Tieren und verfolgten dabei das Geschehen um sich mit neugierigen Blicken.
Niem, der anfangs so sehr unter der Abwesenheit schöner weiblicher Augen litt, entdeckte im Laufe dieses Tages eine neue Leidenschaft: die Elefanten. Er konnte sich nicht satt sehen an ihren riesenhaften Gestalten, und als das erste Mal einer von ihnen seinen Rüssel hob und laut trompete, war es ganz um ihn geschehen. Bald ging er den Freunden mit seiner neuen Schwärmerei auf die Nerven. Er rühmte die Kraft und Geschicklichkeit der grauen Riesen, malte sie wortreich und in leuchtenden Farben aus, als wären seine Freunde blind und hätten das, was er so leidenschaftlich beschrieb, nicht beständig selbst vor Augen.
Bis Skalg endlich genug davon hatte und knurrte: »Sie hassen Zwerge.«
»Was?«, rief Niem, der sich nur ungern unterbrechen ließ.
»Ich sagte, sie hassen Zwerge«, wiederholte Skalg.
»Wie kommst du darauf?«, fragte Niem.
»Sie haben Angst, dass sie ihnen in den Rüssel kriechen,

so wie Mäuse, die sie fürchten wie die Pest«, antwortete Skalg.
Niem schnappte nach Luft vor Wut. Doch die Botschaft war selbst für seinen blinden Eifer deutlich genug gewesen. So schwieg er endlich und verschonte seine Freunde mit weiteren Lobeshymnen.
Als es Abend wurde, war das, was nun folgte, bereits ein vertrautes Bild für sie. Rings um sie wurde das Nachtlager errichtet. Zelte erstanden von neuem und Feuer, die mit Kameldung genährt wurden, prasselten in der zunehmenden Dunkelheit. Wieder wurde ihnen ein Zelt zugewiesen, in dem sie die Nacht verbringen sollten. Doch diesmal war die Einrichtung karg und sie fanden nur ein paar einfache Decken vor.
»Ich frage mich, ob dieser Nabul Khan wirklich so ein fetter Kuchen ist, wie du gesagt hast, Skalg«, seufzte Niem und machte sich auf dem harten Boden ein Lager zurecht, so gut es eben ging.
»Zelte können Ohren haben«, fauchte Skalg ihn an.
Niem warf den Zeltwänden misstrauische Blicke zu, dann rollte er sich unter seiner Decke zusammen und schon bald war wieder sein Schnarchen zu hören.
Klut konnte lange nicht einschlafen. Eine sonderbare Unruhe erfüllte ihn. Doch es war nicht die Furcht vor dem nächsten Tag, an dem sie vor Nabul Khan treten würden, was ihn bewegte. Und auch die geheimnisvolle Prüfung, die auf sie wartete, beunruhigte ihn nicht. Es war etwas anderes. Er spürte, dass etwas Entscheidendes bevorstand. Etwas, das mit seiner Suche nach Thalis zu tun hatte.
Er erhob sich leise und verließ das Zelt. Zuerst wusste er nicht, was er tun sollte, doch dann trat er zu Bero und lehnte sich an den Hals des Pferdes. Das Tier schien die Unruhe seines Herrn zu spüren. Es wandte den Kopf

nach ihm um und schnaubte ihm ins Gesicht. Klut lächelte und flüsterte: »Ja, Bero. Wir sind weit gekommen, wir beide. Aber ich fürchte, dass uns immer noch ein weiter Weg bevorsteht.«
Die Nähe des vertrauten Gefährten tat ihm wohl. Lange stand er schweigend da und die Wärme des großen Tieres schützte ihn vor der Kälte der Nacht. Allmählich legte sich die Unruhe in seinem Inneren. Wenn ihn etwas erwartete, das entscheidend sein würde, dann hatte dies doch sein Gutes. Es würde ihn weiterbringen, ein Stück weiter auf seinem Weg.
Er ging ins Zelt zurück und hüllte sich in seine Decke. Endlich fielen ihm die Augen zu und er schlief ein.
Doch diese Nacht wurde kürzer, als sie es erwartet hatten. Unsanft wurden sie aus dem Schlaf gerissen. Raue Hände schüttelten sie und barsche Stimmen befahlen ihnen, sich für Nabul Khan bereitzumachen.
»He, was soll das? Was ist das denn für eine Art, mit seinen Gästen umzugehen? Es muss doch noch mitten in der Nacht sein«, schimpfte Niem und reckte sich gähnend.
Doch niemand beachtete seinen Protest und so folgten sie den Tarkanern vor das Zelt. Der Himmel war sternenklar und am Stand der Sterne konnten sie erkennen, dass die Dämmerung noch weit war. Warum weckte man sie so früh?
Es war Issur, der eine Erklärung für das Verhalten der Tarkaner hatte. »Ich hatte mich schon gewundert, als dieser Fender-Bai sagte, dass Nabul Khan so was wie eine Heerschau veranstalten will. Dafür müssten sie doch anhalten. Und würden Zeit verlieren. Kostbare Zeit mitten in der Wüste.«
»Du hast zwar einen dicken Schädel, aber du könntest Recht haben«, meinte Niem nachdenklich. »Selbst ein

Nabul Khan kann die Wüste nicht in einen blühenden Garten verwandeln.«
»Oh, hört euch nur den Dichter an«, äffte Issur den Zwerg nach. »Willst du dich mit Skalg messen, Niem?«
Doch ausnahmsweise ließ sich Niem nicht von ihm reizen. Zu gespannt war er auf das, was sie erwartete.
Sie wurden von ihren Bewachern an den unruhig schlafenden Elefanten vorbei bis zu einer Reihe von Zelten geführt, die so dicht nebeneinander standen, dass sie wie eine Mauer erschienen. Sie betraten eines der Zelte, gingen hindurch und verließen es an seinem anderen Ende durch eine zweite Öffnung. Dann blieben sie stehen und blickten sprachlos vor Staunen auf den Anblick, der sich ihnen bot.
Die Zelte umrahmten einen weiten Platz, der von zahllosen Fackeln erhellt wurde. Die Freunde standen am Ende einer langen Gasse, zu deren Seiten die Tarkaner in Reih und Glied standen. Es waren viele, sehr viele. Sie konnten sie nicht so schnell zählen, aber sie schätzten für sich, dass gut zweitausend Krieger hier versammelt waren. Was für eine Armee! Gepanzert und bewaffnet und einer strengen Disziplin unterworfen, die sie zum verlängerten Arm eines einzigen mächtigen Mannes machte. Des Mannes, der am anderen Ende des Platzes erhöht thronte: Nabul Khan!
Eine Stimme forderte sie leise auf, vorwärts zu gehen. Langsam schritten die Freunde durch die breite Gasse, vorbei an den schweigenden Mauern der Tarkaner, deren dunkle Blicke ihren Weg begleiteten.
Auf einmal erkannten sie eine große Abteilung von Männern, die zwar die Kleidung und Panzer der Tarkaner trugen, doch offensichtlich keine waren. Sie hatten andere Hautfarben und waren anders bewaffnet. Die Gefährten sahen Säbel, lange Speere, stachlige Kugeln an

eisernen Ketten und breite Streitäxte. Dies mussten die Söldner sein, die Nabul Khan in die Reihen der Tarkaner aufgenommen hatte.
»Kennt ihr einen von denen da?«, fragte Skalg leise.
Sie musterten die Söldner aufmerksam, die ihre Blicke nicht weniger neugierig beantworteten.
»Nein«, flüsterte Niem zurück und die anderen schlossen sich ihm an. N'Nuri schüttelte stumm den Kopf.
»Das ist gut«, meinte Skalg und atmete erleichtert auf. »Es wäre mir gar nicht recht gewesen, ein bekanntes Gesicht zu sehen. Besser, niemand weiß, wer wir sind. Außer Al-Bahir natürlich. Aber der hat allen Grund, zu schweigen.«
Inzwischen hatten sie sich dem Thron Nabul Khans so weit genähert, dass sie den Fürsten im Fackelschein sehen konnten. Aufrecht saß er auf seinem Thron und seine mächtigen Arme ruhten auf den Lehnen des einfachen hölzernen Sessels. Drei Stufen führten zu seinem Sitz hinauf. Er musste groß sein, sehr groß, das war deutlich zu sehen, obwohl er auf dem Thron saß. Er trug dieselbe Kleidung wie jeder andere Tarkaner, aber seine Erscheinung erhob ihn weit über seine Krieger. Selbst Fender-Bai, der eben mit einer Verneigung zurücktrat, wirkte unscheinbar neben seinem Herrn.
Das breite Gesicht Nabul Khans schien wie aus Holz geschnitzt. Die schräg geschnittenen Augen sandten ein Feuer aus, das sie in seinen Bann zog. Und dieser Mann sollte alt und krank sein? Skalg musste sich irren oder falschen Gerüchten aufgesessen sein.
Zu Nabul Khans Rechten stand ein Mann, der ein wahrer Riese war, wohl zwei Köpfe größer noch als Issur. Und doch hatten sie ihn anfangs kaum bemerkt, so gewaltig war die Wirkung, die Nabul Khan auf sie ausübte. Jetzt aber wurde ihnen der Riese umso bewusster

und sie ahnten, dass dies Korak sein musste, der diejenigen so grausam bestrafte, die die Prüfung nicht bestanden. Doch was für eine Prüfung erwartete sie?
In diesem Augenblick geschah etwas, das sie zugleich erstaunte und erschreckte. »Eine Frau«, stieß N'Nuri plötzlich hervor und diese Worte, die so überraschend aus ihrem Mund kamen, klangen wie eine Warnung.
Jetzt sahen sie, was N'Nuri meinte. Zur Linken Nabul Khans stand eine schlanke Gestalt. Und diese Gestalt war so anders als alles, was sie am Hofe Nabul Khans bisher zu Gesicht bekommen hatten, dass ihr Anblick sie aus der Fassung brachte und auf sonderbare Weise wehrlos machte.
Es war eine Frau, wie N'Nuri gesagt hatte. Sie war zart gebaut und hatte langes Haar, das so hell war, dass es fast weiß erschien. Lose hingen diese Haare über ihren Schultern und ihre leichte Kleidung, mit der der Nachtwind spielte. Ihr Gesicht war fein geschnitten und wirkte erschreckend schutzlos und verletzlich. Dieser Eindruck wurde noch durch die harten Gesichter der Tarkaner, durch die Nähe der mächtigen Gestalt Koraks und der erdrückenden Ausstrahlung Nabul Khans verstärkt. Und doch schien sie zugleich seltsam unantastbar. Als wäre sie eine Geistererscheinung, flüchtig und unfassbar. Was sie auch war, sie war eine Fremde hier, wie ein Wesen aus einer anderen Welt, das nicht hierher, nicht an diesen kriegerischen, rauen Ort gehörte.
»Sie ist es!«, rief Silas. »Ich weiß es. Sie ist es! Fenelon! Sie muss es sein!«
Er hatte lange geschwiegen. Doch jetzt brach es aus ihm heraus. Zu lange hatte das, was in ihm anwuchs, sich angestaut. Jetzt suchte sich das Erwachende etwas, das ihm Gestalt verleihen konnte, und es fand diese Frau, diesen Namen: Fenelon!

»Ja«, erwiderte die alte Marei. »Du hast Recht. Sie ist es. Und ich bin froh, dass du dir so sicher bist. Auch Klut konnte in diesem Augenblick nichts anderes denken. Fenelon!, hallte es in ihm wider. Jetzt begriff er seine Unruhe des vergangenen Abends. Dies war die entscheidende Begegnung, die ihn erwartet hatte. Er hatte sie gefunden. Endlich!
Zwei Lanzen senkten sich vor ihnen und versperrten ihnen den Weg. Es war nicht erlaubt, sich Nabul Khan weiter zu nähern. Sie blieben stehen und starrten auf die drei Gestalten, den grobschlächtigen Korak, den gewaltigen Nabul Khan und die sonderbare Lichtgestalt an seiner Seite.
Nichts geschah. Niemand sprach ein Wort oder unternahm den nächsten Schritt. Reglos sahen ihnen Korak, Nabul Khan und die unbekannte Frau entgegen. Doch es war eine Täuschung. Etwas geschah, etwas Unsichtbares, aber Klut fühlte es und Skalg auch.
»Das gefällt mir nicht«, flüsterte Skalg kaum hörbar. »Sie sieht uns so seltsam an. Ich habe das Gefühl, durchschaut zu werden.«
»Das muss die Prüfung sein, von der Hamarr und Fender-Bai gesprochen haben«, sagte Klut ebenso leise.
»Und ich dachte, die Prüfung sei ein Kampf«, erwiderte Skalg. »Das ist nicht gut. Das ist gar nicht gut.«
Die Augen der jungen Frau, die in einem leuchtenden Meergrün erstrahlten, wanderten langsam über die Gefährten. Schon hatten sie Skalg, Issur, Niem und N'Nuri erfasst und die vier spürten deutlich, dass sie für schlecht befunden wurden und die Prüfung nicht bestanden hatten. Diese Frau sah die Diebe in ihnen. Nichts konnte die Wahrheit vor ihr verbergen.
Dann aber traf ihr Blick auf Klut. Erst schien sie ihn wie die anderen für einen Dieb zu halten, doch dann weite-

ten sich ihre Augen und ihr Gesicht wurde so blass, dass es wie durchscheinend erschien. Schreck und Freude wechselten sich auf diesem Gesicht ab. Und sie konnte den Blick nicht von Klut abwenden, sondern verharrte auf ihm, als wollte sie nie wieder von ihm ablassen.
Alles um sie beide versank, das Heer, die Wüste, die Nacht und die Gegenwart. Sie kehrten zurück in die Vergangenheit, die sie verband. Und jeder wusste vom anderen, dass sie einander gefunden hatten.
Die Stimme Nabul Khans holte sie in die Gegenwart zurück. »Lia!«, stieß er ungeduldig hervor, mit einer Stimme, die wie Erz tönte. »Was ist?«
Ihr Gesicht wandte sich ihm zu, aber ihr Blick brauchte lange, sehr lange, um ihn wirklich zu sehen. Dann schüttelte sie den Kopf und sie sagte leise: »Ich ... weiß nicht.«
»Was soll das heißen?«, fuhr Nabul Khan auf und er schien überrascht zu sein. »Du weißt es nicht? Das ist noch nie geschehen. Was ist mit dir? Urteile über sie! Enttäusche mich nicht!«
»Ich kann nicht«, erwiderte die Frau. »Ich weiß, es ist das erste Mal, aber ich sehe nicht, wer sie sind.«
Nabul Khan sprang auf. Der Zorn ließ die Adern auf seiner Stirn anschwellen und er sah fürchterlich aus. »Das ist Verrat!«, brüllte er sie an. »Du belügst mich!«
Lia senkte den Kopf und schwieg.
»Was soll das?«, flüsterte Skalg. »Was geschieht da? Sie hat uns doch erkannt. Ich weiß es genau. Warum bringt sie ihr eigenes Leben in Gefahr? Klut?«
Doch Klut schwieg. Er atmete heftig und seine Hand umklammerte den Griff seines Schwertes. Er spürte, dass ihn nichts mehr halten würde, wenn Nabul Khan der Frau auch nur das Geringste antun würde. Denn das war seine Aufgabe: sie zu schützen. Mit seinem Leben. So war es immer gewesen und so war es auch jetzt.

Skalg begriff, was in Klut vor sich ging und welche Gefahr ihnen allen drohte. Und er handelte rasch. Er warf Niem einen wütenden Blick zu, stieß ihn heftig vor die Brust und fluchte laut: »Das sagst du nie wieder zu mir, du Giftzwerg! Oder ich mache dich noch kürzer, als du schon bist!«

Niem starrte ihn fassungslos an. Doch schon im nächsten Augenblick verstand er, dass Gefahr drohte, die Skalg zu diesem sonderbaren Tun trieb. Jetzt zeigte es sich, dass sie wie die Finger einer Hand waren. Er lief rot an, machte einen Luftsprung und schrie mit sich überschlagender Stimme: »Giftzwerg? Giftzwerg sagst du? Warte nur, bis dieser Giftzwerg dir auch noch dein anderes Auge ausreißt, du verdammter einäugiger Hundesohn!«

Schon mischte sich auch Issur ein. »Wollt ihr endlich aufhören, ihr Streithähne! Ich habe langsam genug von euch! Verdammt!«

Er packte Niem am Kragen, hob ihn hoch, schüttelte ihn wie einen jungen Hund und begann ihn dann in aller Gemütsruhe wie einen nassen Lappen Skalg um die Ohren zu schlagen.

»Was ist da los!«, hörten sie die donnernde Stimme Nabul Khans. »Was erlaubt ihr euch! Packt sie!«

Ein Dutzend Tarkaner warf sich auf die drei Tobenden und im Handumdrehen waren aus ihnen gut verschnürte Pakete geworden.

Nabul Khan verließ seinen Thron und näherte sich den Gefährten. Sein Gesicht war tief gerötet und er atmete schwer. Irgendetwas schien ihn aus der Fassung gebracht zu haben. Erst das Versagen Lias und nun das unglaubliche Verhalten dieser Fremden. Es war, als wären die Grundfesten, auf denen seine Macht ruhte, zum ersten Mal erschüttert worden. Und in diesem Augenblick

waren ihm Alter und Krankheit anzusehen. Seine Augen verrieten ihn. Noch immer strahlte er eine Kraft aus, die alle vor ihm klein und unbedeutend erscheinen ließ, aber diese Kraft hatte einen Riss bekommen.
Nabul Khan maß sie mit Blicken, denen sie kaum standzuhalten vermochten. Andere hätten gezittert, sich erniedrigt und vielleicht sogar lieber selbst den Tod gegeben, als diesen Blicken entgegenzutreten. Doch die Gefährten konnten sich behaupten. Sie spürten die Schwäche dieses mächtigen Mannes, die sich so überraschend gezeigt hatte, und Nabul Khan ahnte wohl, dass sie davon wussten.
Dann schien er sich entschlossen zu haben. »In die Käfige mit ihnen!«, befahl er. »Alle!«
Er wandte sich ab und kehrte zu seinem Thron zurück. Nur kurz blieb er vor Lia stehen, doch als sie seinem Blick die Antwort schuldig blieb, ging er wortlos davon. Harte Fäuste packten Klut und seine Gefährten und führten sie ab. Sie wussten nicht, was ihnen nun bevorstand, doch sie waren sich sicher, dass es nichts Gutes sein würde.

13
Issur

»Lia? Wieso Lia?«, fragte Silas. »Ich dachte, Fenelon ...?«
»Mit gleichem Recht könntest du auch fragen, warum Klut«, entgegnete Marei. »Oder warum ... Silas.«
Er sah sie verwirrt, ja, beinahe erschrocken an. Was sagte sie da? Doch im selben Augenblick wusste er, dass er von ihr keine Antwort auf diese Frage hören wollte. Er war noch nicht bereit dazu.
Marei schien zu spüren, welche Gedanken ihn bewegten. Leise sagte sie: »Später, Silas. Später.«
Silas sah sie dankbar an und lächelte scheu. In diesem Augenblick kam sie ihm wie eine Zauberin vor. Er dachte an die kleine Janna, die sich davor gefürchtet hatte, zu der Hexe Marei zu gehen. Es musste wohl Hexerei dabei sein, denn mit ihren Worten schien sie ihn zu verzaubern. Ihre Worte fesselten ihn, weckten in ihm das Verlangen, noch mehr zu hören, noch mehr von ihren Beschwörungen und Zaubersprüchen. Er überließ sich dem Bann dieser Worte und folgte ihrer Erzählung in eine Welt, die so weit entfernt schien und ihm doch so nah war.
Er sah die Gefährten in eisernen Käfigen, die von grauen Riesen durch die Wüste getragen wurden. Die Sonne brannte heiß auf die Gefangenen, die ihrer Glut in den engen Gefängnissen schutzlos ausgeliefert waren. Sie vermieden es, die Gitterstäbe mit bloßen Händen anzufassen, denn sie hätten sich an dem heißen Eisen verbrannt. Selbst dort, wo ihre Kleider die Stäbe berührten, spürten sie die Hitze, die durch den Stoff drang.
Skalg, N'Nuri und Niem waren zusammen in einen

Käfig gesperrt worden, während sich Klut und Issur einen zweiten teilen mussten. So saßen sie eng zusammengepfercht nebeneinander und konnten sich kaum rühren, ohne einander schmerzhafte Stöße zu versetzen. Klut nahm all dies wie in einem Traum wahr. Die Hitze, das Schaukeln des Käfigs auf dem Rücken des Elefanten, der Staub, der von Tausenden von Hufen, Schritten und stampfenden Beinen aufgewirbelt wurde, die Stimmen, Schreie, Tierlaute, die wie aus weiter Ferne zu ihm drangen. Vor seinen Augen sah er immer wieder dieselben Bilder, das Gesicht Fenelons, ihre Gestalt, ihre Augen und Gesten, den Augenblick, in dem sie ihn erkannt hatte und er sie, ihre Verwirrung und die Gefahr, die ihr von Nabul Khan drohte. Doch diese Gefahr war gebannt. Vorerst jedenfalls. Jetzt war er ganz ruhig und ... bereit. Er hatte sie gefunden, so wie Athos es vorausgesagt hatte. Mehr zählte nicht für ihn. Er war sich sicher, dass nichts mehr sie trennen würde. Was auch immer mit ihnen geschehen mochte. Aber was würde mit ihnen geschehen? Warum hatte Nabul Khan ihn und seine Gefährten in Käfige sperren lassen? Nun, das würde sich zeigen. Er konnte warten. Er hatte ja schon so lange gewartet. Auf sie! Auf Fenelon!
Gegen Mittag stöhnte Issur und knurrte: »Ich habs ja gewusst.«
»Was?«, fragte Klut, den Issurs plötzliche Worte in die Wirklichkeit zurückriefen.
»Dass mir auf diesen verdammten Riesenviechern schlecht wird. Ich bin schon ganz seekrank. Nur gut, dass sie uns hungern lassen, sonst würde noch ein Unglück geschehen.«
»Ich frage mich, was sie mit uns vorhaben«, dachte Klut laut nach. Es war nicht leicht zu sprechen. Die Zunge klebte ihm am Gaumen und die Lippen waren trocken.

Doch Reden ließ die Zeit schneller verstreichen. Und es machte die Ungewissheit erträglicher. »Immerhin scheinen sie nicht die Absicht zu haben, uns zu töten.«
»Bist du dir da so sicher?«, knurrte Issur. »Nichts zu essen und nichts zu trinken, das nenne ich einen langsam verrecken lassen.«
Ob Issur Recht hatte? Wollte sie Nabul Khan einfach verdursten lassen? Irgendwie konnte Klut das nicht glauben. Er hatte das sichere Gefühl, dass ihnen ein anderes Schicksal bevorstand.
»Warum habt ihr das getan?«, fragte er.
»Was?«
»Euch gestritten«, meinte Klut. »Vor Nabul Khan. Ihr müsst den Verstand verloren haben.«
»Wir?«, rief Issur empört. »Das ist doch die Höhe! Das war Rettung im letzten Augenblick! So sehe ich das! Oder kannst du mir vielleicht sagen, wieso du die Hand am Schwert hattest und drauf und dran warst, dich auf Nabul Khan zu stürzen?«
Doch Klut schwieg. Darauf gab es keine Antwort. Er konnte Issur nicht sagen, was geschehen war.
»Es hat mit dieser Frau zu tun, nicht wahr?«, brummte Issur.
Doch als Klut immer noch nichts sagte, seufzte Issur und ließ ihn in Ruhe. Es war zu heiß, um sich zu streiten oder anderen die Würmer aus der Nase zu ziehen.
Aber Kluts Worte schienen Issur doch zu ärgern und so meinte er schließlich: »Du kannst nicht uns die Schuld dafür geben, dass wir in diesen Käfigen sitzen. Skalg hat das einzig Richtige getan. Ohne ihn wären wir jetzt alle um einen Kopf kürzer.«
»Du hast ja Recht«, erwiderte Klut. »Ich mach euch keine Vorwürfe.« Dann fragte er unvermittelt: »Du bist schon lange mit Skalg zusammen?«

»Hmm«, brummte Issur.
»Über welcher Beute habt ihr euch denn getroffen?«, fragte Klut wieder.
Issur sah ihn überrascht an. »Ach, hat er dir diese Geschichte erzählt?«, meinte er gedehnt.
»Ja, warum, gibt es denn eine andere Geschichte?«
»So, das hat er dir also gesagt. Das sieht ihm wieder ähnlich«, murmelte Issur. Er sah zu dem zweiten Käfig hinüber, in dem Skalg, N'Nuri und Niem vor sich hin dämmerten. Dann fuhr er leise fort: »Für Niem mag das schon richtig sein. Den haben wir tatsächlich über derselben Beute angetroffen.« Er lachte. »Wie ein Kater eine tote Maus, so hat er seinen Schatz verteidigt. Mit Krallen und Zähnen. Und natürlich mit seinem Dolch. Doch Skalg hat den Kater gezähmt. Von da an waren wir zu viert.«
»Und du?«, forschte Klut weiter.
»Ich ...«, antwortete Issur. »Tja, ich ... mich hat Skalg gekauft.«
»Gekauft?«, entfuhr es Klut. »Du bist ein ... ein ...«
»Ein Sklave, meinst du wohl«, beendete Issur seine Frage. »Nun, das nicht gerade. Vielleicht hätte ich besser sagen sollen, dass Skalg mich losgekauft hat.«
»Wo? Wann?«
Issur lehnte sich vorsichtig zurück. Einen Augenblick lang stank es nach verbrannten Haaren, als er den heißen Gitterstäben zu nahe kam. Doch Issur achtete nicht darauf. Versonnen blickte er über das wogende Meer der Elefanten, Reisezelte, Kamele und Menschen. Aber er schien seine Umgebung nicht wirklich wahrzunehmen, sondern in eine Zeit zu blicken, die weit zurücklag.
»Sagen dir die Höhlen von Larnak etwas?«, fragte er.
Klut schüttelte den Kopf.
»Ach ja, ich vergaß ganz, wie wenig du von dieser Welt

weißt«, spottete Issur. Doch dann wurde er wieder ernst und sagte: »Stell dir die Hölle auf Erden vor, dann weißt du, was die Höhlen von Larnak sind. Ein unterirdisches Tal des Jammers, gewaltige Kavernen, Tag und Nacht von Fackeln und lodernden Feuern erhellt. Da reihen sich Käfig an Käfig, in die immer wieder neue Opfer, Männer wie Frauen, gepfercht werden. Menschenvieh, das dahinvegetiert, bis der Tag kommt, an dem es geschlachtet werden soll. Verlorene sind es, eingefangen von raubenden Horden, die ihre einstige Heimat zu Schlachtfeldern gemacht haben. Alles haben sie verloren, Heimat, Besitz, viele ihre Kinder. Wer überlebte, wurde verschleppt und verkauft, an die Herren der Kampfarenen von Larnak. Dort müssen die Elenden unter dem Gejohle und den Flüchen der schaulustigen Menge gegeneinander antreten. Wetten werden auf sie abgeschlossen. Nur die Stärksten überleben diese mörderischen Kämpfe. Mit bloßen Händen müssen sie gegeneinander kämpfen. Denn keiner von ihnen soll lernen eine Waffe zu führen, damit sie ihren Peinigern ausgeliefert und unterlegen bleiben.«

»Und du?«, fragte Klut. »Bist du auch dorthin verschleppt worden?«

»Nein«, erwiderte Issur. »Viel schlimmer. Ich bin dort geboren worden. Meine Wiege war ein Käfig und meine Eltern wurden nach meiner Geburt getötet. Ich habe sie nie gekannt. Inmitten des unentwegten Wehklagens, des Sterbens und der grausamen Gier wuchs ich auf. Es gab noch andere Kinder, die mein Schicksal teilten. Nur die stärksten. Schwache wurden nicht am Leben gelassen. Wir Starken aber wurden von Kind an für den Kampf in der Arena trainiert. Jeder von uns gehörte einem der Fürsten von Larnak. Wie Kampfhunde haben sie uns gehalten. Wir waren ihr liebstes Spielzeug. Das hatte

auch sein Gutes, denn wir waren kostbar für sie, wurden gut ernährt und besser behandelt als die anderen. Aber auch für uns kam der Tag, an dem wir alt genug waren, um gegeneinander anzutreten. Freunde hatten wir keine, denn jeder der anderen war ein zukünftiger Gegner.«
»Und du musstest kämpfen?«
»Ja, immer und immer wieder«, sagte Issur. »Ich war der Beste, das stolzeste Besitztum meines Fürsten. Und mit jedem Kampf wurde ich stärker und unbesiegbarer.«
»Hast du getötet?«, fragte Klut.
Issur blickte auf seine Hände. Abscheu zeigte sich auf seinem Gesicht. »Ich weiß nicht einmal mehr, wie viele es waren, die ich mit diesen Händen getötet habe«, antwortete er bitter. »Ich war ein Tier. Ein mörderisches Tier. Aber irgendwann bin ich aus diesem dumpfen Dasein erwacht. Und ich habe aufbegehrt. Ich wollte nicht mehr. Ich hatte genug vom Töten. Eines Tages weigerte ich mich die Arena zu betreten. Mein Herr tobte, ließ mich auspeitschen, hungern, aber ich blieb standhaft. Da wurde ich in einen engen Käfig gesperrt und zur Schau gestellt. Jeder, der vorüberging, hatte das Recht, den großen Issur, den Unbesiegbaren, zu demütigen, zu beschimpfen und anzuspucken. Aber mir war das egal. Ich hatte dieses Leben satt. Von mir aus sollten sie mich verhungern lassen.
Aber dann kam Skalg. Er trat vor meinen Käfig wie all die andern. Doch er beschimpfte mich nicht, spuckte mich nicht an. Er sah mich nur lange an, dann beugte er sich plötzlich vor, als wir einen Augenblick allein waren, und flüsterte mir zu: ›Kämpfe! Einmal noch! Und gewinne. Verstehst du, du musst siegen. Für dich!‹ Dann ging er fort. Bald darauf hörte ich, dass ich noch einmal kämpfen sollte. Mein Herr wollte mich noch ein letztes Mal in die Arena zwingen. Und ich hörte auch, dass er

viel Geld gewettet hatte, aber nicht auf meinen Sieg, sondern auf meinen Tod.
Ich wusste nicht, was ich von all dem halten sollte. Aber ich konnte die Worte des Einäugigen nicht vergessen. Zum ersten Mal empfand ich so etwas wie Hoffnung. Da beschloss ich zu kämpfen, dieses eine Mal noch. Schon allein deshalb, um meinen Herrn zu strafen. Denn wenn ich gewann, würde er viel Geld verlieren. Und das würde ihn schmerzen, mehr als alles andere in dieser düsteren Welt.«
»Und du hast gesiegt?«
»Und wie ich gesiegt habe«, antwortete Issur. »Aber erst habe ich ihn zappeln lassen. Lange Zeit sah ich wie der sichere Verlierer aus. Doch dann erwachte plötzlich meine alte Stärke und zum Entsetzen meines Herrn brach ich meinem Gegner das Genick. Ich hasste das, was ich tat. Aber ich wollte weiterleben. Und der andere hätte mich ohne Mitleid ebenso getötet, wenn er es gekonnt hätte. Nun, so musste es eben sein.
Ich werde diesen Augenblick nie vergessen. Das Gesicht des Fürsten. Seine ohnmächtige Wut. Und daneben sah ich Skalg. Er hatte auf meinen Sieg gesetzt und all das Geld meines Herrn gewonnen. Viel, sehr viel Geld. Geld, das er jetzt, zur Überraschung aller, meinem Herrn als Kaufpreis anbot. Für mich. Keiner verstand ihn. Alle dachten, dass er nicht richtig im Kopf sei. Doch meinem Herrn war das gleichgültig. Mochte dieser seltsame Fremde ein Narr sein, was ging es ihn an, wenn er nur sein Gold nicht verlor. Tja, so war das. Und wenn du glaubst, dass ich Skalgs Sklave bin, dann denk das ruhig. Er jedenfalls hat mich das nie spüren lassen.«
»Das denke ich nicht von dir«, entgegnete Klut. Er blickte zu Skalg hinüber. »Er ist ein sonderbarer Mensch.«
»Meinst du Skalg?«, fragte Issur. Klut nickte. »Ich würde

ihn eher einen besonderen Menschen nennen«, meinte Issur.
Das stimmt, dachte Klut. Es steckt mehr in diesem Skalg, als sein Äußeres vermuten lässt. Aber was? Wer ist er? Doch statt seine Gedanken laut auszusprechen, sagte er: »Du hast erzählt, dass ihr vier wart, nachdem Niem sich euch angeschlossen hat. Wie kam denn N'Nuri zu euch?«
»Ach, das vergaß ich ganz«, antwortete Issur. »N'Nuri war schon mit Skalg zusammen, als er mich freikaufte.«
»Und wie kam sie zu Skalg?«, fragte Klut.
»Ich weiß nicht, ob ich dir das sagen sollte«, meinte Issur zögernd. »Skalg spricht nicht gerne darüber.«
»Aber du weißt es?«
»Ja«, bestätigte Issur. »Einmal, als N'Nuri sehr krank war und Fieber hatte, da hat Skalg es mir erzählt. Vielleicht weil er sich Sorgen um sie gemacht hat, vielleicht weil er Tage und Nächte neben ihr gesessen hatte und müde war. Ich glaube, sonst hätte er nie was gesagt. Jedenfalls hat er nie wieder darüber gesprochen. Aber warum nicht? Eigentlich ist gar nichts dabei, wenn du es erfährst. Doch es wird dich enttäuschen. Viel gibt es nämlich nicht zu berichten.
Eines Tages ist Skalg in eine völlig zerstörte Stadt gekommen. Er sagte mir, dass er noch nie ein solches Bild von Grausamkeit und Vernichtung gesehen hat. Die Mauern der Stadt waren geschleift, alle Häuser bis auf die Grundmauern abgebrannt und überall staken die Köpfe der einstigen Bewohner auf Pfählen. Irgendjemand musste grausam Rache genommen haben oder von unvorstellbarer Rohheit gewesen sein.
Nichts rührte sich in dieser Geisterstadt außer der Asche, die die Hufe seines Pferdes aufwirbelten, und ein paar Ratten, die entsetzlich fett und gut genährt aussahen. Doch plötzlich hörte er eilige Schritte und das

Klappern von Holz, das aufeinander schlug. Dann war es wieder still. Gab es also doch noch Überlebende?
Er ging den Geräuschen nach, aber es gelang ihm nicht, jemanden zu finden. Vielleicht hatte er sich getäuscht. Doch eine Ahnung sagte ihm, dass er nicht allein war, und er beschloss der Sache auf den Grund zu gehen. Er ritt aus der Stadt, ließ sein Pferd nahe der Stadt zurück und kehrte in der Nacht zu Fuß zurück. Dann legte er sich auf die Lauer.
Als der Morgen graute, sah er eine schmale, graue Gestalt, die zwischen den Mauern hindurchhuschte, anscheinend auf der Suche nach Essbarem. Er beobachtete sie lange, bis er begriff, dass es ein Kind war. Ein Mädchen. Die letzte Überlebende dieses Gemetzels.
Sie schien sehr scheu zu sein. Bei jedem Geräusch ging sie blitzschnell in Deckung und war kaum vom Grau der Asche und der Trümmer zu unterscheiden. Doch Skalg gelang es, sich ihr so weit zu nähern, dass er sie schließlich erwischte. Aber das bereute er sogleich. Sie schlug um sich, biss und kratzte ihn mit einer Wildheit, die ihn überrumpelte. Überrascht ließ er sie los und sogleich war sie wieder fort, wie vom Erdboden verschluckt.
Doch Skalg gab nicht auf. Er wollte sie nicht ihrem Schicksal überlassen. Also versuchte er es mit Geduld. Deutlich sichtbar legte er etwas zu essen auf eine Mauer und zog sich zurück. Ab und zu musste er zwar einen Stein werfen, um die Ratten fern zu halten, doch bald sah er sie wieder zwischen den Ruinen auftauchen. Sie musste halb verhungert sein, wenn sie sich heranwagte, obwohl sie wusste, dass der Mann, der sie eben noch gepackt hatte, in der Nähe war. Nach allen Seiten sichernd näherte sie sich dem Essen, dann schnappte sie es und stob davon.

Etliche Tage vergingen, in denen Skalg dieses Spiel mit ihr trieb. Geduldig legte er ihr Essen hin und bald begann er sich zu zeigen, wenn sie kam. Stück für Stück rückte er näher, bis endlich der Tag kam, an dem er das Essen in der Hand hielt und es ihr offen entgegenhielt. Er verhielt sich ganz ruhig. Langsam näherte sie sich ihm und nun konnte er mit Erschrecken sehen, wie verwahrlost sie war. Die Kleider hingen ihr in Fetzen vom Leib, die Haare waren verfilzt, die Haut schmutzig und mit Schrammen bedeckt. Aber vor allem entsetzten ihn ihre Augen, die leer waren, ohne menschliche Regung. Was musste sie mit angesehen haben? Es musste unvorstellbar gewesen sein. Und wer wusste denn auch, was ihr selbst widerfahren war?
Doch zu Skalg schien sie Vertrauen gefasst zu haben. Sie nahm ihm das Brot aus der Hand und blieb ihm gegenüber stehen, als sie es aß. Als sie fertig war, nahm er sie ohne ein Wort zu sagen bei der Hand und verließ mit ihr diese grausige Stätte. Von diesem Tag an waren er und N'Nuri unzertrennlich. Und er brachte ihr alles bei, was er später auch mir beigebracht hat, kämpfen, stehlen und überleben. So, nun weißt du es. Das ist N'Nuri. Vielleicht verstehst du jetzt, warum sie ist, wie sie ist.«
Klut nickte. Jetzt begriff er den Abgrund in N'Nuris Augen. Und zugleich fragte er sich mehr als je zuvor, wer dieser Skalg war. Was wusste er schon von ihm? Nur, dass er ein Dieb war, dass er kämpfen konnte wie kaum ein anderer, dass er klug war und dass er sich Gefährten herangezogen hatte, die ihm durch dick und dünn folgten. Warum? Woher kam er und warum hatte er gewollt, dass Klut sich ihm anschloss? Dass Klut ihm und seinen Gefährten das Leben gerettet hatte, konnte nicht der einzige Grund sein. Es steckte mehr dahinter. Aber was? Warum hatte Skalg von Bestimmung gespro-

chen? Und warum hatte er sich Nabul Khan anschließen wollen? Sicher nicht um fette Beute zu machen. Das wusste Klut mit Bestimmtheit. Skalg hatte ein anderes Ziel und es schien etwas mit Klut zu tun zu haben. Klut hatte das Gefühl, dass ihre erste Begegnung etwas gewesen war, das Skalg erwartet hatte oder besser, auf das er gewartet hatte. Dieser erste Kampf am See, die Probe von Kluts Schwertkunst, die Skalg durch seinen überraschenden Angriff erzwungen hatte, schien ihm eine Antwort gegeben zu haben, die Skalg gesucht hatte. Danach hatte er alles daran gesetzt, Klut für sich zu gewinnen, ihn, einen völlig Fremden. Wenn dies für einen Dieb, dessen Beruf die Vorsicht war, nicht sonderbar war, was war dann sonderbar in dieser Welt?
In diesem Augenblick unterbrach ein Tarkaner seine Gedanken. Er reichte ihnen allen zu essen und zu trinken. Also sollten sie nicht verdursten oder verhungern. Er warf sogar weite Tücher über die Käfige, die ihnen Schatten spendeten. Doch warum erst jetzt? Hatte Nabul Khan endlich entschieden, was er mit den Gefangenen tun wollte? Das schien noch die beste Erklärung zu sein.
Klut hielt nach der Frau Ausschau, die Nabul Khan mit Lia angesprochen hatte. Bei sich selbst nannte er sie nie anders als Fenelon, aber er wusste, dass er sie vor den anderen nur Lia nennen würde, wenn die Sprache auf sie kommen sollte. Noch war er nicht bereit, seinen Freunden preiszugeben, was ihn mit der geheimnisvollen Frau an Nabul Khans Seite verband. Wobei er sich eingestehen musste, dass er selbst kaum mehr wusste. Nur so viel, dass sie zusammengehörten, dass sie die war, die er gesucht hatte, die, die den Schlüssel hatte. Den Schlüssel zu Thalis. Und dass er mit ihr zusammen nach Thalis gehen würde.
Doch sie war nicht zu sehen. Er sah nur die Tiere, die

Reisezelte und die Tarkaner, die ihren Dienst verrichteten. Der Tag ging langsam zu Ende, ohne dass er sie zu Gesicht bekam.

Als es Abend wurde und rings um sie das Nachtlager errichtet wurde, öffneten die Tarkaner zu ihrer Überraschung die Käfige. Sie kletterten herab und streckten erleichtert ihre Glieder, die in den engen Gefängnissen steif geworden waren.

»Was haben die vor?«, murmelte Niem. »Gehts uns jetzt an den Kragen?«

Wieder wurden sie zu der Zeltmauer geführt, durchquerten eines der Zelte und standen wie schon in der letzten Nacht am Anfang der breiten Gasse, die zwischen den Reihen der Tarkaner zu Nabul Khans Thron führte.

»Sind zwar ein paar zu viel«, flüsterte Niem, »aber trotzdem hätte ich jetzt gern meine Waffen wieder. Ich komme mir etwas nackt vor. Wie ein Lamm, das zur Schlachtbank geführt wird.«

Eine Stimme forderte sie auf, vor den Thron zu treten. Sie gingen über den weiten Platz und sahen sich bald wieder Nabul Khan gegenüber. Erleichtert sah Klut, dass Lia bei ihm war. Es war ihr also nichts geschehen. Sie sah ihm entgegen und ließ den Blick nicht mehr von ihm. Obwohl es ihn freute, war es auch gefährlich, was sie tat. Denn Nabul Khan folgte ihrem Blick und er bemerkte, dass sich die Augen des Fürsten vor Zorn verdunkelten.

Diesmal erweiterte sich die Gasse vor dem Thron zu einem runden Platz. Dicht gedrängt umringten die Tarkaner die Arena. Sie erkannten Fender-Bai und dicht neben ihm Al-Bahir, der ihnen mit schreckgeweiteten Augen entgegensah. Sein Schicksal hing wohl nur noch an einem seidenen Faden. Seine schlimmsten Befürchtungen hatten sich bewahrheitet. Die Gefährten waren in Ungnade gefallen und er würde dafür büßen müssen.

Nabul Khan sah sie der Reihe nach an. Dann nickte er und, angefeuert von den Rufen der Tarkaner, betrat der riesige Korak den Kampfplatz. Er hatte den Oberkörper entblößt und der Atem stockte ihnen, als sie seine Muskeln sahen. Das war kein Mensch, das war ein Elefant in Menschengestalt. Ein unbesiegbares Monstrum. Wer von ihnen sollte der Erste sein, dessen Knochen er zerbrechen würde?
Korak trat zu ihnen. Langsam ging er ihre Reihe ab, als wollte er sich sein erstes Opfer selbst aussuchen. Klut sah, dass Nabul Khan Lia beobachtete, während Korak scheinbar seine Wahl traf. Als der Riese vor Klut stehen blieb, zuckte Lia zusammen und streckte unwillkürlich flehend eine Hand aus.
Nabul Khan, der bisher in gespannter Haltung aufrecht auf seinem Thron gesessen hatte, lehnte sich zurück und schien in sich zusammenzusinken. Vielleicht war dies die letzte Bestätigung gewesen. Vielleicht hatte er bis jetzt noch gezweifelt. Doch diese Bewegung Lias hatte ihm Gewissheit gebracht. Aber was er dachte oder was er nun vorhatte, war seinem Gesicht nicht anzusehen. Scheinbar teilnahmslos verfolgte er das Geschehen auf dem Kampfplatz, als ginge es ihn nichts an, als würde ihn das Schicksal seiner Gefangenen nicht weiter interessieren.
Korak schritt weiter und blieb vor Issur stehen. Dann verbeugte er sich spöttisch und gab Issur mit einem Wink zu verstehen, dass er ihm in die Arena folgen sollte.
Issurs Gesicht wurde blass. Der Riese sah es und grinste verächtlich. Dann wandte er sich ab und ging in die Mitte des Platzes, auf dem er seinen Gegner erwartete.
»Was ist, Issur?«, fragte Niem leise. »Hast du vielleicht Angst? Vor dem da? Diesem Riesenkalb?«
Issur schüttelte langsam den Kopf. Doch statt einer Ant-

wort sagte er: »Ich will das nicht. Ich habe genug davon. Es darf sich nicht wiederholen. Das nicht.«
Klut verstand, was er damit sagen wollte. Er hatte zu oft gekämpft, zu oft getötet. Doch Issur hatte diesem sinnlosen Morden abgeschworen. Mit dem Schwert, im offenen Feld, da konnte er sich seiner Haut wehren. Aber nicht in der Arena, mit bloßen Händen, so wie früher. Doch nun holte ihn seine Vergangenheit ein. Ausgerechnet hier und jetzt.
»Ich werde ihn nicht töten«, murmelte Issur. »Ich will das nicht.«
»Dann bricht er dir das Genick«, sagte Niem, der besorgt zu seinem großen Freund hinaufsah. »Du musst kämpfen. Und gewinnen. Hörst du, Issur? Du musst!«
Issur gab keine Antwort. Langsam ging er durch den Sand und blieb vor Korak stehen. Nur zögernd duckte er sich und breitete die Arme aus, so wie sein Gegner, der sich zum Kampf bereitmachte. Kurze Zeit umkreisten sie einander, dann prallten die mächtigen Körper zusammen.
Sogleich war zu sehen, dass Issur Korak unterliegen würde. Es schien nur noch eine Frage der Zeit zu sein und ganz und gar von der Willkür des mächtigen Gegners abzuhängen. Denn Korak, der sich seines Sieges sicher war, spielte mit seinem Opfer. Jeder Griff, mit dem er Issur würgte, jeder Schlag, der diesen von den Beinen riss und in den Sand warf, schien nur mit halber Kraft geführt zu sein, so als wollte Korak den Kampf möglichst lange genießen und das Ende des grausamen Schauspiels für die Zuschauer hinauszögern.
»Issur, was machst du denn?«, hörten sie Niem verzweifelt flüstern. »Hau drauf. Jetzt! Nein, doch nicht so. So wird das doch nichts. Issur, du Dummbeutel! Komm schon!«

Doch Issur torkelte wie ein müder Stier über den Platz und war den Angriffen seines Gegners hilflos ausgeliefert. Er schien wie gelähmt zu sein. Klut wusste, was ihn hemmte: die Abscheu vor sich selbst. Der Ekel vor seiner Vergangenheit, vor dem Issur, der er einmal gewesen war, ein zum Töten abgerichtetes Tier.
Korak schien sehr unzufrieden mit dem Kampf zu sein. Er hatte von diesem Gegner wohl mehr erwartet. Nun entschloss er sich, dieses Spiel zu beenden. Die Schläge, die auf Issur niederprasselten, wurden nun mit unglaublicher Wucht ausgeführt. Jeder andere hätte nicht einen einzigen dieser Schläge überlebt, doch auch Issur würde nicht mehr lange standhalten können. Schon strömte ihm Blut übers Gesicht und machte ihn blind und noch hilfloser.
In diesem Augenblick hielt es Niem nicht mehr auf seinem Platz. Noch ehe sie ihn zurückhalten konnten, hetzte er über den Sand, sprang Korak von hinten an und es gelang ihm, einen solchen Satz zu tun, dass er sich in Koraks Nacken verkrallte und dort wie wild auf den Kopf des Riesen einschlug, ihn kratzte, an den Haaren riss und sich sogar in einem Ohr verbiss. Korak brüllte auf vor Wut, Schmerz und Überraschung. Dann fuhr seine rechte Hand hinauf, er packte Niem, riss ihn von sich, schüttelte ihn ein paar Mal heftig und schleuderte ihn schließlich mit einer wilden Bewegung von sich. Niems Körper schlug hart auf, prallte ab und blieb endlich reglos und mit verrenkten Gliedern im Sand liegen. Er rührte sich nicht mehr.
Issur, der von Niems Angriff ebenso überrascht worden war wie sein Gegner, richtete sich erschrocken auf. Er schien wie aus einem dumpfen Traum zu erwachen. Ohne sich um Korak zu kümmern, eilte er an die Seite des Zwergs und kniete sich neben ihn. Vorsichtig hob er

ihn hoch und trug ihn wie ein Kind zu den Freunden an den Rand der Arena.
»Kümmert euch um ihn«, sagte er mit rauer Stimme. »Der ... der Rest ist meine Sache.«
»Was hast du vor?«, fragte Skalg, während sich die anderen um Niem bemühten.
Issur gab keine Antwort. Er wischte sich das Blut aus dem Gesicht, dann wandte er sich um und kehrte entschlossen in die Arena zurück, in der ihn Korak höhnisch grinsend erwartete.
Doch das war ein anderer Issur, der ihm nun entgegentrat. Jetzt gab es keine Vergangenheit mehr, die ihn lähmte. Jetzt gab es nur noch den Freund, der sein Leben für ihn aufs Spiel gesetzt hatte und der mit zerbrochenen Knochen im Sand lag oder vielleicht sogar tot war.
Korak empfing Issur mit harten Schlägen, doch diesmal rissen sie ihn nicht von den Beinen. Stur drang Issur auf den Koloss ein und schlang seine Arme um ihn. Dann suchte er festen Stand, drückte den Kopf eng an die Brust des Gegners und begann zuzudrücken.
Korak blickte erstaunt an sich herab. Dann zeigte sich Überraschung auf seinem Gesicht, als die Kraft, mit der Issurs Arme ihn pressten, langsam, aber stetig anwuchs und ihm den Atem nahm. Seine Augen füllten sich mit Entsetzen, als die Muskeln des Gegners, der eben noch ein hilfloses Opfer gewesen war, sich spannten und wie in Wellen eine Kraft von ihm ausging, die den weiten Platz erfüllte und alle Zuschauer, jeden Tarkaner und auch Nabul Khan, erreichte. Es wurde ganz still in dem weiten Rund. Kein Laut war zu hören, außer dem Atem Koraks, der stoßweise ging und immer kürzer wurde.
Verzweifelt hieb der Riese auf den Kopf seines Gegners ein, doch Issur schien die Schläge nicht zu spüren. Immer kraftloser wurde die Gegenwehr Koraks. Er riss bald nur

noch an Issurs Haaren, kratzte wie eine junge Katze und wand sich mit letzter Kraft. Dann warf er plötzlich den Kopf in den Nacken und stieß einen röchelnden Schrei aus. Ein schreckliches Geräusch durchschnitt die Stille, als seine Knochen unter Issurs eisernem Griff zerbrachen. Korak sackte in sich zusammen und nur noch Issurs Arme hielten den leblosen Leib aufrecht.
Langsam entspannten sich Issurs Muskeln und endlich gelang es ihm, seinen Griff zu lösen. Mit einer letzten Bewegung stieß er den schlaffen Leib Koraks in den Sand, und obwohl dieser Körper so viel größer war als Niems kleine Gestalt, so schien sich doch das Bild zu wiederholen, als Korak den Zwerg in den Sand geschleudert hatte, auf dem er nun selbst mit verrenkten Gliedern lag und mit gebrochenen Augen in den nächtlichen Himmel starrte.
Ein vielstimmiger Schrei des Entsetzens und der Wut wurde laut. Die Tarkaner zogen ihre Schwerter und riefen nach Vergeltung, während Issur, ohne auf den Aufruhr zu achten, zu seinen Freunden zurückkehrte und sich neben Niem kniete.
Nabul Khan erhob sich und brachte die Tarkaner mit einem Wink zum Schweigen. Langsam schritt er durch die Arena. Er blieb kurz bei dem toten Korak stehen und blickte stumm auf diesen hinab. Dann trat er zu den Freunden, so nahe, dass die Tarkaner unruhig wurden, und blickte sie finster an. »Wer seid ihr?«, fragte er sie mit seiner mächtigen Stimme. »Warum seid ihr gekommen?« Doch der eherne Klang der Stimme war brüchig geworden. Zu viel war geschehen, was seine Pläne gestört hatte und die Pfeiler seiner Macht ins Wanken brachte.
»Wir sind gekommen, um Euch unsere Dienste anzubieten«, erwiderte Skalg ruhig.
Nabul Khan wischte diese Behauptung mit einer är-

gerlichen Bewegung beiseite. »Lügt mich nicht an«, herrschte er Skalg an. »Auch ich weiß zwischen Wahrheit und Lüge zu unterscheiden. Dafür brauche ich keine Prüfung.«
Da erhob sich Klut und trat Nabul Khan entgegen. Er fürchtete sich nicht vor diesem mächtigen Mann, der ihn mit seinen dunklen Augen zu durchbohren versuchte. »Wir wollen nach Thalis«, sagte Klut und seine Stimme war ganz ruhig. »So wie Ihr.«
»Woher wisst ihr ... woher kennst du diesen Namen?«, entfuhr es dem Tarkanerfürsten. Doch bevor Klut noch antworten konnte, wandte sich Nabul Khan heftig ab und rief, noch während er wegging: »Schafft sie fort! Ihr haftet für sie.« Dann verschwand er in dem riesigen Zelt, das sich hinter seinem Thron erhob.
Klut warf einen Blick auf Lia, als ihn die Fäuste der Tarkaner packten. Sie lächelte scheu und sah ihnen nach, als sie abgeführt wurden.
Die Freunde spürten den Hass der Tarkaner. Doch keiner wagte es, ihnen ohne Nabul Khans Befehl ein Leid anzutun. Vielleicht dass sie etwas fester zupackten, als nötig gewesen wäre, doch dabei blieb es. Keiner von ihnen traute sich aber, Issur zu nahe zu kommen. Voll Entsetzen und zugleich voll Achtung geleiteten sie den Mann, der Korak besiegt hatte. Issur trug den reglosen Körper Niems auf den Armen.
Diesmal erwarteten sie nicht die Käfige. In dieser Nacht wurde ihnen ein Zelt gewährt. Doch sie konnten sicher sein, dass ein dichter Ring schwer bewaffneter Tarkaner das Zelt bewachte.
Als sie allein im Zelt waren, betteten sie den Zwerg auf die wenigen Decken, die sie fanden und scharten sich besorgt um ihn. Skalg beugte sich über ihn und lauschte auf seinen Herzschlag. Endlich richtete er sich auf.

»Er lebt«, erklärte er mit heiserer Stimme. »Sein Herz schlägt noch. Aber nur ganz schwach.«
»Können wir etwas für ihn tun?«, fragte Issur verzweifelt.
»Ich weiß nicht, was wir tun sollen«, antwortete Skalg. »Er ist übel zugerichtet worden. Wer weiß, ob noch irgendein Knochen in ihm heil geblieben ist.«
Issur beugte sich über Niem und strich dem Zwerg sanft die Haare aus der Stirn. »Niem, du dummer kleiner Kerl«, flüsterte er mit tränenerstickter Stimme. »Du verrücktes Aas. Werd gesund! Wer soll mir denn sonst so verdammt auf die Nerven gehen wie du?«
In diesem Augenblick betraten Fender-Bai und mehrere Tarkaner mit gezogenen Schwertern das Zelt. Die Freunde sprangen auf. Was sollte das? Sollten sie bestraft werden? Kamen die Tarkaner um sie zu ermorden?
Doch das war es nicht. Die Tarkaner drängten sie mit ihren Schwertern gegen die Zeltwand und traten zwischen sie und den am Boden liegenden Niem. Dann zog Fender-Bai den Stoff, der den Zelteingang verschloss, zur Seite und der Atem stockte ihnen, als sie sahen, wer das Zelt betrat: Lia!
Das hatten sie nicht erwartet. Warum war sie hier? Warum gestattete es Nabul Khan? Denn so musste es sein. Lia kam nicht heimlich, sonst wären nicht Fender-Bai und die Tarkaner bei ihr gewesen.
Sie hielt nach Klut Ausschau. Als sie ihn entdeckte, lächelte sie ihn an und Klut erwiderte ihr Lächeln. Warum hätten sie es auch verbergen sollen? Was sie verband, war kein Geheimnis mehr.
Lia trat zu Niem und kniete sich neben ihn. Dann schloss sie die Augen und ihre Hände begannen sich langsam über den Körper des Zwergs zu bewegen, ohne diesen jedoch zu berühren. Eine sonderbare Kraft erfüll-

te das Zelt. Keine gewalttätige Kraft, sondern eine helle, lichte, die sie mit Freude und Zuversicht erfüllte. Sie wussten auf einmal, dass es Niem bald besser gehen würde, dass er wieder gesund und ganz der alte, unausstehliche Quälgeist werden würde, so wie sie ihren Freund kannten und liebten.

Endlich erhob sich Lia und lächelte ihnen zum Abschied zu, bevor sie, begleitet von den Tarkanern, das Zelt verließ. Nur Fender-Bai blieb bei ihnen zurück. Er schien sie nicht zu fürchten. Ruhig und besonnen, wie sie ihn kennen gelernt hatten, sagte er: »Lasst euren Freund am besten schlafen. Rührt ihn nicht an, sonst stört ihr die Heilung. Morgen wird Nabul Khan sich wieder mit euch befassen und entscheiden, was mit euch geschehen soll.«

Dann wandte er sich ab und folgte Lia und den Tarkanern. Die Gefährten aber setzten sich zu Niem und bewachten den Schlaf ihres Freundes. Was geschehen war und noch geschah, kam ihnen wie ein Wunder vor. Schon ging Niems Atem kräftiger und seine Brust hob und senkte sich deutlich sichtbar. Als der Atem um Mitternacht sogar in ein feines Schnarchen überging, brachen sie in ein leises Lachen aus, dem sich auch N'Nuri anschloss. Müde und erleichtert legten sie sich hin und schliefen beruhigt ein.

14
Lia

»He! Was ist denn mit euch los?«
Sie schreckten hoch. In ihrer Mitte saß Niem aufrecht auf den Decken und sah sie erstaunt an.
»Könnt ihr mir mal sagen, warum ihr alle um mich herumliegt?«, rief er. »Und dazu noch auf dem Boden? Und ich hier wie ein Wickelkind auf diesen Decken?«
Sie starrten ihn sprachlos an. Niem lebte! Und war wieder ganz der Alte. Es war ein Wunder!
»Habt ihr die Sprache verloren?«, rief Niem. »Was glotzt ihr mich so an?«
»Du bist ... wieder in Ordnung?«, stammelte Issur.
»In Ordnung? Ich? Dumme Frage!«, erwiderte Niem. »Natürlich bin ich in Ordnung. Warum denn nicht?«
Doch Issur konnte es nicht glauben. Er betastete Niems Körper und bewegte dessen Arme.
»Nimm deine Pfoten weg!«, schimpfte Niem. »Was soll denn dieses Rumgetatsche! Ich bin doch nicht dein Schoßhund.«
»Wenn ich es nicht mit eigenen Augen sehen würde, könnte ich es nicht glauben«, sagte Skalg. »Niem, du bist ein Weltwunder!«
Niem sah ihn verblüfft an. Dann grinste er breit, sprang auf, drehte sich um sich selbst, wobei er großartig die Arme ausbreitete und rief: »Endlich seht ihrs also ein. Natürlich bin ich ein Weltwunder, so wahr ich Niem Dok ut Pradesh Ashur Gongorwad ut Lemor Benarish ut Klamenag Wared Hadam heiße. Was könnte es auch Großartigeres auf dieser armseligen Welt geben?«

Sie brachen in Lachen aus und Issur rief mit Tränen in den Augen: »Ach, Niem, du bist unverbesserlich. Aber von mir aus sag, was du willst. Wenn du nur lebst.«
Niem sah verdutzt auf ihre lachenden Gesichter. Zögernd fragte er: »Was meinst du damit, Issur: wenn ich nur lebe? Was war denn?« Dann fasste er sich an den Kopf und versuchte sich zu erinnern. »Du hast doch mit diesem Korak gekämpft. Wie ist denn der Kampf ausgegangen?«
Da erzählten sie ihm, was sich in der Arena abgespielt hatte, von seinem Angriff auf Korak, von Issurs Sieg und von Lia, die ihn geheilt hatte. Während sie sprachen, sackte Niem in sich zusammen und saß am Schluss wie ein Häuflein Elend auf den Decken. Vorsichtig betastete er seine Arme und Beine und fragte: »Und ihr seid sicher, dass ich wieder heil bin? Ganz heil? Und dass nichts zerbricht, wenn ich aufstehe?«
»Das musst du doch am besten wissen«, meinte Klut.
»Na, ich weiß nicht«, sagte Niem. »Jetzt, wo ihr mir alles gesagt habt, fühle ich mich auf einmal so ... so ...«
»Zerbrochen und wieder zusammengewachsen«, ergänzte Skalg den Satz.
»Ja, so was in der Art«, entgegnete Niem.
»Na komm schon«, ermutigte ihn Issur und schlug ihm kräftig auf die Schulter. »Hab dich nicht so. Jetzt ist ja alles wieder gut.«
»Pass doch auf, du grober Klotz«, fauchte Niem ihn an und befühlte besorgt seine Schulter. »Wer weiß, ob ich nicht gleich wieder in Stücke breche, wenn du so auf mir rumhämmerst.«
»Na, deine Zunge ist jedenfalls wieder heil«, meinte Issur. »Und das ist doch das Wichtigste an dir.«
Niem öffnete schon den Mund, um Issur eine gepfefferte Antwort zu geben, da wurde er durch den eintretenden

Fender-Bai unterbrochen. Niem klappte den Mund rasch wieder zu und verschluckte sich beinahe an seinen eigenen Worten. Fender-Bai warf einen prüfenden Blick auf den Zwerg, dann nickte er zufrieden und sagte: »Wie ich sehe, ist euer Gefährte wohlauf. Das ist gut, denn Nabul Khan wünscht euch zu sehen. Euch alle. Folgt mir!«
Sie traten mit ihm vor das Zelt. Vor dem Eingang erwartete sie ein gutes Dutzend Tarkaner. Als sie die Gefangenen sahen, zogen sie ihre Schwerter und gaben den Fremden das Geleit.
Zur Verwunderung der Freunde war kein Zeichen des bevorstehenden Aufbruchs zu sehen, obwohl es schon heller Morgen war. Noch immer erhoben sich die Zelte im Sand und keine Hand rührte sich um sie abzubauen. Ein sonderbar lastendes Schweigen lag auf dem riesigen Heerlager, nur unterbrochen von einzelnen Tierlauten.
»Wir ziehen nicht weiter?«, fragte Skalg erstaunt.
»Nein«, erwiderte Fender-Bai kurz angebunden. Mehr sagte er nicht und sie wagten auch nicht ihn zu fragen, da er nicht gewillt zu sein schien Erklärungen abzugeben.
Sie traten durch den Wall aus Zelten und erreichten den Platz, auf dem am Abend zuvor der Kampf zwischen Korak und Issur stattgefunden hatte. Jetzt war der Platz verlassen. Kein Mensch war zu sehen. Nur mitten in der Arena steckte eine Lanze im Sand und darauf sahen sie zu ihrem Entsetzen den Kopf Koraks, der ihnen mit blinden Augen entgegenzublicken schien. Sie blieben angewidert stehen.
»Warum ...?«, stieß Skalg hervor. »Weil er verloren hat?«
»Nein«, antwortete Fender-Bai. »Nicht weil er verloren hat. Sondern weil er überheblich war und die Gelegenheit zum Sieg, als sie sich ihm bot, nicht ergriffen hat. Er hat sich selbst entehrt, nicht weil er im Kampf gefallen ist, sondern weil er sich in diesem Kampf nicht als treuer

Diener seines Herrn erwiesen hat. Ihr dagegen«, wandte er sich an Issur, »habt gesiegt, weil Ihr Eurem Gefährten treu gewesen seid. Korak hat nur Schande über uns gebracht. Er hat den Tod verdient und wurde zu Recht aus den Reihen der Tarkaner verbannt.«
»Ein strenges Urteil«, meinte Skalg.
»Kein strengeres, als einer, der ehrenhaft ist, über sich selbst fällen würde«, entgegnete Fender-Bai.
Er wandte sich von dem grausigen Anblick ab und betrat mit ihnen das gewaltige Zelt, das sich hinter Nabul Khans verlassenem Thron erhob. Die Tarkaner, die sie begleitet hatten, blieben zurück. Nabul Khan sah wohl keine Gefahr in den Fremden.
Im Inneren des Zeltes blieben sie erstaunt stehen. Sie hatten dieselbe karge Einrichtung erwartet, die sie in den anderen Zelten der Tarkaner gesehen hatten. Doch hier zeigte sich ihnen eine Pracht und ein Reichtum, der sie blendete. Goldene Statuen standen in Reihen in dem lang gestreckten Zelt. Kostbare, mit Edelsteinen verzierte Waffen und Teppiche, auf denen Kriegsszenen und Jagdbilder zu sehen waren, hingen an den Zeltwänden. Die brennenden Ölbecken, die Wohlgerüche verströmten, und alle anderen Gerätschaften, Schalen und Pokale, die sie sahen, waren aus Gold und Silber.
Doch nichts von alledem schien zum Gebrauch bestimmt zu sein oder dazu, Bequemlichkeit zu schenken. Alles war nur zur Schau gestellt, diente nur dazu, denjenigen, die sich Nabul Khan näherten, den Reichtum und die Macht des Tarkanerfürsten vor Augen zu führen. Sicher waren dies Beutestücke oder Geschenke, die Nabul Khan von denen erhalten hatte, die ihm den Tribut schuldeten.
»Doch ein fetter Kuchen!«, stieß Niem hervor, der angesichts der Pracht vergaß, wo er sich befand.
»Wie meint Ihr?«, fragte Fender-Bai.

»Oh, ich … ich … meinte …«, stotterte Niem, der über seine eigenen Worte erschrocken war, »ich wollte damit …«
»Nur sagen, dass Ihr Hunger habt?«, half ihm Fender-Bai weiter und sah ihn mit einem sonderbaren Lächeln an.
»Ja, richtig, das wollte ich damit sagen«, beeilte sich Niem zu versichern.
»Ich kann Euch verstehen«, sagte Fender-Bai. »Ihr habt viel erdulden müssen. Und all dies Gold allein kann Euren Hunger wohl kaum stillen.«
Sie sahen ihn besorgt an. Wusste er, wer sie waren? Hatte er sie durchschaut? Doch Fender-Bai ließ sich nichts anmerken. Mit unveränderter Freundlichkeit hieß er sie in einer Ecke des Zeltes auf Kissen Platz nehmen. Sogleich erschienen zwei Tarkaner und reichten ihnen eine Mahlzeit, die einem Fürsten alle Ehre gemacht hätte.
»Ihr seid sehr großzügig«, sagte Issur mit vollem Mund und strahlte über das ganze Gesicht.
»Nabul Khan könnte nicht besser speisen«, doppelte Niem nach, der seine unbedachten Worte mit Höflichkeit vergessen machen wollte.
»Diese Mahlzeit war für Nabul Khan bestimmt«, meinte Fender-Bai.
Sie ließen die Bissen sinken, die sie gerade in Händen hielten, und sahen ihn verblüfft an. Doch Fender-Bai forderte sie auf, nur weiter zu essen und die Gastfreundschaft des Tarkanerfürsten nicht zu beleidigen. Sie ließen sich nicht zweimal bitten und langten kräftig zu.
»Was geschieht mit Al-Bahir?«, fragte Skalg scheinbar ohne großes Interesse und widmete sich dabei mit besonderer Aufmerksamkeit einem Stück Braten.
Fender-Bai warf ihm einen sonderbaren Blick zu und antwortete: »Er hat nichts zu befürchten. Er ist seinem Herrn ein … brauchbarer Diener.«

Skalg blickte rasch auf. Es lag ein merkwürdiger Klang in Fender-Bais Worten.
»Wir kennen uns von früher her.« Skalg versuchte seine Worte möglichst harmlos erscheinen zu lassen. »Wir waren einmal ... Freunde. Darum hat er ein Wort für uns eingelegt. Es täte mir Leid, wenn ihm daraus ein Schaden entstünde.«
Fender-Bai lächelte. Dann beugte er sich leicht vor und sagte: »Ich weiß, er ist Euch ... verpflichtet. Wir haben Kenntnis davon.«
Er richtete sich wieder auf und zog ein Stück Papier aus seinem Gewand, das er langsam entfaltete. Er hielt es so, dass Skalg die Schrift sehen konnte, und meinte: »Ich nehme doch an, dass Ihr dieses Papier kennt?«
Skalg wurde blass und auch die anderen, die begriffen, was für ein Schriftstück dies sein musste, erschraken. Al-Bahir war verloren.
Doch Fender-Bai faltete das Papier in aller Ruhe wieder zusammen, steckte es weg und fuhr fort: »Ich sagte Euch ja, er ist seinem Herrn ein brauchbarer Diener. Doch sollte er sich eines Tages als nutzlos erweisen, kann dieses Stück Papier immer noch ans Licht treten. Bis dahin mag es im Dunkeln ruhen.« Er ließ den Blick über sie gleiten und fügte hinzu: »Manche Menschen sollte man nicht danach beurteilen, was sie getan haben oder welche Absichten sie hegen, sondern danach, welchen Nutzen man aus ihnen ziehen kann. Das könnt ihr doch sicher verstehen.«
Sie wichen seinem Blick betreten aus. Es gab keinen Zweifel mehr. Fender-Bai hatte sie durchschaut. Schweigend beendeten sie ihre Mahlzeit.
Klut war dem ganzen Gespräch nur mit halber Aufmerksamkeit gefolgt. Er blickte sich heimlich um und hielt Ausschau nach Lia.

Sie saßen nahe des Eingangs. Am gegenüberliegenden Ende des Raums hing ein kostbarer Vorhang, der wohl den rückwärtigen Teil des Zelts abtrennte. Dort musste Nabul Khan zu finden sein und sicher auch Lia. Klut spürte eine wachsende Unruhe und Ungeduld in sich. Warum ließ Nabul Khan sie so lange warten? Er hatte sie doch zu sich rufen lassen, weil er sie sehen wollte.
Fender-Bai entgingen Kluts Unruhe und seine Blicke nicht. »Ihr habt Recht«, sagte er, »sie ist dort. Habt Geduld, Ihr werdet sie bald sehen.«
Es war wohl nicht möglich, irgendetwas vor diesem Mann zu verbergen. Hinter seinem elfenbeinfarbenen Gesicht und den dunklen, schräg stehenden Augen verbarg sich ein wacher Geist, dem nichts zu entgehen schien. Nabul Khan konnte sich glücklich schätzen, einen solchen Mann an seiner Seite zu wissen. Fender-Bai war wahrhaft würdig, als dritter Rat des Inneren Hofes auf der obersten Stufe von Nabul Khans Thron zu stehen.
Plötzlich teilte sich der Vorhang und Lia trat hindurch. Klut sprang auf und auch die anderen erhoben sich. Lia kam auf sie zu und ihr erster Blick galt wieder Klut. Es fiel ihm schwer, nicht die Beherrschung zu verlieren. Er hätte ihr so viel zu sagen gehabt. Doch er schwieg und begnügte sich damit, sie nicht aus den Augen zu lassen.
Lia wandte sich an Fender-Bai und sagte mit ihrer Stimme, die so sanft und klar war und Klut so vertraut erschien, als hätte er sie jeden Tag seines Lebens gehört: »Es geht ihm besser. Er wünscht die …« Sie stockte, als käme ihr das Wort nicht über die Lippen. Dann fuhr sie fort: »… die Fremden zu sehen.«
Klut verstand ihr Zögern. Er war kein Fremder für sie. Sie hatte ihn erkannt. Aber noch versuchte sie den Schein zu wahren.

Fender-Bai verbeugte sich vor ihr und die Gefährten folgten ihm und Lia. Wie Klut es erwartet hatte, betraten sie durch den Vorhang einen zweiten, abgetrennten Raum. Nur wenig Licht erhellte dieses Gemach. Sie sahen Nabul Khan, der auf einem breiten Lager ruhte. Kissen stützten den schweren Körper und hielten ihn halb aufrecht. Das Gesicht des Fürsten war mit Schweiß bedeckt und er trank durstig aus einem großen Becher. Seine Hand zitterte dabei und die Flüssigkeit beschmutzte seine Kleider. Verärgert schleuderte er den Becher von sich und winkte sie herrisch zu sich heran.
Als sie vor ihm standen, maß er sie lange mit seinen scharfen Blicken. Er mochte krank sein, sterbenskrank vielleicht, doch sein Blick hatte noch immer eine Kraft, die sich in sie einbrannte. Dann begann er leise zu sprechen: »Seit ihr meinen Hof betreten habt, sind sonderbare Dinge geschehen. Lia hat euch nicht durchschaut, aber einer ist unter euch, den sie zu kennen scheint. Ihr habt es gewagt, euch vor meinen Augen zu streiten, als wäre mein Hof eine üble Schenke, aber dahinter steckte eine Absicht. Einer von euch hat Korak getötet, obwohl er es gar nicht wollte. Und ihr scheint zu wissen, was das Ziel meiner Reise ist. Ihr wisst von Thalis. Wer seid ihr und warum seid ihr zu mir gekommen? Ihr sagt, dass auch ihr nach Thalis wollt. Es scheint mir also, dass ihr die Absicht habt, euch meiner zu bedienen und nicht, wie ihr anfänglich vorgegeben habt, mir dienen zu wollen. Ja, so muss es sein. Aber warum? Warum wollt ihr nach Thalis? Was sucht ihr dort? Und wisst ihr denn, wo es zu finden ist?«
Nabul Khan verstummte. Seine Worte hatten ihn erschöpft. Er fasste nach Lia und sie nahm rasch seine Hand. Dann schloss sie die Augen und nach wenigen Augenblicken belebten sich die Gesichtszüge des Tar-

kanerfürsten wieder. Lia schien ihm Kraft zu geben. Wieder begann der Fürst zu sprechen: »Vielleicht ist es so. Vielleicht weiß einer von euch, wo Thalis, das versunkene Reich, zu finden ist. Vielleicht ist es auch nur der Wunsch, Thalis zu finden, der einen von euch oder euch alle leitet. Dann wäre es vielleicht klug von mir, euch zu schonen und mir diese Kraft, die euch vorantreibt, zu Nutze zu machen. Aber wenn es nicht so ist? Wenn ihr Boten des Todes seid? Wenn ihr Unheil bringt und nicht ... Heilung?«
Erneut schwieg er. Er legte den Kopf zurück und schloss die Augen. Doch sie merkten, dass er nicht schlief, und keiner von ihnen wagte ein Wort zu sprechen. Es war geradezu unheimlich, wie offen all ihre Pläne, Wünsche und Gedanken vor diesem Mann ausgebreitet lagen. Sie waren seiner Entscheidung auf Gedeih und Verderb ausgeliefert.
Nabul Khan öffnete die Augen, wandte den Kopf zur Seite und blickte auf Lia. Sie spürte seinen Blick, öffnete die Augen und lächelte ihn an. Doch sein Gesicht verfinsterte sich und er erwiderte das Lächeln nicht. Da sagte Lia: »Ich habe Euch nicht verraten. Ihr irrt Euch in mir. Ich habe mich nicht geändert. Nichts ist anders, als es bisher war.«
»Dann sag mir, was ich tun soll«, forderte er sie mit rauer Stimme auf.
»Lasst sie am Leben«, antwortete Lia. »Wenn Ihr sie tötet, tötet Ihr die Hoffnung.«
»Und solchen Worten soll ich vertrauen?«, fragte Nabul Khan.
»Seht mich doch an«, erwiderte Lia. »Könnt Ihr zweifeln, dass ich die Wahrheit sage?«
»Nein«, sagte Nabul Khan. »Nein, du sagst die Wahrheit. Aber ist es auch meine Wahrheit? Du sprichst von

Hoffnung. Welche Hoffnung? Werde ich sterben, Lia? Werde ich sterben?«
»Ja«, antwortete Lia mit ruhiger Stimme und sie spürten, dass Nabul Khan diese Frage nicht das erste Mal stellte und dass die Antwort immer dieselbe war.
»Immer sagst du das«, bestätigte Nabul Khan ihre Ahnung. »Aber ich glaube es nicht. Du lügst oder du musst dich irren. Thalis ist die Hoffnung. Thalis ist die Heilung und das Leben. So heißt es und so glaube ich es.«
Er richtete sich auf und befahl: »Lasst mich allein. Alle! Geht!«
»Soll ich bleiben?«, fragte Lia.
»Nein!«, fuhr Nabul Khan sie mit scharfer Stimme an.
Sie verließen das Gemach des Fürsten und Fender-Bai führte sie wieder an den Platz im vorderen Teil des Zeltes, an dem sie ihre Mahlzeit eingenommen hatten. Dort ließen sie sich nieder und hielten eine sonderbare Krankenwache. Sonderbar, weil das Schicksal eine erstaunliche Gemeinschaft an Nabul Khans Krankenlager zusammengeführt hatte. Anders ließ sich dies nicht sehen und es war ihnen allen bewusst.
Klut war überglücklich, dass Lia bei ihnen blieb. Wenn es nach ihm gegangen wäre, hätten sie noch lange hier sitzen können. Wenn sie nur in seiner Nähe war!
Es war Skalg, der das Schweigen brach. »Ziehen wir nicht weiter, weil Nabul Khan zu krank dafür ist?«, fragte er.
»Ja«, sagte Fender-Bai. »Aber es wird vorübergehen. Wir werden unsere Reise bald wieder fortsetzen können.«
»Könnt Ihr ihn denn nicht heilen?«, wandte sich Issur an Lia.
»Nein«, antwortete sie. »Das kann ich nicht.«
»Aber Ihr habt mich doch auch wieder zusammengeflickt«, meinte Niem.

»Das war etwas anderes«, erwiderte sie lächelnd. »Wie Ihr es gesagt habt, habe ich Euch wieder … zusammengeflickt. Ihr wart nur verletzt. Schwer verletzt zwar, aber noch am Leben. Wunden können geheilt werden, aber der Tod nicht.«
»Aber warum hat Nabul Khan Euch zu uns geschickt?«, fragte Niem.
»Ich habe ihn darum gebeten und er hat es mir gestattet«, antwortete sie. Niem dankte ihr mit einem stummen Blick, was bei ihm wohl mehr sagte als alle Worte, die ihm immer so schnell und leicht über die Lippen kamen. Sie verstand den Dank und auch das Besondere daran.
»Und Nabul Khan, wird er sterben?«, fragte Skalg.
»Ja«, sagte sie. »Aber er will es nicht wahrhaben.«
»Er ist dennoch ein tapferer Mann«, mischte sich Fender-Bai ein. »In der Schlacht, mit dem Schwert in der Hand, fürchtet er den Tod nicht. Doch diese schleichende Krankheit hat seinen Geist verwirrt. Er kann nicht glauben, dass der Tod aus seinem eigenen Inneren kommt. Doch lasst euch von seinem Anblick nicht täuschen. Nie hat das Volk der Tarkaner einen größeren Fürsten gekannt. Und solange er lebt, werde ich ihm treu dienen.«
»Wir verachten Euren Herrn nicht«, sagte Skalg. »Aber warum seid Ihr so offen zu uns?«
»Alles, was meinem Herrn von Nutzen sein kann, findet einen Freund in mir«, erwiderte Fender-Bai.
»Glaubt Ihr denn, dass wir Eurem Herrn von Nutzen sein können?«, fragte Skalg erstaunt.
»Vielleicht«, erwiderte Fender-Bai. »Zumindest bringt ihr Hoffnung. Hoffnung, dass Thalis wirklich zu finden ist. *Wenn* es uns gelingt, das Land der Rajin zu durchqueren und … nun, was danach kommt, wird sich zeigen. Weiter kann ich nicht blicken.«
»Das klingt nicht sehr zuversichtlich«, meinte Skalg.

»Zweifelt Ihr etwa daran, dass ihr Kerala durchqueren werdet?«
»Ja«, antwortete Fender-Bai.
»Und doch seid Ihr bereit, Nabul Khan zu folgen«, rief Skalg erstaunt. »Auch wenn dies den sicheren Untergang für Euch bedeuten könnte.«
»Ja«, sagte Fender-Bai und fügte noch hinzu, so als sei damit alles gesagt: »Er ist mein Herr.«
Das verschlug den Gefährten die Sprache. Bis zu diesem Augenblick waren sie so überzeugt davon gewesen, dass der reisende Hof des Nabul Khan sie sicher durch Kerala und bis nach Thalis bringen würde, und nun mussten sie hören, dass diese Reise vielleicht nicht mehr als ein sinnloses Unternehmen war, das Hirngespinst eines todkranken Fürsten, der alles auf diese letzte Karte setzte, weil er nichts mehr zu verlieren hatte. Ihnen war auf einmal nicht mehr wohl in ihrer Haut. Vielleicht war es ein Fehler gewesen, sich Nabul Khan anzuschließen.
Dann geschah etwas, das sie nicht weniger erstaunte. N'Nuri sprach. Sie wandte sich an Lia und fragte: »Warum bist du hier?«
Lia lächelte sie an und zur Überraschung der Gefährten erwiderte N'Nuri das Lächeln. Nie zuvor hatten sie N'Nuri auf eine solche Weise lächeln sehen.
Lia warf Fender-Bai einen fragenden Blick zu.
»Warum nicht?«, beantwortete er ihre stumme Frage. »Ich kann keinen Schaden darin sehen, wenn Ihr Eure Geschichte erzählt.«
Klut sah Lia gespannt an. Er empfand N'Nuris Frage wie ein Geschenk. Jetzt würde er endlich mehr über Lia erfahren. Vielleicht auch über ... Fenelon.
»Ich bin in Mora geboren«, begann Lia, »am Schattensee, der so groß ist wie ein Meer. Die Küsten sind steil und das Land zerklüftet und unwegsam, aber doch wunder-

schön. Mein Vater war einer der Ratgeber des Herzogs von Mora. Ich hatte ein behütetes und sorgloses Leben. Früh zeigte sich bei mir die Gabe, Wunden heilen zu können. Doch mein Vater hütete dieses Geheimnis, so gut es eben ging. Wem ich half, der musste versprechen über meine Gabe zu schweigen, denn mein Vater fürchtete mich deshalb zu verlieren. Wie Recht er damit hatte! Ich war gerade sechzehn Jahre alt geworden, da näherte sich der Hof des Nabul Khan unserer Stadt. Niemand hatte dies erwartet. Mora liegt weit im Osten und ist kein reiches Land. Keine lohnende Beute für einen Herrscher wie Nabul Khan, so dachten wir. Er musste einen sehr weiten Weg zurückgelegt haben, eine lange und beschwerliche Reise. Wer weiß, wie lange diese Fahrt gedauert haben mochte.«
»Über ein Jahr lang«, murmelte Fender-Bai.
»Aber warum war er gekommen?«, fuhr Lia fort. »Was suchte er in Mora? Jeder in unserer Stadt fragte sich das mit Bangen. Dann sandte er eine Botschaft. Fender-Bai selbst überbrachte sie dem Herzog von Mora. Nabul Khan habe erfahren, dass eine Heilerin in den Mauern der Stadt lebe, so sagte Fender-Bai. Er sei gewillt, die Stadt zu verschonen, wenn ihm dafür diese Heilerin überlassen würde. Drei Tage Zeit ließ Nabul Khan dem Herzog. Wenn er die Heilerin bis dahin nicht ausliefern würde, würde die Stadt zerstört werden.
Mein Vater war entsetzt. Er wollte mich nicht verlieren. Und er begriff nicht, wie es möglich war, dass Nabul Khan von mir und meiner Gabe erfahren hatte.«
»Er war damals schon sehr krank«, erklärte Fender-Bai. »Und er hat Kundschafter in alle Himmelsrichtungen ausgesandt. Er hat viel erfahren. Über Thalis und über die Heilerin von Mora. Eine solche Gabe lässt sich nicht verbergen.«

»Ja, so war es«, sagte Lia. »Irgendeiner, dem ich geholfen hatte, hatte sein Versprechen wohl nicht gehalten. So sind die Menschen. Mir blieb nichts anderes übrig, als meinen Vater zu beschwören, mich Nabul Khan zu übergeben. Ich war eine Heilerin. Es durfte nicht sein, dass so viele Menschen sterben sollten, nur um mich retten zu können. Denn mein Vater wollte mit mir fliehen. Es gibt geheime Gänge in Mora und Schiffe im Hafen, die uns in Sicherheit gebracht hätten. Aber die Stadt und ihre Bewohner wären verloren gewesen. Das durfte nicht geschehen. Als die Frist zu Ende ging, trat ich vor den Herzog und gab mich zu erkennen. Dann nahm ich Abschied von meiner Familie, von all meinen Freunden und von meiner Heimat, die ich nie wieder sehen werde.«
»Das wisst Ihr nicht«, wandte Fender-Bai ein.
»Doch, das weiß ich«, entgegnete Lia. »Daran gibt es keinen Zweifel. Ich werde Mora nie wieder sehen. Nun, jetzt habt ihr gehört, wie ich zu Nabul Khan gekommen bin. Seit damals bin ich seine Dienerin und versuche seine Schmerzen zu lindern. Doch mehr als seinen Tod hinauszuzögern und sein Sterben leichter zu machen vermag auch ich nicht.«
»Aber Ihr seid doch mehr als nur eine Heilerin«, sagte Skalg.
»Ihr meint die Prüfung?«, fragte Lia. Skalg nickte.
»Ja, das auch«, erwiderte Lia. »Ich kann Lüge und Wahrheit erkennen. In Mora bestand dafür keine Notwendigkeit. Mein Leben dort war hell und ohne Arg. Doch eines Tages trat ein Mann vor Nabul Khan, der ihm seine Dienste anbot. Als ich ihn sah, wusste ich sogleich, dass er nicht die Wahrheit sagte, sondern Nabul Khan nach dem Leben trachtete. Ich warnte Nabul Khan, und als man den Mann durchsuchte, fand man einen vergifteten Dolch bei ihm. Der Mann starb durch Koraks Hände.

Von da an habe ich immer wieder Schuld auf mich geladen.«
»Wie meint Ihr das?«, fragte Fender-Bai erstaunt. »Ihr habt mehr als einmal Nabul Khans Leben gerettet.«
»Ja und anderen durch meinen Wahrspruch den Tod gebracht«, erwiderte Lia.
»Den sie verdient hatten«, wandte Fender-Bai ein.
»Wer sagt Euch, dass sie den Tod verdient hatten?«, widersprach Lia. »In ihren Augen war Nabul Khan ein Tyrann, einer, der ihr Land ausraubte und alle tötete, die sich ihm widersetzten und nicht gaben, was er verlangte. In ihren Augen war das, was sie taten, eine gerechte Sache. Doch ich habe sie verraten.«
»Es fällt mir schwer, Euch Recht zu geben«, sagte Fender-Bai verärgert.
»Weil Ihr ein Tarkaner seid und die Welt mit den Augen eines Tarkaners seht«, entgegnete Lia. »Also nennt Ihr das Recht der anderen Unrecht.«
»Ihr wagt viel mit solchen Worten«, meinte Fender-Bai.
»Wohl nur, weil Ihr unter dem Schutz meines Herrn steht.«
»Ich hatte gehofft auch Euer Vertrauen zu besitzen«, sagte Lia traurig.
Fender-Bai sah sie betroffen an. Dann verneigte er sich leicht. »Das habt Ihr. Verzeiht meine harten Worte. Ihr habt sie nicht verdient. Und ich täte gut daran, von Euren Worten zu lernen.«
»Ich danke Euch«, erwiderte Lia. »Ihr werdet ein würdiger Nachfolger Eures Herrn sein.«
»Ihr dürft so etwas nicht sagen«, stieß Fender-Bai entsetzt hervor.
»Doch, denn es ist wahr«, entgegnete Lia. »Ihr wisst das und Nabul Khan weiß es auch. Und er weiß auch, was er an Euch hat.«

»Die Wahrheiten, die Ihr seht, können erschreckend sein«, sagte Fender-Bai.
»Ja, aber dafür kann ich nichts«, erwiderte Lia. »Und Ihr könnt von mir nicht erwarten, dass ich sie verleugne.«
»Und doch sagt Ihr nicht immer die Wahrheit«, meinte Fender-Bai.
»Wie kommt Ihr darauf?«, fragte Lia erstaunt.
»Ihr habt Nabul Khan nicht gesagt, wer diese hier sind«, antwortete Fender-Bai und dabei wies er auf Skalg, Issur, Niem und N'Nuri. Dann verharrte seine Hand und zeigte auf Klut. »Und vor allem habt Ihr geschwiegen, als Ihr diesen Mann hier zum ersten Mal gesehen habt.«
Lia wurde blass und warf Klut einen erschreckten Blick zu. Unwillkürlich fuhr Kluts Hand dorthin, wo sein Schwert gewesen wäre, hätte man es ihm nicht abgenommen. Jede Gefahr, die Lia drohte, löste in ihm unweigerlich die Bereitschaft aus, sie zu schützen, koste es, was es wolle. Seine Augen richteten sich drohend auf Fender-Bai.
Doch dieser bemerkte es nicht und besänftigte Lia. »Seid unbesorgt. Ihr habt mein Vertrauen. Solange Euer Geheimnis keine Gefahr für meinen Herrn bedeutet. Denn das tut es doch nicht, nicht wahr?«
»Nein, nein, ich glaube nicht«, sagte Lia. »Und Ihr habt Recht, wenn Ihr meint, dass es ein Geheimnis ist, denn auch ich kann es nicht durchschauen. Ich weiß kaum mehr darüber, als Träume mir verraten könnten.«
Klut hielt den Atem an. Diese Worte galten ihm, auch wenn Lia es vermied, ihn dabei anzusehen. Sie waren eine Botschaft, die für ihn bestimmt war. Für ihn allein, denn nur er konnte sie verstehen. Also hatte auch sie Träume, so wie er. Und er hoffte umso mehr, endlich einmal mit ihr allein zu sein, um mit ihr reden zu können. Über seine und ihre Träume. Denn vielleicht ergab

sich ein ganzes Bild, wenn sie diese Träume wie Teile nebeneinander legen würden. Ein Bild, das ihn endlich verstehen ließ, was seine Bestimmung war.
In diesem Augenblick traten einige der Tarkaner in das Zelt. Sie trugen die Waffen der Fremden mit sich und gaben sie ihnen wortlos zurück. Dann verließen sie das Zelt wieder. Die Gefährten sprangen erfreut auf und legten die Waffen an.
»Was bedeutet das?«, fragte Skalg, der mit der Hand beinahe zärtlich über sein Langschwert strich.
Fender-Bai lächelte. »Das soll heißen, dass Nabul Khan eine Entscheidung getroffen hat. Ihr werdet mit uns reiten. Zu Eurem Besten oder ...«
Doch diesen Satz, den Fender-Bai in der Luft hängen ließ, mochte keiner der Gefährten beenden. Klut aber spürte sein Herz vor Freude höher schlagen. Er würde in Lias Nähe sein. Nur das zählte für ihn.
Nabul Khans Stimme war zu hören. Er rief Lia zu sich. Sie verschwand hinter dem Vorhang und kehrte bald darauf wieder zurück.
»Er ist wohlauf«, sagte sie zu Fender-Bai. »Der Hof soll aufbrechen.«
»Ihr bringt also zuweilen auch gute Nachrichten«, scherzte Fender-Bai, dann verließ er sie, um alles für den Aufbruch in die Wege zu leiten.
»Kommt mit«, forderte Lia die Gefährten auf.
Sie traten mit ihr vor das Zelt und fanden dort ihre Pferde vor. Zwei weitere Pferde, wahrhaft prächtige Tiere, wurden von Tarkanern an den Zügeln gehalten. Auf eines von ihnen schwang sich Lia.
»Ihr reitet?«, hörte sich Klut zu seinem Erstaunen zum ersten Mal das Wort an sie richten.
Lia warf ihm einen spöttischen Blick zu und nahm sich nicht die Mühe, ihm zu antworten. Er fühlte, dass er rot

wurde, und sah, dass seine Freunde nur mühsam ein Grinsen unterdrückten. Besonders Niem sah sich beinahe verzweifelt um, als suche er krampfhaft nach Ablenkung, um nicht vor Lachen laut herauszuplatzen. Klut schalt sich selbst einen Narren. Natürlich wussten seine Gefährten, wie es um ihn stand. Seine Gefühle für Lia waren nicht zu übersehen. Nur er war blind für die offenen Augen der anderen gewesen.

Rings um sie wurden die Zelte in bewundernswerter Schnelligkeit abgebaut und alles auf die Rücken der Lasttiere geladen. Im Handumdrehen war das Heer zum Aufbruch bereit.

Als es so weit war, öffnete sich der Eingang zu Nabul Khans Zelt und der Tarkanerfürst trat heraus. Nichts an ihm verriet den schweren Anfall, den er gerade überstanden hatte. Voller Kraft schwang er sich auf sein Pferd. Dort richtete er sich hoch auf und gab das Zeichen zum Aufbruch.

Die Elefanten erfüllten die Luft mit ihrem Trompeten und die hässlichen Schreie der Kamele fielen in den Chor ein. Der reisende Hof mit seinen Tausenden von Menschen und Tieren setzte sich in Bewegung, dem fernen Ziel entgegen, an dem alle ein ungewisses Schicksal erwartete.

Als der Staub sich hinter ihnen gelegt hatte und der Sand ihre Spuren verwischte, blieb nichts zurück als die Lanze, auf deren Spitze Koraks Kopf steckte, der mit leeren Augen in die Weite der Wüste und in die Unendlichkeit jenseits des Lebens blickte.

15
Skalg

Die Tage vergingen. Lange, heiße Tage, in denen der reisende Hof des Nabul Khan sich langsam, aber unaufhaltsam durch die Wüste Namur bewegte. Nach zwei Tagen erreichten sie eine Oase, eine grüne Insel mitten in der Wüste. Hier füllten sie an einem klaren Weiher ihre Wasservorräte auf, die schon bedrohlich zur Neige gegangen waren, und verbrachten eine Nacht unter Palmen, die sich im Wüstenwind sanft wiegten. Dann zog die Karawane weiter und hinter ihnen versank die kleine, fruchtbare Insel in den Wellen aus gleißendem Sand.
Die Gefährten ritten in diesen Tagen stets in der Nähe des Fürsten und somit, zu Kluts großer Freude, auch in der Nähe Lias. Zwar hatten sie kaum Gelegenheit, ein Wort miteinander zu wechseln, aber ihm genügte es, sie zu sehen und gemeinsam mit ihr den Weg zu gehen, der ihnen beiden vorausbestimmt war.
Ihre Stellung am Hofe war den Freunden nicht klar. Zwar ritten sie mit den Tarkanern, aber sie wurden nicht von diesen aufgenommen. Ihre Waffen hatte man ihnen zurückgegeben, aber sie erhielten nicht wie die anderen Söldner die Kleidung der Tarkaner. Sie waren geduldete Fremdlinge und niemand suchte Anschluss, weder die Tarkaner noch die Söldner.
Nur Fender-Bai gesellte sich oft und gerne zu ihnen. Vor allem mit Skalg vertiefte er sich in stundenlange Gespräche, bei denen sie ihre Erfahrungen und Erlebnisse austauschten. Beide waren viel herumgekommen und

hatten viel gesehen. Sie waren wandelnde Landkarten und die Freunde konnten nur staunend zuhören, was die beiden einander zu berichten wussten.

Eine sonderbare Freundschaft wuchs zwischen diesen ungleichen Männern, eine Freundschaft, die auf gegenseitiger Achtung beruhte. Doch so offen sie auch miteinander sprachen, so wahrten sie doch Distanz und bedrängten den anderen nicht, wenn sie bei ihren Gesprächen einen Punkt berührten, über den einer von ihnen lieber schwieg, sei es, weil Skalg sich und seine Gefährten nicht preisgeben wollte, oder sei es, weil Fender-Bai der Treue zu seinem Herrn verpflichtet war. Doch in diesen Augenblicken verstanden sie einander auch ohne Worte und umso mehr Respekt erwiesen sie den Geheimnissen des anderen.

So gesprächig Skalg in diesen Tagen war, so ungewohnt schweigsam war Niem geworden. Selbst Issur konnte ihn nur selten zu einem kleinen Streit anstacheln. Doch als sie schon dachten, dass er krank sei oder durch die schweren Verletzungen, die ihm Korak zugefügt hatte, verändert worden war, stellte er sie eines Abends in ihrem Zelt zur Rede und es zeigte sich, dass er nur stumm vor sich hingebrütet hatte. Als sie gerade beim Essen saßen, sprang er plötzlich auf, ging aufgeregt einige Schritte hin und her und pflanzte sich dann mit gerötetem Gesicht vor ihnen auf.

»Fetter Kuchen, hast du gesagt, Skalg«, brach es aus ihm heraus und sie verstanden nicht gleich, was er damit sagen wollte. »Gut, hab ich mir gedacht. Das klingt so, als ob es sich lohnt. Also bin ich mit euch gekommen, bin hinter diesem Nabul Khan her gewesen, bis ich mir den Hintern durchgeritten hab. Und du hast Recht gehabt. Es ist ein fetter Kuchen! Und was für einer! Aber etwas stimmt hier nicht. Etwas stinkt ganz gewal-

tig. Keiner von euch hat Appetit auf diesen Kuchen. Keiner von euch will sich ein Stück davon abschneiden. Warum, frage ich mich? Was ist mit den Meisterdieben los? Der da ...«, und er wies mit der Hand empört auf Klut, »... der da hat zu diesem Tarkanerfürsten gesagt, dass wir nach Thalis wollen, so wie Nabul Khan. Aha, sag ich mir, das ist es also. Also darum wollte er so unbedingt nach Westen. Gut, soll er doch. Aber was ist mit uns? Wollen wir nach Thalis? Willst du nach Thalis, Skalg? Ja, du, Skalg. Dich frage ich besonders.
Warum sind deine Loblieder verstummt? Warum ist nicht mehr die Rede von einsacken und davonschleichen? Was ist in dich gefahren? Wo ist unser Anführer? Wo sind deine Pläne? Warum schlagen wir uns mit der Wüste rum und laufen den Rajin in die Krallen, als wäre Kluts Weg auch der unsere? Was soll das alles? Warum hast du dich so verändert? Und warum sagt ihr nichts? Du, Issur und du auch, N'Nuri? Warum? Verdammt noch mal, warum?«
Seine Haare richteten sich auf und sein Schmuck klimperte, so heftig zitterte er vor Empörung am ganzen Leib. Wenn es ihm nicht so bitter ernst gewesen wäre, hätte er sie wohl zum Lachen gebracht. So aber blieb ihnen das Lachen im Hals stecken.
Klut blickte zu Skalg hinüber. Doch dieser sah schweigend vor sich auf den Boden und auch Issur und N'Nuri wichen Kluts Blicken aus.
»Skalg!«, wiederholte Niem grimmig. »Ich will eine Antwort von dir. Ich habe ein Recht darauf.«
Skalg blickte auf und erwiderte nur: »Setz dich!«
»Was?«, rief Niem.
»Ich sagte, setz dich!«, herrschte Skalg ihn an. Völlig aus der Fassung gebracht setzte sich Niem ohne Widerrede. Wieder sah Skalg vor sich auf den Boden und ein lasten-

des Schweigen breitete sich aus. Niem ließ seine Blicke von einem zum anderen wandern, doch niemand sah ihn an. Verwirrt griff er nach einem Knochen, als wäre dies das Einzige, woran er sich noch festhalten konnte, und knabberte an den Fleischresten.

Plötzlich sah Skalg auf und fragte heftig: »Kannst du ohne Hoffnung leben, Niem? Sag, kannst du das?«

»Was?«, stammelte Niem. »Was soll das?«

»Ich habe dir eine Frage gestellt«, ließ Skalg nicht locker. »Kannst du das?«

Niem zuckte mit den Schultern, doch als er sah, dass ihn alle fragend anblickten, wurde er verlegen und murmelte abwehrend: »Dumme Frage. Nein, kann ich nicht.«

»Gut, dann hör zu«, forderte Skalg ihn mit sonderbar harter Stimme auf. »Du sollst deine Antwort haben. Und danach werden wir beide ein Wörtchen über fette Kuchen reden.«

Er zog sein Schwert heran und nahm die überlange Klinge in beide Hände. Dann hob er die Waffe an und sagte: »Dieses Schwert ist eines der Schwerter von Askor. Davon hat es einst sehr viele gegeben und viele tapfere Männer haben mit solchen Schwertern gekämpft. Doch das ist lange her. Vielleicht ist dieses das letzte. Ich weiß es nicht. Askor ist Vergangenheit.

Keiner von euch wird je von einem Land namens Askor gehört haben oder von einem Volk, das dort gelebt hat. Wie solltet ihr auch? Es war einst groß wie viele Reiche und ist untergegangen wie andere Reiche auch. Und die Männer, die diese Schwerter führten, sind tot oder in alle Winde zerstreut. Vielleicht bin ich sogar der Letzte von ihnen wie dieses Schwert.

Schon damals, als ich noch jung war, war nicht mehr viel von der einstigen Größe Askors zu erkennen. Andere, Stärkere, hatten uns in allzu vielen Schlachten besiegt

und uns war kaum mehr geblieben als der Stolz auf eine glorreiche Vergangenheit. Doch vom Stolz allein wird der Bauch nicht satt und die Schwerter von Askor mussten in fremde Dienste treten.
Gute Krieger waren wir, gute Söldner, die ihr Handwerk verstanden. Und ich war einer von ihnen. Schon früh trat ich in fremde Heere ein und verdiente mir mein Brot mit meinem Schwert. So wie mein Vater es getan hatte und auch sein Vater vor ihm.«
Skalg schwieg und blickte auf das Schwert in seinen Händen. Dann fuhr er fort: »Aber mit den Jahren kamen mir Zweifel. Wenn ich ein Schlachtfeld hinter mir ließ, bedeckt mit Toten und dem Blut, das in der aufgewühlten Erde versickerte, erschrak ich vor der Leere in mir. Jedem Blutrausch folgte nichts als eine neue Schlacht oder die Aussicht auf einen Tod auf dem so genannten Feld der Ehre. Der Geschmack dieses Wortes war bitter geworden, denn die Ehre wurde mit dem Gewicht der Münzen gemessen, für die ich mich verkaufte.
Eines Tages ließ ich die fremden Schlachtfelder hinter mir. Ich war müde und wollte zurück nach Hause. Ich wusste nicht, was ich dort sollte, aber ich wollte einmal noch Askor sehen. Viel brachte ich nicht mit von meinem Söldnerleben, denn das meiste, was ich erworben hatte, hatte ich in Saufgelagen und beim Spiel gelassen. Mein schmaler Geldbeutel führte mir die Sinnlosigkeit meines Daseins deutlich genug vor Augen.
Weit entfernt, im hohen Norden, liegt das Land, das einst Askor hieß, und weit war ich schon gekommen, als ich Marmot begegnete und mein Leben sich veränderte.
Ich werde diesen Tag nie vergessen. Es war an einem engen Hohlweg. Die Felsen der Passhöhe, die ich überquerte, standen so dicht, dass nur ein Pferd auf dem Weg Platz finden konnte. Gerade hatte ich den Scheitel des

Passes erreicht, da sah ich mich einem Reiter gegenüber, der mir entgegenkam. Es gab keine Möglichkeit, auszuweichen und einander vorbeizulassen. Einer von uns musste kehrtmachen und dem anderen den Vortritt lassen. Wir hielten unsere Tiere an und musterten uns erst einmal schweigend. Keiner von uns war gewillt umzukehren. Eine lächerliche Situation. Mein Verstand sagte mir, dass dies gütlich geregelt werden könnte, doch mein Stolz verwehrte es mir, nachzugeben. Der Fremde schien dies zu spüren und ohne ein Wort zu verlieren stieg er ab und zog sein Schwert. Ich war überrascht, denn der Mann war schon alt und sein Haar beinahe weiß. Dennoch wirkte er nicht gebrechlich und seine Bewegungen verrieten Kraft.
›Ich schlage vor, dass wir dies schnell hinter uns bringen‹, sagte er.
Ich stieg ebenfalls ab und zog mein Schwert. ›Von mir aus gern‹, erwiderte ich. ›Wozu unnütz die Zeit mit Reden vergeuden.‹
›Ihr habt da eine ganz besondere Waffe‹, meinte er.
›Ich bin gerne bereit, Euch damit näher bekannt zu machen‹, entgegnete ich.
Er lächelte und schüttelte den Kopf. Er schien keine Furcht zu kennen und sogar seinen Spaß an der Sache zu haben. Nun, mir sollte es recht sein. So blieb mir die Schande erspart, einen hilflosen, alten Mann zu töten. Der Fremde schien ein Mann zu sein, der sein Schwert zu führen verstand, und so würde ich ihn in einem ehrenvollen Kampf besiegen.
Doch ich hatte mich getäuscht. Schon nach wenigen Schlägen wurde mir klar, dass mir dieser Fremde weit überlegen war. Er führte seine Waffe mit einer Leichtigkeit und Kunstfertigkeit, der ich kaum etwas entgegenzusetzen hatte. Und er schien mit mir zu spielen. Wenn

er gewollt hätte, hätte er mich ohne weiteres töten können. Doch er tat es nicht.
Ich hätte aufgeben können. Ich hätte meine Niederlage eingestehen und den Weg freigeben können. Doch ich fühlte mich gedemütigt und war blind vor Stolz und Ehrsucht. Also nahm ich meine ganze Kraft zusammen und führte meine Schläge mit einer Wildheit gegen ihn, die ihn zwang, um sein Leben zu kämpfen.
Dann ging alles sehr rasch. Mein Gegner tat einige wenige Schläge, wie ich sie nie für möglich gehalten hatte, das Schwert wurde mir aus der Hand geschlagen und der Fremde setzte mir seine Waffe an den Hals.
Das war es, dachte ich. Jetzt ist es also vorbei. Seltsamerweise empfand ich keine Angst vor dem Tod, sondern so etwas wie Erleichterung. Ich atmete tief aus, schloss die Augen und erwartete den letzten Schlag.
Doch das geschah nicht. Stattdessen hörte ich den Mann fragen: ›Könnt Ihr ohne Hoffnung leben?‹
Erstaunt riss ich die Augen auf und starrte den Mann verwirrt an. Was sollte das? Warum tötete er mich nicht? Und warum stellte er mir so eine Frage? Jetzt, in einem solchen Augenblick.
Wieder tat er etwas Erstaunliches, etwas Unerwartetes. Er nahm sein Schwert von meinem Hals, drehte es um, drückte mir den Griff in die Hand und setzte die Spitze der Waffe an seinen eigenen Hals.
Jetzt hätte ich zustoßen können. Aber ich war wie gelähmt. Ich hatte das Gefühl, auf schwankendem Boden zu stehen. Nichts war so, wie ich es gewohnt gewesen war. Und ich konnte nicht mehr so handeln, wie ich all die Jahre meines Lebens zuvor ohne Zögern gehandelt hätte.
Der Fremde bemerkte meine Unsicherheit und wieder fragte er: ›Könnt Ihr ohne Hoffnung leben?‹

›Nein‹, sagte ich und ich hatte das Gefühl, noch niemals so ehrlich gewesen zu sein wie in diesem Augenblick.
›Dann kommt mit mir‹, forderte er mich auf.
Und das tat ich. Ich wurde Marmots Schüler. Er lehrte mich mein Schwert so wie er zu führen. Drei Jahre blieben wir zusammen, ohne dass er mir verriet, warum er mich nicht getötet hatte, sondern mir stattdessen all sein Wissen weitergab.
In diesen Jahren erzählte er mir viel von seinen Wanderungen und immer wieder von Thalis, dem untergegangenen Reich des Friedens. Dort, sagte er mir, liege die Hoffnung, für ihn, für mich und für alle Menschen dieser kriegerischen Welt.
Als er mich alles gelehrt hatte, als ich ihm ebenbürtig war und ihn zum ersten Mal im Kampf besiegte, da ließen seine Kräfte nach. Es war, als hätte er eine letzte Aufgabe vollbracht. Bis zu diesem Tag hatte er sich aufrecht gehalten. Jetzt aber wurde er müde und krank und ich begriff, dass er sterben würde.
Auf seine Bitte hin brachte ich ihn an einen Ort, von dem aus wir einen weiten Blick in Richtung Westen hatten. Dort legte ich ihn unter einen Baum und tagelang sah er über die Hügel und Wälder. Er war ganz still. Nur am Abend, wenn die Sonne am Horizont versank, schien ihn etwas zu quälen. Endlich, als er fühlte, dass sein Ende nahte, fasste er meine Hand und sagte: ›Such dir Gefährten, Skalg. Gefährten, denen du vertrauen kannst. Und dann suche den, der auf dem Weg nach Thalis ist. Hilf ihm Thalis zu finden.‹
›Aber wie soll ich ihn erkennen, Meister?‹, fragte ich.
›Du wirst ihn an seiner Schwertkunst erkennen‹, erwiderte er. ›Er wird kämpfen wie ich. Und er wird meinen Platz einnehmen.‹
›Woher wisst Ihr das?‹

›Es muss so sein‹, erwiderte er. ›Es kann, es darf nicht anders sein. Ich habe viel nachgedacht. Was in mir erwacht ist, wird auch in anderen erwachen. Wo ich versagt habe, wird ein anderer den Weg vollenden.‹
›Und wo ist dieser andere?‹
›Er ist noch nicht geboren worden‹, antwortete er. ›Er kann nicht leben, bevor ich gestorben bin.‹
Seine Augen schlossen sich. Er atmete kaum noch. Doch nach einer Weile schlug er die Augen noch ein letztes Mal auf und flüsterte so verzweifelt, dass es mir im Herzen wehtat: ›Ich habe sie nicht gefunden, Skalg. Ich habe sie nicht gefunden.‹
›Wen habt Ihr nicht gefunden, Meister?‹, fragte ich.
›Die‹, flüsterte er mit kaum noch hörbarer Stimme. ›Die, die den Schlüssel ...‹ Dann war es vorbei. Sein Blick ging nach Westen und er lächelte wehmütig. Es war, als würde er davongehen, hinein in das Licht der untergehenden Sonne.
Ich habe ihn begraben. Unter diesem Baum. Doch dann ging ich in die Irre. Wieder überfiel mich mein alter Stolz. Warum sollte ich mich auf die Suche nach einem anderen machen? Hatte mein Meister mich nicht alles gelehrt, was er wusste? Beherrschte ich nicht seine Kunst, das Schwert zu führen? Warum sollte ich nicht seinen Platz einnehmen? Warum sollte ich nicht der Auserwählte sein, der Thalis finden und das Reich des Friedens zu neuem Leben erwecken würde?
Also machte ich mich auf und mit meinen neuen Fähigkeiten hatte ich mir bald genug Gold erworben, um mir ein großes Gefolge zu kaufen, mit dem ich mich nach Thalis begab. Aber ich hätte besser auf meinen Meister hören sollen. Mein Hochmut wurde hart bestraft.
Wir kamen weit nach Westen und es gelang uns, die

Wüste Namur zu durchqueren und Kerala zu erreichen. Dort aber erwarteten uns die Rajin. Kaum hatten wir die Grenze zu ihrem Land überschritten, da fielen sie über uns her. Ich wurde schwer verwundet und verlor ein Auge dabei. Mit knapper Not konnten wir entkommen. Jetzt erwies es sich, dass Marmot Recht gehabt hatte, als er mir auftrug, Gefährten zu suchen, denen ich vertrauen könnte. Die Söldner, die mir für Geld gefolgt waren, ließen mich im Stich. Sie raubten mich aus und ließen mich am Rand der Wüste zurück. Einer von ihnen drückte mir mein Schwert in die blutenden Hände und sagte noch grinsend, bevor er sich davonmachte: ›Nun seht zu, ob Ihr mit Eurem Schwert nicht den Tod besiegen könnt.‹
Nun, mein Schwert rettete mich nicht. Die Habgier einiger Händler, die durch die Wüste zogen, kam mir zur Hilfe. Sie pflegten mich gesund, doch nur, um mich für einen guten Preis in die Sklaverei zu verkaufen. Wie ich diesem Los entkam, ist eine andere Geschichte und ich will euch damit nicht aufhalten.
Als ich endlich wieder ein freier Mann war, schwor ich mir, den Worten meines Meisters aufs Genaueste zu folgen und das, worum er mich gebeten hatte, zu erfüllen.«
Skalg brach ab und ließ den Blick über die Gefährten wandern. Dann fuhr er leise fort: »Alles ist so gekommen, wie Marmot es vorhergesagt hat. Ich habe Gefährten gefunden, denen ich vertraue, und ich bin dem Mann begegnet, der Thalis sucht und der das Schwert auf dieselbe Weise zu führen versteht, wie mein Meister es tat.
Das ist meine Geschichte, Niem. Und die Antwort auf deine Fragen. Eine andere gibt es nicht. Du musst entscheiden, ob du damit zufrieden bist. Fettere Kuchen kann ich dir nicht bieten.«

Niem starrte Skalg an. Deutlich war auf seinem Gesicht der Kampf zu sehen, der in seinem Inneren tobte. Endlich stieß er hervor: »Und du glaubst, dass du mir vertrauen kannst? He, Skalg? Sag schon!«
»Ja«, antwortete Skalg.
Niem verdrehte die Augen, sandte einen langen Blick zur Zeltdecke hinauf und meinte seufzend: »Und da hast du auch verdammt noch mal Recht. So wahr ich Niem Dok ut ... ach, was solls!«
Skalg lächelte und fragte: »Heißt das, dass du mit uns kommst?«
»Obwohl ich von allen guten Geistern verlassen sein muss«, erwiderte Niem. »Ja, ja und nochmals ja. Wer weiß? Vielleicht finden sich in diesem Thalis ein paar Kuchen, die so fett sind, wie wir es uns nicht einmal erträumen können. Was meinst du, Klut? Klut? Was ist denn mit dir?«
Jetzt erst bemerkten sie, dass Klut totenblass geworden war. Seine Lippen waren blutleer und er schwankte. Skalg sprang auf und trat zu ihm. Er hielt ihm einen Becher Wasser an die Lippen und half ihm ein paar Schlucke zu trinken. Allmählich kehrte Farbe in Kluts Gesicht zurück.
Skalg kniete sich neben ihn und sagte: »Ich kann mir vorstellen, was in dir vor sich geht. Seitdem ich dich zum ersten Mal getroffen und an deiner Fechtkunst erkannt habe, wusste ich, dass ich dir das eines Tages erzählen würde. Ich kann es dir nicht ersparen. Leider.«
Klut sah Skalg mit weit aufgerissenen Augen an. »Es gab einen anderen vor mir«, flüsterte er mit heiserer Stimme. »Vielleicht mehr als einen. Warum?«
»Und nach ihm auch, nicht wahr, Marei?«, fragte Silas.
»Und nach mir? Wird es nach mir noch andere geben?«
»Ich weiß es nicht«, erwiderte sie.

»Aber warum?«
»Das kann ich dir nicht sagen«, antwortete Marei. »Das wäre nicht gut für dich. Du musst mir weiter zuhören.«
»Ich habe Angst, Marei.«
»Ich weiß«, sagte sie. »Soll ich aufhören?«
»Nein, nein«, stieß Silas hervor. »Ich will wissen, warum das so ist. Ich muss es wissen. Erzähl weiter, Marei! Was hat Skalg geantwortet?«
Marei sah besorgt auf sein Gesicht. Sie sah die Schatten unter seinen Augen. Aber es war nicht die Müdigkeit, die sein Gesicht zeichnete. Es war das Fieber, das ihn ergriffen hatte. Und die Anstrengung, die es ihn kostete, alles zu verstehen und zu ertragen. Aber sie konnte, sie durfte ihn nicht schonen. Sie hatte so lange auf diesen Augenblick gewartet. Doch niemals hatte sie sich vorgestellt, dass sie so grausam sein musste. Und obwohl sie nicht weniger davon überzeugt war, das Richtige zu tun, auch für Silas, so musste sie sich doch überwinden um fortfahren zu können.
»Skalg hatte keine Antwort auf diese Frage. Klut musste allein einen Weg finden, das Unglaubliche, das er von Skalg gehört hatte, zu begreifen.
Mühsam erhob er sich und wehrte die Freunde ab, die ihn stützen wollten.
»Ich muss raus«, sagte er. »Allein!«
Er trat vor das Zelt. Wie blind fand er den Weg an Beros Seite. Dort lehnte er sich an den Hals des Pferdes und kämpfte gegen die Übelkeit an, die ihn würgte. Nur allmählich beruhigte sich sein Atem und er konnte wieder halbwegs klar denken.
Jetzt verstand er, was ihn so erschreckt hatte. Dass es vor ihm einen anderen gegeben hatte, der nach Thalis gesucht hatte, war nicht der Grund. Doch dass das Wesen, das ihn so tief berührte, das ihm anfangs so fremd und erst nach

langer Zeit so vertraut geworden war wie ein zweites Ich, sich nun als etwas erwies, das nicht nur zu ihm gehörte, sondern schon Teil eines anderen oder vielleicht mehrerer anderer gewesen war, ließ ihn vor sich selbst zurückschaudern. Er kam sich benutzt vor, wie ein leeres Gefäß, das ohne Eigenwert war, nur dazu da, um Träger einer geheimnisvollen, fremden Macht zu werden. Was er für seine eigenen Erinnerungen an eine vergangene, versunkene Zeit gehalten hatte, gehörte nicht wirklich ihm. Vielmehr wurde er von diesen Erinnerungen in Besitz genommen. Er zählte nicht, nur der andere.

Und Lia? War es bei ihr nicht auch so? Hatte dieser Marmot nicht mit seinem letzten Atemzug gesagt, dass er die mit dem Schlüssel nicht gefunden hatte? Also hatte es auch schon eine andere vor Lia gegeben, eine die wie Lia Fenelon in sich getragen hatte. Aber was verband ihn dann mit Lia? Waren es nicht seine eigenen Gefühle, die er für sie empfand? Empfand ein anderer in ihm für eine andere in ihr?

Ihm wurde wieder schwindlig und alles in ihm sträubte sich gegen diesen Gedanken. Nein, er konnte nicht glauben, dass irgendjemand ihm so etwas antat. Es musste eine andere Antwort geben. Eine, in der auch er einen Platz hatte und Lia.

Was hatte Marmot gesagt? Dass derjenige, der seinen Platz einnehmen würde, noch nicht geboren sein konnte, solange Marmot noch am Leben war. Erst nach seinem Tod war dies möglich. Also war das, was ihn und Marmot und vielleicht noch andere miteinander verband, nicht etwas, das frei war und die Träger beliebig, nach eigenem Gutdünken wechseln konnte. Nein, es war an den Tod und die Geburt dieser Träger gebunden. Es konnte ohne diese nicht leben.

Sonderbar! Dieser Gedanke half Klut. Dieser Gedanke

gab ihm seinen Wert zurück und das, was in ihm und in Marmot und vielleicht in anderen erwacht war, erschien ihm nun wie ein kostbares Gut, das es zu hüten galt. Er war der Auserwählte, nein, einer der Auserwählten. Wie diesen war ihm etwas Besonderes geschenkt worden, eine Aufgabe, ein Lebenssinn. Und er begriff plötzlich auf neue Weise den Sinn des Wortes Hoffnung. Lia hatte es zu Nabul Khan gesagt: ›Wenn Ihr sie tötet, tötet Ihr die Hoffnung‹. Damit hatte sie ihn gemeint und vielleicht auch sich selbst. Denn sie wusste, wer Klut war. Sie hatte ihn erkannt. Mit ihren eigenen Augen und ihren eigenen Gefühlen.

Klut richtete sich auf und klopfte Beros Hals. Es ist alles gut so, dachte er. Lia und ich werden gemeinsam nach Thalis gehen. Und wir werden nicht allein sein. Marmot, dem es selbst nicht gelungen war, das Ziel zu erreichen, ja, dem es nicht einmal vergönnt gewesen war, seine Lia zu finden, hatte vorgesorgt. Dieser Mann, den das Schicksal auf so geheimnisvolle Weise mit Klut verband, hatte seine letzten Lebensjahre in den Dienst seines Nachfolgers gestellt. Ohne dass er Gewissheit gehabt hätte, dass es diesen je geben würde, nur getrieben von der Hoffnung. Und er hatte Skalg zu seinem Schüler gemacht, damit dieser eines Tages Marmots Nachfolger zur Seite stehen konnte. Es hätte auch vergebens sein können und Skalg hätte Klut auch nie treffen können, doch es war anders gekommen. Marmots Botschaft hatte Klut erreicht. Nun habe ich zwei Väter, dachte Klut. Meinen leiblichen und Marmot, mit dem etwas starb, das in mir wieder geboren wurde.

Klut wandte sich um und kehrte in das Zelt zurück. Dort sahen ihm seine Gefährten fragend entgegen.

Klut lächelte. »Und ihr seid sicher, dass ihr mit mir kommen wollt? Nach Thalis?«

Sie nickten alle und es war N'Nuri, die aussprach, was sie dachten: »Niemand kann ohne Hoffnung leben.«

16
Die Rajin

Marei brach ihre Erzählung ab und betrachtete Silas. Erleichtert sah sie, dass sein Gesicht sich belebt hatte. Das verzehrende Fieber hatte sich etwas gelegt. Jetzt war er wieder ruhiger.
Es ist wirklich wahr, er empfindet wie Klut, dachte sie. Und wie Marmot und all die anderen. Eine große Freude erfüllte sie. Und umso zuversichtlicher wurde sie, dass er der Richtige war, der, auf den sie so lange gewartet hatte. Sie musste ihn nicht schonen. Er war stark genug um allem standhalten zu können.
Silas blickte in die Flammen und wartete ohne Ungeduld darauf, ihre Stimme wieder zu hören. Als sie weitersprach, hätte er auch heftig nicken können oder laut ausrufen, so richtig schien es ihm, zu hören, dass die Gefühle, die Klut für Lia empfand, durch Skalgs Geschichte keinen Schaden genommen hatten. Nein, das Band zwischen ihnen war noch stärker geworden, als er sie am nächsten Morgen wieder sah. Denn das, was sie verband, war Teil einer Kraft, die ganze Zeitalter überstehen konnte. Und seine Gefühle erfüllten ihn mit Stolz, bestärkten ihn darin, sich der Aufgabe, die ihm bestimmt worden war, als würdig zu erweisen. Er würde alles tun, um Lia sicher nach Thalis zu führen. Alles!

Gegen Mittag dieses Tages preschten Kundschafter heran und überbrachten Nabul Khan die Nachricht, dass Kerala nicht mehr weit sei. Noch an diesem Abend würde der reisende Hof die Grenze Keralas erreichen. Alle, die dem Tarkanerfürsten nahe waren, konnten sehen, wie sich seine Gestalt straffte und mit neuer Kraft füllte. Schweigsam war er auf dieser Reise gewesen und hatte die Führung des Hofes ganz Fender-Bai überlassen. Wenigstens hatten seine Anfälle ihn verschont und ihre Reise nicht wieder zum Stocken gebracht. Dennoch hatten die Ereignisse der vergangenen Tage ihre Spuren hinterlassen. Immer deutlicher wurde sichtbar, dass Nabul Khan alt und krank war. Immer mehr nahm die Krankheit von ihm Besitz und ließ ihn starrsinnig seinem fernen Ziel entgegendrängen. Auch ein Nabul Khan konnte nicht ohne Hoffnung leben. Mochte diese Hoffnung auch nur eine Selbsttäuschung sein.
In der Ferne sahen sie ein gewaltiges Gebirge auftauchen und sie wunderten sich, dass sie es nicht schon lange vorher gesehen hatten. Vielleicht hatte die Endlosigkeit der Wüste sie blind dafür gemacht oder das Licht der Wüste ihnen einen leeren Horizont vorgegaukelt, weil die Wüste Namur ihre Opfer nur ungern aus ihrem gefährlichen Griff entließ. Doch sie hatte diesen Kampf verloren. Diese Schlacht hatte Nabul Khan gewonnen und nichts schien ihn aufhalten zu können. Nicht die Hitze der Wüste und nicht die Rajin.
Das Gebirge nahm immer deutlichere Gestalt an. Bald konnten sie die scharfen Spalten, Risse, Brüche und Schründe erkennen, die die Felswände zu unüberwindbaren Hindernissen machten. Und dort sollte ein Durchkommen sein? Dort sich der Weg nach Thalis öffnen?
Dann waren sie nahe genug heran, um die Schlucht zu sehen, die sich zwischen den Bergriesen öffnete.

Wucherndes Grün füllte dieses enge Tal, ein strotzendes Pflanzenreich, dessen Arme sich bis weit in die Wüste hinein erstreckten.
Der Boden unter ihnen wurde fester. Erstes Gras zeigte sich und unmerklich wandelte sich die Wüste zur Savanne, deren hohes Gras sich wie die Wellen eines grünen Meeres in einem milderen Wind bewegte. Vogelschwärme erhoben sich in zwitschernden Wolken aus dem Dickicht des Tales, zogen in weiten Kreisen über ihre Köpfe und versanken wieder wie in grünem Schaum. Es war ein herrlicher Anblick, der ihre Herzen höher schlagen ließ und sie erfrischte. Aber auch verwirrte. Das sollte Kerala sein, das Land der Rajin, von denen so Furchtbares zu hören war? Dieses herrliche Tal, das so einladend die ausgedörrten Reisenden am Rand der Wüste empfing? Es schien unmöglich, und hätte sich Skalgs Gesicht bei diesem Anblick nicht verdüstert, so hätten sie es nicht geglaubt. In schmerzlicher Erinnerung zuckte seine Hand unwillkürlich zu seiner Augenklappe und schaudernd versuchte er die bösen Erinnerungen abzuschütteln.
Als sie nah genug waren, um Einzelheiten erkennen zu können, zeigte es sich, dass der erste Eindruck sie getäuscht hatte. Für den, der die Wüste verließ, mochte Kerala im ersten Augenblick wie ein freundlicher Garten erscheinen, doch aus der Nähe sahen sie, was es wirklich war: ein undurchdringlicher Dschungel, dessen feuchte Schwüle sich auf ihre Brust legte und das Atmen schwer machte.
Die Karawane geriet ins Stocken. Instinktiv wichen die Tiere vor dem grünen Dunkel zurück und auch die Menschen blickten mit Scheu auf das erreichte Ziel. Nabul Khan hatte ein Einsehen und ließ den reisenden Hof ein Stück weit in die offene Grasebene zurückwei-

chen. Dort errichteten sie das Lager und waren froh, Kerala in sicherer Entfernung zu wissen.

»Diese Rajin trauen sich doch wohl nicht ins Freie, oder, Skalg?«, fragte Niem und warf einen beklommenen Blick auf den düsteren Dschungel.

»Nein«, antwortete Skalg. »Hier sind wir sicher. Diese Nacht kannst du noch ruhig schlafen.«

»Das sind ja ermutigende Worte«, murmelte Niem. »Diese Nacht noch. Aber die nächsten wohl nicht mehr. Wenn es noch nächste geben wird. Ruhig schlafen, pah! Ruhig albträumen werde ich, Skalg. Und die Geister aller meiner Ahnen auf Knien um Vergebung bitten, dass ich sie an den Rand dieses Höllenlochs gezerrt habe. Puh!« Und er schüttelte sich so heftig, dass sein Schmuck klimperte.

Sie versorgten ihre Pferde und nahmen schweigend eine Mahlzeit zu sich. Dann legten sie sich zur Ruhe. Aber keinem von ihnen gelang es, Schlaf zu finden. Zu bedrohlich empfanden sie die Nähe der Rajin. Noch weit vor Sonnenaufgang waren alle auf den Beinen und erwarteten sehnsüchtig das Licht des Morgens.

Als es endlich so weit war, nahmen die Gefährten an einem Schauspiel teil, das sie in Staunen versetzte. Als sie zu Pferde saßen, schien es ihnen, als würden sich die äußeren Ringe des reisenden Hofes öffnen und eine Streitmacht entlassen, wie sie noch keine zuvor gesehen hatten. Nabul Khan führte die Tarkaner gegen Kerala und versammelte sie vor den Grenzen des feindlichen Landes. Die Madanireiter, die Kamele und ihre Treiber, alle Diener aus dem Volk der Oguren und alle Zelte blieben zurück wie eine wundersam aus dem Boden gewachsene Stadt. So wie es ihnen Hamarr, der Madani, gesagt hatte, waren es allein die Tarkaner, die sich dem Kampf stellten.

Es war ein gewaltiger Anblick, den dieses Heer bot. Zweitausend Reiter saßen zu Pferde und um sie schloss sich ein weit gezogener Ring aus Elefanten, die sie wie eine schützende Mauer umgaben. Wann hatte jemals zuvor ein Feldherr eine solche Streitmacht angeführt? Niemals hatten die Freunde etwas Vergleichbares gesehen. Andere Heere mochten mehr Kämpfer aufzubieten haben, doch kein Heer strahlte eine solche Stärke, Entschlossenheit und Unbesiegbarkeit aus.
»Es könnte ihm gelingen«, sagte Skalg leise. »Es könnte ihm gelingen.«
So wie es Nabul Khan angeordnet hatte, hielten sie sich in der Nähe des Tarkanerfürsten an der Spitze des Heeres und Klut stellte erleichtert fest, dass Lia nicht weit war. Wie Fender-Bai ritt sie neben Nabul Khan, und auch wenn Klut im Grunde seines Herzens entsetzt darüber war, dass Nabul Khan nicht zögerte Lia einer solchen Gefahr auszusetzen, so war er doch froh, ihr nahe zu sein und sie beschützen zu können.
Langsam rückte das Heer vor. Die Erde bebte unter den zahlreichen Hufen der Pferde und den stampfenden Schritten der Elefanten. Schon bald tauchte das Heer in das düstere, grüne Licht Keralas ein und die gleißende Sonne der Wüste erlosch.
Doch weit kamen sie nicht. Ein dichtes Netz aus ineinander verschlungenen Pflanzen und Bäumen versperrte den Weg. Es schien kein Durchkommen zu geben.
Aber sie irrten sich. Auf einen kurzen Befehl Nabul Khans hin wurden zwanzig Elefanten nach vorne geführt, die nun in einer dichten Doppelreihe dem Heer vorangingen und mit ihren gewaltigen Leibern alles niederdrückten und zu Boden trampelten, was sich ihnen in den Weg stellte. Eine breite Schneise entstand, auf der das Heer wie auf einer Straße weiterziehen konnte.

Besser wäre es wohl gewesen, von einem Tunnel zu sprechen, denn nicht nur zu ihren Seiten, sondern auch über ihnen blieben undurchdringliche, giftgrüne Mauern, die nur ein fahles, dumpfes Licht hindurchließen. Die Rufe der Vögel, die sie gesehen hatten, die hier aber unsichtbar blieben, und all die Laute anderer unbekannter Tiere, schienen den Blättern geisterhafte Stimmen zu verleihen und machten diesen Dschungel zu einem erschreckend lebendigen Wesen, zu einem gigantischen Ungeheuer, durch dessen faulig sumpfige Eingeweide sie irrten.
Beklommen starrten die Gefährten auf dieses fremde Reich, das sie betreten hatten. Der Blick verlor sich rasch in einem Wirrwarr aus Blättern, Ranken, Geäst und Schlingen, die wie geschaffen schienen, um wagemutige Eindringlinge zu fesseln, zu würgen und grausam zu erdrosseln.
Und irgendwo in diesem grünen Dunkel verbargen sich die Rajin. Noch wagten sie sich nicht hervor. Sicher hatte die Stärke des Heeres sie erschreckt. Das waren nicht ein paar vorwitzige Eindringlinge, die ihnen wehrlos ausgeliefert waren. Hier drang eine Streitmacht in ihr Land ein, die sie zur Schlacht herausforderte.
Zuweilen glaubten die Freunde Schatten zu sehen, die vogelschnell durch die Wipfel huschten. Doch sie mochten sich auch täuschen und diese Gestalten nur Ausgeburten ihrer überreizten Einbildung sein. Denn wenn sie versuchten Genaueres zu sehen, so lösten sich diese Schatten auf wie flüchtige Nebel und verschmolzen mit dem Grün, wie unsichtbar und nie gewesen.
Klut spürte eine sonderbare Unruhe in sich. Eine Unsicherheit, die er nie zuvor gefühlt hatte. Ihm schien auf einmal, als würde er auf einem falschen Weg gehen. Dieses Gefühl war neu für ihn. All die Jahre der Suche und Wanderschaft, all die Jahre, die zurücklagen, hatte

ihn doch nie die Gewissheit verlassen, sich auf dem richtigen Weg zu befinden, und die goldene Straße hatte ihm als sicherer Wegweiser gedient. Doch jetzt war sie fort. Er sah und spürte sie nicht mehr. War dieser bedrohliche Dschungel daran schuld? War dies eine Vorahnung, die ihn vor den Rajin warnte? Ritten sie in ihren sicheren Untergang, dorthin, wo alles Leben und jede Straße endete?
Klut schloss die Augen und versuchte sich auf die Straße zu besinnen. Sie war doch immer in ihm gewesen. Sie konnte nicht ganz verloren gehen.
Dann war sie wieder da. Er sah sie vor seinem inneren Auge. Sie wies nach Westen und das Licht der untergehenden Sonne vereinte sich mit ihrem goldenen Glanz. Erleichtert schlug er die Augen auf und erwartete nichts anderes, als sie wieder vor sich zu sehen. Aber sie war fort. Er sah nichts vor sich, nichts, was ihm den Weg wies.
»Skalg«, flüsterte Klut und schon dieses Flüstern schien ihm in diesem dumpfen Schweigen, in dem selbst die Geräusche der Hufe und Elefantenfüße erstickten, ein Wagnis zu sein.
»Ja?«, erwiderte Skalg und lenkte sein Pferd dicht neben Bero.
»Wir gehen in die Irre. Dies ist nicht der richtige Weg«, sagte Klut.
Skalg sah ihn erstaunt an. »Woher willst du das wissen?«, fragte er.
Klut zögerte. Doch warum sollte er nicht offen zu Skalg sein? War er nicht Marmots Bote und bereit, mit ihm nach Thalis zu gehen?
»Ich ... ich sehe die Straße nicht mehr«, begann er zögernd.
»Was für eine Straße?«

Leise erklärte es ihm Klut und mit jedem Wort, das er sprach, wurde Skalgs Gesicht besorgter. »Das verstehe ich nicht«, meinte er, als Klut schwieg. »Es gibt doch keinen anderen Weg nach Westen. Du bist sicher, dass du dich nicht irrst? Das hier ist ein Ort, an dem man verwirrt werden kann.«
»Nein, Skalg, ich irre mich nicht«, widersprach Klut. »Mit geschlossenen Augen sehe ich sie, also habe ich sie nicht verloren. Aber hier, vor uns, ist nicht der richtige Weg.«
»Und was jetzt?«, fragte Skalg.
»Wir müssen es Nabul Khan sagen«, drängte Klut.
Skalg lachte trocken auf. »Er wird uns nicht glauben. Die Mühe kannst du dir sparen.«
Skalg hatte Recht. Nichts würde Nabul Khan von dem eingeschlagenen Weg abbringen. Er würde ihnen keinen Glauben schenken. Niemals!
Plötzlich richtete sich Klut heftig auf und blickte wild um sich. Etwas in ihm warnte ihn wie ein donnernde innere Stimme. »Komm!«, rief er. »Schnell!« Er trieb Bero an und drängte mit ihm an Lias Seite, dicht gefolgt von Skalg und den anderen Gefährten, die ohne zu zögern seinem Beispiel folgten.
Nabul Khan sah ihnen finster und verärgert über diesen Ungehorsam entgegen. Doch ehe er noch ein Wort sagen konnte, brach um sie die Hölle los.
Aus allen Wipfeln ergoss sich eine Flut von schwärzlichen und bräunlichen Körpern über das Heer, die die Luft mit gellenden, markerschütternden Schreien erfüllten. Augen wie glühende Kohlen, Zähne wie Messer, Krallen wie Dolche und das Fell einer räudigen Katze: die Rajin!
Schon war Klut bei Lia und sein Schwert trennte einem der Rajin, der sich auf sie werfen wollte, mit einem blitz-

schnellen Streich den Kopf ab, sodass er noch im Sprung zu Boden stürzte. Auch Skalg war dicht bei ihnen und sein Langschwert durchschnitt die Luft mit tödlichem Sausen. Doch auch das Tarkanerheer wurde seinem Ruf gerecht. Wie ein Mann griffen sie mit überkreuzten Armen nach ihren Schwertern und viertausend Klingen blitzten funkelnd im grünen Licht. Dazwischen taten die Äxte, Keulen und Lanzen der Söldner ihr Werk.
Die Schreie der Angreifer wechselten von Zorn und Wut über zu Schreien des Schmerzes und des Todes. Der Boden färbte sich mit dem dunklen Blut der Rajin. Schon nach wenigen Augenblicken war alles vorbei. Wie ein Spuk verschwanden die Rajin zwischen den Bäumen und ihre Schreie verstummten schlagartig. Zurück blieben nur die zahlreichen Bestien, die diesen ersten Angriff mit dem Leben bezahlt hatten. Arme und Beine, die viele der Rajin in diesem Kampf verloren hatten, zuckten wie sonderbare, fleischige Pflanzen am Boden. Die Tarkaner dagegen hatten nicht einen Mann verloren und nur wenige von ihnen waren verwundet worden. Wie ein Mann hoben sie ihre Schwerter und feierten diesen Sieg mit lauten Rufen, mit denen sie Nabul Khan ehrten.
»Ist Euch auch nichts geschehen?«, fragte Klut und wandte sich besorgt an Lia, die mit angsterfüllten Augen um sich blickte.
»Nein«, erwiderte sie und ihre Stimme zitterte. »Nein, dank Euch ist mir nichts geschehen. Ich danke ... Euch.«
Klut verneigte sich halb im Sattel und sagte: »Mein Schwert ist das Eure. Immer.«
Nabul Khan warf ihm einen finsteren Blick zu. Doch er schwieg verbissen und gab das Zeichen zum Aufbruch. Wieder setzte sich das Heer in Bewegung und die Elefanten bahnten ihnen erneut den Weg durch den dichten Urwald.

Die Freunde ließen sich etwas zurückfallen. Es war wohl besser, Nabul Khan eine Weile nicht unter die Augen zu treten.
»Mein Schwert ist das Eure. Immer«, wiederholte Niem grinsend. »Was für ein galanter Herr Ihr doch seid, edler Ritter.«
Doch Klut ging nicht auf Niems Sticheleien ein. Er war überglücklich. Denn in diesem Augenblick gestand er sich zum ersten Mal ein, dass er unsicher gewesen war. Unsicher darüber, ob er wirklich imstande war, seine Aufgabe zu erfüllen: Lia zu schützen und sicher nach Thalis zu bringen. Doch jetzt war er sich sicher. Er war der Aufgabe gewachsen. Vor allen anderen hatte er die Gefahr erkannt und war rechtzeitig zur Stelle gewesen, um Lia vor den Klauen der Rajin zu bewahren.
Wieder war das, was in ihm erwacht war, ein Stück weiter mit ihm zusammengewachsen. Wie nie zuvor fühlte er sich mit diesem Anderen in sich verbunden, als ein Ganzes, das sich mehr und mehr als ein einziges Wesen in den Dienst Fenelons stellen konnte.
Diese Sicherheit erfüllte ihn mit großer Ruhe und machte ihn unempfindlich für Niems Spott. Er lächelte ihn nur an und sagte, an ihn und die anderen Gefährten gewandt: »Ich danke euch. Euch allen, dass ihr zur Stelle wart, als ich euch gerufen habe.«
»Schon gut«, brummte Issur. »Eine Hand, fünf Finger. Das kann so bleiben.«
Niem stieß einen tiefen Seufzer aus. »An dir kann man sich wirklich die Zähne ausbeißen, Klut. Auf alles hast du eine entwaffnende Antwort. Das gefällt mir gar nicht. Ich fürchte, wenn ich zu lang mit dir zusammen reite, wird noch ein ebenso weiser Wirrkopf aus mir, wie du es nun einmal bist.«
Sie lachten, doch niemand schien sich an diesem mensch-

lichen Laut zu stören, der in dieser feindlichen Welt wie ein Fremdkörper erschien.
»Nun, fürs Erste sind wir mit heiler Haut davongekommen«, sagte Skalg. »Hoffen wir, dass es so bleibt.«
»Glaubst du, dass sie wiederkommen?«, fragte Issur.
»Darauf kannst du wetten«, erwiderte Skalg. »Die Rajin sind grausame Jäger, die niemals aufgeben. Und sie werden ihr Reich verteidigen. Wir werden ihre Krallen und Zähne noch mehr kennen lernen, als uns lieb ist.«
»Und alles für nichts und wieder nichts«, murmelte Klut.
»Was soll das heißen?«, fragte Niem, dessen scharfe Ohren diese Worte nicht überhört hatten.
»Klut will damit sagen, dass wir uns auf dem falschen Weg befinden«, erklärte Skalg.
»Du meinst, hier geht es nicht nach Thalis?«, entfuhr es Niem.
»Nicht so laut«, zischte Skalg.
»Und das sagt Klut?«, flüsterte Niem.
»Ja.«
»Oje«, sagte Niem. »Dann stimmt es wahrscheinlich. Dieser Kerl hat es so an sich, immer dann Recht zu behalten, wenn es am wenigsten willkommen ist. Was für ein Schlamassel!«
Bedrückt ließen sie sich vom Strom der Reiter mitziehen. Sie verspürten keinerlei Antrieb, tiefer in dieses Land vorzustoßen, in dem selbst die Laute der Vögel und aller anderen Tiere verstummt waren. Grabesstille senkte sich auf das Heer wie ein Leichentuch, das sie schon vor der Zeit bedeckte.
Irgendwann wurde das Licht fahler und der Dschungel schien es schließlich ganz und gar zu verschlucken. Die Nacht war wie ein Überfall, plötzlich und unvermutet. In dieser Blätterhöhle, die den Himmel verdeckte, ging ihnen das Gefühl für Zeit völlig verloren.

Die Elefanten trampelten einen großen freien Platz in das Dickicht, auf dem sie ihr Nachtlager errichteten. Die grauen Riesen bildeten einen schützenden Kreis, in dem die Tarkaner große Feuer entzündeten, deren flackerndes Licht nicht weiter als bis zu den Rändern der künstlichen Lichtung vordrang. Ringsum schien der Urwald diese schwächliche Insel wie mit gewaltigen Klauen zu umschließen, jederzeit bereit, alles Leben zu zermalmen und für immer zu vertilgen.
Keinem von ihnen schmeckte das kärgliche Mahl, das sie zu sich nahmen. Es war, als würde sich der schwüle Dunst des Dschungels wie fauliger Atem auf jede Speise legen und sie verderben. Als sie sich zur Ruhe legten, ließ Nabul Khan starke Wachen aufstellen, denn auch er traute dem Frieden nicht und wappnete sich für den nächsten Angriff der Rajin.
Mitten in der Nacht weckte Fender-Bai die Gefährten aus einem unruhigen Schlaf. »Lia bittet euch, zu ihr zu kommen. Euch alle«, flüsterte er.
Wortlos erhoben sie sich und folgten ihm. Als sie sich dem Feuer näherten, an dem Nabul Khan lagerte, sahen sie den Tarkanerfürsten, der ihnen stumm vor Wut entgegenblickte. Sie erkannten Lia neben ihm. Selbst im roten Schein des Feuers konnten sie sehen, wie blass sie war. Sie musste wohl einen harten Kampf mit Nabul Khan ausgefochten haben, dass er ihr gestattet hatte die verhassten Fremden zu sich zu rufen.
»Holt eure Pferde und bleibt in meiner Nähe«, bat sie die Freunde. Issur und N'Nuri entfernten sich und kamen bald darauf mit ihren Pferden zurück.
Sie zogen ihre Schwerter und bildeten einen schützenden Ring um Lia und Nabul Khan. Fender-Bai schloss sich ihnen wortlos an. Gemeinsam starrten sie in die Dunkelheit und fragten sich, was sie erwarten mochte. Lia -

schien eine Gefahr zu ahnen, die sie nicht erkennen konnten. Aber sie wussten, dass sie gut daran taten, auf sie zu hören. Auch Nabul Khan war sich dessen bewusst und so beherrschte er mühsam seinen Zorn und fügte sich ihrem Willen. Fender-Bai ließ alle Tarkaner wecken und zur Wachsamkeit ermahnen.

Als der Morgen quälend langsam graute, fand er sie alle auf den Beinen und mit blanken Schwertern. Totenstille herrschte. Niemand wagte ein Wort zu sprechen. Eine unerträgliche Spannung hatte die Luft erfüllt und jeder spürte, dass dies die Ruhe vor dem Sturm war. Und dennoch kam der Sturm überraschend und traf sie wie ein gewaltiger Schlag.

Erst war es ein einzelner Schrei, der die Stille zerriss und ihnen durch Mark und Bein ging. Dann fielen andere Schreie ein, gellend und hasserfüllt. Immer mehr Stimmen erhoben sich zu einem Chor, der ihre Ohren betäubte.

Doch die Rajin ließen sich nicht sehen. Nur diese Schreie waren zu hören und schienen kein Ende nehmen zu wollen. Sie spürten, dass diese Schreie wie ein schleichendes Gift in sie eindrangen. Es war, als würden sie sich in ihnen vervielfachen, bis sie schließlich ganz von ihnen erfüllt wurden.

Allzu bald wurde die Absicht klar, die hinter diesen Schreien steckte. Die Elefanten wurden zusehends unruhiger und ihren Führern gelang es nur mühsam, sie zu bändigen. Doch wie lange noch? Die Schreie erschreckten die großen Tiere. Am liebsten wären sie ihnen entgegengestürmt, um sie zu zertrampeln und zum Verstummen zu bringen.

In diesem Augenblick winkte Nabul Khan einige der Tarkaner zu sich heran. Er brüllte einem von ihnen einen Befehl in die Ohren, den dieser sogleich an die anderen

weitergab. Die Tarkaner eilten davon und sie sahen, dass sie zu den Elefantentreibern rannten. Was hatte Nabul Khan vor?
Die Treiber zwangen die Elefanten in die Knie, schwangen sich auf ihre Rücken und dann hob ein Elefant nach dem anderen seinen Rüssel und begann zu trompeten. Lauter und lauter wurde dieser zweite Chor, der sich den Schreien der Rajin entgegenstemmte, je mehr der Elefanten in ihn einfielen. Die Tarkaner begriffen die Absicht ihres Fürsten. Auch sie erhoben ihre Stimmen und ließen diese wie eine gewaltige Woge gegen die grünen Wände, die sie einschlossen, anbranden.
Und wieder siegte Nabul Khan. Der Lärm, den sein Heer verursachte, schlug nicht nur die Schreie der Rajin zurück, weil er sie übertönte, sondern machte auch den Tarkanern Mut und selbst die Elefanten verloren ihre Angst und folgten willig den Befehlen ihrer Treiber.
Da hob Nabul Khan die Hand und allmählich verebbte der Lärm. Die Tarkaner schwiegen und die Elefanten senkten ihre Rüssel. Nichts war zu hören. Die Schreie der Rajin waren verstummt. Sie hatten aufgegeben.
Nabul Khan warf Lia einen triumphierenden Blick zu, doch sie schüttelte nur den Kopf und sagte: »Das war es nicht. Seid auf der Hut!«
Ihre klare Stimme war weit zu hören gewesen und die Tarkaner flüsterten einander Lias Warnung zu. Wieder starrten alle erwartungsvoll und gespannt auf das grüne Dickicht. Was würden die Rajin als Nächstes tun?
Plötzlich flogen dunkle Kugeln durch die Luft, die am Boden zerplatzten und in dichten Wolken wieder aufstiegen. Schon sahen sie Tarkaner in den äußersten Reihen, die wild um sich schlugen, Pferde, die schrill wiehernd in die Höhe stiegen, und Elefanten, die sich aufbäumten und angsterfüllte Trompetenstöße von sich gaben.

»Was ist das für eine Teufelei?«, rief Niem entsetzt.
»Bienen«, schrie Skalg durch den wieder aufbrausenden Lärm. »Wilde Bienen! Diese Bestien! Diese schlauen Bestien!«
Immer mehr der dunklen Kugeln wurden auf die Lichtung geschleudert und die Wolken mehrten sich und kamen auch ihnen immer näher. In diesem Augenblick hörten sie die helle Stimme Lias, die ihnen zurief: »Macht Platz!«
Unwillkürlich wichen sie zurück und ließen einen freien Raum zwischen sich und Lia. Selbst Klut, den doch jede Faser seines Körpers zu ihr drängte, konnte sich dem Befehl ihrer Stimme nicht widersetzen.
Lia stand allein im Freien und hob ihren rechten Arm in die Höhe. Über sich sahen sie die summenden Bienenschwaden, die sie nun erreicht hatten. Doch keine Stiche trafen sie. Die Bienen zogen über sie hinweg und ließen sich auf Lia nieder. Myriaden von Bienen, die Lia wie in ein wogendes Kleid hüllten.
»Lia! Nein!«, schrie Klut entsetzt. Unter Aufbietung all seiner Kräfte widersetzte er sich ihrem Befehl und wollte zu ihr stürzen. Doch Skalg packte ihn und hielt ihn zurück. »Warte! Sieh doch nur!«, schrie er dem Rasenden zu.
Sie starrten alle auf Lia. Was geschah da? Lia wand sich nicht oder schlug gar wild um sich. Die Bienen schienen ihr nichts anzuhaben und sie wehrte sich nicht gegen sie. Immer noch streckte sie den rechten Arm empor und plötzlich begann in diesem entsetzlichen Bienenkleid eine Bewegung, die an Lias Körper aufwärts führte und über ihren Arm und ihre Hand in das Blätterdach über ihnen wies. Wie in einer wirbelnden, sich windenden Säule stiegen die Bienen empor und verschwanden zwischen den Blättern. Immer neue Bienen wurden ange-

lockt, suchten Lias Nähe und folgten der Bewegung, die sie vom Heer der Tarkaner abzog und über die schwankende Säule davonziehen ließ.

Schreie ertönten. Gellende, hasserfüllte Schreie, die sie erkannten. Die Rajin griffen von neuem an, denn jetzt war die Gelegenheit günstig. In wilder Angst hatten die Elefanten den Kreis aufgebrochen und waren, wahnsinnig vor Schreck und Schmerz, in den Dschungel gestürmt. Die Tarkaner, die von den Bienen grausam zerstochen worden waren und alle Hände voll damit zu tun hatten, ihre scheuenden Pferde zu bändigen, wurden von diesem Angriff überrascht. In wenigen Augenblicken tobte eine mörderische Schlacht, die auch den Kern des Heeres um Lia und Nabul Khan bald erreicht haben würde. Und diesmal waren die Rajin den Tarkanern nicht nur ebenbürtig, sondern überlegen. Mit entsetzlicher Schnelligkeit lichteten sich die Reihen des stolzen Heeres. Klut erkannte die Gefahr, die ihnen drohte, und zugleich spürte er in sich eine Kraft erwachen, die ihn über sich hinauswachsen ließ. »Niem, Issur, N'Nuri, ihr bleibt bei Lia! Und du, Skalg, komm! Lass mich sehen, was Marmot dich gelehrt hat.«

Schon hatte er sich auf Bero geschwungen und warf sich ins dichteste Kampfgetümmel. Skalg zögerte nur einen Augenblick. Dann biss er die Zähne zusammen, sprang aufs Pferd und jagte hinter Klut her. Und auch Nabul Khan, Fender-Bai und die Tarkaner, die noch bei ihnen gewesen waren, folgten ihnen.

»He, was soll das?«, schrie ihnen Niem nach. »Was ist mit uns?«

»Wir bleiben!«, fauchte ihn Issur an. Dann blickte er den Kämpfenden hinterher und stieß hervor: »Schau dir diesen Teufelskerl an! Das kann nicht mit rechten Dingen zugehen!«

Kluts Schwert fuhr wie ein Blitz unter die Rajin. Jeder Hieb traf sein Ziel. Dunkle Schädel mit glühenden Augen und sehnige, behaarte Arme fielen unter seinen Streichen, als würde er Korn mähen. Wo er hinkam, schlug er eine blutige Schneise in die Reihen der Angreifer und das Blatt wendete sich, die Tarkaner fassten neuen Mut und hielten wieder stand.
Dicht hinter Klut folgte Skalg, der die Ernte beendete, die Klut begonnen hatte. Mit der Reichweite seines langen Schwertes verbreiterte er noch die Gasse, die Klut gehauen hatte. Und wer seinen Hieben entging, fiel unter den Schwertern Nabul Khans und seiner Getreuen, die nun ihrerseits wie ein Sturm über die Rajin kamen und diese für jeden gefallenen Tarkaner mit zwei Leben bezahlen ließen.
Die Rajin wandten sich zur Flucht. Doch nur wenigen gelang es, das sichere Dickicht zu erreichen und zu entkommen. Jetzt, da der Mut der Tarkaner nicht mehr wankte und der Zorn sie vorwärts trieb, wurden die Rajin auf dem ganzen weiten Rund dieses Schlachtfeldes gejagt und gnadenlos niedergemetzelt.
Als die wenigen Rajin, die sich noch hatten retten können, zwischen den Blättern verschwanden, jagte Klut über den Platz zurück zu Lia. Als er sie erreichte, riss er Bero entsetzt zurück, sprang herab und stürzte zu ihr. Scheinbar leblos lag sie in N'Nuris Armen. »Lia!«, keuchte er.
Doch N'Nuri hob die Hand und legte den Finger an die Lippen. »Sie schläft!«, sagte sie. Dann neigte sie sich über Lia, deren Kopf in ihrem Schoß ruhte, und strich ihr die Haare mit einer Zärtlichkeit aus der Stirn, die niemand dieser rauen Frau zugetraut hätte.
Erleichtert erhob sich Klut und sah sich um. Die Lichtung war übersät mit Leichen, Rajin und Tarkanern.

Dazwischen lagen die leblosen Leiber von toten Pferden oder solchen, die vor Schmerzen um sich schlugen und jeden gefährdeten, der sich ihnen näherte. Er sah Fender-Bai, der von Gruppe zu Gruppe ging und versuchte, einen Überblick zu gewinnen und den Schaden zu ermessen.
Mit hängenden Zügeln näherte sich Nabul Khan. Dicht hinter ihm folgte Skalg. Beide waren bleich und erschöpft und bluteten aus zahlreichen kleineren Wunden. Klut sah an sich herab. Doch er konnte nicht eine einzige Wunde entdecken.
Es war Issur, der aussprach, was er dachte: »Es ist ein Wunder. Nicht eine Schramme. Schau dir das bloß an, Niem. Wenn ich jemals in eine Schlacht wie diese geraten sollte, dann halte ich mich ganz dicht bei diesem Ritter Unverwundbar.«
Niem trat kopfschüttelnd näher und betrachtete Klut staunend und fassungslos.
Indessen hatte sich ihnen Fender-Bai wieder angeschlossen und erstattete seinem Herrn Bericht. Die Tarkaner hatten viele der ihren zu beklagen und doch waren es weniger, als sie anfangs befürchtet hatten. Etwa ein Drittel war gefallen und viele waren verletzt worden. Von den Pferden hatten weniger als die Hälfte überlebt und von den Elefanten waren nur noch gerade drei übrig geblieben. Von den anderen fehlte jede Spur und es bestand keinerlei Hoffnung, dass sie zu retten waren. So wie ihre Treiber, die sie mit sich gerissen hatten, in den sicheren Untergang in den Klauen der Rajin.
Nabul Khan hörte sich den Bericht mit unbewegter Miene an. Dann, als Fender-Bai schwieg und auf Befehle wartete, wandte er sich an Klut und sagte: »Ich weiß nicht, wer Ihr seid. Aber ich und mein Volk scheinen Euch großen Dank zu schulden. Wenn Ihr und Euer

Schwert und auch das Eures einäugigen Gefährten nicht gewesen wäret, wären wir alle vernichtet worden. Ihr müsst ein großer Fürst sein, größer als ich.«
»Das ist nicht wahr«, widersprach Klut. »Ich bin kein Fürst. Ich bin ein einfacher Diener. Mein Schwert gehört ihr.« Und er wies auf Lia.
Nabul Khan blickte mit finsterem Gesicht auf die Schlafende und sagte: »Wer ihr auch immer seid, Ihr und Lia, so scheint ihr doch viel gemeinsam zu haben. So wie Euch die Klauen der Rajin nichts anhaben konnten, so wurde sie von den Stacheln der wilden Bienen verschont. Wenn ich nur irgendeinen Rest von Verstand habe, so sagt mir dieser, dass ich sie an Euch verloren habe.«
Düster starrte er in Richtung Westen, wo ein undurchdringliches Dickicht ihm den Weg zum Ziel seiner Hoffnungen versperrte, und fuhr wie zu sich selbst redend fort: »Sie wird mit Euch nach Thalis gehen. Ich weiß es. Und sie wird Recht behalten. Ich werde sterben und ihr werdet leben.«
Keiner von ihnen hatte diesen Worten etwas hinzuzufügen. Noch ragte Nabul Khan mächtig zwischen ihnen auf, doch sie sahen alle, dass er ein gebrochener Mann war. Er hatte alle Hoffnung aufgegeben und war bereit, sich in sein Schicksal zu fügen. Thalis war kein Ziel mehr für ihn.
»Was sollen wir tun?«, fragte Fender-Bai endlich.
Nabul Khan blickte ihn nicht einmal an. »Ich weiß es nicht«, sagte er. »Tu, was du für richtig hältst.«
»Ich werde alles so veranlassen, wie auch Ihr es nicht anders befehlen würdet«, erwiderte Fender-Bai, der auch in diesem Augenblick in unverbrüchlicher Treue zu seinem Herrn stand.
»Ich höre«, forderte ihn Nabul Khan auf, ohne den Blick von den dichten Blätterwänden abzuwenden.

»Wir haben nicht mehr genug Elefanten, um uns den Weg durch diesen Dschungel zu bahnen«, antwortete Fender-Bai ruhig und in einem Ton, als würde er nichts anderes tun, als nur die Gedanken seines Herrn laut wiederzugeben. »Viele von uns sind verletzt und brauchen Pflege. Auch wissen wir nicht, wie viele der Rajin noch in diesen Wäldern hausen und wann sie es wagen werden, uns erneut anzugreifen. So wird es das Beste sein, den einzigen freien Weg zu wählen und uns … zurückzuziehen.«

Dieses letzte Wort kam Fender-Bai nur schwer über die Lippen. Aber nicht etwa, weil er selbst den Rückzug nicht für den einzig richtigen und vernünftigsten Weg gehalten hätte, sondern weil er fürchtete den Stolz seines Herrn zu verletzen.

Ein bitteres Lächeln erschien auf Nabul Khans Gesicht. Doch er widersprach nicht, sondern sagte nur: »Lasst keinen zurück. Sie sind als tapfere Männer gefallen.«

»Ja, Herr, so soll es geschehen«, entgegnete Fender-Bai und verneigte sich. Dann verließ er sie, um alles Notwendige in die Wege zu leiten.

Schon bald brachen sie auf und zogen sich aus Kerala auf dem breiten Weg zurück, den ihnen die Elefanten gebahnt hatten, als sie noch siegesgewiss in dieses düstere Land eingedrungen waren. Jetzt diente ihnen diese Straße nur noch dazu, um erhobenen Hauptes eine geordnete Flucht anzutreten.

Die Verletzten und die Toten waren auf die Pferde und die drei verbliebenen Elefanten geladen worden. Alle anderen gingen zu Fuß. Auch Klut und seine Gefährten, ja selbst Nabul Khan hatten ihre Pferde abgetreten, um den Verwundeten die Rückkehr zu erleichtern und um keinen der Gefallenen zurücklassen zu müssen. Lia, die wie nach einer schweren Anstrengung noch immer tief

und fest schlief, lag auf einer einfachen Bahre, die von vier Tarkanern getragen wurde.
So zog das Heer in Richtung Osten, dem Ausgang und der Wüste entgegen. Die Rajin verschonten sie, denn vielleicht hatten sie begriffen, dass sie gesiegt und die Eindringlinge vertrieben hatten. So grausam sie waren, so hatten sie doch nur ihre Heimat verteidigt und schienen keinen Nutzen darin zu sehen, unnötige Opfer zu bringen, nur um Rache zu nehmen. Und die Tarkaner mussten sich eingestehen, dass auch diese Bestien als tapfere Krieger gefallen waren für eine Sache, die in ihren Augen eine gerechte war.

17
Nabul Khans letzter Ritt

Nach einer mühseligen, langsamen Wanderung und einer bedrückenden zweiten Nacht in Kerala erreichte das Heer den sicheren Ausgang. Die schützenden Ringe des reisenden Hofes öffneten sich und nahmen sie auf. Die verletzten Tarkaner wurden versorgt und diejenigen, die dazu imstande waren, machten sich daran, einen gewaltigen, lang gestreckten Scheiterhaufen zu errichten, auf dem die Gefallenen verbrannt werden sollten.
Am Abend versammelten sich alle Tarkaner in langen Reihen um den Scheiterhaufen. Niemand fehlte. Selbst die, die am schwersten verletzt worden waren, ließen sich auf das Feld hinaustragen, um den Toten die letzte Ehre zu erweisen. Dann traten hundert Tarkaner vor

und steckten mit hundert Fackeln das Holz in Brand. Hoch schlugen die Flammen in den nächtlichen Himmel empor. Schweigend stand das Heer um den Scheiterhaufen, bis die Asche der Toten aufwirbelte und die Holzscheite glimmend in sich zusammenfielen. Die Wüste Namur sandte einen scharfen Wind, der die Asche mit sich nahm und weit über das Land streute.
Auch Klut und seinen Gefährten war es gestattet worden, der Zeremonie beizuwohnen. Seit der Schlacht gegen die Rajin wurden sie mit großer Achtung behandelt. Vor allem Klut zog die Blicke der Tarkaner auf sich. Denn mochte er auch ein Fremder sein, so war er in ihren Augen doch ein Kämpfer, den sie bewunderten. Sie empfanden es als Ehre, ihn unter sich zu haben, und ihre Bewunderung bestärkte noch den Dank, den sie ihm für ihre Rettung schuldeten.
Lia hatte sich bald von der großen Anstrengung erholt und machte sich sogleich daran, die verletzten Tarkaner zu pflegen und zu heilen. Wo immer ihre Hände über Wunden ruhten, da schlossen sich diese schneller und Entzündung und Fieber wichen. Die Tarkaner verehrten sie dafür wie eine Königin und doch empfanden sie auch große Scheu vor ihr. Denn sie hielten sie für eine Zauberin und so war sie ihnen nicht geheuer.
Am Abend des fünften Tages versammelten sich die Freunde in ihrem Zelt, um über das weitere Vorgehen zu beraten. Fender-Bai hatte ihnen angekündigt, dass der reisende Hof am nächsten Tag aufbrechen würde.
Aber die Gefährten konnten keinen Entschluss fassen. So wie die Dinge standen, hatten sie gar keine Möglichkeit, eine freie Entscheidung zu treffen. Solange Lia an Nabul Khans Seite war, mussten sie am reisenden Hof bleiben und hoffen, dass sich eine Gelegenheit ergab, um sich wieder auf den Weg nach Thalis machen zu können.

Zum Erstaunen der Freunde war Klut damit zufrieden. Er betrachtete es als seine erste Aufgabe, in Lias Nähe zu sein und über sie zu wachen. Erst danach war es für ihn von Wichtigkeit, weiter nach Thalis zu suchen. Zeit spielte für ihn keine Rolle und er war sich sicher, dass dies auch für Thalis, das versunkene Reich, galt. Jahrhunderte mussten seit dem Untergang von Thalis vergangen sein. Was zählten da schon Tage, Wochen oder Monate? So kamen sie überein, fürs Erste abzuwarten, wie die Dinge sich entwickelten.
Doch die erhoffte Veränderung kam schneller, als sie erwartet hatten. Am nächsten Morgen betrat zu ihrer Überraschung Lia das Zelt. Sie sprangen auf und blickten ihr erstaunt entgegen.
Lia sah blass und übernächtigt aus. »Er hat mich fortgeschickt«, sagte sie. »Heute Nacht hat er wieder einen Anfall gehabt. Als es vorbei war, hat er gesagt, dass er mich nicht mehr braucht. Ich solle fortgehen zu … ihm.« Und dabei sah sie Klut an.
Klut wusste nicht, wie ihm geschah. Er spürte, dass dies der Augenblick war, den er herbeigesehnt hatte. Endlich konnte er ihr alles sagen. Aber die Worte kamen ihm nicht über die Lippen. Stattdessen zerrissen in ihm die letzten Schleier, die ihn noch von dem Anderen in ihm getrennt hatten. In diesem Augenblick wurden sie wirklich eins. Und als ein Wesen zog er sein Schwert, kniete vor Lia nieder und rief mit einer Stimme, in der sich Verzweiflung und Freude mischten: »O meine Königin! Ich habe so lange nach Euch gesucht. So lange.«
»Ich weiß«, antwortete sie. Dann rührten sie sich nicht mehr. Klut verharrte auf den Knien und sie blickte schweigend auf ihn hinab. Die Gefährten standen verlegen dabei und wussten nicht, was sie tun sollten.
Da trat Fender-Bai ein. Mit einem Blick erfasste er die

Situation, doch er schritt nicht ein. Klut sprang auf und stellte sich schützend zwischen Lia und Fender-Bai. Dieser wandte sich in Eile sie. »Ich bitte Euch. Geht zu Nabul Khan. Sonst ist das Schlimmste für ihn zu befürchten.«
»Aber er hat mich fortgeschickt. Er hat gesagt, dass er mich nicht mehr braucht«, widersprach sie.
»Das ist nicht wahr«, rief Fender-Bai. »Er braucht Euch. Jetzt mehr als je zuvor. Ich bitte Euch.«
»Gut, ich komme mit Euch«, entgegnete Lia. »Weil Ihr mich darum bittet.«
Sie folgte ihm und auch die Gefährten schlossen sich ihnen an. Fender-Bai hatte nichts dagegen einzuwenden. Sie eilten zwischen den Zelten hindurch, bis sie den Platz vor Nabul Khans Zelt erreichten. Zahlreiche Tarkaner hatten sich versammelt. Sie standen um ihren Herrn und sahen verwirrt und wortlos zu, wie dieser sein Pferd sattelte und dabei keinerlei Hilfe duldete.
Lia trat zu ihm und bat: »Bleibt, Herr. Ihr seid krank. Ihr solltet nicht reiten. Ich bitte Euch.«
Doch Nabul Khan schwang sich aufs Pferd. Er blickte auf sie hinab und schüttelte trotzig den mächtigen Kopf. »Glaubst du, ich lasse zu, dass die Krankheit mich langsam auffrisst? Nein«, rief er. »Ich bin ein Krieger. Ein Tarkaner fällt mit dem Schwert in der Hand. So soll es sein und so soll jeder mich in Erinnerung behalten. Du hast gesagt, dass ich sterben werde. Jetzt glaube ich dir. Aber wann dies sein wird, das entscheide nur ich. Niemand ist Herr über Nabul Khan. Nicht einmal der Tod. Macht Platz!«
Sie wichen zurück und im Schritt lenkte er sein Pferd durch die Zeltgassen.
Langsam folgten sie ihm. Von allen Seiten strömten die Tarkaner herbei, denn die Neuigkeit hatte sich in Win-

deseile in ihrem Lager verbreitet. Wieder ließen sich die Verletzten helfen, denn auch diesmal wollte keiner von ihnen fehlen. Sie ahnten, dass es ein Abschied für immer war.
Als Nabul Khan den Rand des reisenden Hofes erreicht hatte, erwarteten ihn die Tarkaner. Vor ihm erstreckte sich eine weite, lang gestreckte Gasse. Seite an Seite standen die Tarkaner und erwiesen ihrem Herrn die letzte Ehre. Als er die Hand hob, zogen sie ihre Schwerter wie ein Mann und ließen die Klingen in der Sonne blitzen.
Nabul Khan wies auf Fender-Bai und rief mit lauter Stimme: »Dieser hier wird euch von nun an führen. Haltet ihm die Treue, die ihr mir erwiesen habt. Er ist würdig, meinen Platz einzunehmen. Daran gibt es keinen Zweifel. Folgt ihm!«
Die Tarkaner erhoben ihre Stimme und gelobten Fender-Bai Gehorsam. Fender-Bai neigte sein Haupt vor seinem scheidenden Herrn und sein Gesicht war dunkel vor Trauer.
»Wenn dies Euer Wunsch und Befehl ist, Herr«, sagte er, »dann werde ich auch dies treu befolgen.«
»Du hast mir gut gedient«, erwiderte Nabul Khan. »Kein Besserer könnte meinen Platz einnehmen. Ruhm und Ehre sei mit dir!«
Nabul Khan ließ den Blick über Lia, Klut, Skalg und die anderen Gefährten gleiten. »Mein Weg geht zu Ende«, sagte er. »Ihr dagegen habt noch einen weiten Weg zu gehen. Und das Ende ist unbekannt. Passt auf sie auf«, wandte er sich an Klut. »Sie war mir lieb und teuer.«
Klut verneigte sich stumm. Lia blickte mit Tränen in den Augen zu Nabul Khan empor. »Leb wohl«, sagte er. Dann richtete er sich entschlossen auf und trieb sein Pferd an. Es fiel in Galopp und unter den Rufen der Tarkaner, die ihren Herrn auf seinem letzten Weg hoch-

leben ließen, fasste Nabul Khan nach seinen Schwertern und jagte mit den Waffen in den Händen auf die Grenze von Kerala zu.
Erst als er in die dunkle Gasse eintauchte, auf der sie vor wenigen Tagen Kerala als Geschlagene verlassen hatten, und sie ihn aus den Augen verloren, verstummten die Tarkaner. Beklommen warteten alle darauf, was geschehen würde.
Plötzlich ertönten gellende, hasserfüllte Schreie, die alle erkannten und die sie mit Schaudern erfüllten. Sie hörten das Pferd Nabul Khans schrill und entsetzt wiehern. Doch von ihrem Herrn kam nicht ein Laut. Dann brachen das Wiehern des Pferdes und die Schreie der Rajin ab. Totenstille breitete sich aus. Noch einmal streckten die Tarkaner ihre Schwerter in die Luft und mit einem gewaltigen Ruf feierten sie den letzten Triumph ihres Herrn.
Danach richteten sich alle Augen auf Fender-Bai, den neuen Khan. Lange sah er stumm auf das Dickicht, in dem sein Herr für immer verschwunden war. Endlich straffte sich seine Gestalt und er rief mit fester Stimme: »Tarkaner! Macht euch bereit! Wir brechen auf!«
Die Tarkaner verließen das freie Feld und machten sich daran, das Lager abzubauen. Als auch Fender-Bai sich abwandte, hielt Klut ihn auf.
»Wir gehen nicht mit euch«, sagte er.
Das Gesicht Fender-Bais wurde hart und sie fragten sich, ob sie von ihm dieselbe Strenge wie von Nabul Khan zu erwarten hatten. Doch zu ihrer Überraschung entgegnete er nur: »Das ist gefährlich. Ihr wäret sicherer bei uns.«
»Aber euer Weg ist nicht der unsere«, widersprach Klut.
»Und Lia?«, fragte Fender-Bai.
»Ich gehe mit ihnen«, antwortete sie.
Fender-Bai nickte und meinte seufzend: »Ich dachte es

mir. Ich werde euch nicht aufhalten. Der Weg, den ihr gehen werdet, ist euch bestimmt. Nabul Khan hat dies erkannt und ich werde das Andenken an meinen Herrn nicht dadurch entehren, dass ich mich seinen Einsichten widersetze. Nehmt euch, was ihr an Vorräten braucht. Und sollten sich unsere Wege je wieder kreuzen, so seid gewiss, dass euch der reisende Hof immer offen steht.«
»Ich danke Euch«, erwiderte Lia. »Ich wusste, dass ich in Euch stets einen Freund hatte.«
Fender-Bai verneigte sich. Dann trat er zu Skalg, reichte ihm zum Abschied die Hand und sagte: »Gern hätte ich mit Euch noch mehr geplaudert. Aber versprecht mir, wenn es Euch je wieder möglich ist, dann sucht mich auf. Ich bin sicher, dass Ihr dann noch um vieles mehr zu berichten habt.«
Skalg nickte erfreut. »Bei meinem Schwert, das Versprechen gebe ich Euch gern. Aber sagt, wohin werdet Ihr die Tarkaner führen?«
»Zuerst einmal in fruchtbare Gebiete«, antwortete Fender-Bai. »Und dann zum Südmeer. Wir haben fast alle Elefanten verloren und mir liegt viel daran, die alte Stärke des Heeres wiederherzustellen. Ja, und dann werde ich viel Zeit haben, über manches nachzudenken, was ich von Euch gehört habe.«
»Was meint Ihr damit?«, fragte Lia.
Fender-Bai lächelte und ein feiner Schatten legte sich über sein hohes, kluges Gesicht. »Ihr habt viel von Hoffnung gesprochen. Das ist doch etwas, worüber sich nachzudenken lohnt. Denn wer kann schon ohne Hoffnung leben?«
Dann wandte er sich ab und verschwand zwischen den Zelten. Sie sahen ihm verblüfft nach. »Meint ihr, dass er uns belauscht hat?«, fragte Niem aufgebracht.
»Ein Fender-Bai hat es nicht nötig, uns zu belauschen«,

wies ihn Skalg barsch zurecht. »Die Tarkaner haben Glück. Denn an die Stelle eines großen Herrschers ist ein weiser Herrscher getreten.«
»Schon gut, schon gut«, meinte Niem kleinlaut. »Und wie gehts jetzt weiter?«
Sie sahen Klut an. Statt einer Antwort ließ er sie stehen und ging allein auf das freie Feld hinaus. Dort schloss er die Augen und wartete, bis das Bild der Straße vor ihm erschien. Dann öffnete er die Augen wieder und ließ den Blick über die Savanne gleiten. Er spürte, dass Lia an seine Seite trat.
»Siehst du den Weg?«, fragte sie leise.
»Ja, meine Königin«, erwiderte er und ihre Nähe machte ihn glücklich. Er wies mit der Hand nach Nordwesten. Dort sah er die Straße, klar und deutlich. Und sie führte direkt auf das Gebirge zu, das sich so unüberwindlich in den Himmel erhob.
»Dorthin?«, stieß Niem hervor, der ihnen mit den anderen gefolgt war. »Ich bin doch keine Bergziege!«
»Ja, dorthin«, antwortete Klut. »Wir werden ja sehen, was uns erwartet. Machen wir uns bereit!«
Er wandte sich um und ging mit Lia zu den Zelten.
»Bestimmt er jetzt, wo es langgeht?«, fragte Niem mürrisch.
»Ja«, erwiderte Skalg und folgte Klut. Auch Issur und N'Nuri ließen Niem stehen.
Niem verdrehte die Augen, zog eine Grimasse und trottete dann leise vor sich hin fluchend und brummelnd hinter ihnen her. Ihm schmeckte das nicht. Das ging ihm alles zu schnell. Aber es blieb ihm nichts anderes übrig, als sich zähneknirschend zu fügen.
Sie hielten sich nicht lange auf. Nachdem sie ihre Pferde mit dem nötigen Proviant beladen hatten, saßen sie sogleich auf und verließen den Hof in Richtung Nord-

westen. Erst nach geraumer Zeit blickten sie noch einmal zurück und sahen den reisenden Hof, der sich wie eine gewaltige Schlange über die Savanne wälzte, der Wüste Namur entgegen.
Entschlossen lösten sich die Freunde von diesem Anblick. Sie trieben ihre Pferde an und hielten direkt auf das Gebirge zu. Dort schwenkten sie in Richtung Norden und Klut ließ sie im Trab an den steil aufragenden Felsen entlangreiten. Dabei sah er abwechselnd auf die Felsen und die Ebene, die sich vor ihnen erstreckte. Er schien unsicher geworden zu sein.
»Was ist mit dir, Klut?«, fragte Skalg schließlich. »Hast du die Richtung verloren?«
»Nein«, erwiderte Klut zögernd. »Ich wundere mich nur, dass die Straße so unentwegt an diesen Bergen entlangführt. Vielleicht verstehe ich ihre Zeichen nicht richtig und wir haben das Ziel bereits verfehlt.«
»Das glaube ich nicht«, widersprach ihm Lia. »Du kannst der Straße ruhig vertrauen. Sie führt dich nicht in die Irre. Niemals. Ihre Botschaft ist einfach und unzweideutig.«
»Woher wollt Ihr das wissen?«, fragte Niem.
»Ich weiß es«, erwiderte Lia.
»Oh, ach so, ja dann«, rief Niem spöttisch. »Dann muss es so sein. Wie könnte ich einer so erschöpfenden Erklärung widersprechen.«
Klut warf Niem einen wütenden Blick zu und fuhr ihn an: »So spricht man nicht mit der Königin.«
»Lass ihn nur«, besänftigte ihn Lia und an Niem gewandt fuhr sie fort: »So wie ich weiß, wer Ihr seid, Niem Dok ut Pradesh Ashur Gongorwad ut Lemor Benarish ut Klamenag Wared Hadam, so gewiss weiß ich, dass wir der Straße vertrauen können.«
Dabei sah sie ihn eindringlich an und sie spürten, dass sie

ihn derselben Prüfung unterzog wie einst am Hof des Nabul Khan.
Niems Gesicht überzog sich mit flammender Röte und er wusste kaum, wohin er seine Augen vor Verlegenheit wenden sollte. Lia schien etwas zu sehen, was er vor aller Welt verborgen hielt, selbst vor seinen Freunden.
»Ihr wisst meinen … meinen Namen«, stotterte er. »Ich kann nicht mich gar nicht erinnern … ihn vor Euch … Na, ist ja auch egal. Und Ihr habt natürlich Recht. Sicher führt uns diese … Straße … ich meine, ist alles richtig so, wie es ist. Verzeiht, wenn ich Euch dennoch frage. Wie sieht sie denn aus, diese Straße?«
»Ich weiß es nicht«, erwiderte Lia.
»Ihr wisst es nicht?«, rief Niem erstaunt. »Ihr meint, Ihr seht sie gar nicht?«
»Nein, das ist nicht meine Aufgabe«, antwortete Lia, als wäre dies die selbstverständlichste Sache der Welt.
»Nicht«, wiederholte Niem und wand sich geradezu, um nur ja nichts Falsches zu sagen. »Nicht Eure Aufgabe. Dann ist es wohl … seine Aufgabe?« Und er nickte zu Klut hinüber.
»Ja«, sagte Lia.
»Und du könntest mir nicht den einen oder anderen Hinweis geben?«, fragte Niem zaghaft.
Klut lächelte. Dann meinte er: »Sie ist hell und erfüllt mich mit Hoffnung und Zuversicht. Und sie sieht aus, als wäre sie aus purem Gold.«
Nun wurde Niems Gesicht geradezu sehenswert. Seine Augen begannen zu strahlen und er rief: »Wie aus purem Gold. He, Issur, Skalg, N'Nuri, habt ihr gehört? Aus purem Gold. Das klingt doch wirklich gut. Nicht wahr? Das lässt sich doch hören!«
Da lachten alle und Issur brummte kopfschüttelnd: »Niem, du bist einfach unverbesserlich.«

»Was ist denn?«, wunderte sich Niem, aber er konnte nicht verhindern, dass sein Gesicht schon wieder die rote Flagge hisste. »Man wird doch noch ... ich meine, es ist doch nicht verboten ...«

»Zu träumen?«, fiel ihm Skalg ins Wort. »Nein, das ist nicht verboten. Träum du nur und sag uns Bescheid, wenn du aufwachst und wir wieder mit dir rechnen können.«

Da klappte Niem vor Empörung den Mund stumm auf und zu wie ein Fisch, der auf dem trockenen Ufer gestrandet ist. Doch von nun an hielt er sich für längere Zeit zurück und überließ den anderen das Reden.

Als die Schatten der Berge immer länger wurden und bis weit in die Savanne reichten, wies Klut plötzlich mit der Hand gegen die Felsen und rief: »Hier! Hier muss es sein!«

Sie sahen erstaunt auf die steile Bergwand, die über ihnen in unerreichbare Höhen aufragte. Aber nichts wies darauf hin, dass hier ein Weg zu finden war. Keine Schlucht, kein Spalt, nicht einmal ein handbreiter Riss tat sich vor ihren Augen auf.

»Bist du sicher?«, fragte Skalg zweifelnd.

»Die Straße endet hier«, erwiderte Klut. »Am Fuß der Felsen. Hier muss es sein.«

»Aber wie sollen wir da durch?«, wollte Issur wissen. »Nicht einmal mein Schädel ist so hart, dass er sich durch diese Felsen bohren könnte.«

»Ich weiß nicht, wie es weitergehen soll«, antwortete Klut und er sah zu Lia hinüber. War nicht sie es, die den Schlüssel hatte? Er sah nur den Weg. Seine Aufgabe war, sie zu führen und zu schützen. Wenn jemand hier helfen konnte, dann musste sie es sein.

Lia musterte die Felsen. Auf einmal lächelte sie und rief N'Nuri zu sich heran. Sie zeigte mit der Hand nach oben und sagte: »Siehst du diese dunklere Stelle da oben? Triff sie mit einem Pfeil.«

Ohne zu zögern nahm N'Nuri ihren Bogen und legte einen Pfeil auf. Sie spannte die Sehne mit aller Kraft und zielte kurz. Dann ließ sie los, der Pfeil jagte auf die Felsen zu, traf die dunkle Stelle und … durchschlug sie. Augenblicklich war ein gewaltiges Knirschen und ungeheures Rieseln zu hören. Die Felswand vor ihnen fiel in sich zusammen und verwandelte sich in einen Wasserfall aus Sand und Steinstaub, der zu Boden stürzte und in einer gewaltigen Wolke wieder aufstieg, einer Wolke, die sie einhüllte und ihnen den Atem raubte.

Sie rissen die Arme hoch und versuchten Augen und Mund vor dem Staub zu schützen. Als sich der Staub endlich legte, rangen sie hustend nach Luft.

»Habt Ihr das gewusst?«, keuchte Skalg und spuckte den Staub aus, der sich in seinem Mund gesammelt hatte. »Hättet Ihr uns nicht warnen können?«

»Nein«, antwortete Lia, doch die weiteren Worte wurden von einem Hustenanfall erstickt.

Als sie schließlich wieder klar sehen konnten, brachen sie in Lachen aus. Ihre Kleider, ihre Haare und Gesichter und ihre Pferde waren über und über mit Staub bedeckt, sodass sie alle wie wandelnde Steinstatuen aussahen.

»Wenn uns die Rajin jetzt sehen könnten, würden sie Reißaus nehmen. Darauf möchte ich wetten«, sagte Skalg lachend. »Wir sehen wahrhaft gespenstisch aus.«

Dann wandten sie ihre Aufmerksamkeit wieder der Stelle zu, die eben noch aus scheinbar undurchdringlichen Felsen bestanden hatte und an der jetzt ein gewaltiges, dunkles Steintor zu sehen war, das sie wie ein weit aufgerissenes Maul angähnte. Ein kühler, feuchter Wind wehte ihnen entgegen.

»Was war das nur?«, fragte Issur.

»Eine Laune der Natur vielleicht«, meinte Skalg, aber es war ihm deutlich anzuhören, dass er das nicht wirklich glaubte.
»Was es auch immer war«, entschied Klut, »das ist unser Weg. Entzündet Fackeln. Aber geht sparsam damit um. Wir wissen nicht, wie lange wir durch die Dunkelheit gehen müssen.«
Bald brannten zwei Fackeln und sie lenkten ihre Pferde in die finstere Höhle, die sich auf so wunderbare Weise vor ihnen geöffnet hatte. Die Hufe der Pferde trafen auf harten, schlüpfrigen Fels, der voller Risse und scharfer Kanten war.
»Wir sollten absteigen und die Pferde führen«, schlug Skalg vor und seine Stimme warf ein vielfaches Echo. »Auf diesen Felsen können sie sich allzu leicht etwas brechen.«
Sie folgten seinem Vorschlag und drangen Schritt für Schritt weiter vor. Doch sie waren noch nicht weit gekommen, als Issur plötzlich sagte: »Der Wind dreht sich.«
»Was meinst du damit?«, fragte Skalg.
»Nichts weiter«, knurrte Issur. »Nur dass der Wind sich dreht.«
Unwillkürlich sah Niem hinter sich und sogleich stieß er einen Schreckenslaut aus. Sie fuhren herum und Klut rief: »Was ist, Niem? Was hast du?«
Der Zwerg wies mit einer Hand zum Ausgang der Höhle und stotterte: »Da, da ... seht doch ... der Wind ... der, der Staub ...«
Fassungslos starrten sie auf die Öffnung, durch die sie eben noch gekommen waren. Der Wind, der ihnen entgegengeweht war, als sie die Höhle betraten, hatte sich gedreht und ein gewaltiger Sog entstand, in dem ihre Fackeln beinahe zu erlöschen drohten. Und dieser Sog

zog den Staub an, der sich vor der Höhle gelagert hatte, und baute aus diesem eine neue Felswand, die das Höhlentor in atemberaubender Schnelligkeit Schicht um Schicht wieder verschloss. Endlich füllte sich auch der letzte Spalt und das Tageslicht erlosch.
»Was ist das für ein Teufelswerk!«, stieß Niem hervor, als der Spuk vorbei war.
»Wer sagt, dass dies Teufelswerk ist«, meinte Lia. »Vielleicht gelten in der Welt, die wir betreten haben, nur andere Regeln. Ihr werdet Euch damit abfinden müssen, Niem. Oder wollt Ihr lieber umkehren?«
Niem richtete sich stolz auf und rief: »Ich, umkehren? Wo denkt Ihr hin. Jetzt bekommt die Suppe, die wir uns eingebrockt haben, doch erst die rechte Würze.« Er fasste sein Pferd fest am Zügel, trat neben Klut und fragte mit grimmigem Gesicht: »Da lang?«
Klut nickte.
»Gut! Dann folgt mir!«, sagte Niem und ging ihnen mit großen Schritten voran.
»Wo er Recht hat, hat er Recht«, brummte Issur und folgte dem Zwerg. Auch die anderen schlossen sich ihnen an. Die seltsamen Vorgänge am Tor hatten sie erschreckt und die unergründliche Tiefe der Höhle erfüllte sie mit Unbehagen, doch Niems unnachahmliche Art hatte den Bann gebrochen. Entschlossen setzten sie ihren Weg fort und drangen immer tiefer in dieses düstere Felsenreich. Sie hatten die bekannte Welt verlassen. Und vor ihnen lag das Unbekannte, das seit undenklichen Zeiten kein Mensch mehr betreten hatte.

18
Das Tal der Schlangen

Der Weg durch das Innere der Berge schien kein Ende nehmen zu wollen. Allmählich verringerte sich der Vorrat an Fackeln beängstigend. So waren sie dazu übergegangen, jeweils nur eine Fackel zu entzünden. Dabei mussten sie sich dicht beieinander halten, damit das wenige Licht für alle reichte. Zu ihrem Glück warfen die feuchten Wände das Licht der Fackel matt schimmernd zurück, sodass sie zumindest durch ein diffuses Halblicht wanderten.
Noch immer konnten sie es nicht wagen, auf ihren Pferden zu reiten, denn der Boden blieb schlüpfrig und von Rissen und Kanten durchbrochen, auf denen die Tiere leicht zu Fall gekommen wären. Sie gönnten sich keine Rast, sondern bemühten sich, so rasch wie möglich voranzukommen. Denn ohne das Licht der Fackeln wären sie verloren gewesen.
Zu ihren Seiten taten sich große Gänge auf und nicht selten teilte sich der Weg vor ihnen. Doch Klut schlug stets ohne zu zögern die Richtung ein, denn er sah die Straße deutlich vor sich und hatte niemals Zweifel daran, den richtigen Weg gewählt zu haben.
Lange waren sie schweigend vorangeeilt und nur ihre Schritte und das Geräusch der Pferdehufe durchbrachen die Stille. Ein wechselndes Spiel aus ineinander verwobenen Echos begleitete sie, ein Chor von Lauten, der sich mit den Gängen und Abzweigungen wandelte. Die Last der Bergmassen, die ihnen nur zu bewusst war, legte sich drückend auf ihr Gemüt. Schließlich hielt Niem es nicht

länger aus. Er musste endlich wieder eine menschliche Stimme hören und sei es auch nur seine eigene.
»Was meint ihr, ob hier schon mal jemand vor uns gewesen ist?«, fragte er.
Klut erbarmte sich seiner und sagte: »Nein, ich bin mir ziemlich sicher, dass wir die Ersten sind.«
»Wie kannst du dir da so sicher sein?«, fragte Niem. »Das Felsentor kann sich auch hinter anderen wieder geschlossen haben.«
»Weil ...«, antwortete Klut zögernd, »weil ... ach, ich kann es dir nicht genau erklären. Es ist so ein Gefühl. Etwas sagt mir, dass ich der Erste bin, der so weit gekommen ist. Denk doch nur an Marmot. Er hat es auch nicht geschafft.«
»Wer ist Marmot?«, wollte Lia wissen.
Klut und Skalg wechselten einen fragenden Blick. Dann nickte Klut und Skalg erzählte auch Lia die Geschichte seiner Begegnung mit Marmot. Doch zu ihrer Überraschung nahm Lia diese Botschaft aus der Vergangenheit gelassen hin.
»Ja, so muss es sein«, sagte sie nur, als Skalgs Bericht endete. »Ich habe es immer gefühlt. Sie wandert durch die Zeit. In mir und in anderen vor mir.«
»So ist es auch bei mir«, meinte Klut. »Und jetzt haben wir uns gefunden. Endlich.«
»Aber das könnte doch schon mal geschehen sein«, wandte Niem ein. »Marmot hat vielleicht kein Glück gehabt, aber anderen vor ihm könnte es besser ergangen sein.«
»Das mag stimmen«, erwiderte Klut. »Aber dennoch spüre ich, dass keiner von ihnen so weit gekommen ist wie wir. Oder sie müssen einen anderen Weg genommen haben. Wenn es überhaupt einen anderen Weg gibt. Was meint Ihr?«, wandte sich Klut an Lia.

»Ich spüre dasselbe«, antwortete sie.
Dagegen gab es nichts einzuwenden. Nicht einmal für Niem. Ihr Gespräch brach ab und Niem blickte schaudernd auf die endlosen Felswände, durch die sie wie durch einen steinernen Sarg gingen. Ihm war nicht wohl in seiner Haut. Er liebte belebte Plätze, Orte, an denen sich Menschen drängten oder an denen Menschen zumindest sichtbare Spuren hinterlassen hatten. Dieses unterirdische Reich, das vielleicht nie zuvor Menschen gesehen hatte, war ihm fremd und unheimlich. Ihr Eindringen in diese Welt kam ihm wie ein Frevel vor und er fragte sich, ob die Strafe dafür nicht schon hinter der nächsten Biegung in Gestalt von riesigen, schleimigen Ungeheuern der Tiefe auf sie wartete. Dieses Gefühl hatte er das letzte Mal als Kind gehabt, wenn er in einen dunklen Keller gehen musste. Er hasste das. Er war ein erwachsener Mann. Es konnte doch nicht sein, dass er in so kindische Ängste zurückfiel.
Noch einmal machte er den Versuch, die Unberührtheit dieses verlassenen Ortes mit seiner Stimme zu durchbrechen. »Ihr seid Königin?«, fragte er Lia.
»Es muss wohl so sein«, erwiderte sie. »Klut hat mich so genannt.«
Das soll eine Antwort sein?, dachte Niem grimmig. Es ist schrecklich mit den beiden. Jedes Mal, wenn man sie was fragt, läuft man ins Leere. Sie sind einfach nicht zu fassen. Die machen mich rasend.
Aber es blieb ihm nichts anderes übrig, als seine Empörung für sich zu behalten. Keiner der Gefährten schien gewillt, mit ihm zu reden. So war wohl keiner von ihnen so froh wie Niem, als das Dunkel endlich wich und sich vor ihnen eine Öffnung ins Freie zeigte. Endlich waren sie der Finsternis und der Tiefe der Berge entronnen. Alle atmeten erleichtert auf und Niem stieß einen Seuf-

zer aus, in dem sich alle Geister seiner Ahnen Luft zu machen schienen.
Rotgoldenes Abendlicht empfing sie, als sie den Ausgang erreichten. Seit sie den reisenden Hof verlassen hatten, hatten sie also nur einen Tag gebraucht, um die Berge zu erreichen und zu durchqueren. Sie wunderten sich, dass nur so wenig Zeit vergangen sein sollte. Die Wanderung unter den Felsen war ihnen viel länger erschienen.
Der Anblick, der sich ihnen im Licht der untergehenden Sonne bot, war atemberaubend schön. So weit ihr Auge blicken konnte, erstreckte sich ein grünes Blätterdach bis zum Horizont. Ein leichter Wind bewegte die Wipfel, sodass es war, als würde sich der Spiegel eines Meeres kräuseln. Sie hätten sich nicht einmal gewundert, wenn grüne Gischt bis zu ihren Füßen heraufgeschäumt wäre.
Der Höhlenausgang befand sich ein Stück weit über diesem Dschungel. Vogelstimmen und Tierlaute drangen bis zu ihnen empor. Sie erkannten diese Laute nur zu gut. Dies war Kerala, das Land der Rajin. Jetzt erst zeigte es sich, wie groß dieses Reich war, von dem sie zwischen den Bergen nur ein erstes Tal kennen gelernt hatten. Doch schon dieses hatte sich als unüberwindliches Hindernis erwiesen. So hatten sie also den ganzen Weg durch die Berge zurückgelegt, nur um wieder an der Grenze dieses gefährlichen Landes zu stehen. Waren sie doch in die Irre gegangen? Hatte Klut sie den falschen Weg geführt?
»Das sieht nicht gut aus«, meinte Skalg düster.
Und Issur brummte: »Sieht aus, als müssten wir umkehren.«
»Lasst euch nicht vom ersten Eindruck täuschen«, sagte Klut. »Seht ihr denn nicht die Schlucht?«
»Schlucht? Was für eine Schlucht?«, fragte Niem.
Klut wies mit der Hand hinab. Unter ihnen fiel die

Bergwand schräg ab. Zwar recht steil, doch würde der Abstieg nicht unmöglich sein. Der Abhang endete in einem felsigen Talkessel, der von einem Halbrund steiler Felsen abgeschlossen wurde. An den oberen Rändern der Steilwände begann übergangslos der Dschungel, sodass es aussah, als würden die Felsen von grünen Mauern noch zusätzlich erhöht. Der Talkessel schien auf den ersten Blick eine Sackgasse zu sein. Es sei denn, dass sie ihm über die Felsen seitlich des Abhangs auswichen, um den Dschungel zu erreichen. Doch danach hatte keiner von ihnen Verlangen.

»Ich sehe nicht, was du meinst, Klut«, sagte Skalg.

»Ich weiß, es ist nur schwer zu erkennen«, erwiderte Klut. »Die Sonne steht schon so tief, dass der Eingang zur Schlucht im Schatten liegt. Aber strengt eure Augen an. Dann werdet ihr sehen, dass der Schatten auf der gegenüberliegenden Seite des Talkessels um eine Spur dunkler ist. Dort ist es.«

»Tatsächlich«, stieß Niem hervor. »Ich muss schon sagen, Klut, du hast Augen wie ein Raubvogel.«

»Nein«, entgegnete Klut. »Ich sehe nur, dass die Straße dort zwischen den Felsen verschwindet. Also ist das der Weg, den wir morgen früh gehen werden. Ich schlage vor, dass wir die Nacht hier in der Höhle verbringen. Wenn wir weit genug zurückgehen, können wir es sicher wagen, ein Feuer anzuzünden. Ich hätte nichts gegen eine warme Mahlzeit einzuwenden.«

»Ich auch nicht«, pflichtete ihm Issur bei und rieb seinen Bauch. »Mein Magen ist noch leerer als diese Höhle.«

Ganz in der Nähe fanden sie trockenes, ausgebleichtes Holz, das wohl von Wasser und Wind aus höher gelegenen Wäldern herabgetragen worden war. Bald prasselte zwischen ihnen ein Feuer, dessen Rauch sich an der hohen Felsdecke verzog und sie kaum verraten würde.

Auch waren sie so weit in die Höhle zurückgegangen, dass eine Biegung den Ausgang verdeckte. So war der Feuerschein nicht von außen zu sehen und sie konnten unbesorgt diese Nacht in der Geborgenheit des flackernden Lichts verbringen. Abwechselnd hielten sie Wache, denn die Gefahr war nahe.

Am nächsten Morgen kehrten sie zum Ausgang der Höhle zurück und machten sich für den Abstieg bereit. Sie mussten die Pferde bis in den Talkessel hinabführen, denn für einen Ritt war der Abhang zu steil.

»Hoffen wir, dass wir von den Rajin nicht entdeckt werden, solange wir uns im Freien befinden«, meinte Skalg besorgt. »Hier an diesem Hang sind wir ihren Blicken schutzlos ausgeliefert.«

»Ich weiß«, sagte Klut. »Aber wir müssen es wagen. Es wäre ein Zufall, wenn sie ausgerechnet jetzt diese verlassene Gegend beachten würden.«

»Das stimmt«, sagte Skalg. »Aber was mir Sorge macht, ist der Lärm, den wir auf dem Abstieg machen werden. Die Hufe der Pferde sind sicher weit zu hören.«

»Wir könnten sie doch mit Stoff umwickeln«, schlug Issur vor.

»Und wir sollten möglichst kein Wort sprechen«, fügte Klut hinzu. Dabei warf er einen viel sagenden Blick auf Niem.

»Botschaft angekommen«, wehrte sich Niem und dabei sprach er nur im Flüsterton. »Von jetzt an wird jeder Stein gesprächiger sein als ich. Aber sag das lieber den Pferden als mir. Denen könnt ihr das Maul nicht so leicht verbieten.«

»Das ist wahr«, seufzte Skalg.

»Nein, das ist nicht wahr«, widersprach Lia. Dann trat sie von einem Tier zum anderen, legte ihnen die Hände auf die Nüstern und sprach leise auf sie ein. Als sie dies

bei allen Pferden getan hatte, sagte sie: »Ihr könnt unbesorgt sein. Sie werden keinen Laut von sich geben.«
Sie sahen sie sprachlos an. Nur Klut wunderte sich nicht. Er musste an Bero denken, der ihm so oft aufs Wort gefolgt hatte, als würde er ihn verstehen. Jetzt bestätigte sich nur, was er geahnt hatte. In Thalis mussten sich Mensch und Tier näher gewesen sein.
Langsam führten sie die Pferde den Steilhang hinab. Sie gingen sehr vorsichtig vor. Lieber überlegten sie sich die Richtung zweimal, bevor sie einen falschen Schritt taten. Als sie endlich am Fuß des Abhangs standen, atmeten sie erleichtert auf. Das war geschafft! Und kein Alarmschrei war aus dem Dschungel zu hören gewesen.
Sie eilten durch den Talkessel, vorbei an einem kleinen Weiher, bis sie den Anfang der Schlucht erreicht hatten, den Klut am Abend zuvor entdeckt hatte.
Die Schlucht war schmal und von steilen Felswänden begrenzt. Darüber erhob sich wieder das dichte Pflanzengewirr des Urwalds. Gewaltige Baumriesen neigten sich über die Schlucht, als würden sie versuchen einander bei den Händen zu fassen, um dieses enge Tal zu überbrücken und möglichst rasch mit ihrem wilden Wuchs zu füllen. Schlingpflanzen hingen herab oder krochen über das blanke Felsgestein.
Ein Bach rieselte ihnen aus der Schlucht entgegen. Hinter ihnen mündete er in den Weiher, an dem sie vorbeigekommen waren. Dort musste das Wasser wohl durch einen unterirdischen Ausfluss entweichen, denn sonst hätten sich Talkessel und Schlucht mit Wasser gefüllt.
Bambus und Schilf wuchsen an den Rändern des Baches und gediehen prächtig in der feuchten Schwüle, die die Gefährten spürten, seit sie die kühle Höhle verlassen und den Talkessel betreten hatten. Weiches Gras bedeckte den Boden. Sie sahen es mit Freude, denn endlich konnten sie

ihren Pferden die Stoffe von den Hufen nehmen und sich wieder auf die Rücken ihrer Tiere schwingen. So würden sie leichter und vor allem rascher vorankommen.
Auf ein Zeichen Kluts begannen sie ihren Weg durch die Schlucht. Ihre Pferde ließen sie in einem leichten Trab laufen, der auf dem federnden Boden kaum zu hören war. Dieses schwache Geräusch würde nicht bis in den Dschungel hinaufdringen.
Klut ritt einige Schritte voran und freute sich an diesem friedlichen Tal. Die Rajin waren weit, und solange sie leise waren, würden sie sicher unbemerkt ihr Reich durchqueren können.
Plötzlich bäumte Bero sich wild auf und wirbelte mit den Beinen durch die Luft. Es kam so überraschend, dass Klut beinahe abgeworfen worden wäre. Nur mühsam gelang es ihm, das zitternde Tier wieder auf die Beine zu zwingen. Bero tänzelte auf der Stelle und Angstschweiß bedeckte sein Fell in weißen Flocken. In diesem Augenblick entdeckte Klut, was das Pferd so sehr in Schrecken versetzt hatte. Nur wenige Schritte vor ihnen ringelte sich eine armlange Schlange, die ihren Kopf hoch aufgerichtet hielt und wild züngelte.
Es war ein Wunder, dass Bero keinen Laut von sich gegeben hatte. Jedes andere Pferd wäre in schrilles Wiehern ausgebrochen. Doch Bero schien den Worten Lias unbedingt zu gehorchen. Vielleicht weil er solche Befehle schon seit langem von seinem Herrn gewohnt war.
Vorsichtig zog Klut sein Schwert und wollte sich gerade vom Pferd gleiten lassen und der Schlange entgegentreten, als Lia an seine Seite drängte. Sie legte ihre Hand auf seinen Arm und schüttelte den Kopf. Dann stieg sie ab und ging langsam, Schritt für Schritt, auf die Schlange zu. Sie hielten den Atem an. Was hatte sie vor?
Die Schlange wiegte den Kopf unruhig hin und her.

Schließlich ließ sie ihn sinken und glitt auf Lia zu. Klut hielt es nicht länger auf seinem Pferd. Doch als er Boden unter den Füßen hatte, war es schon zu spät. Die Schlange hatte Lia erreicht und wand sich um ihre Stiefel. Klut erstarrte. Er wagte nicht sich zu bewegen. Er wollte die Schlange nicht zusätzlich reizen. Vielleicht würde sie Lia verschonen, wenn sie sich alle still verhielten.
Es schien so zu sein. Das Reptil ließ von Lia ab und verschwand im dichten Gras. Lia kam zu ihnen zurück. Klut schüttelte bedenklich den Kopf und sah sie ärgerlich an. Warum hatte sie sich so in Gefahr begeben? Doch sie lächelte nur über seinen stummen Tadel. Sie bewegte ihre Hände in Schlangenlinien und wies auf das Gras vor ihnen.
Sie verstanden, was sie ihnen sagen wollte. Wo eine Schlange war, da konnten noch andere sein. Sie mussten auf der Hut sein.
Dann aber tat Lia etwas, das sie nicht begriffen. Sie reichte N'Nuri die Zügel ihres Pferdes und gab Klut zu verstehen, dass er wieder aufsteigen sollte und dass sie vorangehen wolle. Die anderen sollten mit den Pferden folgen.
Wieder runzelte Klut die Stirn, doch Lia hob den Arm in die Höhe und sah ihn eindringlich an. Er wusste gleich, was sie meinte. Lia erinnerte ihn an die wilden Bienen. Da gab er nach und mit einem Nicken willigte er ein.
Nun ging ihnen Lia einige Schritte voraus und sie folgten ihr. Die Pferde, die noch immer zitterten, ließen sie in langsamem Schritt gehen.
Bald zeigte es sich, dass Lia mit ihrer Vermutung Recht behielt. Aber mit dem, was sie nun erlebten, hatte auch sie nicht gerechnet, geschweige denn einer ihrer Gefährten. Eine Schlange nach der anderen glitt aus dem dichten Gras hervor, wand sich an Lias Stiefel vorbei und

wich in einem weiten Bogen der Gruppe der Reiter aus. Immer mehr Schlangen zeigten sich, je tiefer sie in das Tal vorstießen. Endlich war es, als würde Lia durch ein dunkles Wasser waten, das sie mit ihren Stiefeln teilte und das sich erst hinter der Gruppe der Reiter wieder zu einer Fläche schloss. Es mussten Tausende Schlangen sein, die hier in diesem Tal lebten. Und keiner von ihnen wunderte sich mehr darüber, dass die Rajin es nicht zu wagen schienen, dieses Tal zu betreten.
Schaudernd blickten sie auf diese Flut dunkler, glatter Leiber. Wie viel Gift musste hier versammelt sein! Sie versuchten nicht daran zu denken und achteten darauf, dicht beieinander zu bleiben. Das war nicht schwer, denn die Pferde drängten sich von selbst Schutz suchend zusammen und blickten mit schreckgeweiteten Augen auf den brodelnden, sich windenden Strom, der an ihnen vorüberglitt.
Schritt für Schritt führte Lia sie durch das Tal. Behutsam setzte sie einen Fuß vor den anderen, denn die Schlangen bildeten vor ihr ein so dichtes Knäuel, dass sie Acht geben musste, um nicht auf eines der Tiere zu treten.
Gegen Mittag erreichten sie eine Stelle, an der der Bach sich verbreiterte und in seiner Mitte eine kleine Insel umfloss. Lia watete durch den niedrigen Bach und die Gefährten folgten ihr mit den Pferden. Auf der Insel fanden sie keine Schlange vor und die anderen Reptilien folgten ihnen glücklicherweise nicht durchs Wasser. Sie stauten sich an den Ufern des Baches und hielten schaurige Wache.
Erschöpft setzte sich Lia auf einen flachen Stein. Sie atmete schwer. Sie reichten ihr zu essen und zu trinken und Klut gab ihr durch Zeichen zu verstehen, dass sie ja den Rest des Tages und die Nacht auf dieser Insel verbringen konnten, damit Lia sich erholen könne. Doch sie

schüttelte den Kopf. Nachdem sie gegessen und getrunken hatte, schloss sie die Augen. Sie warteten ab und störten ihre Ruhe nicht. Lia schien sich zu sammeln und neue Kräfte zu schöpfen. Das Rieseln des Baches und die Laute des Dschungels vermischten sich in einer leisen Melodie, die sie lächelnd in sich aufnahm. Schließlich schlug sie die Augen wieder auf, sah sie aufmunternd an und erhob sich mit frischen Kräften.

Wieder setzten sie ihre schaurige Wanderung fort. Lia ging ihnen voran und teilte die Flut der Schlangen, die sich hinter ihnen erneut schloss.

Einmal wies Skalg mit der Hand zur Sonne hinauf und Klut nickte. Das Tal verlief geradewegs in Richtung Westen. Das ließ ihn hoffen. Vielleicht gelang es ihnen ja, noch vor dem Abend das Ende dieser Schlucht zu erreichen und noch vor Einbruch der Dunkelheit den Schlangen zu entkommen. Er konnte sich nicht vorstellen, dass Lia imstande war, die Schlangen auch während der Nacht fern zu halten. Irgendwann würde sie müde werden und nicht mehr genug Kraft für ihre schwere Aufgabe haben.

Wie eine schnurgerade Schneise führte die Schlucht durch den Dschungel und das Licht der sinkenden Sonne schlug ihnen blendend entgegen. Wenn nicht der sich windende Teppich aus Schlangen gewesen wäre, der den Boden vor ihnen bedeckte, so hätten sie meinen können, auf der goldenen Straße zu wandern, die sonst nur Klut zu sehen vermochte.

Plötzlich zerschnitt eine scharfe, dunkle Linie den unteren Rand der Sonnenscheibe. Dann wuchs eine schwarze Mauer empor, die die Sonne Schicht um Schicht zu verschlingen schien. Eine riesige Schattenhand griff nach ihnen, erreichte sie und füllte die Schlucht hinter ihnen weiter und weiter aus.

Noch war der Himmel über ihnen hell und blau. Doch sie selbst ritten in eine zunehmende Dunkelheit hinein. Die Luft wurde kühler und Wind kam auf. Aber noch etwas veränderte sich. Die Schlangen wurden weniger. Die Flut vor Lias Füßen lichtete sich und der Strom der gleitenden Körper, der die Reiter einschloss, wurde dünner. Auch wurde das Gras unter den Hufen ihrer Pferde seltener. Immer häufiger traten sie auf blanken Fels.
Schließlich waren sie gezwungen abzusteigen, um die Hufe der Pferde mit Stoff zu umwickeln. Der Anblick der Schlangen, die die kleine Fläche, die sie gerade noch frei ließen, umzüngelten, ließ ihnen das Blut in den Adern gefrieren. So schnell sie nur konnten, stiegen sie wieder auf und ritten weiter.
Es ging nun leicht aufwärts. Nur noch vereinzelt glitten Schlangen an ihnen vorbei und endlich verließ sie das letzte dieser kriechenden Geschöpfe. Sie atmeten erleichtert auf. Jetzt erst merkten sie, dass sie in Schweiß gebadet waren. Der kühle Abendwind ließ sie frösteln.
Lia schwankte, als sie sich mühsam auf ihr Pferd hinaufzog. N'Nuri ritt an ihrer Seite und stützte sie mit einem Arm.
Nun übernahm Klut wieder die Führung. Doch weit kamen sie nicht mehr. Plötzlich endete die Schlucht an einer steilen Felswand. Sie schraken zurück. War das Tal der Schlangen, dem sie so knapp entronnen waren, eine Sackgasse? Es blieb ihnen keine Zeit mehr, darüber Klarheit zu gewinnen. Das Tageslicht erlosch und an seine Stelle trat der matte Schein der Sterne und der schmalen Mondsichel, über die dunkle Wolken zogen.
Zwischen zwei Felsblöcken schlugen sie ihr Lager auf. Als Lia abstieg, taumelte sie vor Erschöpfung. Rasch bereiteten sie ihr ein Bett aus Decken. Kaum hatte sie sich hingelegt, da war sie auch schon eingeschlafen.

Sie konnten es nicht wagen, ein Feuer zu entzünden, und mussten darauf hoffen, dass die Schlangen den kalten Stein nicht liebten und sie deshalb verschonen würden.
Auch bei ihnen machte sich die Erschöpfung bemerkbar. Die Anspannung dieses langen Tages unentwegter Gefahr ließ nach und sie konnten ihre Augen kaum noch offen halten. Doch jeweils zwei von ihnen mussten abwechselnd Wache halten. Obwohl es ihnen schwer fiel, wach zu bleiben, so hielt sie doch der Gedanke aufrecht, wie viel mehr Anstrengung es Lia gekostet haben musste, ihnen einen ganzen Tag lang den Weg zwischen den Schlangen zu bahnen.
Niems letzter Gedanke, bevor er einschlief, war: Sie ist eine Königin. Sie muss es sein. Das braucht mir keiner zu sagen. Nicht einmal Klut, dieser Alleswisser.

19
Niem

In dieser Nacht zogen sich die Wolken immer dichter zusammen, bis die Sterne und die Mondsichel nicht mehr zu sehen waren. Nach Mitternacht herrschte vollkommene Finsternis. Wer von ihnen Wache hielt, konnte sich nur auf sein Gehör verlassen. Nicht einmal die eigene Hand vor Augen war zu sehen.
So sehr wie in dieser Nacht hatten sie wohl nie zuvor das Morgengrauen herbeigesehnt. Als sich endlich das erste Licht zeigte, begrüßten sie es mit Erleichterung. Die Dämmerung hatte spät begonnen, denn der Himmel war

von einer dichten Wolkendecke verhüllt. Noch bevor die ersten Vogelstimmen zu hören waren, begann ein feiner, kalter Regen zu fallen.
Lia schlief noch tief und sie weckten sie nicht. N'Nuri wachte bei ihr, während die anderen die Gegend erkundeten.
Es war so schlimm, wie sie befürchtet hatten. Sie befanden sich auf einem leicht gegen das Tal der Schlangen geneigten Felshang. Die Steilwand, die das Tal gegen Westen hin abschloss, war hoch, glatt und wies kaum Spalten und Kanten auf, an denen sich ein Kletterer hätte festhalten können. Die Felsen umgaben den Abhang, auf dem sie standen, in einem weiten Bogen.
Oberhalb dieser Felswand war kein Grün zu entdecken. Hier schien das Land der Rajin zu enden oder zumindest reichte der Dschungel nicht bis zum Ende der Schlucht. Vielleicht gab es dort oben eine Möglichkeit, ungesehen weiterzureiten. Aber wie sollten sie dort hinaufgelangen? Und ihre Pferde? Selbst wenn es ihnen gelang, mussten sie diese nicht zurücklassen?
»Ich denke, dass wir wieder reden können«, meinte Skalg. »In diesem Regen dringen unsere Stimmen nicht weit, solange wir leise sprechen.«
Niem stieß einen Seufzer der Erleichterung aus: »Ah, endlich. Das tut gut! Ich hatte schon das Gefühl, gleich platzen zu müssen.«
»Was sollen wir jetzt tun?«, fragte Issur und sah Klut an. Klut hob die Schultern. »Ich weiß es auch nicht. Die Straße endet genau hier, am Fuß dieser Steilwand. Und ich spüre, dass es da oben weitergeht. Aber ich kann mir beim besten Willen nicht vorstellen, wie wir da hinaufkommen sollen.«
Keiner von ihnen hatte eine Lösung. Unverrichteter Dinge kehrten sie zu ihrem Lager zurück.

N'Nuri blickte ihnen entgegen und sagte: »Sie wird nass.«
»Wir könnten ein Dach aus Decken für sie bauen«, schlug Klut vor. »Niem, Issur, seht doch mal nach, ob ihr irgendwo lange Äste findet.«
Die beiden nickten und sie blickten ihnen nach, als das seltsame Paar durch den Regen davonging. Bald waren sie nur noch ein riesiger dunkler Fleck neben einem verschwindend kleinen dunklen Fleck.
»Wo sollen wir hier bloß Äste finden?«, knurrte Niem. »Mehr als ein paar steif gefrorene Schlangen liegt hier wohl kaum rum.«
»Red bloß nicht von Schlangen«, brummte Issur. »Wenn ich schon an diese Kriecher denke, krieg ich eine Gänsehaut.«
»Oh, der große, unbesiegbare Issur hat Angst vor Schlangen«, spottete Niem.
»Tu bloß nicht so. Dir geht es sicher nicht besser«, sagte Issur grimmig. »Und außerdem weiß ich jetzt, wo wir Äste finden können. Oder so etwas Ähnliches.«
»Wo denn?«, fragte Niem erstaunt.
»Am Bach«, antwortete Issur. »Da wächst doch Bambus. Das müsste auch gehen.«
Niem blieb wie vom Schlag getroffen stehen und schlug sich mit der flachen Hand an die Stirn. »Bambus!«, stieß er hervor. »Natürlich, Bambus!«
»Ja, Bambus«, echote Issur und wunderte sich über das Verhalten seines Freundes. Was war denn schon Besonderes an ein paar Bambusstangen?
»Ich muss blind gewesen sein«, sagte Niem. »Das ist die Lösung. Aber allein schaffen wir das nicht. Wir brauchen Lias Hilfe. Komm!«
Hastig wandte er sich um und machte sich eilig auf den Rückweg.

»He, Niem, wo willst du denn hin?«, rief Issur leise. Aber Niem hörte ihn nicht und so trottete Issur kopfschüttelnd hinter ihm her.

Die Freunde sahen ihnen fragend entgegen. »Habt ihr nichts gefunden?«, fragte Skalg.

»Doch, und ob wir was gefunden haben«, antwortete Niem und strahlte über das ganze Gesicht. »Ich hab die Lösung. Aber erst müsst ihr Lia wecken. Ohne sie geht es nicht.«

»Aber ...«, wollte Klut sich widersetzen.

»Macht schon«, drängte Niem. »Ich verspreche euch, dass es nicht vergeblich ist.«

N'Nuri rüttelte Lia sanft, bis sie die Augen aufschlug. Erstaunt blickte sie auf die Gesichter, die sie erwartungsvoll ansahen. »Was ist denn?«, fragte sie verschlafen.

»Es tut uns Leid, dass wir Euch wecken müssen«, sagte Klut sanft. »Aber Niem hat eine Idee und wir brauchen Eure Hilfe.«

Lia richtete sich auf und sie erklärten ihr die Lage. Sie warf einen Blick an der Steilwand empor und nickte. »Und was soll ich tun?«, fragte sie.

»Wir brauchen Bambus«, sprudelte es aus Niem hervor. »Viel Bambus. Aber dafür müssen wir zum Bach. Doch allein können wir das nicht, wegen der Schlangen. Ihr müsst mit uns gehen und uns die Schlangen vom Leib halten. Wenn wir genug Bambus haben, dann bauen wir ein Gerüst an den Felsen. Und dann ziehen wir die Pferde mit Seilen hoch und, hopp, schon sind wir oben. Seht ihr? So einfach ist das!«

»Du spinnst, Niem«, meinte Issur nur kopfschüttelnd. »Ein Gerüst aus Bambus. Wir werden uns sämtliche Knochen brechen.«

»Sag so was nicht, Issur«, widersprach Klut. »Das klingt doch nicht schlecht. Und eine andere Möglichkeit haben

wir nicht.« Er wandte sich an Niem, der vor Ungeduld zappelte, und fragte: »Kannst du das denn?«
Niem nickte voller Eifer. »Klar kann ich das. Das ist ein Kinderspiel für mich.«
»Aber wo hast du das denn gelernt?«, wunderte sich Skalg.
Niems Eifer erlosch plötzlich wie eine Kerzenflamme im Wind. Anscheinend schien ihm erst jetzt bewusst zu werden, dass er etwas von sich preisgab, das er lieber verschwiegen hätte. Doch nun gab es kein Zurück mehr. Und so sagte er zögernd: »Dort, wo ich herkomme, da ... da können ... da konnten wir das. Vertraut mir. Ich habe schon Hunderte solcher Gerüste gebaut. Mein halbes Leben lang.«
Sie sahen ihn erstaunt an und Issur sprach aus, was sie alle dachten: »Du warst ein ... ein Gerüstbauer? Du?«
»Ja, ich«, stieß Niem hervor und Erinnerungen, die tief in ihm verborgen waren, brachen plötzlich hervor. »Ich, Niem Dok ut Pradesh Ashur Gongorwad ut Lemor Benarish ut Klamenag Wared Hadam, war ein Gerüstbauer, ein Handlanger, ein ... ein Sklave!«
»Aber dein Name«, sagte Klut erstaunt. »Ich dachte, du seist von ... edler Geburt.«
Niem sah ihn wild an und erwiderte trotzig: »Wer sagt, dass ich das nicht bin? Jeder Mensch ist von edler Geburt. Jeder!«
»Ich wollte dich nicht verletzen, Diem«, meinte Klut sanft.
Niem senkte den Kopf. Dann begann er leise zu erzählen: »Ich bin in Gongorwad geboren. Weit jenseits des Südmeers. Mein Volk hauste in armseligen Lehmhütten. Nichts gehörte uns, nicht einmal unser Leben. Leibeigene waren wir. Sklaven der Fürsten von Gongorwad. Jeden Tropfen Blut haben sie aus uns herausgepresst, um selber

in Palästen leben zu können. Und wir waren es, die ihnen diese Paläste bauten, wir, die Benarish. Weit und breit gab es keine besseren Baumeister als die Benarish. Nur mit unseren Händen und einfachen Werkzeugen haben wir Paläste gebaut, die die Welt in Staunen versetzten. Hohe Paläste, Bergen gleich. Dazu errichteten wir aus Bambusstangen schwankende Gerüste, auf die nur wir uns wagten. Es war eine gefährliche Arbeit und viele von uns bezahlten dies mit dem Leben oder fristeten ein jämmerliches Dasein als Krüppel. Eines Tages aber erhoben wir uns gegen unsere Herren, doch der Aufstand wurde blutig niedergeschlagen. Meine Familie, meine Geschwister, meine Mutter, mein Vater, meine Freunde, alle wurden getötet und an den Gerüsten des letzten Palastes, den sie noch errichtet hatten, zur Abschreckung aufgehängt, den Aasgeiern zum Fraß. Ich gehörte zu den wenigen, die am Leben gelassen wurden. Wir waren die Stärksten und sollten ein neues Volk von Sklaven begründen. Aber das wollten wir nicht. Lieber sterben, als ein Volk ohne Freiheit. Wir nahmen Gift, alle. Keiner von uns wollte weiterleben. Manche starben schnell, andere versanken nur langsam in tödlichen Schlaf. Außer sich vor Zorn ließen uns die Fürsten in den Ashur werfen, der braun und träge durch Gongorwad fließt. Der Fluss sollte unser Grab sein, für die Toten und die, die noch lebten. Keine Gnade sollte uns zuteil werden. Aber ich überlebte. Ich weiß nicht, warum. Vielleicht hatte ich nicht genug Gift genommen. Oder der Fluss hat das Gift aus mir herausgeschwemmt, als ich beinahe in ihm ertrank. Irgendwann wurde ich ans Ufer gespült. Hohes Fieber schüttelte mich drei Tage lang. Als ich endlich gesund wurde, hatte ich nicht mehr den Mut, mir ein zweites Mal das Leben zu nehmen. Von da an habe ich mich als Dieb durchs Leben geschlagen. Klettern konnte ich ja und so

bin ich in manchem Palast ein ungebetener Gast gewesen. Bis ich euch getroffen habe.«
Niem brach ab. Dann setzte er noch leise hinzu: »Ach ja, und was meinen Namen betrifft, so ist er nichts als eine Kette von Erinnerungen. An das Land, in dem ich geboren wurde, an mein Volk, an Flüsse und Dörfer, die mir einmal alles bedeutet haben. Aber vielleicht sollte ich mich endlich davon trennen. Denn es sind dunkle Erinnerungen. Jetzt könnt ihr von mir aus über mich lachen. Ich habe es nicht anders verdient.«
»Niem«, entgegnete Issur betroffen. »Wie kannst du so etwas von uns denken? Du weißt genau, dass wir das nie tun würden. Für uns bist du einfach Niem. Nicht besser und nicht schlechter als jeder andere von uns. Und jetzt lass das Trübsalblasen. Kannst du uns helfen, oder nicht?«
Niem blickte überrascht auf und sah sie der Reihe nach an. Aber niemand lachte über ihn. Nichts hatte sich geändert.
»Und ob ich das kann«, bekräftigte er und die Dankbarkeit stieg wie eine warme Flut in ihm auf. »Ihr werdet sehen, ich werde euch ein Gerüst bauen, das den Benarish alle Ehre macht.«
»Also, worauf warten wir noch?«, sagte Skalg und sprang auf. Dann wandte er sich besorgt an Lia und fragte: »Meint Ihr, dass Ihr wieder stark genug seid?«
Lia erhob sich leicht und ohne zu schwanken. Und statt einer Antwort ging sie ihnen durch den Regen voran.
Es war eine mühselige Arbeit. Sie konnten die Bambusstangen nicht abhacken, denn das hätte zu viel Lärm verursacht, der durch das Rauschen des Regens gedrungen wäre. So mussten sie die Stangen mit ihren Messern und Schwertern abschneiden. Bald waren sie schweißüberströmt, trotz des kalten Regens. Und zu alledem umgab sie das dichte Gewimmel der sich windenden Schlangen,

die nur Abstand hielten, weil Lia unentwegt im Kreis um sie herumschritt. Wenn sie ihre Bündel geschnitten hatten, ging sie ihnen zu den Felsen zurück voran. Dort luden sie ihre Last ab und machten sich, beschützt von Lias Kräften, erneut an die Arbeit.
Endlich war Niem mit ihrer Ernte zufrieden. Rasch ließ er sie noch dicke Bündel Schilfrohr schneiden, die sie der Länge nach zertrennen mussten. Als sie ihn fragten, warum er denn nicht einfach Taue nehmen wollte, schüttelte er nur den Kopf und meinte, dass sie die später noch brauchen würden.
Dann machte er sich an den Bau des Gerüsts. Dabei ließ er sich von ihnen kaum helfen, denn er fürchtete, dass sie etwas falsch machen könnten. Nur er kannte die Kunst, die Bambusstangen auf die richtige Weise zusammenzufügen und mit geflochtenen Schilfsträhnen aneinander zu binden. Er erlaubte ihnen nur, ihm die Bambusstangen zu reichen. Denn das Gerüst konnte nur so stark sein wie seine schwächste Verbindung. Dafür wollte er keinem als sich selbst die Verantwortung überlassen. Er packte Stangen und Schilf mit geübtem Griff und machte sich an die Arbeit. Mit entblößtem Oberkörper und nackten Füßen turnte er geschickt von Stange zu Stange und man sah ihm an, dass er sich in einer ihm vertrauten Umgebung bewegte.
Vor ihren staunenden Augen wuchs das Gerüst mit einer Geschwindigkeit, die sie sich nie hätten träumen lassen. Stück um Stück rückte Niem an der Felswand höher und bald mussten sie hinaufklettern, um ihn mit Bambus und Schilf zu versorgen. Nur Issur blieb am Boden, denn sie wollten dem Gerüst nicht zu viel von seinem Gewicht zumuten.
Rund um den Sockel stützte Niem den immer höher werdenden Turm mit Stangen ab, die er schräg in den

Spalten des felsigen Bodens verankerte. In der Höhe sicherte er das Gerüst, wo immer möglich, indem er es mit Schilfstricken an den wenigen Unebenheiten der glatten Steilwand festband. So wurde das luftige Gebilde standfester, als sie es erwartet hatten, und schwankte nur wenig, wenn sie hinaufkletterten, um ihm neue Bambusstangen zu reichen.

Gegen Mittag war es so weit. Niem erreichte das Ende der Felswand und schwang sich hinauf. Dann verschwand er für einige Zeit. Als sie ihn wieder sahen, hangelte er sich blitzschnell am Gerüst herab, bis er sicher neben ihnen stand.

»Sieht gut aus da oben«, sagte er etwas atemlos, als sie ihn fragend anblickten. »Felsen. Weit und breit kein Dschungel und keine Rajin. Und da geht es zu einem Pass hinauf. Sieht so aus, als hätte Klut Recht. Der Weg muss da oben weitergehen.«

Wenn sie nicht die Rajin gefürchtet hätten, hätten sie vor Freude laut gejubelt. So ballten sie nur die Fäuste und streckten sie begeistert in die Höhe.

»Und wie geht es jetzt weiter?«, fragte Issur schließlich.

»Jetzt hast du die Ehre, dich als Erster zu überzeugen, wie gut das Gerüst ist«, meinte Niem und grinste. »N'Nuri wird dir folgen und alles nach oben bringen, was wir an Seilen haben. Ich komme mit und zeige dir, wie du die Seile legen musst, um möglichst wenig Kraft zu brauchen.«

»Kraft wofür?«, fragte Issur.

»Um die Pferde hochzuziehen«, antwortete Niem. »Oder willst du zu Fuß bis nach Thalis laufen?«

»Na, wenn das Gerüst das nur aushält«, brummte Issur und blickte zweifelnd hinauf.

»Warts ab«, meinte Niem und klopfte stolz an die Bambusstäbe. »Das hält. Darauf gebe ich dir mein Wort.«

»Na gut, dann will ich mal«, sagte Issur. Er packte die Bambusstäbe und kletterte langsam in die Höhe.
Das Gerüst bestand diese erste Probe ohne zu schwanken und Skalg klopfte Niem anerkennend auf die Schulter. N'Nuri folgte Issur mit den Seilen. Niem schloss sich ihr an und erklärte Issur, was er zu tun hatte. Niem hatte alles bedacht. An der Spitze des Turms liefen besonders dicke Stäbe frei zwischen mehrfach verstärkten Querstangen. So konnten die Seile, die sie darüber legten, leichter auf den rollenden Stäben bewegt werden und es bestand keine Gefahr, dass sie zerreißen würden. Die Fläche mit den drehbaren Stangen war abfallend gebaut, um auch schwere Lasten gut über die Gerüstkante ziehen zu können.
»Alle Achtung, Niem«, staunte Issur. »Was ich in den Armen habe, hast du im Köpfchen.«
Niem sah ihn mit gerunzelter Stirn an. Er wusste nicht recht, ob dies nun eine Beleidigung oder ein Lob sein sollte. Sicherheitshalber drohte er Issur mit der Faust, dann wandte er sich der Aufgabe zu, die ihnen nun bevorstand.
Sie warfen die Seile über die rollenden Stangen und ließen sie bis zum Boden herab. Lia war inzwischen zu den Pferden getreten und hatte ihnen nochmals Mut zugesprochen und sie zum Schweigen aufgefordert. Obwohl sie am ganzen Leib zitterten und vor Angst schwitzten, ließen sie sich eins nach dem anderen an den Turm heranführen, an dem ihnen die Taue um den Leib geschlungen wurden. Dann legte sich Issur in die Seile, seine Kräfte wuchsen und er ging Schritt für Schritt zurück. Das Pferd, das in den Seilen hing, wurde Stück um Stück hinaufgezogen, bis es direkt unter der Spitze des Turms hing. Während es hilflos in der Luft schwebte, war das Tier sich selbst überlassen. Sie konnten es nicht wagen,

das Gerüst zusätzlich zu belasten, um neben ihm hinaufzuklettern und es zu besänftigen. Doch zu ihrer Erleichterung gab keines der Pferde einen Laut von sich.
War das Tier oben angekommen, folgte der schwierigste Teil der Arbeit. Mit einem Ruck hievte Issur das Pferd über den Rand des Gerüsts und zog es über die rollenden Stäbe bis auf die Felsen. Dabei musste das Pferd auf der Seite liegen und durfte nicht mit den Hufen ausschlagen, da es sonst Lärm gemacht hätte. Auch hätten die Bambusstangen dabei beschädigt werden können. Dieser Teil des Aufstiegs sah wahrhaftig nicht sehr elegant aus und setzte den Tieren arg zu.
Lia war vor dem ersten Pferd hinaufgeklettert. Oben empfing sie die Tiere und sprach beruhigend auf sie ein, damit sie diese für sie so unangenehme Behandlung über sich ergehen ließen. Wenn sie endlich auf den Felsen lagen, wälzten sie sich eilig auf den Bauch und sprangen auf, froh, wieder festen Boden unter den Füßen zu haben. Dann ging Lia einige Schritte mit ihnen umher, bis sie sich beruhigt hatten. Inzwischen ließ Issur die Seile wieder herab und Klut und Skalg bereiteten das nächste Pferd für den Aufstieg vor. Endlich war nur noch eines der Tiere am Boden.
»Du kannst schon vorausklettern«, sagte Skalg zu Klut. »Ich komme allein zurecht. Vielleicht kannst du Issur helfen. Ich kann mir vorstellen, dass er allmählich müde sein muss.«
Klut nickte und schwang sich an dem Gerüst bis zu den Felsen hinauf. Dort bewunderte er Issurs gewaltige Kräfte, die das Pferd unaufhaltsam nach oben zogen. Viel Hilfe konnte er selbst kaum leisten.
Plötzlich ertönte ein scharfes Krachen. Die vorderste der rollenden Bambusstangen hatte dem anhaltenden Druck nicht mehr standgehalten und war gebrochen. Es gab

einen gewaltigen Ruck, der Issur nach vorne zog. Schnell sprangen die anderen zu den Seilen und halfen ihm den Schwung abzufangen.

Doch wenn es ihnen auch gelang, den Sturz des Pferdes aufzuhalten, so konnten sie doch nicht verhindern, dass das Pferd ein schrilles, angsterfülltes Wiehern ausstieß. Der knapp abgefangene Sturz, die Seile, die sich schmerzhaft in seinen Leib einschnürten, all das zerbrach die Kraft, die Lia dem Tier mitgegeben hatte.

Dieser Laut durchschnitt das Rauschen des Regens und die gedämpften Stimmen der Tiere, die über ihnen zu hören waren, und drang weit hörbar in den Dschungel. Einen Augenblick verstummte jeder Laut und alles schien den Atem anzuhalten. Dann wurde das Wiehern des Pferdes erwidert. Lange, hasserfüllte Schreie schallten durch den Dschungel und näherten sich mit entsetzlicher Geschwindigkeit.

»Schnell!«, rief Klut. »Beeil dich, Issur!«

Issur spannte nochmals seine Kräfte an und mit verbissenem Gesicht gelang es ihm, auch das letzte der Pferde sicher hinaufzuziehen.

Kaum war es oben, da tauchten an den Rändern der Schlucht dunkle Gestalten auf, die nach kurzem Zögern an den herabhängenden Schlingpflanzen in die Tiefe kletterten und sich dort, wo die Ranken nicht zum Boden reichten, in die Schlucht hinabfallen ließen. Von den Schlangen hatten sie hier wenig zu befürchten, denn dort, wo sie das Tal betraten, waren sie nahe bei den Felsen, auf denen sich der Fluchtturm erhob. Nur einer der Rajin stieß einen klagenden Schrei aus, griff nach seinen Füßen, packte die Schlange, die sich um seine Knöchel gewunden hatte, und schleuderte sie wild von sich. Dann schwankte er noch einige Schritte voran und sackte tot zusammen.

Die Rajin brachen in Wutgeheul aus und richteten ihre glühenden Blicke hasserfüllt auf den Turm. Dann entdeckten sie Skalg, der, angetrieben von den Rufen seiner Freunde, den Turm hinaufzuklettern begann. Mit gewaltigen Sprüngen überwanden die Rajin die Entfernung und warfen sich wie wahnsinnig auf die Stäbe. Einige von ihnen verfolgten Skalg, andere dagegen rissen besinnungslos vor Wut an den Bambusstangen, die den Fuß des Turmes stützten, und verbissen sich in das Holz, das unter ihren reißenden Zähnen und grausamen Klauen krachend zersplitterte.

Skalg war nur noch zwei Armlängen von der Spitze des Turmes entfernt und die Gefährten, die ihn erwarteten, zogen schon ihre Schwerter, um den Rajin, die Skalg dichtauf folgten, einen blutigen Empfang zu bereiten, als die Stützen brachen. Der Turm löste sich von den Felsen, schwankte kurz und begann sich dem Tal zu zu neigen. Skalg entging noch knapp der haarigen Faust eines der Rajin, der ihm am nächsten gekommen war, und schwang sich auf die den Felsen zugekehrte Seite des Gerüsts. Aber seine Freunde konnten ihn nicht mehr erreichen und ohnmächtig sahen sie mit an, wie der Turm immer mehr in Schräglage geriet. Gleich musste er stürzen und Skalg mit sich reißen.

Doch in diesem Augenblick riss N'Nuri ein Seil an sich, wand es sich um den linken Arm, presste das andere Ende in Issurs Hände und rief: »Halt mich!« Dann jagte sie auf den Rand der Felsen zu und sprang kopfüber mit einem gewaltigen Satz Skalg entgegen.

Sie prallte mit ihm zusammen und er klammerte sich an ihr fest. Der Schwung ihres Aufpralls versetzte dem Turm den letzten, entscheidenden Stoß. Knirschend stürzte er um, riss die Rajin mit sich und zerbarst mit lautem Krachen auf den Felsen. Issur warf sich zurück und

auch die anderen packten das Seil. N'Nuri und Skalg schlugen gegen die Felswand und blieben wie betäubt an dem Seil hängen, das tief in N'Nuris Arm einschnitt. Doch sie ließ nicht los, auch nicht als sie Issur unter Aufbietung seiner letzten Kräfte hinaufzog, und selbst dann noch nicht, als die Freunde sie über den Rand der Felsen zerrten und sie in Sicherheit waren. Unter ihnen vollführten die Rajin einen rasenden Veitstanz um ihre zerschmetterten Artgenossen und schrien ihren ganzen Hass vergeblich gegen die steile Felswand. Doch sie konnten ihre Beute nicht mehr erreichen.
Die Gefährten blickten sich rasch um. Bisher hatte ihre ganze Aufmerksamkeit dem Turm und dem Aufstieg gegolten. Zu ihren Seiten sahen sie hohe Steinblöcke, die sich wirr übereinander türmten, als wäre am Himmel eine Felsendecke zerbrochen und in Stücken hier liegen geblieben. Diese Schutthalden bildeten eine unüberwindbare Mauer, hinter der Kerala nicht mehr zu sehen war. Hier waren sie sicher vor dem Zugriff der Rajin. An diesen Ort konnten die Bestien sie nicht verfolgen.
Hinter ihnen öffnete sich ein breiter Durchgang. Dort stieg der Weg an und führte wohl zu dem Pass, von dem Niem gesprochen hatte.
Skalg richtete sich mühsam auf. »Das war knapp«, stieß er hervor. »Danke, N'Nuri.«
Doch N'Nuri rührte sich nicht. Bewegungslos lag sie am Boden und noch immer krallte sich ihre Hand um das Seil. Sie blutete aus den Schnitten, die ihr das Seil beigebracht hatte.
Erschrocken kniete sich Skalg neben N'Nuri und nahm sie in die Arme. »Was ist mit dir?«, rief er. »Was hast du denn? N'Nuri!«
Lia kniete sich neben sie und strich mit den Händen über ihren Körper und ihren Kopf. Sie machte ein

besorgtes Gesicht und meinte: »Ihre Schulter ist gebrochen und die Muskeln und Sehnen zerrissen. Sie hat den Sturz nur mit diesem Arm abgefangen. Und ich spüre auch an ihrem Kopf schwere Brüche. Sie muss mit dem Kopf an die Felsen geschlagen sein.«
»Kannst du … ich meine, könnt Ihr N'Nuri helfen?«, fragte Skalg mit blassem Gesicht.
»Lass doch die Förmlichkeiten«, erwiderte Lia. Dann blickte sie in die Runde und sagte: »Und das gilt auch für euch alle. Ich gehöre zu euch oder wenigstens hoffe ich, dass es so ist.« Sie wandte sich wieder Skalg zu und fuhr fort: »Mach dir keine Sorgen. Ich kann ihr helfen. Sie ist nur verletzt. Aber sie lebt und wird bald wieder gesund sein.«
»Was heißt bald?«, fragte Niem schüchtern.
»Bald genug, um noch ein langes Leben vor sich zu haben«, antwortete Lia. »Sie sollte aber nicht im Regen liegen bleiben.«
»Als ich ein Stück weit den Pass hinaufgegangen bin, habe ich so was wie einen Unterstand gesehen«, sagte Niem. »Eine große Felsplatte. Unter der könnten wir abwarten, bis es N'Nuri wieder besser geht.«
»Das klingt gut«, meinte Klut. »Also los!«
Sie legten N'Nuri vorsichtig auf eine Decke, packten die vier Enden, sodass sich die Decke straffte, und trugen ihre Gefährtin den Pass hinauf. Niem, der zu klein gewachsen war, um ihnen beim Tragen helfen zu können, führte die Pferde und ging ihnen voran. Schon bald erreichten sie den Unterschlupf, von dem er gesprochen hatte, eine große Felsplatte, die auf anderen Felsen auflag und so eine geräumige Höhle bildete. Hier errichteten sie ein Lager für N'Nuri und überließen sie Lias Pflege. Sie selbst sammelten dürres, windzerzaustes Gestrüpp, das zwischen den Felsen mehr schlecht als recht wuchs,

und entfachten ein Feuer, das ihre durchnässten Kleider trocknete und ihre erschöpften Körper wärmte.
In dieser Nacht schliefen sie beruhigter, denn sie spürten, dass ihnen hier zwischen den Felsen keine Gefahr drohte. Aber sie stellten Wachen auf, denn sie befanden sich in unbekanntem Gebiet, und taten gut daran, sich nicht allzu sehr in Sicherheit zu wiegen.
Im Schein des Feuers sahen sie Lia an N'Nuris Seite und sie wussten, dass sie sich keine Sorgen um die Gefährtin zu machen brauchten. Was Lia an Niem vollbracht hatte, als seine Knochen unter Koraks Gewalt zerbrachen, würde sich auch an N'Nuri wiederholen. Schon hatten sich die Wunden an ihrem Arm geschlossen und bald würde sie vollends genesen. In dieser Nacht schöpften sie alle neue Kraft und machten sich bereit für das, was ihnen noch bevorstehen mochte.

20
Das Ende der Welt

Am nächsten Morgen wurden Klut, Skalg und Niem durch das Flüstern von zwei weiblichen Stimmen geweckt. Überrascht richteten sie sich auf und sahen Lia, die neben N'Nuri lag und sich angeregt mit ihr unterhielt. Unterhielt? Lia mit ... N'Nuri? Sie trauten ihren Ohren nicht. Auch wenn sie eine Veränderung bei N'Nuri festgestellt hatten, seit sie Lia begegnet waren, so hatten sie so etwas doch niemals erwartet.
Sie verständigten sich mit einem stummen Blick und

verließen leise die Höhle. Draußen gesellten sie sich zu Issur, der die letzte Wache gehabt hatte.

»Ein Wunder«, sagte Niem kopfschüttelnd und die beiden anderen nickten stumm.

»Was ist ein Wunder?«, wollte Issur wissen.

»N'Nuri spricht«, erwiderte Niem. »Und wie! Sie ist wie verwandelt.«

»Und es geht ihr wieder besser«, fügte Skalg hinzu. »Das ist noch ein Wunder mehr.«

Issur konnte es nicht glauben. Er erhob sich und betrat die Höhle. Schon nach wenigen Augenblicken kehrte er zurück. Er hatte ihnen etwas zu essen mitgebracht. Sicher hatte er nach einem Vorwand gesucht, um den beiden Frauen nicht das Gefühl zu geben, dass er nur ihretwegen gekommen sei. An Essen zu denken war für ihn natürlich der naheliegendste Vorwand gewesen.

»Unglaublich«, sagte er, als er sich zu ihnen setzte.

Sie nahmen schweigend ihre Mahlzeit zu sich und hörten voller Freude auf das Flüstern, das aus der Höhle zu hören war. Sie verstanden zwar kein Wort, aber das war ihnen nur recht. Sie wollten Lia und N'Nuri nicht belauschen. Es genügte ihnen, zu wissen, dass N'Nuri sprach und dass sie in Lia einen Menschen gefunden hatte, zu dem sie wieder sprechen konnte. Nicht einmal Skalg grämte sich, dass es ihm nie gelungen war, sie zum Reden zu bringen. Vielleicht hatte sie die Zeit gebraucht, die seit dem Tag vergangen war, an dem Skalg sie in den Ruinen ihrer Heimatstadt gefunden hatte. Vielleicht war jetzt der richtige Zeitpunkt gekommen, an dem sie sich öffnen konnte. Dass Lia dazu beigetragen hatte, erschien ihnen selbstverständlich und als ein großes Glück.

Das Flüstern verstummte und zu ihrer Überraschung trat N'Nuri aus der Höhle, gefolgt von Lia. Skalg sprang auf und fasste N'Nuris Hände. »Danke«, sagte er. »Ich

habe schon einmal versucht, es dir zu sagen, aber du konntest mich nicht hören.«
N'Nuri hielt seine Hände fest, als er sie loslassen wollte, und erwiderte: »Ich danke dir. Ich glaube, ich habe bisher noch nie versucht, dir das zu sagen, obwohl du es hättest hören können.«
Sie sprach leise und langsam, so als müsste sie erst nach den Worten suchen, die bisher kaum anders als in ihrem Inneren erklungen waren und heute zum ersten Mal so zahlreich nach außen drangen. Noch war sie scheu und sie spürten, dass es sie große Überwindung kostete, sich so frei zu äußern. Trotzdem waren die ersten Sätze, die sie an Skalg richtete, ein Scherz und das erschien ihnen als ein weiteres Wunder, das allem noch die Krone aufsetzte.
Skalg sah sie erstaunt an. Doch er sagte nichts. Wortlos drückte er noch einmal ihre Hände. N'Nuri konnte deutlich spüren, wie sehr ihn ihre Worte freuten.
Skalg räusperte sich und fragte: »Fühlst du dich wieder so gut, dass wir aufbrechen können?«
N'Nuri nickte stumm. Auch wenn sie zu ihrer Sprache zurückgefunden hatte, hieß dies wohl nicht, dass sie es an Geschwätzigkeit mit Niem aufnehmen wollte.
Im Handumdrehen hatten sie ihre Habseligkeiten zusammengepackt und schwangen sich auf die Pferde. Dann gab Klut das Zeichen zum Aufbruch und sie folgten ihm nur zu gerne. Denn je weiter sie dem Pass entgegenritten, desto weiter ließen sie Kerala, die Rajin und das Tal der Schlangen hinter sich zurück.
Der Wind war kühl, aber erfrischend und belebend. Ihre Pferde griffen kräftig aus und sie mussten sie nie antreiben. Auch die Tiere waren froh, den Schrecken des Schlangentals entkommen zu sein. Hier konnten sie frei laufen und hatten festen Boden unter den Füßen.

Nirgendwo wand sich ein Giftzahn oder drohten schwankende Gerüste. Fels war Fels, der Wind war frei von unbekannten Stimmen und der Himmel weit und klar. Die Regenwolken waren verschwunden und das Licht der Sonne wurde von keinem Wölkchen getrübt.
Die Gefährten genossen den Ritt. Irgendetwas sagte ihnen, dass sie hier auf diesem Passweg nichts zu fürchten hatten. An diesem Tag war ihnen Ruhe vergönnt. Kein Schrecken, kein unerwartetes Hindernis lauerte zwischen diesen Felsen auf sie. Dieser Ort war ohne Geheimnisse. Und hätten sie nicht gewusst, dass die goldene Straße, die Klut vor sich sah, sie leitete, so hätten sie glauben können, sich auf einem ganz normalen Spazierritt von irgendwoher nach irgendwohin zu befinden, ohne bestandene Gefahren hinter sich und ohne ein unbekanntes Ziel vor sich.
Die Nacht verbrachten sie auf der Passhöhe, die sie gegen Abend erreichten. Der Blick nach Westen blieb ihnen versperrt. Hohe Berge nahmen ihnen die Sicht. Schon am Nachmittag waren sie ganz in ihren Schatten geritten. Unter ihnen wand sich der Weg um die Felsen und verschwand zwischen den Bergmassen.
Vorsorglich hatten sie unterwegs so viel dürres Gestrüpp eingesammelt, wie sie nur finden konnten. Issur schleppte sogar eine kleine Zirbelkiefer mit sich, die er kurzerhand mitsamt der Wurzel ausgerissen hatte. Hier oben wuchs nicht ein Grashalm. Doch dank dem mitgebrachten Brennholz hatten sie ein Feuer für die Nacht, die empfindlich kalt wurde. Und die Pferde konnten die Blätter von den Zweigen abrupfen, bevor sie im Feuer prasselten.
Am nächsten Tag verließen sie die Passhöhe und folgten den Windungen des Weges durch die Felsen hinab. Die steilen Wände zu Seiten des Weges schienen bis in den

Himmel aufzuragen. Nicht selten öffneten sich an ihrer Seite tiefe Schluchten oder sie mussten einen schmalen Grat überqueren. Steine, die, von den Hufen der Pferde losgetreten, in den Abgrund stürzten, kamen erst nach endlos langer Zeit zur Ruhe. Schäumende Wildbäche schossen an ihnen vorbei oder stürzten als tosende Wasserfälle von den Felsen in die Tiefe. Erst als die Sonne im Mittag stand, fand sie den Weg zwischen den Felswänden bis zu ihnen hinab. Doch schon bald ritten sie wieder durch die Schatten der Berge und waren froh um die Decken, die sie bei sich hatten und in die sie sich hüllen konnten, um sich vor dem scharfen Wind zu schützen.
Endlich verloren die Berge an Höhe und der Passweg wurde breiter und flacher. Hier fanden sich wieder Büsche, niedrige Bäume und vor allem Gras. Sie gönnten den Pferden eine Verschnaufpause. Begeistert machten sich die Tiere über das frische Gras her und stillten ihren Durst an einem nahen Bach. Der Wind legte sich und es wurde wärmer.
Niem suchte sich ein Plätzchen, an dem das Gras besonders dicht wuchs, legte sich rücklings hinein und reckte genüsslich Arme und Beine. »Ah«, sagte er. »So lässt es sich leben, Freunde. Das ist ein Ort ganz nach meinem Geschmack.«
Sie lachten und folgten seinem Beispiel. Es tat ihnen allen gut, ihre steifen Glieder im weichen Gras auszustrecken und nichts zu tun, als in den hohen, weiten Himmel emporzuschauen, in dem sich der Blick verlor.
Klut lag neben Lia. Das Herz schlug ihm vor Glück bis in den Hals. »Es ist schön hier«, sagte er mit belegter Stimme.
»Ja«, erwiderte sie. »Wunderschön.«
»Ich wünschte, wir könnten ewig hier liegen bleiben«,

fuhr er fort. Doch so schön und friedlich es hier auch war, in diesem Augenblick spürte Klut doch, wie seine Ängste wieder in ihm erwachten. Er erinnerte sich an das Licht, das er durch den Stein am Griff seines Schwertes gesehen hatte, und an die Schrecken, die sich hinter diesem Licht verbargen.
»Ich habe Angst«, gestand er leise.
»Wovor?«
»Ich habe Angst, dass wir in Thalis voneinander getrennt werden«, antwortete er.
»Warum fürchtest du das?«, fragte sie. »Sind wir nicht durch alle Zeiten hindurch verbunden geblieben? Ist das, was uns verbindet, nicht stärker als der Tod?«
»Ich weiß«, sagte er. »Ihr ... du hast Recht. Aber dennoch fürchte ich mich vor dem Augenblick, in dem wir erneut getrennt werden könnten. Auch wenn es uns bestimmt ist, dass wir uns irgendwann wieder finden werden. Doch dann werde ich nicht Klut sein und du nicht Lia. Das erschreckt mich. Dich nicht?«
»Eines Tages wird dieser Kreislauf ein Ende haben«, antwortete sie. »Dahin blicke ich. Und wer weiß? Vielleicht endet alles, wenn wir Thalis erreicht haben. Vielleicht ist es uns beiden vergönnt, den Kreislauf zu beschließen.«
»Glaubst du das wirklich?«, fragte Klut.
»Ich hoffe es«, erwiderte sie. »Und an dieser Hoffnung halte ich mich fest. Niemand kann ohne Hoffnung leben«, fügte sie lächelnd hinzu.
»Gilt das auch für mich?«, fragte Silas.
»Das musst du für dich selber entscheiden«, meinte Marei.
»Aber ich habe Angst, so wie Klut«, entgegnete Silas.
»Davon kann ich dich nicht befreien«, sagte Marei. »So wie Lias Worte auch Klut nicht von dieser Angst befreien konnten. Und er ahnte, dass diese Hoffnung und

seine Angst nicht voneinander zu trennen waren, dass sie zusammengehörten. Beide waren Teil von Begebenheiten, die sich in der Vergangenheit zugetragen hatten und in der Gegenwart sein Leben bestimmten. Jetzt drängte es ihn wieder, Thalis so rasch wie möglich zu erreichen. Denn er brannte darauf, Antworten auf seine Fragen zu erhalten.
Doch als er zum Aufbruch mahnte, bat Lia, noch diese Nacht abzuwarten. Es war schon später Nachmittag und nicht mehr weit bis Sonnenuntergang.
»Ich habe das Gefühl, dass dies die letzte Ruhepause ist, die uns für längere Zeit vergönnt sein wird«, sagte sie. »Ich würde gerne noch hier bleiben.«
Die anderen willigten ein und auch Klut widersetzte sich ihrem Vorschlag nicht, denn ihre Worte hatten ihn erschreckt. Sie empfand also dieselben Ängste wie er. Mit ihrem Wunsch hatte sie dies unwillentlich eingestanden.
An diesem Abend, als sie um das Feuer saßen, verspürte Klut die Versuchung, das Schwert zu ziehen und durch den klaren Stein in die Flammen zu blicken. Doch dann erwies sich seine Angst als stärker. Er fürchtete, dass die Verzweiflung, die sich hinter dem Licht verbarg, sich deutlicher als bisher zeigen würde. Dann könnte sie ihn lähmen und davon abhalten, weiterzuziehen. Aber das durfte nicht sein. Er musste Thalis erreichen, zusammen mit Lia. Ganz gleich welche Gefahren dort auf sie warten mochten. Es war nicht nur seine Bestimmung, sondern auch eine Aufgabe, die zu erfüllen er sein Wort gegeben hatte. Das war vor langer Zeit gewesen. Aber auch heute war er diesem Wort noch immer verpflichtet.
Stattdessen ließ er die Augen nicht von Lia und freute sich an ihrem Anblick. An ihren feinen Gesichtszügen, ihren weichen Bewegungen, ihrem hellen Haar, an dem Meergrün ihrer Augen und dem sanften Klang ihrer

Stimme. Es war ihm, als müsste er sich jede Einzelheit ihres Wesens einprägen um ihr Bild niemals zu vergessen.
Lia entgingen seine Blicke nicht, doch sie ließ ihn gewähren und sah ihn zuweilen lächelnd an. Dann war es ihm, als wären sie an einem anderen Ort. Das Feuer, die Freunde und der Platz, auf dem sie lagerten, verschwanden zwar nicht, alles blieb sichtbar, aber etwas überlagerte dieses Sichtbare, ein anderer Ort aus einer anderen, längst vergangenen Zeit. Er konnte keine Einzelheiten erkennen, aber er spürte das Andere wie einen Gegenstand, dessen Form man mit geschlossenen Augen ertastet. Jedes Mal, wenn Lia ihn ansah, wusste er, dass sie dasselbe empfand.
Die Nacht verging friedlich. Als die Reihe an Klut war, Wache zu halten, dehnte er diese Zeit freiwillig aus und weckte Skalg erst in den frühen Morgenstunden. Er genoss die Stille der Nacht. So lange wie möglich wollte er neben dem Feuer sitzen und auf die Bewegungen der Schläfer und der Pferde lauschen. Der Himmel war klar und der zunehmende Mond erhellte die Nacht. Manchmal stand er auf um nach Bero zu sehen. Dann nutzte er stets die Gelegenheit, um auf dem Rückweg zum Feuer nahe an Lias Lager vorbeizugehen und einen Blick auf die Schlafende zu werfen. Jedes Mal verspürte er einen Stich im Herzen. Als wäre sie etwas Wertvolles, das er vor langer Zeit verloren hatte oder das er bald wieder verlieren würde. So kostete er jeden Augenblick aus und gönnte sich erst am frühen Morgen eine kurze Zeit des Schlafs.
Ausgeruht setzten sie am nächsten Morgen ihre Reise fort. Die Pferde tänzelten vor Übermut. Die lange Ruhepause auf der saftigen Weide hatte ihnen gut getan. Die Reiter mussten sie oft zügeln, damit sie keinen Fehltritt taten. Doch sie gelangten ohne Zwischenfall an das Ende

des Passes und verließen das Reich der steilen Bergwände, der Grate und Abgründe. Zu ihren Seiten öffnete sich ein breites Felsenband, das einige Steinwürfe weit vor ihnen abbrach. Neugierig ritten sie weiter und waren gespannt, welche Landschaft sich dort zeigen mochte. Kurz vor der Felskante stiegen sie ab, hielten die Pferde am Zügel und traten dicht an den Rand.
Dann standen sie zu ihrem Entsetzen vor dem Nichts. Da war keine Landschaft, keine Schlucht, keine steilen Hänge, kein Weg, nichts, nur der bodenlose Abgrund, der sich vor ihnen öffnete. Der Blick verlor sich im Leeren, traf auf keinen Halt, keinen Grund, kein Gegenüber. Es war, als würde sich vor ihnen ein zweiter Himmel öffnen, der den gewohnten Himmel über ihnen widerspiegelte. Dunstiges Licht erfüllte den endlosen Raum. Nebelschwaden trieben wie schwimmende Inseln durch die unfassbare Weite. Und es erschien ihnen wie ein unerklärliches Wunder, dass die Sonne noch immer dort stand, wo sie zu dieser Zeit zu stehen hatte, und noch immer ihre gewohnte Bahn zog.
»Das ist das Ende der Welt«, stieß Niem hervor. »Das Ende der Welt, von dem die Seefahrer berichten. Und ich habe es für Lügengeschichten gehalten, für Seemannsgarn. Aber es ist wahr.«
»Das kann doch nicht sein«, sagte Skalg ungläubig und auf einmal sahen sie alle gleichzeitig Klut an.
Klut starrte mit offenem Mund in den leeren Raum hinaus. Dann fasste er sich und murmelte wie im Traum: »Aber ich sehe sie deutlich vor mir. Da ist sie.« Wie ein Schlafwandler hob er die Hand und unwillkürlich blickten sie in die Richtung, die er ihnen wies. Doch nichts war anders. Sie sahen immer noch dieselbe unbegreifliche Leere.
»Du musst dich irren«, meinte Skalg. »Die Straße kann

nicht dorthin führen. Es gibt keinen Weg. Wach auf, Klut. Hier geht es nicht weiter.«
»Aber vielleicht sind wir nur blind«, sagte N'Nuri. »Lasst es mich versuchen.«
»Was hast du vor?«, rief Skalg, als sie ein Seil hervorzog und es sich um den Leib schlang. Sie reichte Issur das Ende des Seils und trat dicht an den Rand der Felsen.
»Wenn Klut sagt, dass er die Straße sieht, dann ist sie dort«, erwiderte sie endlich.
Sie hielten den Atem an und erwarteten N'Nuris ersten Schritt. Doch statt nach vorne zu gehen, wich sie plötzlich zurück und senkte den Kopf.
»Was ist denn?«, fragte Niem.
»Ich kann nicht«, antwortete sie mit tonloser Stimme. »Ich ... ich habe Angst.«
Sie sah sie mit dunklen, furchterfüllten Augen an. »Es ... tut mir Leid. Aber ich kann nicht gehen. Ich schäme mich so.« Sie schlug die Hände vor das Gesicht und wandte sich ab.
Da trat Skalg zu ihr, drehte sie zu sich um und legte ihr die Hände auf die Schultern. »Du musst dich nicht schämen, N'Nuri. Im Gegenteil. Jetzt bist du wie wir. N'Nuri, N'Nuri, deine Augen, so voller Leben. Ich bin stolz auf dich.«
Sie blickte ihn verständnislos an. Doch dann begriff sie allmählich, was er ihr sagen wollte. Da lehnte sie sich an ihn und er hielt sie fest in den Armen.
»Ich werde gehen«, sagte Klut.
Skalg löste sich von N'Nuri und fragte: »Bist du sicher?«
»Ja«, antwortete Klut.
N'Nuri reichte ihm das Seil und er band es sich um den Leib. Dann warf er Issur einen fragenden Blick zu.
»Ich bin bereit«, sagte dieser grimmig und Klut konnte spüren, wie die Muskeln Issurs sich spannten.

Klut trat dicht an den Rand der Felsen, dann richtete er den Blick fest auf die Straße, die sich vor seinen Füßen bis weit in die Leere erstreckte, und tat einen großen Schritt.
Doch er stürzte. Da war kein Weg. Nur die Tiefe, die ihn erwartete. Dann riss ihn das Seil zurück und er schwang über dem Abgrund. Ich verstehe das nicht, dachte er. Diesmal verstehe ich das Zeichen der Straße nicht.
Langsam drehte er sich um seine eigene Achse. Sein Blick glitt über die gewaltige Felswand, die sich endlos zu seinen Seiten erstreckte. Ein Stück weit unter sich entdeckte er einige zerfurchte Felsen, die wie Plattformen in den Raum hinausragten. Seltsam losgelöst erschienen sie ihm, als wären sie nicht fest mit den Felsen verankert, sondern würden frei schweben.
In diesem Augenblick spürte er einen Ruck. Issur hatte begonnen ihn hinaufzuziehen. Klut schüttelte den Kopf. Er musste geträumt haben. Der Abgrund, über dem er hing, musste ihn berauscht haben, sodass er Dinge sah, die nicht sein konnten.
Aber was heißt das schon?, dachte er, während er sanft in die Höhe schwebte. Hier kann alles und nichts so sein, wie es sein sollte. Er musste an Lias Worte denken, die sie zu Niem gesagt hatte: ›Vielleicht gelten in der Welt, die wir betreten haben, nur andere Regeln.‹ Er wurde das Bild der sonderbaren Steine einfach nicht los. Sie hatten irgendeinen Zusammenhang mit der Straße, den er nur noch nicht verstand.
Als die Freunde ihm über den Felsrand auf sicheren Boden halfen, blieb er an der Kante sitzen und ließ die Beine gedankenverloren über dem Abgrund baumeln.
»Das war wohl nix«, meinte Niem. »Wir müssen uns einen anderen Weg suchen.«
»Wir könnten auf diesem Felsband weitersuchen«,

schlug Issur vor. »Irgendwo findet sich vielleicht so was wie eine Brücke.«
»Nein«, widersprach Klut. »Das kann es nicht sein. Ich sehe die Straße. Das hat irgendetwas zu bedeuten. Diese Steine, wie Inseln.«
»Was redest du da?«, fragte Skalg. »Ist dir die Tiefe nicht bekommen?«
Doch Klut hörte nicht auf ihn. Entschlossen drehte er sich zu Issur um und meinte: »Issur, kannst du mich noch tiefer hinablassen?«
»Wenn wir noch mehr Seil nehmen, ja«, brummte der Riese erstaunt. »Warum fragst du?«
Doch Klut gab keine Antwort. Ungeduldig wartete er, bis Issur drei Seile aneinander geknotet hatte und dann mit einem Kopfnicken zu verstehen gab, dass er bereit sei. Niem hielt sie noch einmal kurz auf, holte seinen Sattel und legte das Seil darüber. So würde es von den scharfen Felsen nicht beschädigt werden.
»Und du bist ganz sicher, dass du weißt, was du tust?«, fragte Skalg zweifelnd.
»Nein«, erwiderte Klut kurz angebunden. Dann warf er Lia einen Blick zu, den sie mit einem unsicheren Lächeln erwiderte, und ließ sich über den Felsrand gleiten.
Er drehte sich langsam um sich selbst, als Issur ihn hinabließ. Tiefer und tiefer sank er und kam den sonderbaren Steinen, die er gesehen hatte, immer näher. Deutlich erkannte er jetzt die Furchen und Risse an ihrer Oberfläche. Doch je näher er ihnen kam, desto mehr erschienen ihm diese wie unbekannte Muster, die nicht von Wind und Wetter geformt worden sein konnten. Und immer offensichtlicher wurde es auch, dass diese Felsen nicht fest mit der Steilwand verbunden waren, sondern frei schwebten.
Dort, wo die schwebenden Steine der Felswand nahe

waren, sah Klut dichte, grüne Büsche, die in Reihen auf schmalen Felsbändern wuchsen oder sich in großen Rissen festkrallten, in denen sich wohl fruchtbare Erde gesammelt hatte. Jetzt, da Klut die ersten Büsche entdeckt hatte, sah er auch, dass die verschiedensten Pflanzen, Flechten und Moose die scheinbar nackten Steine an vielen Stellen bedeckten. Wasser rann aus Spalten, verdunkelte die Steinplatten oder tropfte unentwegt in die unergründliche Tiefe. Aber am häufigsten zeigten sich diese runden Büsche, die ganze Inseln auf der Felswand bildeten.
Plötzlich sah er, dass etwas wie ein gewaltiges Steinhaupt unter einem der schwebenden Felsen hervorkam. Mit einer unendlich langsamen Bewegung näherte es sich einem der grünen Büsche. Ein unsichtbares Maul packte den Busch, und als sich das steinerne Haupt zurückzog, riss es den Busch mitsamt den Wurzeln mit sich.
Sie leben!, dachte Klut. Sie sind lebendig! Und hungrig! Sie dürfen mich nicht sehen!
Er zog heftig am Seil. Sogleich hörte er auf weiter in die Tiefe zu sinken und im nächsten Augenblick begann Issur ihn wieder hinaufzuziehen. Erleichtert sah Klut, dass die Steinwesen ihn nicht bemerkt hatten.
Diesmal dauerte es sehr lange, bis er oben ankam. Wieder halfen ihm die Freunde über die Felskante.
»Na, hast du gesehen, was du sehen wolltest?«, fragte Niem und der Spott in seiner Stimme war nicht zu überhören.
»Ja«, erwiderte Klut atemlos, »ich habe sie gesehen. Sie weiden die Felswand ab. Es ist unglaublich, aber sie leben und fressen und sie schweben wie Wolken. Dabei müssen sie ein ungeheures Gewicht haben.«
»Was redest du denn da?«, rief Niem und schüttelte ihn an der Schulter. »Hast du den Verstand verloren?«

Klut brach in Lachen aus und spürte, wie die Spannung dabei von ihm abfiel. »Wenn ich jedes Mal tatsächlich den Verstand verloren hätte, wenn du mich das fragst, Niem, dann wäre es wirklich um mich geschehen. Doch zu meinem Glück irrst du dich wieder einmal gewaltig in mir. Ich bin im Gegenteil bei klarem Verstand und ich beginne langsam zu begreifen, was die Straße mir zu sagen versucht. Nur was wir damit anfangen sollen, das will mir nicht so recht in den Kopf.«
»Du sprichst in Rätseln«, seufzte Skalg.
Da erzählte ihnen Klut, was er gesehen hatte. Als er seinen Bericht beendet hatte, sahen sie ihn ungläubig an. Selbst Lia war sprachlos vor Staunen.
»Wenn das wahr ist, was du sagst«, rief Niem, »dann wird es langsam Zeit, dass ich den Verstand verliere. Denn in so einer Welt kann keiner bestehen, der nicht völlig verrückt geworden ist. Aber was machen wir nun? Wir können doch diese Wer-weiß-was-sie-sind nicht mit Wer-weiß-was-sie-gerne-fressen anlocken, dann auf ihren Rücken spazieren und uns auf die andere Seite des Weltendes tragen lassen.«
»Warum eigentlich nicht?«, widersprach ihm Lia, die sich inzwischen wieder gefasst hatte.
Niem sperrte Mund und Augen weit auf. Dann schüttelte er sich und meinte nur: »Ja, richtig, warum eigentlich nicht? Ich vergaß ja ganz, dass gesunder Menschenverstand nicht mehr gefragt ist.«
Sie lachten über seine jämmerliche Miene. Dann wurden sie wieder ernst und Skalg wandte ein: »Aber selbst wenn es uns gelingt, was haben wir davon? Wie sollen wir eines dieser fliegenden Steinmonster dazu bringen, seinen Futterplatz zu verlassen und uns weiter nach Westen zu tragen? Vielleicht verlassen sie diese Felswand ja nie. Vielleicht ist dies ihre Heimat.«

»Das glaube ich nicht«, sagte Klut. »Du kannst dich selbst davon überzeugen.« Er wies mit der Hand nach Westen. Aus dem Nebel tauchten drei fliegende Steininseln auf, die sich langsam der Felswand näherten. Deutlich konnten sie die mächtigen Köpfe sehen, die unter den abgeflachten Felsen hervorlugten. Sonst waren keinerlei Gliedmaßen zu erkennen und nichts, womit sich diese Wesen vorwärts bewegten.
»Sie erinnern mich an Schildkröten, die ich am Südmeer gesehen habe«, sagte Niem leise. »Aber die waren bestenfalls so groß wie ich. Das da übertrifft alles, was ich für möglich gehalten hätte. Na ja, Wale sind vielleicht so groß. Aber sonst nichts.«
»Jetzt sprichst aber du in Rätseln«, meinte Issur. »Was sind Wale?«
Niem wehrte unwillig ab. Dies war jetzt wirklich nicht der Augenblick für Tierkunde. »Große Fische«, fertigte er Issur ab.
Klut hatte nicht auf ihre Worte geachtet. »Ich will es versuchen«, sagte er plötzlich.
»Was?«, fragte Skalg.
»Eines dieser Steinwesen heraufzuholen«, erwiderte Klut. »Jetzt bin ich ganz sicher, dass sie der einzige Weg sind.«
»Du hast ja den ...«, begann Niem, doch dann brach er ab. Das hatte er nun wirklich oft genug gesagt.
»Wahrscheinlich hast du Recht«, meinte Skalg. »Sei vorsichtig.«
»Ja, pass auf dich auf, Klut«, bat ihn Lia.
»Lass dich nicht als Beilage zu ihrem Lieblingsgemüse verspeisen«, brummte Issur.
»Schon gut, schon gut«, entgegnete Klut. »Bei so viel guten Wünschen kann mir gar nichts geschehen. Bist du bereit, Issur?«

Der Riese nickte.
»Am besten wird es sein, wenn Niem sich über den Rand legt und auf meine Zeichen achtet«, sagte Klut. »Und ihr müsst versuchen, mich nicht nur hinabzulassen und wieder raufzuziehen, sondern mich auch nach rechts und links zu bewegen. Meint ihr, dass ihr das schafft?«
»Wird schon schief gehen«, erwiderte Skalg.
Er und N'Nuri kauerten sich zu beiden Seiten des Sattels nieder, über den das Seil lief. Ihre Aufgabe würde es sein, den Sattel hin und her zu schieben, sodass sich Klut auch seitlich bewegen konnte.
Niem schluckte einmal tief, dann legte er sich flach auf den Bauch, schob sich, so weit er es wagen konnte, über den Rand hinaus und blickte mit zusammengebissenen Zähnen in die Tiefe. Dann wedelte er mit einer Hand zum Zeichen, dass es losgehen konnte.
Wieder ließ sich Klut in die Tiefe hinab. An einer Stelle, an der die Felswand sich nach außen wölbte, gelang es ihm, mehrere der Büsche, die einen starken würzigen Duft verströmten, mit seinem Schwert abzuschneiden.
Dann bewegten ihn die Freunde auf sein Zeichen weiter zur Seite, bis er direkt über einem der Steinwesen hing. Wieder machte er Niem ein Zeichen und wurde weiter hinabgelassen. Klut hielt den Atem an, als er sich dem Kopf des Ungetüms bis auf wenige Handbreit näherte. Gerade hatte dieses die Büsche vor sich abgeweidet und bewegte den Kopf unendlich langsam zur Seite, um nach neuer Nahrung Ausschau zu halten.
Klut beugte sich vornüber und hielt die Büsche dorthin, wo er die Nase dieses Monstrums vermutete. Der steinerne Kopf schwenkte dem Duft der Büsche entgegen. Doch da das riesige Wesen seinen Kopf offensichtlich nur seitlich bewegen konnte, begann es langsam in die Höhe zu steigen, immer dem würzigen Geruch folgend.

Rasch gab Klut Niem durch Zeichen zu verstehen, dass sie ihn hochziehen sollten, aber nur langsam und ganz sachte, damit das Steinwesen nicht die Witterung verlor. Zu seiner Erleichterung folgte es beharrlich dem Duft der Nahrung, obwohl ihm diese höher und höher entschwebte. Wenn dieses Wesen einmal einen Entschluss gefasst hatte, gab es wohl nicht eher auf, bevor es nicht sein Ziel erreicht hatte. Es war nicht nur in den Bewegungen, sondern auch im Denken träge.
Als Klut den Felsrand erreichte, hob Issur ihn mit einem letzten Ruck über die Kante. Klut sprang auf die Füße und die Freunde wichen entsetzt zurück, als das gewaltige Wesen über dem Rand auftauchte. Die Pferde scheuten und bäumten sich wiehernd auf. Lia eilte zu ihnen und beruhigte sie.
Klut ging langsam auf dem Felsband entlang und hielt einen Busch mit gestrecktem Arm über den Abgrund. Das Wesen folgte seiner Bewegung und drehte sich dabei seitlich zur Felskante. Jetzt legte sich Klut auf den Bauch, beugte sich über den Rand und hielt den Busch tief vor die Nase des Steinungeheuers. Dieses gehorchte auch diesem letzten Befehl, ließ sich wieder etwas tiefer sinken und wurde endlich für seine Mühe belohnt. Mit angehaltenem Atem schob Klut dem Tier, oder was auch immer es war, den ersten Busch in das riesige steinerne Maul. Langsam schlossen sich die gigantischen Kiefer und begannen den Busch mit mahlenden Bewegungen zu zerkleinern.
Klut sprang auf und rief den Freunden zu: »Jetzt! Los, beeilt euch! Ich weiß nicht, wie lange ich es hier halten kann.«
»Wir werden die Pferde niemals dazu bringen, da hinaufzugehen«, rief Skalg zurück.
»Bero schon«, entgegnete Klut. »Du musst dieses Wesen

an meiner Stelle füttern, Skalg. Dann kann ich mit Bero vorausgehen. Er wird mir gehorchen.«

Er reichte Skalg die Büsche und eilte zu Bero. Beruhigend sprach er auf das Pferd ein und führte es langsam in Richtung der Felskante. Bero zitterte und schwitzte, aber gehorsam folgte er seinem Herrn und ließ sich schließlich sogar auf den steinernen Rücken des ungeheuerlichen Wesens führen. Jetzt konnten die anderen mit ihren Tieren folgen, denn als diese sahen, dass Bero es wagte, den schwebenden Felsen zu betreten, gaben sie ihren Widerstand auf.

»Seid ihr so weit?«, rief Skalg. »Das war der letzte Busch.«

»Ja, schnell, jetzt du«, antwortete Klut.

In diesem Augenblick löste sich das Steinwesen langsam von der Felskante und der Abstand zwischen ihm und den Felsen vergrößerte sich zusehends. Doch Skalg setzte mit einem Sprung zu ihnen über und landete sicher neben ihnen.

Sie und die Pferde hatten bequem Platz auf dem breiten Rücken. Es blieb sogar noch einiger Raum zwischen ihnen und dem Rand des Wesens frei. Das konnte ihnen nur recht sein, denn so sahen sie nicht ständig in den Abgrund hinab. Und dass das sonderbare Wesen, auf dem sie standen, sie nicht zu bemerken schien, ja, sie und ihr Gewicht vielleicht nicht einmal spürte, ließ sie erleichtert aufatmen.

Das Felsentier sank langsam tiefer hinab, bis es die anderen Wesen erreichte und einen Weidegrund fand, an dem noch Büsche wuchsen. Dort setzte es seine Mahlzeit fort.

»Sie scheinen uns nicht besonders zu beachten«, meinte Niem nach einer Weile.

»Bedauerst du das etwa?«, fragte Issur.

»Nein, natürlich nicht«, fauchte Niem ihn an. »Aber man wird sich doch noch wundern dürfen.«
Wieder eine Weile später fragte Niem: »Meint ihr, dass wir noch lange warten müssen? Klut?«
»Ich weiß es nicht«, antwortete Klut. »Ich weiß nichts über diese Wesen. Vielleicht brechen sie bald auf, vielleicht dauert es auch länger.«
»Etwa Tage?«, rief Niem entsetzt.
Klut hob die Schultern. Darauf gab es keine Antwort.
»Na ja, Recht hast du«, meinte Niem und seufzte. »Warum solltest du mir auch antworten. Ich werde mich in Geduld fassen und schweigen. Es ist ja auch ein schönes luftiges Plätzchen hier. Und wenn es etwas länger dauert, Tage oder … Wochen, dann können wir uns ja ein Süppchen aus diesem wunderbaren Gemüse kochen. Warum sollten wir solche Leckereien nur diesen tauben Steinklötzen überlassen?«
In diesem Augenblick unterbrach ihn Issur und sagte: »Der Wind hat sich gedreht.«
»Was?«, rief Niem. »Was sagst du da? Das hast du doch schon mal gesagt, Issur. Ja, ich erinnere mich. Das war am Anfang dieser Höhle, bevor das Steintor sich wieder geschlossen hat. Hab ich alles nur geträumt? Sind wir immer noch dort und ich wache gleich auf?«
»Lass den Unsinn«, knurrte Issur. »Ich habe bloß gesagt, dass der Wind sich gedreht hat. Weiter nichts.«
»Das meinte ich doch«, wiederholte Niem. »Du hast das schon mal gesagt. Das war …«
Doch Skalg hob die Hand und brachte ihn zum Schweigen. »Es geht los«, sagte er.
Wirklich wandte sich das Steinwesen von der Felswand ab und drehte sich nach Westen. Die anderen Wesen taten es ihm gleich. Schon lösten sie sich von der Felswand, ließen ihre Weiden zurück und glitten den

Nebeln entgegen. Bald tauchten sie in diese ein und entführten die Reisenden in eine von Schleiern verhangene Leere, die das Licht der Abendsonne vergoldete.
Endlich war es so weit. Und sie hatten nicht einmal lange warten müssen. Wie eine unfassbare Herde schattenhafter Riesen trieben die rätselhaften Wesen in Richtung Westen und brachten sie ihrem Ziel auf so unerwartete und unbegreifliche Weise näher. Ein sanfter Wind wehte mit ihnen und gab die Richtung vor, der untergehenden Sonne entgegen.

21
Thalis

Die Sonne versank. Das goldene Licht wandelte sich in Dämmerung, dann in Dunkelheit und endlich in den silbernen Schein des Mondes, der die Nebel, durch die sie glitten, verzauberte. Raum und Zeit gingen verloren. Wenn die Nebelschleier den Blick freigaben, sahen sie über sich die Weite des Sternenhimmels. Vielleicht hatten sie diese Welt längst verlassen, vielleicht war alles, was ihnen als wirklich erschienen war, für immer hinter ihnen versunken. Und wenn sie sich über den Rand des Steinwesens, das sie trug, beugen würden, würde auch in der Tiefe nur ein weiterer Sternenhimmel zu sehen sein, weil alles sich geöffnet hatte, zu einem unendlichen All, in dem ihre Reise ohne Ziel und Ende ewig weitergehen würde.
Sie sprachen kein Wort. Selbst Niem wurde stumm ange-

sichts der Weite, durch die sie schwebten. Wortlos wechselten sie einander in der Wache ab. Jeweils drei von ihnen schliefen, während die anderen die Pferde beruhigten, die diesen unfassbaren Widerspruch aus der Unendlichkeit, die sie umgab, und dem eng begrenzten Raum, der ihnen auf dem Rücken des Steinwesens zur Verfügung stand, kaum ertrugen. Nur Lias beruhigenden Kräften war es wohl zu verdanken, dass keines der Tiere ausbrach und in den Abgrund stürzte.
Doch auch diese Nacht ging vorüber. Die Morgendämmerung brach an und die Sonne trat durch die Nebelschwaden. Es war ein seltsamer Anblick, denn da sie keinen Horizont sahen, schien die Sonne auch nicht wirklich aufzugehen, sondern wie aus dem Nichts zu erscheinen. Ihr Licht brach aus einer unsichtbaren Quelle hervor und überflutete den weiten Raum wie mit einer hellen Flüssigkeit.
Plötzlich rief Niem: »Da! Da vorne! Was ist das?«
Etwas Hohes, Schlankes teilte das Nebelmeer, etwas, das anfangs nicht weniger nebelhaft war und nur langsam feste Form gewann. Gespannt sahen sie dieser Säule entgegen, die immer breiter und mächtiger wurde, je mehr die Steinwesen sich ihr näherten. Es gab also doch noch festes Land vor ihnen und nicht nur ein endloses Nichts, das sie verschlingen würde.
»Das ist es«, flüsterte Klut. »Thalis! Endlich!«
Sie konnten es erst nicht fassen. Das sollte Thalis sein? Das untergegangene Reich, das so viele schon gesucht, aber nie gefunden hatten? Und ihnen sollte es vergönnt sein, das geheimnisvolle Ziel zu erreichen?
Jetzt, da Thalis in greifbarer Nähe war, empfanden sie eine sonderbare Scheu. Nein, mehr! Sie fürchteten sich vor dem Ende ihrer Suche. Als wäre diese Suche ihr ganzer Lebensinhalt gewesen und als würden sie diesen

nun verlieren, wenn das Ziel sich als greifbare Wirklichkeit erwies und nicht das blieb, was es bisher für sie gewesen war: eine große Hoffnung, die ihnen Kraft und eine Richtung gegeben hatte. Doch Lia erlöste sie von dieser Furcht.
»Wir sind noch nicht angekommen«, sagte sie. »Lasst euch nicht täuschen. Eine große Aufgabe wartet noch auf uns.«
»Was für eine Aufgabe?«, fragte N'Nuri.
»Ich weiß es nicht«, antwortete Lia. »Aber ich fühle, dass dies nur ein Anfang ist. Wir nähern uns erst der Schwelle von Thalis. Doch weiter kann ich nicht sehen.«
Da spürten sie, dass ihre alte Entschlossenheit zurückkehrte. Ihre Körper spannten sich und unwillkürlich fassten sie nach ihren Waffen. Denn sie erkannten die Gefahr, die sich hinter Lias Worten verbarg.
Inzwischen konnten sie Einzelheiten ausmachen und die dunkle Säule nahm Gestalt an. Langsam trieben sie auf Felsen zu, die denen, die sie am Abend zuvor verlassen hatten, ähnelten. Doch waren keine Pflanzen zu entdecken und sie fragten sich, was die Steinwesen wohl hierher ziehen mochte. Nahrung schien es nicht zu sein. Aber sie irrten sich. Als die schwebenden Felsengeschöpfe die steile Wand erreichten, zeigten sich ganze Felder von großen kristallenen Gebilden, die von honiggelber Farbe waren. Hier verharrten die gewaltigen Tiere und begannen mit ihren steinernen Zungen die Kristalle von den Felsen zu lecken. Ein feines Knirschen und Brechen war zu hören, als die Kristalle sich lösten und in den mächtigen Mäulern zermahlen wurden. Die Luft war erfüllt von einem bitteren und zugleich betäubend süßen Duft.
»Guten Appetit«, murmelte Issur.
Sie blickten empor. Der Rand der Felsen lag in un-

erreichbarer Höhe über ihnen. Nirgends bot sich ihnen eine Möglichkeit, ihr sonderbares Schiff zu verlassen und Thalis zu betreten.

»Ich fürchte, wir sitzen hier fest«, meinte Skalg.

»Und wenn diese Biester zurückkehren, dann ists aus mit Thalis«, seufzte Niem. »Schöne Aussichten!«

»Wenn wir dieses Wesen wenigstens bis dort nach oben locken könnten«, sagte N'Nuri.

»Wohin?«, fragte Issur.

»Dort«, antwortete N'Nuri. »Da oben, nicht weit von der Felskante entfernt. Da ist ein kleines Feld mit gelben Kristallen. Und direkt darüber scheint eine Plattform zu sein. Vielleicht geht es da weiter.«

»Nur – wie sollen wir dahin kommen?«, rätselte Klut. »Hier gibt es Kristalle in Hülle und Fülle. Warum sollte das Steinwesen höher steigen?«

»Du hast Recht«, seufzte N'Nuri. »Der Duft der Kristalle hält die Wesen hier fest.«

»Es sei denn …«, sagte da Niem. Dann brummelte er so leise in sich hinein, dass sie kein Wort mehr verstanden.

»Was denn?«, fragte Issur.

»Die Decken! Das ist es!«, brach es auf einmal aus Niem hervor.

»Decken? Was soll das?«, brummte Issur unwillig.

»Es ist doch ganz einfach«, antwortete Niem. »Dieses Monstrum folgt nur seiner Nase. Also müssen wir ihm diese Nase zuhalten. Dann wird es seinen gefräßigen Bauch schon woanders hinbewegen.«

»Aber wie soll das gehen?«, fragte Klut.

»Na ja, eine Decke wird nicht reichen«, dachte Niem laut nach. »Wir müssen also alle unsere Decken aneinander befestigen. Es hat nicht zufällig jemand Nadel und Faden dabei?«

»Doch, ich«, gestand Issur verlegen.

Sie sahen ihn erstaunt an. Sein Gesicht wurde rot und er sagte abwehrend: »Was schaut ihr denn so? Ich konnte immer gut nähen. Was ist schon dabei?«
»Womit nähst du denn?«, spottete Niem. »Mit einer Lanze?« Und er warf einen Blick auf die gewaltigen Hände Issurs, die wie Schaufeln aussahen.
»Her mit den Decken!«, gab Issur grimmig zur Antwort. Dann holte er Nadel und Faden aus seinem Gepäck und zu ihrer Verwunderung ging er mit der Nadel, die zwischen seinen großen Fingern kaum zu sehen war, so geschickt um, dass aus den Decken verblüffend schnell eine einzige große Fläche wurde.
Als Issur fertig war, hob Niem ein Ende der Decken hoch und schnupperte daran. »Wunderbar!«, rief er. »Genau das Richtige. Riecht mal!«
Sie beugten sich vor. »Das riecht ja grauenhaft!«, rief Lia angewidert.
»Genau!«, sagte Niem begeistert. »Es stinkt nach Pferd und nach Schweiß und nach allem, was auf unserer Reise an widerwärtigen Gerüchen daran hängen geblieben ist. Wenn das den Duft der Kristalle nicht verdeckt, fress ich diese Decken bis auf den letzten Zipfel auf.«
»Es klingt ziemlich verrückt«, meinte Skalg lachend, »aber versuchen wirs.«
Sie banden Seile an zwei der Ecken des großen Tuches, dann fassten sie es an den Seiten und warfen es über den riesigen Kopf des Felsgeschöpfes. Die Decken glitten hinab, doch sie konnten sie an den Seilen halten und so ausrichten, dass Nase und Maul des Riesen zugedeckt wurden.
Dann wurde ihre Geduld auf eine harte Probe gestellt. Das Steinwesen, dem der Duft der Kristalle so plötzlich entzogen wurde, begann seine Suche nach einer neuen Nahrungsquelle. Aber natürlich suchte es nicht gleich

den Weg nach jenem Ort, den sie gerne erreicht hätten. Träge und behäbig schwebte es erst von einer Seite zur anderen und es war ein Wunder, dass es nicht mit den anderen Wesen zusammenstieß. Das hätte einen Ruck verursacht, der sie alle vom Rücken ihres Luftschiffs geschleudert hätte. Zum Glück spürten oder besser rochen die anderen Felsgeschöpfe die Annäherung ihres orientierungslosen Artgenossen und gaben ihm rechtzeitig den Weg frei.
Die Zeit verging im Schneckentempo und sie wurden schier endlos auf die Folter gespannt. Endlich, als sie die Hoffnung schon aufgeben wollten, schien sich das Steinwesen zu besinnen und stieg langsam in die Höhe. Näher und näher kamen sie dem gelblichen Fleck über ihnen. Als sie den Duft der Kristalle rochen, rief Niem: »Jetzt!«, und sie zogen die Decken zurück. Das riesige Tier strebte dem Geruch entgegen und bald streckte es den Kopf vor und begann die Kristalle geräuschvoll abzuweiden.
Vor sich sahen sie die Felsplattform und zu ihrer Freude verengte sich diese zu einer Schlucht, die steil aufwärts führte und auf der Oberfläche enden musste. Aber wie sollten sie die Plattform erreichen? Sie hatten nichts, um ihr sonderbares Schiff wie an eine Hafenmauer längsseits an die Felsen zu lenken.
»Wir müssen springen«, entschied Klut. »Es bleibt unseren Pferden zwar nur wenig Anlauf, aber ich denke, dass wir es schaffen können. Ich werde zuerst gehen. Bero wird mir gehorchen und den anderen Pferden Mut machen.«
Sie wichen mit ihren Pferden so weit wie möglich zur Seite und gaben eine Gasse frei. Klut führte Bero an das hintere Ende des Steinwesens und stieg auf. Dann beugte er sich vor und flüsterte in das Ohr des Pferdes: »Jetzt

kommt es auf dich an, Bero. Lauf und zeig, was in dir steckt.«
Bero schnaubte heftig und Klut spürte, wie sich die Muskeln des Pferdes spannten. Auf sein Zeichen schnellte es in mächtigen Sätzen voran, tat drei, vier raumgreifende Schritte und dann einen Satz über den gewaltigen Kopf des fressenden Wesens hinweg, das von all dem nichts zu bemerken schien. Der Sprung gelang und sicher landete Bero auf der steinernen Fläche.
Jetzt folgten auch die anderen Pferde bereitwillig und taten es Bero nach. Schon nach kurzer Zeit waren sie alle auf der Plattform versammelt. Sie warfen einen Blick zurück und Lia lenkte ihr Pferd noch einmal an den Rand der Felsen.
»Leb wohl«, sagte sie leise zu dem Felsengeschöpf, das friedlich die Kristalle verspeiste. »Und hab Dank.«
Dann wandte sie sich um und schloss sich den Freunden an, die in die Schlucht ritten und den Aufstieg an die Oberfläche antraten.
Schon bald öffnete sich die Schlucht und sie fanden sich am oberen Ende eines Abhangs wieder, von dem aus sie ganz Thalis bis an die Grenzen auf einen Blick überschauen konnten.
Thalis lag wie eine große Insel hoch über dem Abgrund. Doch statt von Wellen war diese Insel nur von Luft und Nebeln umgeben, die zuweilen, vom Wind getrieben, an die Grenzen brandeten. Am Himmel verdichteten sich diese Nebel zu weißen Wolken, in denen sich ihr Bild spiegelte.
Thalis war schön. Niedrige, sanft geschwungene Hügel wechselten mit weiten Wiesen, deren Gräser und Blumen sich im Wind wiegten. Dunkle Wälder umgaben Seen, die das Licht des Himmels in ihren Wellen einfingen. Vögel flogen durch die Lüfte. Rehe und Hirsche zogen über die

Wiesen. Und überall summte und raschelte es lebendig in Büschen und Unterholz, plätscherten Bäche, sprangen Fische nach Insekten und ließen sich Schmetterlinge mit vielfarbigen Flügeln auf großen Blütenkelchen nieder. Es war, als würden sie in das Paradies blicken.
Aber weit und breit war kein Mensch zu sehen, geschweige denn eine menschliche Behausung oder ein anderes sichtbares Zeichen, das davon gesprochen hätte, dass Thalis bewohnt war. Nichts von dem, was sie erwartet hatten, zeigte sich. Keine stolze Stadt, keine Burg, kein einziger Stein, den Menschenhand bearbeitet hatte.
Wie erstarrt blickten sie auf dieses menschenleere Land und konnten es nicht fassen. Wo war Thalis geblieben? Wo war das Reich, von dem die alten Geschichten erzählt hatten? Wo das Ziel ihrer Hoffnungen? Waren sie betrogen worden? War Thalis Vergangenheit und für immer untergegangen?
Lia befreite sie aus dieser Erstarrung. »Was siehst du?«, fragte sie Klut.
»Straßen«, antwortete dieser zögernd. »Nicht nur die, auf der wir geritten sind. Da sind noch andere, die aus allen Himmelsrichtungen kommen. Es sind zwölf Straßen, zwölf goldene Brücken, die über den Abgrund bis nach Thalis reichen. Aber sie führen nicht bis in die Mitte dieses Landes. Sie enden alle an einem weiten unsichtbaren Kreis im Zentrum der Insel.«
»Vielleicht war dort eine Stadt«, meinte Skalg. »Früher einmal, vor langer Zeit. Aber jetzt gibt es sie nicht mehr. Und die Straßen laufen ins Leere.«
»Das glaube ich nicht«, widersprach Lia. »Da ist etwas. Dort, wo die Straßen enden. Auch wenn wir es nicht sehen können.«
»Also? Worauf warten wir noch?«, fragte Niem. »Schauen wir uns die Sache doch mal aus der Nähe an.«

»Aber heute nicht mehr«, sagte Skalg. »Es ist spät geworden. Warten wir lieber bis morgen. Wir wissen nicht, was uns im Inneren der Insel erwartet. Was unsichtbar ist, muss nicht ungefährlich sein.«
Skalg hatte Recht. Die Sonne war schon halb hinter Thalis versunken. Es blieb ihnen nicht mehr genug Tageslicht um die Insel zu erkunden. So schlugen sie ihr Lager unter einigen Bäumen auf, die sich ganz in ihrer Nähe erhoben.
Auch in dieser Nacht hielt immer einer von ihnen Wache. Zu gut erinnerten sie sich an das, was Lia gesagt hatte. Dass ihnen noch eine Aufgabe bevorstand. Und sie hatten das ungute Gefühl, dass diese Aufgabe ihre Schwerter erforderte.
Doch weil sie die Gefahr aus dem Inneren der Insel erwarteten und ihren Blick ausschließlich dorthin richteten, entging ihnen allen, was jenseits der Grenzen von Thalis geschah. Unbemerkt rückten die Nebel zusammen, wurden dichter und nahmen feste Formen an. Und über Nacht kehrten die Schrecken der Vergangenheit zurück.
Als der Morgen dämmerte, schwangen sie sich nach einer raschen Mahlzeit aufs Pferd und wollten gerade losreiten, als Issur plötzlich zusammenzuckte. Er richtete sich in den Steigbügeln auf und blickte in die Runde. Verblüfft rief er: »Seht doch nur! Dort draußen! Da war doch nichts. Was kann das nur sein?«
Sie sahen rings um sich und verstanden seine Überraschung nur zu gut. Es erging ihnen nicht anders.
Dort, wo zuvor nichts gewesen war als der weite leere Raum über einem Schwindel erregenden Abgrund, zeigten sich jetzt dunkle Felsbrücken, die von den Grenzen der Insel aus in alle Himmelsrichtungen vorstießen. Sie ahnten, dass diese Brücken bis auf die andere Seite des

Abgrunds reichten, dass sie Thalis mit der Welt verbanden, aus der sie, die Reisenden, gekommen waren.
Zwölf Brücken zählten sie, und ohne dass Klut es aussprechen musste, wussten sie, dass sich diese genau dort befanden, wo er die zwölf Straßen gesehen hatte. Dort, wo die steinernen Bögen aus der Insel hervortraten, erhob sich jeweils eine mächtige, dunkle Burg, die wie eine Festung den Zugang nach Thalis versperrte. Nur im Süden sahen sie eine Burg, die sich niemandem mehr als Hindernis in den Weg hätte stellen können. Denn diese Burg war nur noch eine Ruine.
Doch war dies alles nicht nur ein Trugbild? Waren diese Brücken und diese Burgen wirklich aus festem Stein? Sie konnten es nicht glauben, denn die Umrisse der Felsen und der Mauern waren unscharf, als wären sie nur aus dunklen Wolken geformt. Sie blieben schattenhaft und das Licht der aufgehenden Sonne schien sie nicht zu erreichen. Die Mauern erhellten sich nicht und das Licht warf keine Schatten, die die Formen erkennbar gemacht hätten. Es war, als wären diese Bögen und Festungen Bruchstücke der Nacht, die sich im Licht des Tages behaupteten.
Sie lenkten ihre Pferde zum höchsten Punkt des Abhangs und warfen einen Blick zurück. Die nächste Burg lag etwas weiter nördlich, denn der Flug auf dem schwebenden Steinwesen hatte sie von der Straße abgebracht, der sie gefolgt waren. Doch trotz der Entfernung spürten sie eine deutliche Bedrohung, die von den dunklen Mauern ausging.
Auf einmal drangen Geräusche von der Burg zu ihnen herüber. Sie hörten ein Tor, das sich öffnete, auch Hufschlag und Stimmen, die klangen, als würde der Wind sie verwehen. Ihre Pferde begannen unruhig zu werden. Sie schwitzten und tänzelten auf der Stelle. Die Gefährten

konnten sie kaum noch zügeln. Schließlich bäumten sie sich auf und wichen Schritt für Schritt zurück.
»Das gefällt mir nicht«, rief Skalg. »Wir sollten von hier verschwinden. Sofort!«
Ohne ein weiteres Wort zu verlieren, rissen sie ihre Pferde herum und jagten den Abhang hinab, der Straße entgegen. Klut, der immer noch der Einzige war, der den goldenen Weg sehen konnte, ritt voraus und führte sie. Als sie die Straße erreichten, sahen sie von der Burg her schattenhafte Reiter kommen, die auf sie zuhielten. Ross und Reiter waren nur schwer voneinander zu unterscheiden, so verschwommen gingen ihre Körper ineinander über. Doch es gab keinen Zweifel: Die Schattenreiter verfolgten sie.
Sie trieben ihre Pferde an und jagten auf das Zentrum von Thalis zu. Sie wussten nicht, warum sie dies taten. Eine unerklärliche Hoffnung zog sie dorthin.
Und diese Hoffnung erwies sich als berechtigt. Eben hatten sie eine Steigung hinter sich gebracht und überquerten die Kuppe eines Hügels, als N'Nuri ausrief: »Da vorne. Seht doch nur!«
Dort, wo die Straßen ins Leere gelaufen waren, dort, wo am Tag zuvor noch nichts zu sehen gewesen war, erhob sich im Inneren der Insel eine gewaltige Kuppel, groß genug, um eine Stadt und weite Ländereien in sich zu bergen. Jene Stadt und jene Ländereien, die sie jetzt in dieser Kuppel auch wirklich sahen. Mitten in der Stadt erhob sich ein mächtiger Turm von gewaltigem Durchmesser, ein Turm, umgeben von einem Kranz von zwölf kleineren Türmen. Doch alles war nur wie durch einen Schleier zu sehen, wie durch ein trübes Glas, denn die Kuppel war von milchiger, nebliger Beschaffenheit.
»Thalis!«, rief Klut. »Das muss Thalis sein! Vorwärts! Dort sind wir sicher!«

»Wir schaffen es nicht«, hörten sie Niem rufen.
Klut blickte zurück und sah, dass Niem Recht hatte. Die Schattenreiter, die kaum den Boden berührten, kamen immer näher. Sie würden sie noch vor der schützenden Kuppel einholen.
Klut handelte sofort. »Skalg!«, rief er. »Die Schwerter von Thalis und Askor werden gebraucht. Die anderen bleiben bei Lia. Los!«
Sie warfen sich herum, ließen die Gefährten vorbei und stellten sich den Schattenreitern in den Weg.
Sogleich entbrannte ein sonderbarer, erschreckender Kampf. Denn so fern und undeutlich die Verfolger auch waren, so wirklich waren doch ihre Schwerter. Mochten sie auch wie Wesen erscheinen, die einen Albtraum bevölkerten, so war der Kampf gegen sie doch blutige Wirklichkeit.
Umso mehr wuchsen Klut und Skalg über sich hinaus. Jetzt war der Augenblick gekommen, in dem ihre ganze Schwertkunst gefordert war. Und sie schonten ihre Gegner nicht. Unter ihren Streichen fiel ein unheimlicher Reiter nach dem anderen und schon nach kurzer Zeit war der Kampf zu ihren Gunsten entschieden.
In diesem Augenblick hörten sie einen Schrei. »Klut! Zu Hilfe!«
»Lia!«, stieß Klut erschrocken hervor.
Sie fuhren herum und blickten zurück. Von Nordosten her näherte sich eine noch größere Gruppe dunkler Reiter. Schon hatten sie ihre Freunde eingeholt und schlossen einen dichten Kreis um sie. Issur, Niem und N'Nuri stellten sich schützend zwischen die Reiter und Lia und wehrten die Schläge ab, die auf sie niederfuhren.
»Schnell!«, keuchte Klut und sie eilten ihren Freunden zu Hilfe. Wie eine Axt fuhren sie in die Gruppe der Reiter, die unter ihren Streichen zerstob. Die Schatten

schwankten und wichen zurück. Vielleicht hatten sie gesehen, was Klut und Skalg ihren dunklen Gefährten angetan hatten. Vielleicht war auch diesen geisterhaften Wesen die Angst vor dem Tod nicht fremd.
Klut erkannte die Gelegenheit. »Fort!«, trieb er seine Freunde an. Sie durchbrachen den Ring der Reiter und flohen weiter, der Kuppel entgegen. Klut und Skalg nahmen Lia schützend in ihre Mitte.
Plötzlich hörten sie einen giftigen, sausenden Ton. Schattenhaft glitt ein Pfeil an ihnen vorbei und traf Lia in die Schulter. Mit einem Schmerzensschrei sackte sie vornüber und klammerte sich an den Hals ihres Pferdes. Klut schrie auf wie ein verwundetes Tier. Kurz und grell wie ein Blitz zogen die Bilder zweier Vergangenheiten an ihm vorbei und verschmolzen mit der Gegenwart, die nur ein Ebenbild des Vergangenen war, eine entsetzliche Wiederholung des Gewesenen. Der Pfeil, der seinen Vater traf, und der Pfeil, der Fenelon traf. Beide hatten sie Tod und Verderben gebracht, so wie sie auch jetzt Tod und Verderben brachten. Und so wie Klut schrie, so wie sein Schrei den Schmerz über den Verlust des Vaters und die Angst um Lia hinausschrie, so brach aus ihm der Schrei Tibors hervor, der Fenelon galt. In diesem Augenblick wusste er, wer er gewesen war und welche Verzweiflung sich hinter dem Licht von Thalis verborgen hatte, das er in dem Kristall seines Schwertes gesehen hatte.
Mit entsetzten Augen starrte er auf den Pfeil, während ihre Pferde in vollem Lauf der Kuppel von Thalis entgegenrasten. Er war wie gelähmt und konnte keinen klaren Gedanken mehr fassen. Er sah bloß den Pfeil, der nur noch kurz seine Form behielt und sich dann auflöste, wie ein Rauch, den der Wind mit sich riss. Doch die Wunde in Lias Schulter blieb, so wie sie in Fenelon

geblieben war. Diese Wunde, angefüllt mit dem Gift der Vergangenheit, das nicht weniger tödlich für jene war, die in dieser Gegenwart lebten.
»Genug! Hör auf! Ich will nichts mehr hören!« Silas schrie es heraus mit einer Mutlosigkeit, in der Marei die Verzweiflung Kluts erkannte. »Es ist alles vergeblich, Marei. Hörst du? Sie sind tot und es gibt keine Hoffnung mehr.«
»Das ist nicht wahr«, sagte sie sanft.
»Doch, es ist wahr«, rief Silas. »Ich weiß es. Sie sind tot! Wie alle vor ihnen und nach ihnen. Alle, die nach Thalis aufgebrochen sind, haben ihr Leben verloren. Und ihre Hoffnung.«
Er sprang auf und lief durch die Hütte wie ein wildes Tier in einem zu engen Käfig. »Warum hast du mir das alles erzählt, Marei? Diese ganze Verzweiflung, dieser Schmerz! Ich hatte alles vergessen. Und so hätte es bleiben sollen. Denn dieser Schmerz ist unerträglich. Wie soll ich denn jetzt weiterleben? Ich werde nie wieder vergessen können, was du in mir geweckt hast. Die Erinnerungen werden mich quälen, Tag für Tag und in allen Nächten, in all meinen Träumen. Wie konntest du mir das antun, Marei?!«
»Was ist denn los? Warum schreist du so, Silas?«, hörten sie eine Kinderstimme erschrocken rufen.
Sie schraken zusammen. Die Kinder waren erwacht und sahen sie mit ängstlichen Augen an. Silas wandte sich brüsk ab und trat ans Fenster. Draußen dämmerte es. Die Nacht war vorbei. Er hatte nicht gemerkt, wie sie vergangen war, während Marei erzählt hatte. Aber dieses Morgenlicht erschien ihm so unwirklich. In ihm war alles dunkel. Doch hinter der Dunkelheit verbargen sich die Bilder, die er gesehen hatte, nein, die er wieder gesehen hatte. Er wusste, dass er sie nicht lange abwehren

konnte. Sie würden wiederkommen, immer wieder. Es gab keinen Ausweg. Warum hatte Marei ihm das angetan? Warum nur?
Er hörte, wie Marei die Kinder beruhigte. Er drehte sich um, lehnte sich ans Fenster und sah zu, wie sie Janna und Fine ein Frühstück zubereitete. Mit leuchtenden Augen setzten sich die Kinder an den Tisch und konnten sich nicht satt sehen an den einfachen Speisen, die ihnen die alte Frau reichte und die diesen armen Geschöpfen wie Herrlichkeiten erschienen. Silas lächelte bitter. Wie wenig nötig war um diese Kinder glücklich zu machen. Er wandte sich ab, denn der Anblick tat ihm weh. Er selbst fühlte sich von allem Glück für immer ausgeschlossen.
Er spürte, dass Marei hinter ihn trat. »Was willst du denn jetzt machen?«
Er hob stumm die Schultern und schwieg trotzig.
»Willst du denn nicht wissen, wie die Geschichte zu Ende geht?«, fragte sie.
Er schüttelte den Kopf und biss die Zähne zusammen. Er fürchtete, dass er die Beherrschung verlieren würde.
»Iss doch wenigstens etwas«, hörte er Marei traurig sagen.
»Ich habe keinen Hunger«, wies er sie mit harter Stimme ab. »Janna, Fine, sobald ihr fertig seid, gehen wir!«
Ohne ein Wort des Abschieds trat er vor die Hütte und wartete, bis die Kinder folgten. Rasch ging er mit ihnen ein Stück den Kaltbach entlang und führte sie durch den Wald zu der Lichtung, auf der sie ihre Holzbütten zurückgelassen hatten. Sie mussten oft Umwege machen um umgestürzten Bäumen auszuweichen.
Die Kinder konnten kaum mit ihm Schritt halten. Schließlich bat Janna: »Bitte renn doch nicht so. Du bist zu schnell.«

Er nahm die Kinder an den Händen und ging langsamer.
»Bist du böse auf die Marei?«, fragte Janna. »Sie war doch gut zu uns.«
Doch Silas gab keine Antwort. Als sie die Lichtung erreichten, hob er die Holzbütten hoch und trug sie den ganzen Weg durch den Wald. Am Waldrand half er den Kindern die Bütten überzustreifen und schickte sie mit einem freundlichen Wort nach Hause.
Er blickte auf das Dorf hinab. Als die Kinder bei den ersten Häusern ankamen, drehten sie sich um und winkten. Doch er rührte sich nicht. Da liefen sie weiter und verschwanden in den Gassen.
Langsam ging Silas durch den Wald. Jetzt fielen ihm die drei verlorenen Schafe wieder ein, nach denen er gesucht hatte. Er nahm die Suche, die ihm doch nur sinnlos erschien, wieder auf.
Schon bald stand er an einem tiefen Graben, der den Wald wie eine klaffende Wunde zerschnitt. Am Grunde dieser kleinen Schlucht sah er die Schafe oder wenigstens das, was die wilden Tiere von ihnen übrig gelassen hatten.
Die Kraft verließ ihn. Er sank auf einen flachen Stein und starrte blicklos auf die Kadaver. Alles ist vorbei, dachte er. Gadek wird mich in den Schuldturm werfen lassen, wenn ich nach Hause zurückkehre. Nach Hause! Das ist nie mein Zuhause gewesen.
Was sollte nun aus ihm werden? Wohin sollte er gehen? Er war nichts und nichts wartete auf ihn. Sein Leben hatte keinen Sinn und kein Ziel.
Er bedeckte das Gesicht mit den Händen. Jetzt erst merkte er, dass ihm die Tränen hinabliefen. Er hatte das Gefühl, auf dem tiefsten Grund der Verzweiflung angekommen zu sein. Und in diesem Augenblick, hörte er sich flüstern: »Niemand kann ohne Hoffnung leben.«

Er blickte auf und sah die Sonne zwischen den Bäumen. Spinnennetze voller Tautropfen leuchteten wie Diademe. Der Wind spielte mit den Zweigen und die Blätter färbten das Licht mit ihrem Grün. Es war wunderschön hier. Das Leben konnte so herrlich sein.
Silas spürte eine große Ruhe in sich. Er hatte keine Angst mehr. Er würde diesen Wald verlassen und nie mehr in das Dorf und zu Gadek zurückkehren. Jetzt wusste er wieder, was er zu tun hatte.
Er stand auf und ging durch den Wald zurück zu Mareis Hütte. Als er sie erreichte, sah er Marei auf einer Bank sitzen. Er ließ sich neben ihr nieder.
»Ich habe auf dich gewartet«, sagte sie.
»Ich weiß«, erwiderte er und lächelte.
Sie holte ihm zu essen und zu trinken. Diesmal lehnte er nicht ab, sondern aß und trank sich satt. Als er fertig war, sahen sie still auf den Bach, die Wiesen und den Wald. Dann war es Silas, der das Schweigen brach. »Erzähl mir, was weiter geschah«, bat er sie.

22

Die Rückkehr der Königin

»Klut!«, rief Skalg. »Klut! Hörst du mich?«
Doch Klut sah ihn nicht an. Wie gebannt starrte er auf die Wunde in Lias Schulter, während sie noch immer über die Wiesen und Hügel von Thalis ritten. Doch ließen sie die Pferde nur noch in leichtem Trab laufen um Lia zu schonen. Bero, der den Zustand seines Herrn zu

spüren schien, tat es den anderen Pferden gleich. N'Nuri ritt dicht an Lias Seite und stützte sie.
Skalg erkannte die Gefahr, in der sie sich befanden. Er musste die Führung übernehmen, solange Klut sich selbst nicht mehr in der Hand hatte.
Er warf einen Blick zurück. Die Schattenreiter verfolgten sie noch immer. Aber sie ließen einen Abstand zwischen sich und den Gefährten. Doch das gefiel Skalg nicht. Sie mussten sie loswerden, noch bevor sie die Kuppel erreichten. Er wusste nicht, was sie dort erwartete, aber es war sicher besser, ohne diese geisterhaften Reiter dort anzukommen.
»Bleibt bei Klut und Lia«, rief er. »Ich bin gleich zurück.«
»Was hast du vor?«, fragte Niem.
Doch Skalg gab keine Antwort. Er wendete sein Pferd, trieb es mit einem Schrei an und packte sein Langschwert mit beiden Händen. In vollem Lauf jagte er auf die Schattenreiter zu, die ihm mit gezogenen Waffen entgegenkamen. Vielleicht dachten sie, dass sie mit diesem einen Gegner leichtes Spiel haben würden. Doch sie irrten sich und dieser Irrtum war tödlich.
Kurz bevor Skalg mit ihnen zusammentraf, richtete er sich in den Steigbügeln auf und ließ sein Schwert auf Brusthöhe mit einem fürchterlichen, sausenden Schwung um sich kreisen. Der Kreis war lückenlos, denn er ließ das Schwert von Hand zu Hand gleiten. Wie ein gewaltiges rundes Sägeblatt fuhr die scharfe Klinge durch die Gruppe der Schattenreiter und trennte allen, die in Reichweite dieser grausamen Sense kamen, die Köpfe von den Schultern.
Schon hatte Skalg die Gruppe durchbrochen. Er riss sein Pferd herum und blickte zurück. Nur fünf der Schattenreiter hatten seinen Angriff überlebt. Doch als er wie-

der auf sie eindrang, wichen sie aus und flohen voll Schrecken, jeder in eine andere Richtung.

Skalg trieb sein Pferd an und bald hatte er die Gefährten eingeholt. Ohne auf ihre Fragen einzugehen, fragte er Issur: »Siehst du noch andere Reiter?«

Issur richtete sich auf, so hoch er nur konnte, und blickte in die Runde. »Nein, weit und breit keiner zu sehen«, sagte er und ließ sich zurücksinken.

»Gut, und um die anderen braucht ihr euch keine Gedanken mehr zu machen«, meinte Skalg grimmig. »Sie sind zu kopflos um uns noch schaden zu können.«

Sie ließen die Pferde in Schritt fallen. Skalg ritt an Kluts Seite und schüttelte ihn. »Klut, komm zu dir. Wir brauchen dich. Lia braucht dich!«

Nur langsam kehrte Klut aus der Flut der Bilder, die ihn mit sich gerissen hatte, in die Gegenwart zurück. Er sah mit entsetzten Augen in die Runde. »Sie wird sterben«, sagte er mit heiserer Stimme.

»Vielleicht nicht«, widersprach Skalg. »Vielleicht gibt es Hilfe für sie in Thalis.«

Klut sah ihn ungläubig an. Doch dann klammerte er sich an diese Hoffnung wie an einen rettenden Balken.

»Sind wir noch auf dem richtigen Weg oder sind wir von der Straße abgekommen?«, fragte Skalg.

Klut blickte vor sich. »Sie ist noch da«, antwortete er. Dann fuhr er auf: »Die Reiter!«, stieß er hervor. »Wir müssen sie aufhalten.«

»Mach dir keine Sorgen«, erwiderte Skalg. »Sie sind fort. Für eine Weile sollten wir Ruhe vor ihnen haben.« Dabei klopfte er auf den Griff seines Schwerts.

»Danke«, sagte Klut. »Ich muss wohl nicht ... ganz bei mir gewesen sein.«

»Schon gut«, wehrte Skalg ab. »Lass uns jetzt nur nach vorne schauen.«

Sie ritten langsam weiter. Vor ihnen wuchs die Kuppel immer höher empor und bald nahm sie den ganzen Raum ein. Immer deutlicher sahen sie die matte Oberfläche und dahinter wie von Schleiern verhangen die Felder und die Stadt mit den hohen Türmen.
Plötzlich rief Niem: »Da sind Menschen. Aber ... sie bewegen sich nicht.«
Lia hatte ihn gehört und versuchte sich aufzurichten. N'Nuri half ihr, so gut sie konnte.
»Doch, sie bewegen sich«, flüsterte Lia schwach. »Aber nicht in unserer Zeit. Darum können wir nicht ...« Sie brach ab und sackte zusammen.
»Lia!«, rief Klut erschrocken.
»Sie sollte nicht mehr reiten«, sagte N'Nuri. »Dieses Rütteln tut ihr nicht gut.«
Sie stiegen ab und Klut hob Lia vom Pferd. Er trug sie auf den Armen und bewegte sich so sachte wie möglich. Die anderen folgten ihm und führten die Pferde am Zügel. Sie schwiegen bedrückt.
Es war nicht mehr weit bis zur Kuppel. Bald standen sie dicht davor. Doch sie zögerten noch, sie zu berühren.
»Einer muss es ja als Erster wagen«, sagte Niem schließlich. Er trat vor, schloss die Augen und wollte durch den milchigen Schleier gehen. Doch er lief wie gegen eine Mauer und wurde zurückgeworfen. Er stolperte, setzte sich verblüfft auf seinen Hosenboden und rieb sich die schmerzende Stirn.
»Was jetzt?«, fragte Skalg.
Statt einer Antwort sagte Klut: »Lia! Komm zu dir! Wir brauchen deine Hilfe.«
Lias Augenlider hoben sich zitternd. Sie lächelte, als sie sein Gesicht über sich sah.
»Wir können nicht nach Thalis«, erklärte Klut sanft. »Die Kuppel!«

Lia nickte. Sie blickte in die Runde. Alle standen bei ihr und sahen sie mit Augen an, in denen die Sorge um sie deutlich zu lesen war.

Sie leckte sich über die trockenen Lippen und flüsterte zu ihrer Überraschung: »Ich … ich vertraue euch.« Dann sah sie Klut an und fuhr fort: »Bring mich zur Kuppel. Wenn ich sie mit der Hand berühre, geh weiter. Und die anderen sollen … folgen.«

Klut tat die wenigen Schritte, die ihn noch von der Kuppel trennten. Die Gefährten gingen mit den Pferden dicht hinter ihnen her. Als Lia die Kuppel sah, streckte sie langsam die Hand danach aus und berührte die Oberfläche, die aus der Nähe silbrig schimmerte. Sogleich öffnete sich die Stelle, die sie berührt hatte, und das Loch, das entstand, erweiterte sich zu einem hohen Tor. Klut schritt hindurch und die Freunde folgten ihnen, wobei sie besorgte Blicke auf die Ränder des Loches warfen und jederzeit fürchteten, dass es sich zu früh wieder schließen würde. Doch sie kamen glücklich hindurch, und als sie sich umwandten, sahen sie, wie sich die Kuppel hinter dem letzten Pferd wieder schloss.

Sie blickten über die Felder und Niem rief überrascht: »Jetzt bewegen sie sich. So wie wir! Sind wir jetzt in ihrer Zeit oder umgekehrt? Also, das geht alles ein bisschen über meinen Verstand.«

Die Männer, die auf den Feldern arbeiteten und sich ihnen überrascht zuwandten, trugen Kleider, wie sie die Meisterdiebe noch niemals gesehen hatten. Seltsam altertümlich erschienen sie ihnen. Nur Klut erkannte die Gewänder wieder, die er in seinen Träumen gesehen hatte. Auch Lia waren sie vertraut, und obwohl das Gift ihren Blick trübte, wusste sie, dass dies einmal ihr und Kluts Zuhause gewesen war. Doch damals hatten sie noch andere Namen getragen.

Die Männer näherten sich ihnen. Zwar vorsichtig, aber ohne Furcht, so als könnte es nicht anders sein, dass diejenigen, die die Kuppel betraten, in friedlicher Absicht kamen.

Plötzlich rief einer von ihnen: »Die Königin! Sie ist es! Sie ist zurückgekehrt!«

Augenblicklich drehten sie sich um und liefen auf die Stadt zu. »Die Königin kehrt zurück!«, hörten sie die Bauern immer wieder rufen. Die Menschen strömten von den Feldern herbei und schlossen sich ihnen an. Nach allen Seiten pflanzte sich der Ruf fort und jeder, Männer wie Frauen, Alte und Kinder, ließ alles stehen und liegen und eilte zur Stadt.

»Seltsame Begrüßung«, brummte Issur.

»Vielleicht wollen sie uns in der Stadt in allen Ehren empfangen«, meinte Niem. »Aber du hast Recht. Seltsame Bräuche haben die hier.«

Langsam folgten sie dem Weg, auf dem sie standen. Bald erweiterte sich dieser zu einer festen Straße. Aber dies war keine Straße, die nur Klut zu sehen vermochte, sondern eine ganz normale Straße, mit Rändern und Steinen und Staub, auf die sie ihre Füße setzen konnten und auf die sie nicht blind vertrauen mussten.

Je näher sie der Stadt kamen, desto mehr bewunderten sie ihre Größe und Schönheit. Sie erhob sich auf einem Hügel inmitten des himmelhohen Kuppelbaus. An den Abhängen standen prächtige Häuser und auf der Spitze des Hügels sahen sie den gewaltigen Turm und die zwölf kleineren Türme, die ihn umgaben. Die Stadt hatte keine Mauer, so als hätte sie niemals einen feindlichen Angriff zu fürchten gehabt. Und doch war Thalis versunken, hatte eine schützende Kuppel sie eingeschlossen und war die Stadt von dunklen Burgen umgeben, von denen eine tödliche Bedrohung ausging.

Drei Gestalten kamen ihnen entgegen. Bald erkannten sie, dass es drei alte Männer waren, die lange Gewänder in den Farben des Herbstes trugen.
Als sie aufeinander trafen, lächelten die Männer freundlich und verneigten sich tief. Einer von ihnen, der ihr Sprecher zu sein schien, trat vor und sagte: »Seid willkommen. Mein Name ist Portus. Wir wissen, wer ihr seid und warum ihr gekommen seid. Aber jetzt ist nicht die Zeit, Fragen zu stellen und Antworten zu geben. Wie ich sehe, ist die Königin verletzt. Bitte folgt uns, damit wir ihr helfen können.«
Sie wandten sich der Stadt zu und die Freunde gingen hinterher. Die Männer führten sie durch die Straßen, die sanft anstiegen. Viele Menschen säumten ihren Weg, standen in den Türen oder blickten aus den Fenstern herab. Unter ihnen waren auch bewaffnete Männer, die dieselben Schwerter wie Klut trugen.
Auf allen Gesichtern war die Freude über die Rückkehr der Königin zu sehen. Doch zugleich auch die Sorge um sie, denn alle hatten erkannt, dass es nicht gut um sie stand. So ertönten keine Jubelrufe, aber dennoch spürten die Gefährten eine sehnsüchtige Erwartung, die sie durch die Stadt begleitete und ihre eigenen Hoffnungen aufrechterhielt.
So gingen sie durch die Stadt, vorbei an den Häusern, die aus rotem Sandstein erbaut und mit zahlreichen Mosaiken geschmückt waren. Auf den Bildern dieser Mosaike sahen sie Türme, von denen ein strahlendes Licht ausging. Die Türme sahen denen gleich, die sich auf der Kuppe des Hügels erhoben. Doch dort waren keine Lichter zu sehen gewesen.
Plötzlich endeten die Häuser und sie betraten einen schönen Hain. Hohe Kastanienbäume wuchsen hier, die in regelmäßigen Reihen standen und weite Kreise

bildeten. Dazwischen erhoben sich die Türme bis weit über die Wipfel der großen Bäume. Eine feierliche Stille herrschte. Die Menschen dieser Stadt folgten ihnen nicht, nur die drei Männer gingen ihnen voran. Bald erreichten sie den gewaltigen Turm im Zentrum der Baumkreise und traten durch ein hohes Tor in sein Inneres.
Vor ihnen öffnete sich ein weiter, runder Saal, so geräumig und prachtvoll ausgestattet, dass es ihnen den Atem verschlug. Von den hohen, reich verzierten Wänden hingen zwölf lange Teppiche herab, jeder in einer anderen Farbe des Regenbogens. Auf jedem der Teppiche sahen sie wieder einen der Türme, von deren Spitzen ein helles, strahlendes Licht ausging. Es gab keine Fenster. Das Licht fiel durch die Kuppel des Saals, die durchscheinend war wie ein einziger geschliffener Kristall. Der Boden war mit verschlungenen Mustern bedeckt. Nur in der Mitte der Halle sahen sie zwei einfache Steinplatten, die ohne jeden Schmuck waren.
Die drei Männer führten sie zu einem Lager an der Seite des Saals und Klut legte Lia darauf.
Durch eine Seitenpforte betraten dunkel gekleidete Frauen den Raum und brachten Stühle, auf denen sich die Reisenden und die drei Männer niederließen. Andere trugen Tischchen herbei und reichten ihnen Erfrischungen. Doch sie rührten die Speisen und Getränke nicht an. Die Sorge um Lia war stärker als Hunger und Durst.
Die Frauen verließen den Saal und kehrten nach kurzer Zeit mit Wasserbecken und einem hellen Gewand zurück, das eine von ihnen über den Armen trug. Sie schlossen einen Vorhang, sodass das Lager, auf dem Lia lag, verhüllt wurde, und machten sich daran, Lia zu entkleiden, zu waschen und in das helle, schimmernde Gewand zu hüllen. Als sie fertig waren, zogen sie den Vorhang wieder auf und entfernten sich.

Nun erhob sich Portus und trat zu Lia. Er untersuchte die Wunde an ihrer Schulter und ließ seine Hände darüber ruhen ohne Lia zu berühren. Dann zog er eine kleine durchsichtige Flasche aus den Falten seines Gewands und sagte: »Trinkt das, meine Königin. Es wird Euch gut tun.«
Als Lia die Flasche geleert hatte, sahen sie, dass ihr Gesicht sich belebte und wieder etwas Farbe bekam. Mit Portus' Hilfe richtete sie sich halb auf und er legte ihr große Kissen unter, die sie stützten.
Lia blickte sich um und suchte nach Klut. Als sie ihn sah, streckte sie die Hand nach ihm aus. Er eilte zu ihr, fasste ihre Hand und kniete vor ihr nieder.
»Bleib bei mir«, bat sie. »Wir haben nur noch wenig Zeit.«
Er sah sie entsetzt an, dann wandte er sich zu Portus um. Der alte Mann senkte den Kopf und sagte leise: »Wir können nicht mehr viel für sie tun. Das Gift ist tödlich. Wunden können ...« Er brach ab.
Doch Lia führte den Satz an seiner Stelle zu Ende: »Wunden können geheilt werden, aber der Tod nicht. Ihr braucht mich nicht zu schonen. Ich fürchte mich nicht.«
Klut setzte sich zu ihr und nahm sie in die Arme. Der Kummer schnürte ihm den Hals zu und er spürte, dass ihm Tränen über das Gesicht liefen.
Lia hob die Hand und berührte zärtlich seine Wange: »Weine nicht«, sagte sie. »Die Hoffnung stirbt nicht mit uns.«
Skalg blickte Portus an. »Draußen vor der Stadt habt Ihr gesagt, dass nicht die Zeit für Fragen und Antworten sei. Und Ihr habt gesagt, dass Ihr wisst, wer wir sind und warum wir gekommen sind. Aber wir, wir wissen nicht, warum wir hier sind. Thalis ist nur ein Ziel gewesen, eine Hoffnung, die uns geleitet hat. Aber unser Weg war vol-

ler Rätsel, für die wir keine Lösung haben. Ich könnte Euch Hunderte von Fragen stellen, die uns und auch Euch betreffen, aber ich denke, es wird wohl am besten sein, wenn Ihr uns sagt, wie alles gekommen ist und was uns nun erwartet.«
»Ihr seid ein kluger Mann«, erwiderte Portus lächelnd. »Darf ich wissen, wie Ihr heißt?«
Skalg stellte sich, Issur, Niem und N'Nuri vor und er verschwieg auch nicht, was sie waren. Doch als er nicht fortfuhr, fragte ihn Portus zu seiner Überraschung, wobei er auf Klut und Lia wies: »Und diese beiden? Wie heißen sie in eurer Welt?«
»Aber Ihr habt doch gesagt, dass Ihr wisst, wer sie sind«, wunderte sich Skalg.
»Vielleicht hätte ich sagen sollen, wer sie waren«, entgegnete Portus. »Oder wer sie auch sind. Aber ich kenne nicht die Namen ihrer Gegenwart.«
»Ich heiße Lia«, antwortete Lia für Skalg. »Und dies ist Klut.«
Portus verneigte sich. »Ich danke Euch, meine Königin. Habt Nachsicht für meine Unwissenheit. Zeitalter trennen uns. Aber sie verbinden uns auch.«
»Rätsel, immer nur Rätsel«, schimpfte Niem. »Langsam habe ich die Nase voll davon. Könnt Ihr denn nicht so sprechen, dass ich wenigstens die Hälfte davon verstehe?«
»Verzeiht«, antwortete Portus. »Ihr habt Recht. Und Ihr habt es verdient, Antworten auf Eure und die Fragen Eurer Gefährten zu erhalten. Ihr mögt euch Diebe nennen, aber ihr müsst viel mehr sein, denn ihr habt das Vertrauen der Königin. Fühlt Ihr Euch stark genug für eine lange Erzählung, meine Königin?«, wandte er sich an Lia.
»Ja«, sagte sie. »Ich bitte Euch, sprecht.«

Portus wies nach oben, zu der klaren Kuppel, die sich über der Halle wölbte. »Blickt hinauf«, forderte er sie auf. »Was seht ihr?«
»Thalis«, erwiderte Skalg. »Ich sehe das ganze Land wie durch ein großes Auge. Die Insel bis zu ihren Grenzen. Und dort die zwölf Burgen und die Brücken, die Thalis mit den Ländern jenseits des Abgrunds verbinden. Aber es ist seltsam. Ich habe das Gefühl, dass die Burgen und die Brücken sich verändert haben. Sie sind fester geworden, deutlicher. Ich kann Steine erkennen und klare Formen. Oder irre ich mich?«
»Nein«, erwiderte Portus. »Ihr täuscht Euch nicht. Die Nähe der Königin zieht die Geister der Vergangenheit an. Solange die Königin lebt, werden sie mehr und mehr ihrer alten Gestalt wiedergewinnen, denn das Böse drängt danach, Thalis zu vernichten.«
»Aber die Kuppel!«, rief Niem.
»Wird uns schützen. Seid unbesorgt. Jetzt mag sie schwächer werden, durchlässiger, aber sie wird sich wieder schließen, wenn ... die Königin in diesen Mauern stirbt«, sagte Portus. »Doch nun hört, wie alles gekommen ist.
Die Königin ist das Herz von Thalis. Ihr Körper mag sterblich sein, aber in ihr ruht eine Kraft, die Thalis erhält. Als noch Frieden herrschte, ging diese Kraft von Königin zu Königin über und die Linie setzte sich ununterbrochen fort. Hier war die Halle, von der aus sie Thalis regierte, und durch das Auge über ihr überblickte sie das Reich bis an seine Grenzen.
Zwölf Türme umgeben den Hauptturm. Und jeder der Türme trägt einen Kristall in der Form des Steins, wie Ihr einen am Griff Eures Schwertes habt ... Klut. Nur sind die zwölf Kristalle auf den Türmen ungleich größer. Jeder dieser Kristalle war einst eine Quelle, aus der das

Licht der Heilung floss und seine Strahlen über ganz Thalis sandte.
Zwölf Diener des Lichts standen der Königin zur Seite. Unsere Aufgabe war es, die Kristalle zu hüten und rein zu halten. Und wir schenkten allen Verwundeten und Kranken, die über die Brücken nach Thalis kamen, im Namen der Königin Heilung und Genesung. Wenn Krieg in den Ländern jenseits des Abgrunds ausbrach, so konnten die verfeindeten Lager Botschafter zu uns senden und wir schlichteten den Streit. Frieden konnten wir nicht schenken, aber die Kraft zum Frieden in den Menschen stärken.
Doch nicht alle dankten uns die Heilung und den Frieden. Manche trachteten danach, die Macht der Kristalle an sich zu reißen und sich selbst zu Königen zu machen. Schon vor undenklichen Zeiten waren wir gezwungen Krieger auszubilden, die Thalis vor Angriffen schützten. Sie alle trugen Schwerter, deren Griffe von Abbildern der Kristalle des Lichts geschmückt wurden, zum Zeichen der Treue zur Königin von Thalis.
Dann kam eine Zeit, in der wieder einmal die Kraft von einer alten Königin zu einer neuen überging. Diese neue Königin hieß Fenelon. Sie war noch jung und unerfahren und das Unglück wollte, dass sich unter den Kriegern, die Thalis bewachten, einer hervortat, der die Dinge nach seinem Sinn verändern wollte. Sein Name war Kurval. Er war klug und wusste seine Worte so zu setzen, dass die Königin in allem seinem Rat folgte.
›Warum setzen wir die Stadt so leichtfertig Angriffen von außen aus?‹, fragte er Fenelon. ›Warum lassen wir Fremdlinge ohne weiteres unser Land betreten? Wäre es nicht sicherer, jedem Fremden zu verbieten, den Fuß auf Thalis zu setzen? Könnten die Kranken und Verwundeten nicht auch an einem anderen Ort geheilt werden?‹

Und er schlug ihr vor, Burgen zu errichten, die die Zugänge nach Thalis versperrten. Dort würde allen geholfen werden, die nach Thalis kamen, und jeder, der Böses im Sinn hatte, würde leicht zu fassen sein.

Gegen den Rat der Diener des Lichts stimmte die Königin seinem Vorschlag zu. Sie ernannte ihn und elf andere, die Kurval aus den Reihen der Wächter erwählte, zu Burgvögten. Jeder erhielt eine starke Mannschaft und bald erhoben sich zwölf Burgen an den Anfängen der Brücken und alles geschah so, wie Kurval es ersonnen hatte.

Doch das war ihm noch nicht genug. Eines Tages trat er vor Fenelon und sagte: ›Die Menschen der Außenländer sind undankbar und unbelehrbar. Immer noch führen sie Kriege. Immer noch verwunden sie einander. Wir sollten sie zum Frieden zwingen.‹

›Wie wollt Ihr das erreichen?‹, fragte Fenelon.

›Wir haben die Kräfte der Heilung‹, erwiderte er. ›Wir können wählen. Zwischen denen, die Heilung verdienen, und denen, die ihrer nicht würdig sind.‹

›Alle Menschen haben ein Recht auf Heilung‹, widersprach sie.

›Aber was erreicht Ihr damit?‹, rief er. ›Dem Einzelnen mögt Ihr helfen, aber der Nutzen für die Gesamtheit der Menschen ist nur gering. Wenn wir dagegen den Willen zum Frieden mit Heilung belohnen, kann allen geholfen werden und die Wunden, die wir heilen, werden erst gar nicht geschlagen.‹

›Aber wie sollen wir zwischen denen, die Heilung verdienen, und denen, die ihrer nicht würdig sind, unterscheiden können?‹, fragte sie.

›Lasst das nur unsere Sorge sein‹, antwortete er. ›Wir Vögte kennen die Menschen. Es mag sein, dass die Diener des Lichts, die ihnen bisher Heilung gebracht haben, die Menschen nicht durchschauen, doch wir, die Vögte, haben die dunklen Seiten der Menschen gesehen und können sie erkennen. Gebt uns die Kraft der Heilung und wir werden der Welt in Eurem Namen Frieden schenken.‹

Wieder rieten die Diener des Lichts ihr ab, doch wieder willigte sie in Kurvals Plan ein, denn sie sah nur das große Ziel und nicht die Gefahr, die sich hinter Kurvals Worten verbarg.

Anfangs mochte es wohl so gewesen sein, dass Kurval selbst an das glaubte, was er sprach, und so durchschaute die Königin, die doch Wahrheit von Lüge unterscheiden konnte, seine Absichten nicht.

Anfangs also tat er, was er gelobt hatte. Er belohnte den Willen zum Frieden und strafte die, die sich widersetzten. Doch dann verführte ihn die Macht, die er in Händen hatte. Nun begann er nur denen Heilung zu gewähren, die ihm reiche Geschenke brachten und seine Macht mehrten.

Er verstärkte die Burgen und ersetzte die Wachen von Thalis durch Söldner unter dem Vorwand, das Leben der Wachen nicht unnötigen Gefahren auszusetzen. Und bald brachten die Heere der Vögte nicht mehr Heilung, sondern unterwarfen die Außenländer und pressten sie aus.

Jetzt begriff Fenelon, dass er sie betrogen hatte. Die Burgen schlossen Thalis ein. Niemand konnte mehr die Insel verlassen oder sie betreten, wenn Kurval es nicht gestattete.

Doch Kurval hatte noch mehr im Sinn. Er ließ in Axaris, seiner Burg, die von allen die mächtigste war, einen Thron erbauen. Diesen Thron gedachte er nach Thalis zu tragen und sich selbst als König darauf zu setzen. Er gewann die Vögte, die wie er der Gier nach Macht verfallen waren, für seinen Plan und versprach ihnen dafür die Kraft der Königin und allen ihren Nachkommen.

In jenen Zeiten führte ein Mann die Wachen an, der Tibor hieß und ein Krieger war, wie ihn die Welt noch nicht gesehen hatte. Keiner führte das Schwert so wie er. Kurval fürchtete ihn und wusste, dass er Thalis nicht erobern konnte, solange Tibor die Wachen anführte und die Stadt beschützte.

Tibor, der Fenelon liebte und ihr treu ergeben war, beschwor sie, die Kraft der Kristalle gegen die Vögte zu richten. Fenelon wusste, dass dies in ihrer Macht stand, dass ihr Wille die Kraft der Heilung gegen die Krankheit des Bösen richten konnte. Doch sie weigerte sich. Denn sie glaubte die Vögte wieder für sich gewinnen zu können.

Also rief sie Kurval und die anderen Burgherren zu sich und bot ihnen Frieden an. Doch Kurval wies sie stolz zurück und bot ihr seinerseits an, ihren Platz einzunehmen. Er wisse besser, was richtig für die Welt sei. Sie könne ein unbeschwertes Leben in Thalis führen, unbelastet von den Mühen der Herrschaft.

Da beging Fenelon den Fehler, ihm zu drohen. Sie gab ihm drei Tage Bedenkzeit. Danach würde sie das Licht der Heilung gegen seine Burgen richten und sie wie eiternde Wunden ausmerzen.

Kurval erhob sich, bleich vor Wut. Aber er beherrschte sich und verließ Thalis, doch nur, um einen weiteren teuflischen Plan zu ersinnen.

Nach drei Tagen sandte er einen Boten und ließ der Königin ausrichten, dass er sich ihrem Willen unterwerfen und ihr fortan wieder treu dienen wolle. Fenelon war überglücklich und schlug die Warnungen Tibors in den Wind. Sie sah die oberste Pflicht einer Königin darin, Frieden und Heilung zu schenken, nicht Tod und Ver-

nichtung. Und so glaubte sie allem, das diesem Ziel zu dienen schien. Wer hätte sie dafür verurteilen können?
Am nächsten Tag kam wieder ein Bote Kurvals nach Thalis und bat um Hilfe. Die Außenländer hätten sich erhoben, sagte er. Ein großes Heer sei im Anmarsch und die Besatzungen der Burgen zu schwach, um diesen Feind aufzuhalten.
Wirklich waren Flammen zu sehen, die aus einer der Burgen auflodeten, und schon stürzten die Mauern ein. Fenelon erschrak und rief Tibor zu sich. Sie befahl ihm und allen Wachen, Kurval zu Hilfe zu eilen. Tibor zögerte, denn er vermutete eine Falle. Doch wieder verlangte sie es von ihm und er konnte sich diesem Befehl nicht verweigern. Er führte die Wachen an die Grenze von Thalis und ließ die Stadt unbewacht zurück.
Kurvals Plan gelang. Während verkleidete Söldner Tibor und sein Gefolge in eine Schlacht verwickelten, überfielen Kurvals Männer die Stadt, zerschlugen die Kristalle, töteten die Diener des Lichts, die sich ihnen in den Weg stellten, und entführten die Königin nach Axaris, denn nur sie konnte die Kristalle wieder zusammenfügen.
Bald darauf zogen sich die Söldner, die Tibor aufgehalten hatten, zurück und er erkannte, dass der Angriff nur eine Täuschung gewesen war. Er und die Wachen eilten nach Thalis. Doch sie kamen zu spät.
Nur drei Diener des Lichts waren dem Überfall entkommen, da sie nicht bei den Kristallen waren, als Kurval sie zerstören ließ. Meine beiden Begleiter und ich. Tibor, der außer sich vor Schmerz über den Verlust Fenelons war, bat uns, ihm zu helfen Fenelon zu retten.
Wir waren entsetzt, denn sein Leben sollte der Preis dafür sein. Doch wir hatten keine Wahl. Die Königin musste zurückkehren, damit Thalis noch zu retten war. Die Zeit drängte. Und so willigten wir ein.«

Portus brach ab. Dann fuhr er fort: »Wunden können geheilt werden, der Tod aber nicht. Doch wir können den Tod hinauszögern und das Sterben verlängern und erleichtern.

Wir erfüllten Tibors Körper mit unseren Kräften und er verließ Thalis, gefolgt von einer kleinen Schar der Wachen. So ritt er gegen Axaris, stellte sich vor das Tor und forderte Kurval zum Kampf heraus. Doch Kurval lachte ihn von den Zinnen herab nur aus. Er dachte gar nicht daran, sich einem Kampf zu stellen, den er nur verlieren konnte.

Da beleidigte ihn Tibor und reizte ihn mit schmähenden Worten bis aufs Blut, denn er kannte Kurvals Jähzorn. Kurval geriet in Wut. Er griff nach einem Bogen und sandte einen giftigen Pfeil gegen Tibor.

Tibor wäre es ein Leichtes gewesen, sich mit seinem Schild gegen diesen Pfeil zu schützen, doch er gab sich absichtlich eine Blöße und der Pfeil traf. Wie tot sank er vom Pferd. Seine Gefährten flohen, so wie es verabredet war, und ließen ihn zurück.

Kurval triumphierte und diesmal ließ er sich täuschen. Er öffnete das Tor und ließ Tibors Leiche vor Fenelon bringen. Hohn lachend warf er den Toten vor die Königin und rief siegessicher: ›Jetzt, meine Königin, gibt es nichts mehr, was mich aufhalten könnte. Thalis gehört mir.‹

Fenelon erbleichte und warf sich verzweifelt über Tibor, den sie nicht weniger liebte, als er sie geliebt hatte. Sie bat Kurval unter Tränen, sie mit Tibor allein zu lassen. Verächtlich gewährte ihr Kurval diese Bitte und ließ sie mit dem Toten allein zurück. Er selbst machte sich bereit, Thalis am nächsten Tag als König zu betreten.

Doch unter Fenelons Händen erwachte Tibor. Sie allein hätte es nicht vermocht, die Wirkung des Gifts aufzuhalten, denn Tibor war nur ein einfacher Sterblicher. Aber die Kräfte, die wir ihm verliehen hatten, gaben ihm seine alte Stärke für eine begrenzte Zeit zurück.

In dieser Nacht gelang ihm und Fenelon die Flucht aus Axaris. Kurval war sich seines Sieges zu sicher gewesen und nur wenige seiner Söldner stellten sich Tibor in den Weg. Aber keiner von ihnen konnte es mit ihm aufnehmen. Vor der Burg erwarteten Tibors Gefährten ihn und Fenelon mit Pferden und sie ritten durch die Nacht davon.

Die Flucht war nicht unbemerkt geblieben. Kurval selbst setzte sich an die Spitze einer großen Reiterschar und jagte hinter ihnen her. Fenelon war das Reiten nicht gewohnt und hielt die Fliehenden auf. Und auch Tibors Kraft schwand zusehends. So kamen ihnen die Verfolger unaufhaltsam näher. Schon wollte Tibor Halt machen und sich ihnen mit letzter Kraft entgegenstellen, damit wenigstens die Königin entkam, da traf ein Pfeil von Kurvals Bogen Fenelon.

In diesem Augenblick nahten die Wachen der Stadt und Kurval musste fliehen, denn es waren zu viele. Tibor und Fenelon wurden nach Thalis gebracht und wir taten alles, um ihren Tod hinauszuzögern und ihnen das Leiden zu ersparen.

Doch was sollte nun werden? Noch gab es keine Königin, die an Fenelons Stelle hätte treten können. Die Kristalle waren zerschlagen und die Königin zu schwach, um sie wieder zusammenzufügen. Und Tibor lag im Sterben. Schon am nächsten Morgen würde Thalis Kurvals Heeren schutzlos ausgeliefert sein.

Die Königin ist das Herz von Thalis«, wiederholte nun Portus. »Niemand sollte ihre Macht unterschätzen. Es gibt Geheimnisse, die nur von Königin zu Königin weitergegeben werden, Geheimnisse, die erst offenbar werden, wenn die Not am größten ist.«

Wieder wies Portus zur Kuppel hinauf und sagte: »Seht ihr diesen Kristall, der wie ein Auge auf Thalis blickt? Niemand außer der Königin hatte bisher gewusst, dass dies der dreizehnte der Kristalle ist. Wenn es keinen anderen Ausweg mehr gibt, bleibt der Königin doch noch ein letztes Mittel, um Thalis zu retten. Jetzt war der Zeitpunkt gekommen, an dem Fenelon uns dieses Geheimnis eröffnete.

Noch vor Morgengrauen weckte sie die Macht des dreizehnten Kristalls, dann verließ sie ihre Kraft und wir betteten sie neben den sterbenden Tibor. Wie eine schützende Kuppel legte sich das Licht des Kristalls über Thalis. Thalis verschwand, unsichtbar für die Blicke Uneingeweihter. Und alle, die in Thalis zurückblieben, traten in eine andere Zeit ein. Während hier nur ein einziges Jahr vergeht, vergeht außerhalb der Kuppel ein ganzes Jahrhundert.

Aber nicht nur Thalis ging unter. Denn die schützende Kraft bewirkte auch, dass die Brücken, die Thalis mit den Außenländern verbanden, und alles, was sie berührten, sich in Nebel auflösten und von nun an nur noch den weiten Abgrund füllten, der uns von aller Welt trennt. So ereilte Kurval und alle, die ihm gefolgt waren, die verdiente Strafe.

Doch die Königin hatte uns nicht ohne Hoffnung auf Erlösung zurückgelassen. Sie teilte die Kraft in sich mit Tibor. Als sie starben, blieben nur ihre Körper zurück. Die Kraft aber verließ Thalis und ging in Menschen über, in denen Fenelon und Tibor wiedererwachen sollten. Jeder von ihnen würde einen Teil des Wissens von Thalis in sich tragen: der Träger Tibors die Kunst, das Schwert zu führen, und die Kraft, den Weg nach Thalis zu erkennen. Die Trägerin Fenelons die Kräfte der Heilung und den Schlüssel zu Thalis. Nur wenn sich diese beiden, die

füreinander bestimmt waren, finden und Thalis erreichen würden, dann würde sich die schützende Kuppel öffnen und Thalis von neuem erwachen, wenn die Quellen des Lichts wieder erstrahlten. Mehr lag nicht in der Macht der Königin. Aber dennoch war es viel, denn es schenkte uns die Hoffnung. Niemand kann ohne Hoffnung leben.«
Portus schwieg einen Augenblick, dann zeigte er auf die einfachen Steinplatten und sagte: »Dort haben wir sie begraben. Seitdem warten wir auf den Tag, an dem die Königin und Tibor zurückkehren. Aber wir hatten gehofft ...«, setzte er noch hinzu, doch dann verstummte er.
»Ihr hattet gehofft, dass die Königin Thalis unverletzt erreichen würde«, beendete Lia seinen Satz. »Doch die Vergangenheit hat uns eingeholt und der Kreislauf kein Ende gefunden. Ich habe nicht die Kraft, die Lichter von neuem zu entfachen.«
Portus nickte.
»So viele haben versucht Thalis zu erreichen und so viele haben ihr Leben dabei verloren«, sagte Klut. »Und wie oft müssen sich Fenelon und Tibor in der weiten Welt verfehlt haben! Das Schicksal ist geizig mit diesem Glück umgegangen. Und wir, die mit diesem Glück beschenkt wurden und Thalis erreicht haben ...« Er schloss die Augen und schüttelte verzweifelt den Kopf. »Es war alles vergeblich.«
Es wurde still in der Halle. Traurig und hoffnungslos sahen sie auf Lia, in der das Gift seine schreckliche Wirkung tat. Sie hatte die Augen geschlossen und schien zu schlafen.
Niem, der den Anblick nicht ertrug, sah nach oben. Plötzlich stutzte er und sagte: »Die Burgen. Sie lösen sich wieder auf. Was hat das zu bedeuten?«

Klut blickte auf und sah Portus eindringlich an, so als wollte er ihn mit der Kraft seiner Augen zwingen, die Antwort nicht auszusprechen und damit das Unvermeidliche aufzuhalten. Doch es war nur ein kurzes Aufbegehren. Er wandte den Blick wieder ab und blickte auf Lia.
»Sie stirbt«, antwortete Portus leise. »Die Königin verlässt uns wieder.«
Sie erhoben sich alle und traten dicht an das Ruhebett. Lia schlug ein letztes Mal die Augen auf. Sie sah sie alle der Reihe nach an, wie um Abschied zu nehmen, dann blickte sie zu Klut auf und lächelte. Und mit diesem Lächeln auf den Lippen starb sie.

23
Ein neuer Anfang

Auf den Äckern gingen die Bauern wieder ihrer täglichen Arbeit nach. Der Wind wehte in den Bäumen und neigte die Kornähren auf den Feldern. Wolken zogen über Thalis und ihre Schatten glitten über die Hügel und Wiesen.
Klut blickte in die Ferne. Jenseits der Kuppel waren nur Felsen und Steine zu sehen. Die Bäume, Gräser und Tiere konnte er nicht mit dem Blick erfassen, denn außerhalb von Thalis bewegte sich die Zeit und mit ihr alles Lebendige mit einer Geschwindigkeit, die sich dem Blick entzog. Nur die Felsen und Steine, die mit den Jahrhunderten atmeten, blieben sichtbar, denn nur sie

waren der Zeit von Thalis nahe, die um so vieles langsamer verging.
Er betrachtete das Schwert, das er in seinen Händen hielt. Dann hob er es hoch und blickte durch den Kristall an seinem Griff in die Sonne. Er hätte sich fragen können, was für eine Sonne dies war, die dem langsamen Rhythmus der Tage und Nächte von Thalis gehorchte. Aber er hatte keinen Sinn mehr für das Lösen von Rätseln. Die Schatten der Wolken mochten weiter über die Felsen der Außenwelt gleiten und über dem Abgrund die gestaltlosen Nebel streifen, er sah ihnen nicht mehr nach.
Die Lichter von Thalis zeigten sich in dem Kristall, hell und strahlend. Aber dahinter verbarg sich keine Verzweiflung mehr, denn alles Schreckliche war geschehen und Vergangenheit. Für ihn gab es hinter diesem Licht keine Zukunft mehr. Auch er würde sterben, so wie Lia. Eines Tages. Die Kraft Tibors würde ihn verlassen und ein anderer würde sich auf die Suche nach Thalis begeben. Ihn ging das alles nichts mehr an. Er hatte seine Aufgabe erfüllt. Es gab nichts mehr, was er tun konnte. Seit eine dritte Steinplatte im Turm Lias Grab verschlossen hatte, streifte er ziellos umher und mied die Menschen.
Als er hinter sich Schritte hörte, ließ er das Schwert sinken. Skalg setzte sich neben ihn. Lange schwieg er, dann fragte er: »Was wirst du nun tun?«
»Es gibt nichts mehr, was ich tun könnte«, erwiderte Klut abweisend.
»Ich glaube, dass du dich irrst«, meinte Skalg.
Doch Klut blieb stumm.
»Erinnerst du dich noch an Marmot?«, fragte Skalg.
Klut hob die Schultern. Was sollte das?
Doch Skalg ließ sich nicht entmutigen: »Marmot hat

seine Lia nicht gefunden. Aber er hat die Hoffnung nicht aufgegeben. Weil ihm nichts anderes gelingen wollte, hat er seinem Leben ein neues Ziel gesetzt.«
»Welches Ziel?«, fragte Klut mürrisch.
»Er hat an den gedacht, der an seine Stelle treten würde«, antwortete Skalg. »Und er hat mir eine Botschaft aufgetragen, die ich an dich weitergegeben habe. Es war nicht viel. Aber dennoch wusstest du mehr als Marmot.«
»Es hat nichts genützt«, sagte Klut mit heiserer Stimme. »Lia ist tot.«
»Ja, ich weiß«, entgegnete Skalg. »Aber findest du nicht auch, dass Marmot ein tapferer Mann war?«
Klut schwieg tief betroffen. Endlich gab er kaum vernehmbar zu: »Doch.«
»Und was denkst du?«, fragte Skalg. »Wer von euch beiden hat das schlechtere Los gezogen?«
Klut presste die Lippen zusammen. Er dachte an Lia. Er dachte an den Schmerz, den er empfunden hatte, als sie starb. Für einen Augenblick war er versucht zu antworten, dass er das schlechtere Los gezogen hätte, denn wer außer ihm hatte einen solchen Verlust erlitten? Nicht einmal Tibor, denn er war mit Fenelon gestorben und nicht dazu verdammt gewesen, allein und verzweifelt weiterzuleben. Doch dann sagte er leise: »Marmot.«
»Warum?«, fragte Skalg unerbittlich weiter.
»Ich habe Lia wenigstens gesehen. Ich habe ihre Stimme gehört und sie in den Armen gehalten«, antwortete Klut. »Marmot dagegen ist all das versagt geblieben.«
»Das ist wahr«, meinte Skalg, als wäre er erst durch Klut auf diesen Gedanken gekommen und hätte ihn nicht mit seinen Fragen zu dieser Erkenntnis gezwungen.
»Worauf willst du hinaus?«, fragte Klut.
Skalg lächelte erleichtert. Endlich war es ihm gelungen, hinter die Mauern zu gelangen, die Klut um sich errich-

tet hatte. Statt einer Antwort meinte er: »Ich muss an das denken, was Lia gesagt hat.«
»An was?«
»Sie hat gesagt, dass die Hoffnung nicht mit euch stirbt«, antwortete Skalg. »Dieser Gedanke lässt mich nicht mehr los. Wenn es wirklich wahr ist, dass Tibor und Fenelon immer wieder erwachen, dann war Marmots Tat nicht vergeblich. Vielleicht habt ihr beide, du und Lia, Thalis nur erreicht, weil er mich wie eine Botschaft aus der Vergangenheit zu euch gesandt hat. Vielleicht können wir das auch.«
»Was?«, fragte Klut.
»Botschaften in die Welt setzen«, erwiderte Skalg. »Botschaften, die diejenigen erreichen können, die an deine und an Lias Stelle treten werden. Irgendetwas. Es muss nichts Großes sein, denn du hast ja gesehen, dass auch das, was Marmot getan hat, nichts Großes war. Aber dennoch hat es viel bewirkt.«
»Aber was?«, rief Klut, der noch immer nicht überzeugt war. »Was können wir denn tun?«
»Ich weiß es nicht«, antwortete Skalg. »Noch nicht. Irgendetwas, das Sinn macht. Eine Geschichte weitergeben. Menschen finden, die bereit sind, ihr Leben für eine große Hoffnung einzusetzen. Jeder von uns muss sich etwas suchen.«
Klut blickte Skalg erstaunt an. »Warum sagst du, jeder von uns? Willst du denn auch ... eine Botschaft in die Welt setzen?«
»Warum nicht?«, meinte Skalg. »Ich habe nicht vor, hier zu verrosten.«
»Das heißt, du willst nicht hier bleiben?«
»Nein ... und die andern auch nicht.«
»Warum denn nicht?«, fragte Klut erstaunt. »Gefällt es euch denn nicht in Thalis?«

»Oh, es ist gewiss ein herrliches Fleckchen Erde«, hörten sie eine Stimme hinter sich sagen. Sie wandten sich um und erblickten Niem, Issur und N'Nuri, die sich unbemerkt genähert hatten.
»Ein wirklich schönes Plätzchen«, fuhr Niem fort. »Aber irgendwie doch eine Spur zu gemütlich für meinen Geschmack, zu … behäbig. Mit einem Wort: gähnend langweilig. Das muss was mit dieser verteufelten Zeit zu tun haben. Wenn ich daran denke, dass wir uns von außen betrachtet nur so schnell bewegen wie ein flügellahmer Felsen, könnte ich auf der Stelle zur Steinsäule erstarren. Seht doch nur! Es geht schon los! Aaah!«
Er verharrte bewegungslos, mit geöffnetem Mund und hielt den Atem an. Issur schüttelte missbilligend den Kopf und tippte Niem auf die Stirn. Der Zwerg ließ sich einfach rücklings ins weiche Gras fallen und es gelang ihm, dabei immer noch dieselbe Haltung zu bewahren.
Klut lächelte, obwohl er dabei mit den Tränen kämpfte. Die Wunde in ihm war noch so frisch, dass ihn jedes Gefühl aus der Fassung brachte. Dennoch stand er auf, beugte sich über Niem und half ihm wieder auf die Beine.
»Ich weiß, dass du versuchst mich aufzumuntern«, sagte er. »Aber Skalg ist dir zuvorgekommen.«
»Und?«, rief Niem. »Geht er mit uns?«
Skalg runzelte die Stirn und gab ihm ein Zeichen, doch gefälligst den Mund zu halten.
Klut sah von einem zum anderen und meinte kopfschüttelnd: »Das scheint mir ja eine regelrechte Verschwörung zu sein.«
»Wir haben es nur gut gemeint«, brummte Issur verlegen.
»Ich weiß«, sagte Klut. »Gehen wir!«
»Wohin?«, fragte Skalg erstaunt.
»Zu Portus«, erwiderte Klut. »Lebewohl sagen.«
»Du kommst also mit uns?«, rief Skalg erfreut.

»Ja«, antwortete Klut. »Und ich weiß sogar, was ich tun werde.«
»Was denn?«
Klut blickte nach Osten und sagte: »Vor langer Zeit habe ich jemandem ein Versprechen gegeben. Aber jetzt werde ich mich beeilen müssen um nicht zu spät zu kommen. Die Zeit vergeht so schnell da draußen.«
Ohne ein weiteres Wort ließ er sie stehen und eilte auf die Stadt zu. Sie sahen einander verständnislos an, dann liefen sie rasch hinter ihm her.
Die Bewohner von Thalis blickten ihnen erstaunt nach, als sie so schnell an ihnen vorbeieilten, dass sie beinahe rannten. Solche Hast war diesen Menschen fremd. Niem hatte Recht, wenn ihm hier alles etwas zu behäbig war.
Als sie die Halle im großen Turm betraten, trafen sie wie erwartet auf Portus. Rasch schilderten sie ihm ihr Vorhaben.
Er sah sie betroffen an. »Es ist bedauerlich, dass ihr nicht bei uns bleiben wollt«, sagte er. »Doch ich verstehe euch. Thalis ist nicht eure Welt. Aber glaubt ihr denn wirklich, etwas für die Zukunft bewirken zu können?«
»Alles, was wir tun, hat Einfluss auf die Zukunft«, erwiderte Skalg. »Wir können es bewusst tun oder einfach geschehen lassen. Ich für mein Teil nehme die Dinge gerne in die Hand.«
»Eure Sache ist es, zu warten, unsere, zu handeln«, fügte Klut hinzu.
Portus sah ihn lächelnd an. »Ihr sprecht Worte, die Tibor gesagt haben könnte«, sagte er.
»Es sind Worte, die Tibor zu Euch sagt«, entgegnete Klut mit fester Stimme. »Ich und er sind eins geworden. Es war ein weiter Weg, aber jetzt trennt uns nichts mehr. Und wir werden diesen Weg ein Stück weit gemeinsam

gehen. Wenn ich sterbe, werde ich Teil seiner Erinnerungen sein, so wie er jetzt Teil meiner Erinnerungen ist.«

Portus verneigte sich vor ihm. »Fenelon und auch Lia hätten Euch für diese Worte geliebt.«

Klut nickte stumm und seine Stimme zitterte, als er sagte: »Ich habe noch eine Bitte an Euch.«

»Bittet um alles, was Ihr wollt«, erwiderte Portus.

»Gebt mir etwas von Eurer Kraft der Heilung. Es gibt eine Wunde, die ich gerne heilen möchte.«

Portus sah ihn überrascht an. »Das ist alles, was Ihr wünscht? Diesen Wunsch kann ich Euch leicht erfüllen. Aber bedenkt, ich kann Euch nicht mehr geben als die Kraft, eine einzige Wunde zu heilen. Trefft also eine gute Wahl.«

»Das habe ich schon getan«, entgegnete Klut.

»Kann ich auch mal was sagen?«, mischte sich Niem ein. Sie blickten alle auf ihn und er hob zwei Finger in die Luft. »Es gibt da zwei Schwierigkeiten und ich frage mich, ob Ihr uns da weiterhelfen könnt.«

Portus forderte ihn mit einer Geste auf, fortzufahren.

»Also, erstens ... können wir Thalis überhaupt verlassen?«, wollte er wissen. »Immerhin habe ich mir schon einmal eine Beule an dieser Kuppel geholt.«

Portus lächelte und fragte: »Und zweitens?«

»Zweitens«, sagte Niem. »Zweitens würde ich gerne wissen, wie man diese Steinwesen heranpfeift, damit sie uns netterweise wieder zurücktragen. Bisher war das eine reichlich halsbrecherische Angelegenheit.«

Portus wusste, wovon Niem sprach, denn Skalg hatte ihm von ihren Reisen erzählt. »Auf Eure erste Frage gibt es eine einfache Antwort«, begann er. »Ihr könnt Thalis jederzeit verlassen. Nur: Wenn Ihr und Eure Gefährten es einmal verlassen habt, werdet ihr es nie mehr betreten

können. Auch Ihr nicht«, fügte er an Klut gewandt hinzu.
Klut nickte stumm und ein dunkler Schatten glitt über sein Gesicht, als er einen Blick auf Lias Grab warf. Niem dagegen strahlte übers ganze Gesicht.
»Es freut mich, dass meine erste Antwort zu Eurer Zufriedenheit ausgefallen ist«, meinte Portus. »Und was Eure zweite Frage betrifft, so werde ich Euch ein Geschenk machen.«
Er zog eine kleine Flöte aus seinem Gewand. Sie sah recht unscheinbar aus. Jedes Kind hätte sich eine solche Flöte aus einem Rohr schnitzen können.
Niem sah verständnislos auf die Flöte. »Was soll ich denn damit?«, fragte er verwirrt.
»Nun, damit könnt Ihr, wie Ihr es genannt habt, diese fliegenden Geschöpfe jederzeit ... heranpfeifen«, erwiderte Portus schmunzelnd. »Und nicht nur diese. Alle Tiere hören auf den Ton dieser Flöte. Vielleicht kann sie Euch auch noch bei anderer Gelegenheit von Nutzen sein.«
Niem nahm die Flöte mit zitternden Händen entgegen. Was für ein wertvolles Geschenk! Und ausgerechnet er erhielt etwas so Kostbares!
»Ich ... ich danke Euch«, stammelte er fassungslos.
»Ihr seid ein tapferer Mann, der solch ein Geschenk wahrhaft verdient«, sagte Portus und verneigte sich vor ihm.
Da tat Niem etwas Unerwartetes. Er verstaute die Flöte sorgsam unter seinem Wams, dann nahm er seinen ganzen Schmuck ab, Stück für Stück, und hielt Portus den Haufen hin. »Hier«, stieß er heftig hervor. »Das brauche ich nicht mehr. Vielleicht gibt es jemanden in Thalis, der Freude daran hat.«
»Wir werden Eure Gabe in Ehren halten«, sagte Portus

mit ernstem Gesicht. Dann wandte er sich an sie alle und fragte: »Wann wollt ihr aufbrechen?«
»Unverzüglich«, antwortete Klut und fügte mit einem Lächeln hinzu: »Es wird Zeit, dass wir in unsere Welt zurückkehren, damit uns dort die Zeit nicht davonläuft.«
»Dann lebt wohl«, erwiderte Portus. »Thalis wird euch nicht vergessen.«
»Geht schon voraus«, wandte sich Klut an seine Gefährten, »und macht die Pferde bereit. Ich komme gleich nach.«
Die Freunde verließen den Turm und eilten zu den Ställen. Im Nu hatten sie die Pferde gesattelt und alles Nötige an Vorräten verstaut. Sie stiegen auf und kehrten zum Turm zurück. Gerade als sie ankamen, trat Klut heraus.
»Hast du bekommen, was du dir gewünscht hast?«, fragte Skalg.
»Ja«, erwiderte Klut und schwang sich auf Beros Rücken. Aber er behielt für sich, dass er auch an Lias Grab zum letzten Mal Abschied genommen hatte.
»Dann los!«, rief Skalg und sie trieben ihre Pferde an.
Die Nachricht von ihrer Abreise hatte sich in der ganzen Stadt herumgesprochen. Wieder säumten die Menschen von Thalis die Straßen und blickten aus den Fenstern auf sie herab. Und wieder spürten sie, dass die Hoffnungen dieser Menschen auf ihnen ruhten.
Vor der Stadt wartete eine Überraschung auf sie. Die Wachen von Thalis hatten sich hoch zu Ross versammelt. Einer von ihnen lenkte sein Pferd vor und sagte zu Klut: »Wir wissen, wer Ihr seid. Wir waren Tibor treu ergeben und würden es als große Ehre empfinden, Euch und Eure Gefährten ein Stück weit begleiten zu dürfen.«
Klut nahm das Angebot erfreut an und so ritten die Wächter mit ihnen, bis sie die Kuppel erreichten. Hier

stellten sie sich in langen Reihen zu beiden Seiten des Weges auf, zogen die Schwerter und hoben sie in die Luft.

»Viel Ehre für ein paar Diebe«, sagte Niem leise und grinste, doch niemand beachtete ihn.

Klut erwiderte den Gruß der Wachen mit seinem Schwert, dann trieb er Bero an und ritt ohne zu zögern auf die Wand der Kuppel zu.

»Na dann«, meinte Skalg. »Ich hoffe, Portus hatte Recht. Sonst wird es ein ziemlich kurzer Ritt.«

Mit einem flauen Gefühl im Magen spornten die Freunde ihre Pferde an und folgten Klut. Sie sahen Klut, der sich schon etwas von ihnen entfernt hatte, ohne Widerstand durch die Kuppelwand reiten und verschwinden. Dasselbe geschah mit jedem von ihnen. Niem, der etwas nachzügelte, hatte das zweifelhafte Vergnügen, einen nach dem anderen spurlos verschwinden zu sehen. Als die Reihe endlich an ihm war, stand ihm der Schweiß auf der Stirn und er musste die Zähne fest aufeinander beißen, damit sie nicht klapperten.

Aber auch Niem ritt durch die Wand, ohne das Geringste von ihr zu spüren. Auf der anderen Seite erwarteten ihn die Freunde und erleichtert holte er tief Luft. Dann drehte er sich um, und obwohl er geahnt hatte, was sie erwartete, stieß er doch einen scharfen Pfiff aus. »Weg! Einfach weg!«

Die Kuppel war nicht mehr zu sehen. Und mit ihr war auch Thalis verschwunden und die Wachen, an denen sie eben noch vorbeigeritten waren.

»Ich frage mich«, meinte Niem nachdenklich, »ich frage mich wirklich, wie lange die wohl brauchen, bis sie wieder in der Stadt sind. Mindestens ein Jahr wahrscheinlich.«

»Ach, du Kalbskopf«, sagte Issur. »Hast du es denn

immer noch nicht begriffen? Da drin merken die doch nicht, wie langsam sie sind.«

»Wunder begreifen und verdauen können sind zwei Paar Schuh, mein lieber Freund Issur«, erwiderte Niem mit Würde. »Und wenn Ihr jetzt geruhen wolltet, Niem, dem Tapferen, den Weg freizugeben, wäre ich Euch aufs Tiefste verbunden.« Mit diesen Worten trieb er sein Pferd an und ließ sie stehen.

»Unverbesserlich«, brummte Issur hinter ihm her und fügte lächelnd hinzu: »Und ich hoffe, dass dies noch lange so bleibt.«

Dann folgten sie Niem und hatten ihn bald eingeholt.

Während sie über die Hügel ritten, fragte Klut: »Was meinst du, Skalg? Wäre es nicht besser, eine andere Richtung einzuschlagen als die, aus der wir gekommen sind? Mir liegt nicht viel an einer Begegnung mit den Rajin.«

»Du hast Recht«, erwiderte Skalg. »Daran habe ich noch gar nicht gedacht. Ich würde vorschlagen, dass wir uns Richtung Nordosten halten. Ich glaube fast, dass wir dann das Gebirge und Kerala umgehen können.«

»Ich wundere mich etwas über dich«, meinte Klut.

»Warum?«

»Hast du nicht einmal zu mir gesagt, dass es keinen anderen Weg nach Thalis als den durch Kerala gibt?«, erwiderte Klut. »Und jetzt soll es auf einmal einen anderen Rückweg geben?«

»Na ja, damals war ich noch fest davon überzeugt, dass es so ist«, meinte Skalg etwas verlegen. »Aber jetzt, nachdem du die zwölf Straßen gesehen hast, die in alle Himmelsrichtungen weisen, ist mir klar geworden, dass es noch ganz andere Möglichkeiten geben muss. Sagen wir, die Landkarten in meinem Kopf haben sich etwas verschoben. Und irgendwie passen die Stücke jetzt viel

besser zusammen. Ach, und da wir gerade davon sprechen: Siehst du die Straße noch?«
»Nein«, antwortete Klut und ein Schatten legte sich auf sein Gesicht.
Sie wandten sich Richtung Nordost. Als sie Thalis verlassen hatten, war es nach ihrer Zeit etwa Mittag gewesen und so erreichten sie den Abgrund erst am späten Nachmittag.
Sie blickten an den Felsen hinab, doch die schwebenden Steine waren nicht zu sehen.
»Ich frage mich, ob sie hierher kommen«, meinte Issur. »Vielleicht ist das nicht die richtige Stelle.«
»Das glaube ich nicht«, widersprach N'Nuri und wies auf einen großen gelblichen Fleck an den Felsen. Dort wuchsen die Kristalle, deren Duft die Felsgeschöpfe nach Thalis lockte.
»Aber es könnte immerhin lange dauern, bis sich hier welche sehen lassen«, wandte Issur ein.
»Ich wette mit dir, dass das nicht so ist«, sagte Niem und zog triumphierend die Flöte, die ihm Portus geschenkt hatte, unter seinem Wams hervor. »Jetzt passt auf, wie aus einem Meisterdieb ein meisterlicher Steinbändiger wird.«
Er setzte die Flöte an die Lippen und begann zu blasen. Der Ton war sanft und wohlklingend. Niem fand rasch Gefallen daran und schon nach kurzer Zeit brachte er eine einfache Melodie zustande.
»Sie kommen!«, rief Issur plötzlich.
Wirklich näherte sich eine große Gruppe der Steinwesen und hielt direkt auf sie zu. Sie beachteten nicht einmal den süßen Duft der Kristalle, sondern stiegen ohne Zögern bis zu ihrer Höhe auf.
Nun probierte Niem aus, ob es ihm gelingen würde, die Tiere mit seinen Tönen so zu leiten, dass sie längsseits an

den Felsen anlegten. Zuerst spielte er den behäbigen Geschöpfen übel mit und verwirrte sie mit falschen Tönen. Sie drehten und wendeten sich langsam in jede erdenkliche Richtung, kamen näher und entfernten sich wieder, bis Niem schließlich mit der Flöte umzugehen verstand und dem sonderbaren Tanz ein Ende setzte. Folgsam richteten sich die Steinwesen seitlich zu den Felsen aus und näherten sich diesen, bis sie sie berührten. Nun mussten sich die Gefährten nur noch das passende Luftschiff aussuchen.
Sie entschieden sich für ein besonders großes Exemplar, auf dem sie mehr als genug Platz fanden. Als sie alle sicher auf dem Rücken des Wesens standen, setzte Niem die Flöte etwas außer Atem ab. Da sanken die Tiere an den Felsen hinab und erholten sich bei einer langen Mahlzeit, die die Gefährten ihnen gerne gönnten.
Doch als es Abend wurde, waren sie mit ihrer Geduld am Ende. Niem kratzte sich am Kopf und stöhnte: »Oje, und welcher Ton bedeutet wohl Aufbruch?«
Doch in diesem Augenblick sagte Issur: »Der Wind hat sich gedreht.« Und für Niem im Besonderen fügte er hinzu: »Und mehr habe ich damit auch nicht sagen wollen.«
Niem hob abwehrend die Hände und schnitt eine Grimasse. »Schon gut, schon gut«, murmelte er, »ich sag ja gar nichts.«
Wie sie es erwartet hatten, drehten die Steinwesen von den Felsen ab und schwebten durch die Nebelschwaden in Richtung Nordost. Jetzt, da die Gefährten wussten, was sich in diesen Nebeln verbarg, schauderten sie, als die feuchten Schleier sie berührten. Denn wer wusste, ob dieser Nebel nicht eine Hand und jener nicht ein Schwert gewesen war. Und vielleicht schwebten sie auch gerade durch einen Nebel, aus dem eines Tages wieder

Kurval werden würde oder Axaris, die düstere Burg, von der aus sich eines fernen Tages der letzte Angriff auf Thalis richten würde, wenn der Augenblick der Entscheidung gekommen war.«

*****

Marei brach ab und sah Silas von der Seite an. Er saß vornübergebeugt neben ihr auf der Bank und stützte sich mit den Armen auf den Knien ab. Die Sonne schien warm auf sie herab und die Luft war erfüllt vom Summen der Bienen.
Jetzt war er ganz ruhig. Aufmerksam hatte er ihr zugehört. Sie spürte, dass er sich vor keinem ihrer Worte mehr fürchtete.
Silas fühlte ihren Blick und sah sie an. »Und dann?«, fragte er. »Wie ging es weiter?«
»Oh, da gibt es nicht mehr viel zu berichten«, sagte sie leichthin. »Jeder von ihnen hat das getan, was er sich vorgenommen hatte.«
»Aber was?«, fragte Silas beharrlich weiter. »Was sind die Botschaften, die sie mir hinterlassen haben?«
»Für dich?«, gab Marei scheinbar erstaunt zurück.
Doch Silas durchschaute ihr Spiel. »Ja, für mich. Für Silas, den Schäfer. So wie für alle anderen, die nach Klut und vor mir kamen.«
Marei wurde wieder ernst. »Das ängstigt dich nicht mehr?«
Silas schüttelte den Kopf.
»Auch wenn ich dir sage, dass ich von allen, die nach Klut und vor dir kamen, nichts zu erzählen weiß, weil man nie wieder etwas von ihnen gehört hat, nachdem sie sich auf den Weg nach Thalis gemacht hatten?«, fuhr sie fort.

Silas zog den Atem scharf ein und blickte sie betroffen an. Doch dann fasste er sich wieder und entgegnete: »Nein. Sie sind ihrer Hoffnung gefolgt.«
Marei nickte und sah ihn zufrieden an.
»Aber was war nun mit Klut und den anderen?«, nahm Silas den Faden wieder auf.
»Sie kamen glücklich auf der anderen Seite des Abgrunds an«, erzählte Marei. »Eine Weile noch wanderten sie zusammen. Doch dann trennten sie sich. Skalg, Issur, Niem und N'Nuri machten sich auf die Suche nach Fender-Bai.«
»Warum?«
»Hast du vergessen, was Fender-Bai gesagt hatte?«, antwortete Marei. »Er sagte: ›Wer kann schon ohne Hoffnung leben‹. Also war auch er ein Suchender und Skalg hoffte, ihn für ihre Sache gewinnen zu können. Fender-Bai, die Tarkaner und der reisende Hof sollten die Botschaft sein, die er in die Welt setzen wollte.«
»Und ist es ihm gelungen?«, fragte Silas.
Marei wiegte den Kopf hin und her. »Es gibt da Gerüchte. Es heißt, dass die Tarkaner seit damals die Welt durchstreifen und Ausschau nach einem halten, der ein versunkenes Reich sucht. Und wir Erzähler haben feine Ohren für solche Gerüchte.«
»Du redest wie Skalg«, rief Silas lachend.
»Und du hast gut zugehört«, erwiderte Marei.
»Und Klut? Welche Botschaft hat Klut in die Welt gesetzt?«
»Erinnerst du dich noch daran, was ich dir ganz am Anfang über die Erzähler gesagt habe?«
Silas nickte.
»Nun, wir sind Kluts Botschaft an dich.«
»Wie ist das möglich?«, stieß Silas hervor.
»Klut ist zu Athos zurückkehrt, so wie er es versprochen

hatte«, erklärte Marei. »Athos lebte noch. Zwar war er sehr alt geworden und konnte nicht mehr durch die Welt wandern, aber er hatte zäh auf Kluts Rückkehr gewartet. Er lebte in einer kleinen Hütte an der Stelle des Isenbachs, an der Klut sie verlassen hatte. Auge pflegte ihn und freute sich nicht weniger als der alte Mann, Klut wieder zu sehen. Und Klut hielt sein Wort und brachte Athos eine Geschichte mit, wie der alte Mann noch keine gehört hatte. Dann trug Klut Athos auf, diese Geschichte weiterzugeben. Sie sollte die Botschaft sein, die er in die Welt setzte. Die Erzähler sollten das Verborgene in denen wecken, die die Straße sahen, und ihnen alles Wissen mit auf den Weg geben, das ihnen helfen würde die Gefahren, die auf sie warteten, besser zu bestehen.
Doch Athos lehnte ab. Er sei zu alt und zu schwach, um diese schwere Aufgabe zu übernehmen, meinte er. Da rief Klut Auge zu sich und sagte ihm, dass er ihm etwas mitgebracht habe, das so wertvoll sei wie sein Leben, das Auge gerettet hatte.«
»Und was war das?«
»Klut nutzte das Geschenk, um das er Portus gebeten hatte. Mit der Kraft der Heilung, die ihm gegeben war, ließ er die Zunge in Auges Mund nachwachsen und Auge erlangte wieder die Fähigkeit, zu sprechen. Und so wurde Auge zu Athos' erstem Schüler.
Athos gab Klut das Versprechen, dem wir Erzähler uns heute noch verpflichtet fühlen. Wir reichen die Geschichte von Erzähler zu Erzähler weiter und halten Ausschau nach denen, die die Straße sehen. Wenn wir sie gefunden haben, sprechen wir zu ihnen von der Mitte, zu der alle Straßen führen, all die Straßen, die Klut in Thalis gesehen hat. Dann fordern wir sie auf, die richtige Frage zu stellen, so wie Klut es Athos und Auge aufgetragen hat. Diese Frage ist das letzte Erkennungszeichen. Und unser

Lohn ist die Hoffnung, die unserem Leben einen Sinn verleiht. Niemand kann ohne Hoffnung leben.«
»Ich weiß«, sagte Silas. Er zögerte einen Augenblick. Dann fuhr er fort: »Was ist aus Klut geworden?«
»Wir wissen es nicht«, erwiderte Marei. »Er ging fort. Irgendwohin.«
»Vielleicht ist er zu Skalg und den anderen zurückgekehrt«, meinte Silas.
»Vielleicht«, sagte Marei. »Und du, was wirst du jetzt tun?«, fragte sie.
»Ich werde mich auf den Weg machen«, antwortete Silas. Dann betrachtete er bekümmert seine Hände.
»Was hast du?«
»Schau dir bloß diese plumpen Hände an«, meinte Silas. »Die taugen zu nichts, als zum Schafe füttern und striegeln und scheren. Aber nicht dazu, ein Schwert zu führen und Heldentaten zu vollbringen. Ich habe nicht einmal ein Schwert.«
»Sag das nicht«, erwiderte Marei und bückte sich. Sie holte etwas Langes unter der Bank hervor, das in ein Wachstuch eingeschlagen war. Langsam wickelte sie es aus und zu Silas' Verblüffung reichte sie ihm ein Schwert.
»Woher hast du das?«, rief er staunend.
»Erkennst du es denn nicht?«, fragte sie zurück.
Silas drehte das Schwert hin und her. Es hatte eine schmale Klinge und am Griff – einen halbrunden, durchscheinenden Kristall! »Das ... das ist ...«, stotterte er.
»Ja«, sagte sie. »Das ist das Schwert, das Klut in den Schatzkammern von Derbakir gefunden hat.«
»Aber wieso ...?«, brachte Silas mühsam hervor.
»Wieso ich es habe? Nun«, erklärte Marei, »Klut gab es Athos und sagte ihm, dass eines Tages vielleicht einer unter den Auserwählten sein könnte, der kein Schwert besitzen würde. Darum wurde dieses Schwert von Er-

zähler zu Erzähler weitergegeben für den Fall, dass eines Tages ein ...«
»... einfacher Schäfer eines braucht«, beendete Silas ihren Satz. Er drehte das Schwert hin und her und ließ die Klinge in der Sonne funkeln. »Aber was soll ich damit?«, erkundigte er sich. »Ich kann doch mit so einem Ding gar nicht umgehen.«
Marei sagte nichts dazu. Sie stand auf und entfernte sich. Silas starrte weiter auf das Schwert und fragte sich, wie es möglich war, dass ausgerechnet er, ein Schäfer, der Auserwählte sein sollte.
Plötzlich hörte er Marei laut rufen: »Silas! Vorsicht!«
Er schrak zusammen, blickte auf und sah etwas Dunkles auf sich zufliegen. Ein großes, schweres Holzscheit, das seinen Kopf treffen würde. Ohne dass er wusste, wie ihm geschah, fand er sich auf den Füßen wieder. Er sah, wie seine Hand das Schwert führte und mit einem blitzschnellen Schlag das Scheit in zwei Teile zerschnitt, die an ihm vorbeisausten und mit lautem Krachen an die Wand der Hütte schlugen.
Marei kam lächelnd auf ihn zu und meinte: »Bist du immer noch sicher, dass du damit nicht umgehen kannst?«
»Du, du, du hättest mich umbringen können«, stieß Silas hervor.
»Ja, das ist schon möglich«, erwiderte Marei seelenruhig. »Aber wie du siehst, verstehst du dich deiner Haut zu wehren. Warte, etwas fehlt noch.«
Wieder zog sie ein Wachstuchpaket unter der Bank hervor. Aus dem Tuch tauchte ein Schwertgurt auf, den sie ihm umlegte.
»So«, meinte sie. »Das gehört zusammen.«
Wie im Traum steckte er das Schwert ein. Dann sah er Marei an und fragte: »Wann soll ich aufbrechen?«

»Ich habe dir einen Beutel mit Vorräten vorbereitet«, sagte sie. »Du kannst jederzeit aufbrechen.«
»Wie soll ich dir danken?«
»Indem du nie die Hoffnung verlierst«, antwortete sie.
»Glaubst du, dass ich sie finden werde? Meine Lia?«
»Das wünsche ich dir«, erwiderte Marei. »Von Herzen.«
Sie umarmte ihn zum Abschied und reichte ihm den Beutel mit den Vorräten. Sie sah ihm nach, als er ein Stück weit dem Kaltbach folgte, hinübersprang und sich vor dem Waldrand noch einmal umdrehte. Er winkte ihr zu, dann wandte er sich ab und verschwand zwischen den Bäumen.
Sie setzte sich wieder auf die Bank vor ihrer Hütte und blieb reglos sitzen, bis es Abend wurde. Als die Sonne unterging, sah es so aus, als würde sich eine goldene Straße über das Land legen, eine Straße, die geradewegs nach Westen führte.

Inhalt

1 Marei 5
2 Harms Burg 24
3 Ein überraschender Sieg 44
4 Die Schlacht am Isenbach 60
5 Die Straße nach Westen 79
6 Meisterdiebe 91
7 Gefährten 108
8 Die Schatzkammern von Derbakir 122
9 Das Schwert 140
10 Am Rand der Wüste 154
11 Der Rat des Äußeren Hofes 169
12 Nabul Khan 187
13 Issur 207
14 Lia 227
15 Skalg 245
16 Die Rajin 259
17 Nabul Khans letzter Ritt 279
18 Das Tal der Schlangen 293
19 Niem 305

20 Das Ende der Welt 320
21 Thalis 339
22 Die Rückkehr der Königin 355
23 Ein neuer Anfang 375

Christopher Zimmer

Die Priester des Feuers

Seit jeher ist Mina auf der Flucht, ohne zu wissen,
wer sie ist und warum sie eine Ausgestoßene ist.
In einer düsteren Welt, in der Krieg, Scheiterhaufen
und Verrat sie bedrohen, macht ein Unglück sie und
die Dronte Odli zu einem Wesen in einer Gestalt.
Nur die Alten in der Stadt Tarant können sie wieder
voneinander trennen. Doch aus der Fahrt in die
nächste Stadt wird eine weite, abenteuerliche Reise,
an deren Ende die verbotene Stadt Sakara und der Fluch
der Priester des Feuers stehen. Dort verknüpfen sich
das Geheimnis von Minas Herkunft und das Schicksal
von Odlis Volk zu einer gemeinsamen Bedrohung
für Menschen und Dronten.
Wird es Mina und Odli gelingen,
die Pläne der Mächtigen zu stören?

360 Seiten

UEBERREUTER